美学的延展

张 晶 著

商 务 印 书 馆
2012 年 · 北京

图书在版编目(CIP)数据

美学的延展/张晶著．—北京：商务印书馆，2006
(2012.12 重印)

ISBN 978-7-100-04902-3

Ⅰ.美… Ⅱ.张… Ⅲ.古典诗歌-文艺美学-研究
-中国 Ⅳ.I207.22

中国版本图书馆 CIP 数据核字(2006)第 009077 号

美学的延展
张晶 著

商务印书馆出版
(北京王府井大街 36 号 邮政编码 100710)
商务印书馆发行
北京市白帆印务有限公司印刷
ISBN 978-7-100-04902-3

2006 年 10 月第 1 版　　开本 850×1168 1/32
2012 年 12 月北京第 2 次印刷　　印张 12¾
定价：35.00 元

目 录

序

国庆前夕，张晶教授送来他的新著《美学的延展》，要我看看并为之作序。朋友的抬举和信任，却之不恭，只好从命。

本书是由近年发表的论文结集而成，大多篇章我没有拜读。借此机会我通读了一遍，有的还反复地细读、玩味，深受启发，很多见解使我感到新颖，有深度，令我肃然起敬，此时的心情真应了《论语》中的一句话——"后生可畏"。我和张晶是新结识的朋友，是忘年之交。他的为人，我比较了解，而他的著作、文章，却读得很少，虽为朋友，尚未达到"以文会友"的程度。这一次阅读，以及作序，是我们"以文会友"的真正开篇。

学术研究贵在创新，不亦步亦趋，而能独辟蹊径，乃为高手。所谓创新，不仅标新立异，更为重要的是言之成理，持之有故，不凭空杜撰。因此标新要高屋建瓴，旗帜鲜明，立异要经过具体、缜密而深入的分析、论证，使自己所标之新所立之异稳如磐石，令人深信不疑。这才是真功夫。以此来衡量张晶的这一论著，我看当之无愧。本书所辑论文，我敢说篇篇都有独到之见，而且立论扎实。更为可贵的是，这些独到之见并不是零散的、互不相关的，而是由历史之维、逻辑之网把它们联结为一整体。当然，这种联系是潜在的。如果作者补作一篇绪论，把这些范畴与命题之间的历史发展脉络和逻辑关系加以论述,加以逻辑形式化,我想,对于本书将是锦上添花。

读本书稿受益颇多,这里只能介绍突出的几点。第一,作者对于中国古代的审美范畴和命题有全面而系统的把握,因而能敏锐地发现中国美学史研究和艺术史论中的某些偏颇。本书的第一篇《论中国古典诗歌中"理"的审美化存在》,就是突出的一例。有一种审美观点,视理与情与感性水火不容,总想把理逐出诗乃至整个艺术园地之外。作者通过一系列古诗的分析,证明理在诗中是存在的,只不过是"审美化存在",不同于逻辑形式中的理而已。不仅如此,作者更从审美体验的角度深入分析了抽象的理何以能在审美感性中存在以及是如何存在的,从而集中论述了中国古代早已出现的一个概念:"理趣"。抽象的理是可以引起人的乐趣的,孟子早就说过:"理义之悦我心,犹刍豢之悦我口。"(《孟子·告子上》)这便是理趣概念的最早雏形。所谓理趣,就是由学理闻道的理性活动所引起的快乐感或曰理趣。理而成趣便是情,这就与艺术—审美有了密切联系。理学家的许多诗篇,许多诗人的某些诗作,都是以理趣而激发起创作冲动的。程颢、朱熹是由理趣冲动而作诗的高手。"云淡风轻近午天,傍花随柳过前川。时人不识余心乐,将谓偷闲学少年。"(程颢《春日偶成》)作者乐什么?是乐良辰美景吗?不是。是乐闻道识理,所以"时人不识",也许还认为我和纨绔子弟一样游手好闲呢!"半亩方塘一鉴开,天光云影共徘徊,问渠那得清如许,为有源头活水来。"(朱熹《观书有感》)这种诗主旨是表现某种理,景物和心情都是因理而出现,所以这种境界中理与情与景物融合为一有机整体,是感性与理性的完美统一,是成功的艺术创作,因而才为人们所喜爱,以致流传千古。这样的事例是本文无法穷尽的。理而成趣,就是使客观的理内化为主体的情,也就是把抽象的转化为具体的情感,再把这种情感融入审美活动中或者通过艺术形式表现出来,就是乐的境界或艺术作品,也就是张晶所说的"审美化存在"。即使不是由理趣而是由其他事物引起的创作冲动,也不是完全排斥理性而成为纯粹的感性。这是因为由于人的感性活动和传统观念历史地积淀着理性因素,因此一个作家在创作活动中自觉不自觉地都有理性因素渗透其中。理性与感性,在理论上可以区分得清清楚楚,但在实际上并非如此。处理好理性与感性的关系,对于艺术审美具有十分重要的意义。只因有理性在,才能提升艺术境界。中国古代有"君子乐道,小人乐欲"之说,正因为引起乐的根源的不同,才决定了艺术境界高下的区别。

第二,本书对于中国美学史研究作了许多补苴罅漏的工作。中国古代的美学思想是异常丰富的,命题与范畴自然也是多种多样,因而不是几部美学史著作就可穷尽的。本论集的许多篇都是弥补这方面的缺漏。例如"自得"这个范畴就是被忽略的一个。作者认为,"'自得'是中国古典美学中关于审美主体的创造性思维的颇具特色的"一个范畴,是不能忽略的。于是作者首先论述了"自得"的哲学渊源,用充分的艺术创作实际(思想与作品)证明"自得"如何从哲学范畴转化为审美范畴,并深入揭示这一范畴所呈现的意义:"一是拆除名言概念之障蔽的亲身体验性;二是高扬自我的主体性;三是'反思而诚'的反思性;四是'与万物浑然一体'而又洞照其间的意向性。"(《"自得":创造性的审美思维命题》)经过作者的深入发掘和充分论证,令人不得不承认:这样一个颇具民族思维特色的美学范畴是不该被忽略的。再如“入兴贵闲”这一重要命题，也被大多数研究者所忽略，有的人注意到这个命题，却又把“闲”训为规则、法度。作者认为这是一个谬误，因此就从纠谬切入，展开论述。“入兴贵闲”命题，是刘勰在《文心雕龙》中提出来的。作者首先把“入兴贵闲”放在《文心雕龙》整体思想中加以联系、分析、论辩，证明把“闲”释为规则“是扞格不通的”。然后旁征博引，为自己的论点搜寻多方面的支持。最后又以大量的艺术作品印证自己的论点。这是本书稿中很典型的一篇论文。视野开阔，资料富赡而翔实，分析细致而深入，论证充分，不容置疑，表现出作者思想敏锐，功底扎实，尤其对中国诗学之修养，实在令人敬佩。也正因为如此，才能具有补苴罅漏的真功夫。在本书中，《宋诗的“活法”与禅宗的思维方式》、《墨戏论》、《说“偶然”》、《中国古代美学中的“体物”说》、《现量说：从佛学到美学》等篇也具有这方面的意义。

第三，作者对佛教思想，尤其是禅宗思想与中国的艺术、诗画的密切关系的具体论述，也是一大贡献。儒道释是中国艺术和美学三大思想来源，这是学界的共识。但究竟是如何影响的，表现在哪里，对儒道两大系统论述的具体、深入，发展线索明晰，而对佛教禅宗的影响一直笼而统之，缺乏具体的分析、论述，因而这一条发展线索极为模糊。作者对佛教禅宗的研究及其与中国诗画的具体关系所作的系统论述，正弥补了这一不足。尤其对中国诗歌的发展、意境的形成、风格的明显变化，禅宗的思想影响是重要原因。与魏晋、两汉、先秦的古诗相比较，唐诗空明摇曳的诗境，冲淡清远的风格，宋诗超逸绝尘的审美倾向，对活法的揄扬，以禅喻诗的论理探讨，都与禅有深刻的联系，或者说都是禅影响的结果。作者认为，“从质实到空明，这是中国古典诗歌艺术的一个跃迁，这个跃迁的实现，主要是在盛唐时期，其典型的体现是王孟山水诗派的创作。李、杜之诗也多有此种境界。”“宋代著名诗论家严羽论诗以盛唐为法，在《沧浪诗话》中最为推崇的是盛唐诗人那种透彻玲珑、空明圆融的境界……严羽用来形容盛唐诸人的‘透彻之悟’的几个喻象：‘空中之音，相中之色，水中之月，镜中之象’，所呈示的正是诗歌审美境界的‘幻象’性质。它们都是禅学中常见的譬喻。”（《禅与诗三题》）“诗乃艺术，禅乃宗教。而在中国的文化土壤中，二者交融互渗，结出了奇特之花。诗与禅之间的影响是双向的，诗的禅化与禅的诗化是并存的。而禅对诗的渗透，除了那种渊静空寂的禅味、禅境外，更多的是禅的思维方式对诗歌创作及诗歌理论的浸渗。”（《宋诗的“活法”与禅宗的思维方式》）这些结论不是随意作出的，也不是人云亦云，而是系统、深入研究的结果。作者对禅学有系统的研究，对中国诗学、尤其唐宋诗学有很深的功底，在这两种修养的基础上探索二者的关系，便可驾轻就熟了。

第四，作者对中国一些基本范畴如审美观照论、审美静观论、审美物化论等的论述，常常同西方相应的或相近的审美范畴加以对照、比较，以便突出这些审美范畴的民族文化特色或者达到中西融会贯通之目的。这是很必要的，也是本书的一个优点。这种比较研究，是为了深入发掘中国古代美学思想的真正价值，阐明中国古代美学的民族特色或生命力，是植根于民族文化的土壤之中，同那种照搬西方的范畴和思想观点，以阐释甚至裁定中国固有的范畴和思想观点，不可同日而语。我觉得，张晶教授之所以如此，首先是他对中国古代美学、诗学和艺术有深入、系统的把握，对中国传统文化有一种深沉的同情和热爱，同时又具有明智的认识，既看到自己文化的特点、长处，又不为它的缺点、局限所遮蔽；其次是他对西方的哲学、美学也有较深入的把握，特别是在他所作的比较研究的范围内。有了这两点，中西比较研究才有了基础或前提。对于我们来说，中西比较研究的目的，不是为了阐扬西学，替西方文化作宣传，而是为了发展我们自己的学术，弘扬自己文化的优良传统。因此，既要看到西方文化的优点、长处，以便汲取它的异质因素，补充自己的不足；又要看到自己文化的生命力和消化力，从而做到取长补短，融化出新。

以上是我阅读本书稿感触最深的几点，由于有些篇章没来得及认真、细致地阅读，遗漏的东西很多。评论自然也是不全面的。若作系统的评论，是不能如此草率行事的。但以上的几点感受和收获，却是真实的，实在的。是为序。

聂振斌

写于北京农光里坐望斋

2005 年国庆假日

自　序

美学研究是我近年来的一个主要的研究方向,我自知没有那么大的才气,也没有发现规律的本事,所以选择了范畴与命题研究来作为我的选题,是认为这可以建立中国美学大厦的基石。中国美学有其独特的哲学根基,有其自己的话语方式,有其盛而又大的民族气派,它是西方的美学所无法替代的。我不赞成这样一种说法,认为西方的哲学、美学是以逻辑思维见长,而中国的哲学、美学则是以直觉思维见长。就其差异而言,作出这样的判断固然是能够将中西哲学、美学的不同之处揭示出来,但这种区别又是非常精略的。在我看来,中国的哲学与美学并不是没有逻辑的、仅仅是直觉的或者说是形象的。中国的哲学与美学有着自己内在的逻辑性和自觉意识,只是不同于西方的形式逻辑而已。

中国美学是不是已经成为了“明日黄花”或者说只是一种传统学术了呢?我以为并非如此。就20世纪的哲学和美学来看,中国的哲学和美学恰恰可以与西方当代的一些哲学思想互相阐发。我这样说并不是一种抱残守缺的心态,而是认为中国的哲学美学有着不断再生的生命力和新鲜感,而且可以裨补西方美学的不足。

美学研究的生命力在于创新,在于激活传统思想资料中的美学质素,在于对大量的文学艺术创作实践中包含的美学因素的提炼，在于中西美学的内在融通。在我看来，美学本身还有相当大的理论潜力可以发掘，尤其是能够具有当代价值。从我所熟悉的领域而言，中国美学在这方面有着非常可观的空间。就当代的学术视野来看，我认为中国的传统文学艺术理论是美学研究的非常重要的资源，有相当多的美学潜质。我这样说，并非局限于中国学术的范围，而是在世界学术的意义上来讲的。也许现在这样说，会被认为是虚妄的，但我坚持这样的看法。在我的感受中，中国的文学艺术资料里，到处都有可供整合、可供提炼的资源，都有美学的生长点。

前几年在理论界的一个讨论话题是"古代文论的现代转换"，这个讨论是很有意义的，也产生了很多学术上的成果，把中国古代文论和美学研究向前推进了一步。而我理解中的"现代转换"，不是一种方式、一种观念可以解决问题的，也不可能"毕其功于一役"，而是一个深刻的进程。在这个进程中，范畴研究所扮演的角色在现阶段显得颇为重要。

从学术史和思想史来看，支撑某个思想体系、学术体系的基石便是范畴。范畴是一些重要基本的概念，也可以看作是比概念重要的形式。列宁说："范畴是区分过程中的一些小阶段，是帮助我们认识和掌握自然现象之网的网上纽结。"(《哲学笔记》中译本第90页，人民出版社1956年版)说得非常形象而中肯。张岱年先生曾经深入地揭示了范畴与哲学体系之间的建构关系，他说："在思想发展史上，哲学范畴的出现，有其历史的先后次序，这是哲学范畴的历史顺序。各个范畴之间又有包容、涵蕴、区别、对立以及相反相成的关系，这可谓范畴之间的逻辑关系。依据范畴的逻辑关系而形成的序列，可称为哲学范畴的逻辑顺序。众多范畴彼此相关，于是构成一定的体系。体系又有不同的层次。有一家的范畴体系，有一个学派的范畴体系，有一个时代的范畴体系，有长期通贯的综合范畴体系。历史上每一个建立哲学体系的思想家，总要提出许多基本命题，其中包括一些(或许多)概念、范畴。这些概念、范畴构成一个体系，就是一家的范畴体系。”(《中国古典哲学概念范畴要论》第3页，中国社会科学出版社1987年版)哲学的范畴是如此，美学的范畴也是如此。任何一种美学思想的提出，都是以一些基本范畴为其支点的。

范畴或命题当然是思想家们对人类的社会、文化现象进行抽象、概括或推理的产物，但切勿把它们看成是僵死的、不变的；每个范畴或命题的出现，都有其历史的、时代的或民族的背景，作为美学范畴或命题，更为其文学的或艺术的实践基础。因此，美学的范畴或命题是不断发展的。而且，在我看来，美学的范畴或命题，应该是研究主体面对大量的理论资源和创作基础的整合。既然是范畴或命题，就要有相当高的理论抽象程度，这样才能成为中国美学大厦的诸多支柱。但是中国美学范畴，又有着与西方哲学、美学颇为不同的特点，蔡锺翔教授和陈良运教授在《中国美学范畴丛书》的“总序”中，对中国美学范畴概括出这样一些特点，即：一、多义性和模糊性；二、传承性和变易性；三、通贯性和互渗性；四、直觉性和整体性；五、灵活性和随意性。这些特点都使中国美学范畴呈现出丰富多彩而又变相百出的样态。由蔡锺翔先生主编的《中国美学范畴丛书》，分数辑出版，第一辑早就出来了，是十种；第二辑也即将问世；第三辑还在撰写之中。这几十种书所研究的美学范畴是几十个,综合起来看,对于中国美学范畴的描述和总结可以说已是相当全面的了。

但从我自己的兴趣和一贯方法而言,我认为范畴研究(也包含很多命题)仍大有推阐的余地,或者说是还有颇为广阔的开拓空间。不断地激活中国的艺术思想中的这些有理论价值的东西,对于中国美学的发展是有利而无害的。有的范畴,是别人所未曾系统研究的,如"偶然",它在中国古代文艺理论中有广泛的存在,却未得到哲学的提升;又如"广远"和"精微"这对命题,也是未曾被作为辩证互补的命题研究过的。有些范畴严格来说,并非全然是从中国的美学提出的,如"审美回忆"和"审美惊奇"等等,但它们在文学艺术的创作实践中则是广泛而深刻地存在着,我则是从西方的哲学或美学思想拈出相关范畴加以提炼,但我觉得并不牵强附会,因为它们有大量的客观存在。

其实中国的美学范畴所依托的哲学根基、所包含的艺术思想是有很多特殊的内蕴的,而且具有普遍性意义,对于当代的文学艺术创作也是活的理论资源,如"意象"、"观照"等等,它们对西方的哲学、美学也是有着重要的裨补和阐释价值的。在这些范畴的研究中,我是以中西贯通的方法来做的。

之所以自己写了一篇小序,其实是清理一下自己有关美学范畴研究的思路。这个工作我还会做下去的,能走多远算多远!

张　晶

于中国传媒大学寓所

论中国古典诗歌中“理”的审美化存在

一、诗中之“理”的独特内涵

首先,我们要阐明的一个理论前提是:诗中之“理”与哲学理念的区别,不仅在于一是“显示”真理,一是“证明”真理(即诗是用形象来显示真理,哲学是以逻辑来证明真理的传统看法),二者之间还有着更为本质的不同:后者主要是认识论的,而前者主要是体验论的。哲学的理念是共相的表述,诗中之“理”则是殊相的升华。诚然,“诗者,吟咏性情也。”[①] 抒写诗人的情感是诗的“专利”,但诗的功能并不止于表现人的情感,还在于诗人以具体的审美意象把不可替代的情感体验升华到哲理的层面。我们在古人的吟咏之中,不仅产生强烈的情感共鸣,而且,在更多的时候也得到灵智的省豁。许多传世的名篇,都在使人们“摇荡性情”的同时,更以十分警策的理性力量穿越时空的层积。诗歌以其幻象化的符号形式荷载了非常密集的情感容量,但是更为震撼人们心弦的又往往是在

---

① 严羽:《沧浪诗话·诗辨》。

情感氛围中成为一盏明灯似的理性光亮！中国古典诗歌之所以具有其他艺术种类所无法取代的生命强力，其间以凝炼形象的语言、丰富的情感体验所呈现的人生哲理，是其不可或缺的因素。无论是屈原的“路漫漫其修远兮，吾将上下而求索”，抑或是陶潜的“结庐在人境，而无车马喧。问君何能尔？心远地自偏”；无论是杜甫的“人生不相见，动如参与商”，抑或是白居易的“离离原上草，一岁一枯荣。野火烧不尽，春风吹又生”；无论是苏轼的“人生到处知何似？应似飞鸿踏雪泥。泥上偶然留指爪，鸿飞那复计东西？”抑或是朱熹的“胜日寻芳泗水滨，无边光景一时新。等闲识得东风面，万紫千红总是春”，等等，莫不如此。此处所举只是其中哲理尤为明显者，其实，还有更为广泛的篇什，都在诗人的审美经验中包蕴了理性的力量。如大量的咏史怀古诗、咏物诗、抒情写景诗，也都是以理性的强光穿越时空的隧道，使人在受到情感的感染同时，也受到理的启示。

那么，人们不禁会顺理成章地追问道：诗中的情与理究竟是什么关系？这种追问是相当有力的。正是在这个问题上显示出诗中之“理”与哲学理念的重要分野所在。哲学理念是高度抽象的产物，它已剥落了思维主体的情感因素，而以理论命题的方式存在着，诗中之“理”却不！它与诗人之情有着十分密切的亲合关系，可以说是情感之树上绽开的靓丽之花。但它与诗中的情并不互相替代、互相混淆，各自有着不同的作用，担负着不同的审美功能。打个也许并不恰当的比方来说，诗中的情，如同渊深而激荡的海水，而诗中之“理”则如挺立海面的礁石，它的根是扎在海水之中的，而它的兀立又使海水有了向心的聚力。这个比喻可能是相当蹩脚的，但却旨在说明：诗中之理是从情中涌突出来的，然而它却以其智慧的光而成为诗的灵魂，成为诗的高光点。它是离不开情的土壤和根基的，而它却以思想的睿智在时空中留下恒久的回响。譬如，杜甫在《自京赴奉先县咏怀五百字》中，叙述了他凌晨经过骊山的见闻感受，触发了诗人长期蕴积在内心的深广的忧愤之情。一面是王公贵族的骄奢淫逸，一面是黎民百姓的饥寒交迫：“彤庭所分帛，本自寒女出。鞭挞其夫家，聚敛贡城阙。”在这种十分悲愤情感的激荡下，诗人呼出了“朱门酒肉臭，路有冻死骨。荣枯咫尺异，惆怅难再述”这样高度概括封建社会本质特征的强音。这是典型的诗中之“理”，而它是在情的激荡中非常自然地涌突出来的。再如王安石的《明妃曲》，也是由情向理的升华。全诗十六句，前十四句都在描写中充满了诗人对昭君的无比同情：“明妃初出汉宫时，泪湿春风鬓脚垂。低徊顾影无颜色，尚得君王不自持。归来却怪丹青手，入眼平生未曾有。意态由来画不成，当时枉杀毛延寿。一去心知更不归，可怜着尽汉宫衣。寄声欲问塞南事，只有年年鸿雁飞。家人万里传消息，好在毡城莫相忆。”此处写昭君身在匈奴之域对故乡的思念以及家人的传语，真是催人泪下。悲惋之情溢满诗笺，而诗的后两句却以极强的理性力度震撼人心：“君不见咫尺长门闭阿娇，人生失意无南北！”诗人从昭君出塞升华到“人生失意”的普遍性悲剧。借女子失宠，喻士之不遇。“人生失意无南北，”概括了这种怀才不遇的悲剧的广泛性、普遍性，颇能引起人们的共鸣。宋人曾季狸评之曰：“荆公咏史诗，最于义理精深。”[①] 指

① 《艇斋诗话》，见丁福保辑《历代诗话》，中华书局 1981 年版。

出了此诗的理性力量所在。这些诗例说明了诗中之“理”对于诗中之情的依托关系，但它又并非混同于一般的情，而是挺秀其间的思想升华，具有普遍性的意义。托尔斯泰曾为语言与艺术分派任务，说语言传达思想，艺术传达感情，普列汉诺夫对此反驳说：“艺术既表现人们的感情，也表现人们的思想，但是并非抽象的表现，而是用生动的形象来表现。”① 普氏的认识当然比托尔斯泰更为全面、科学，也更近于诗歌创作的实际，而我们仍可以引申说：诗歌中所表现的思想，是感情的结晶或升华。其实，刘勰在《文心雕龙》所论“隐秀”中的“秀”，倒是很可以形容真正的诗中之“理”的样态，刘勰谓：“夫心术之动远矣，文情之变深矣，源奥而派生，根盛而颖峻，是以文之英蕤，有秀有隐。隐也者，文外之重旨者也；秀也者，篇中之独拔者也。隐以复意为工，秀以卓绝为巧：斯乃旧章之懿绩，才情之嘉会也。”诗中“卓绝”处，多有“理”的腾越与闪烁，产生着警动人心的效应，即如刘勰所言之“言之秀矣，万虑一交。动心惊耳，逸响笙匏。”

依以前的权威观点来看，诗中之“理”与哲学理念在内涵上是一致的，只是表达方式的不同而已。黑格尔美学最核心的命题便是“美是理念的感性显现”，他认为“艺术的内容就是理念，艺术的形式就是诉诸感官的形象。”② 按黑格尔的看法，诗中之“理”无疑是与他的“绝对理念”是完全一致了。别林斯基在这个问题上是颇受黑格尔影响的。在别氏看来，诗与哲学在内容上是一致的，只是

① 普列汉诺夫著、曹葆华译：《论艺术（没有地址的信）》，三联书店1964年版，第4页。

② 黑格尔著、朱光潜译：《美学》第一卷，商务印书馆1979年第2版，第308页。

表达方式的不同而已。别林斯基如是说:“诗是直观形式中的真理,它的创造物是肉身化的观念,看得见的、可通过直观体会的观念。因此,诗歌就是同样的哲学、同样的思维,因为它具有同样的内容——绝对真理。不过不是表现在观念从自身出发的辩证法的发展形式中,而是在观念直接体现为形象的形式中。诗人用形象来思考;他不证明真理,却显示真理。”[①] 这种观点一直以其权威性的地位影响到当代诗学中对诗与哲理关系的认识,而我们则通过对中国古代诗歌的考察,提出与此相异的看法。

哲学中的理念是高度抽象的产物,是以概念为中介的普遍性命题。黑格尔的“绝对理念”也好,别林斯基的“绝对真理”也好(其实,后者无非是前者的翻版而已),都是指终极的抽象;而中国古代诗歌中的“理”,其内涵是远远丰富于斯的。但也没有哲学理念的概括程度。它们是与人生、事态、物理的殊相相伴而生的,并没有一个终极的抽象本原,也就并非是给抽象的理念穿上感性的、形象的外衣。这样的诗当然也有,即诗人先有了抽象的理念之后再予以演泽或披上形象的外套,如玄言诗、佛理诗中的某些篇什即是如此。但这类作品徒具诗的形式外壳,而不具备诗的艺术特质。有见识的诗论家诋之为“下劣诗魔”,是堕于“理障”、“理窟”,它们并不代表诗中之“理”的本质和最高成就。我们在此文中所讨论的诗中之“理”却恰恰是以审美化的理性光芒来洞烛人心的,与其把诗中之“理”视为一个终极性的统一概念,毋宁说它是一组意义相似

① 别林斯基著、满涛译:《别林斯基选集》第一卷,时代出版社 1953 年版,第 317 页。

的语义族。它有的时候指一种人生况味、人生境界，有的时候指客观事物变化的某种规律或情态，有的时候指社会事物的某种动态趋向，有的时候指思想或治学的某种进境……等等，它们毕竟又是有着共同之处的，这就是：诗人以其独特的审美发现将读者带入一个意义的世界，穿透现象，洞悉社会、人生百态的本相，用海德格尔式的话语来说就是对"遮蔽"的"敞开"或云"解蔽"。

二、诗中之"理"的多维存在

我们不能不面对这样的文学史实：中国古代诗歌中的"理"并非单一的存在，而是一种多维的并存。在大多数情况下，诗人并不是先验地设定一种观念，再加以形象的展示，而是伴随着审美体验而产生的一种理性的超越。诗中之"理"不是整齐划一的概念，不是书本传授的知识性真理，而是诗人通过特定的契机，引发了某一类体验的"喷射"，而凝结为审美的形态。

诗中之"理"，在相当多的情况下表现为一种人生况味。这种况味的呈示，带有鲜明的"此在"性质，也即是通过感性个体的存在而呈现的。但又并非限于此一诗人的感受，而是将诗人的某一类共同的情感体验结晶化，升越到"理"的层面。如"悲莫悲兮生别离，乐莫乐兮新相知"（屈原）、"居欢惜夜促，在戚怨宵长"（张华）、"独在异乡为异客，每逢佳节倍思亲"（王维）、"烽火连三月，家书抵万金"（杜甫）、"问姓惊初见，称名忆旧容"（李益）、"人生到处知何似？应似飞鸿踏雪泥。泥上偶然留指爪，鸿飞那复计东西"（苏轼）等等。诗人是将某种人生况味用凝炼的诗句呈示出来，触发了人们与之相类或相近的人生感受、情感体验。这即是诗中之“理”的一类内涵。

有些诗句中的“理”则表现为一种人生境界或主体的意志，而这种境界或意志又是人们所向往或认同的，成为人们共同的精神追求，表现了一种十分高尚的价值取向。因而，成为指引人生里程的审美化的灯炬。如曹操的“老骥伏枥，志在千里，烈士暮年，壮心不已”（《龟虽寿》）、“山不厌高，水不厌深。周公吐哺，天下归心”（《短歌行》）、白居易的“寄言立身者，勿学柔弱苗”（《有木八首》）、王安石的“不畏浮云遮望眼，只缘身在最高层”（《登飞来峰》）、文天祥的“人生自古谁无死，留取丹心照汗青”（《过零丁洋》）、于谦的“粉身碎骨全不怕，要留清白在人间”（《石灰吟》）等等，都表达了创作主体的人生追求，敞露了相当高的精神境界，以积极进取的价值取向警示着人们的心灵。再如有关爱情的诗句如“春蚕到死丝方尽，蜡炬成灰泪始干”（李商隐）、“曾经沧海难为水，除却巫山不是云”（元稹）等等，同样也是一种很高的人生境界展示，凝结了人们对美好爱情的坚定追求。它们同样具有“理”的意义。

诗中之“理”还表现为诗人以审美化的具象来揭示或者说是“敞亮”了某种社会的、历史的变化规律，这种规律亦非以历史哲学或社会学的理论形态出现，而毋宁说是诗人以其独特的史识及审美发现所获致，而一旦以诗的形式凝定之后，便深化了人们对社会或历史的思考。如“江畔何人初见月？江月何年初照人？人生代代无穷已，江月年年只相似。不知江月照何人，但见长江送流水。”（张若虚）从春江之月生发出人事代谢。刘禹锡的《乌衣巷》“朱雀桥边野草花，乌衣巷口夕阳斜。旧时王谢堂前燕，飞入寻常百姓家。”诗人以朱雀桥、乌衣巷等六朝士族豪门聚居之地的萧条冷落与昔日繁华暗中对举，又以“堂前燕”作为枢机，连结古今，生发了深刻的兴亡之感，揭示了历史的沧桑变故。杜牧的《赤壁》：“折戟沉沙铁未销，自将磨洗认前朝。东风不与周郎便，铜雀春深锁二乔。”元好问所写的《癸巳四月二十九日出京》诗云：“塞外初捐宴赐金，当时南牧已骎骎。只知灞上真儿戏，谁谓神州遂陆沉。华表鹤来应有语，铜盘人去亦何心。兴亡谁识天公意，留著青城阅古今。”尾联两句，极为深刻。“青城”是当年金人灭宋时的受降之地，而蒙古灭金又在此受降，历史竟是何等相似！这两句中包含的历史理性是相当精警的。

还有一些诗句中包蕴的“理”侧重于社会世道，如李白的“欲渡黄河冰塞川，将登太行雪满山”(《行路难》)以鲜明生动的意象道出世路之艰危。刘禹锡在《竹枝词 》中写道：“瞿塘嘈嘈十二滩，此中道路古来难。长恨人心不如水，等闲平地起波澜。”以瞿塘风波之险，喻世道人心之恶。苏轼的《慈湖夹阻风》“卧看落月横千丈，起唤清风得半帆。且并水村欹侧过，人间何处不巉岩?”道出了社会的处处不平。

诗中之“理”，在很大一部分内容上表现为“物理”，也即是客观事物的样态或规律，但这同样是诗人审美发现的结果，而不是书本传授的道理。王夫之指出诗中所揭之“物理”，他说：“苏子瞻谓‘桑之未落，其叶沃若’，体物之工，非‘沃若’不足以言桑，非桑不足以当‘沃若’，固也。然得物态，未得物理。‘桃之夭夭，其叶蓁蓁’、‘灼灼其华’、‘有蕡有实’，乃穷物理。夭夭者，桃之稚者也。桃至拱把以上，则液流蠹，花不荣，叶不盛，实不蕃。小树弱枝，婀娜妍茂，为有加耳。”[①] 王夫之认为描写客观事物应“穷物理”，在他看来，“桑之未落，其叶沃若”，还只是写出了事物的表面形态，还未能“穷物理”，而“桃之夭夭”方为“得物理”之句。由王夫之的上述议论可见，他所谓“得物理”，是指诗句以特定的审美意象显示了客观事物的变化的特殊规律。他又说：“知‘池塘生春草’、‘胡蝶飞南园’之妙，则知‘杨柳依依’、‘零雨其蒙’之圣于诗，司空表圣所谓‘规以象外，得其环中’者也。”[②] 也是从“穷物理”的角度来高度赞赏“杨柳依依”、“零雨其蒙”等诗句的。

我们还可以举出其他许多“得物理”的诗句，如陶渊明的“微雨从东来，好风与之俱”（《读山海经》其一）、“有风自南，翼彼新苗”（《时运》）、王维的“木末芙蓉花，山中发红萼。涧户寂无人，纷纷开且落”（《辛夷坞》）、杜甫的“随风潜入夜，润物细无声”（《春夜喜雨》）、欧阳修的“春风疑不到天涯，二月山城未见花。残雪压枝犹有橘，冻雷惊笋欲抽芽”（《戏答元珍》）等等，都是诗人以其独到的审美发现见出“物理”之妙。中国古典诗歌中所涉之“物理”，均非抽象概括之“理”，而是诗人在事物的生灭变化中，捕捉其瞬间变化之机微，从而见出大千世界中一些事物的特定形态与变化趋势。有些摄写“物理”的篇什，则升华到更高的哲理层次，如苏轼的《琴诗》、《题西林壁》、欧阳修的《画眉鸟》、苏舜钦的《题花山寺壁》、于谦的《石灰吟》等，都在摄写“物理”的同时，进入更高的思维境界。

诗中之“理”的另一类存在，是有关读书、治学及论诗等诗作。

---

① 《姜斋诗话》卷一。

② 同上。

与上述几类相比,这类作品有更多的论理色彩,但仍迥然异于哲学理念的抽象性。杜甫《戏为六绝句》其二:"王杨卢骆当时体,轻薄为文哂未休。尔曹身与名俱灭,不废江河万古流。"陈与义《春日二首》:"朝来庭树有鸣禽,红绿扶春上远林。忽有好诗生眼底,安排句法已难寻。"元好问《论诗三十首》十一:"眼处心生句自神,暗中摸索总非真。画图临出秦川景,亲到长安有几人。"这些篇什中的理性因素是很显明的,然而它们都不是抽象的议论,而是通过意象的方式来传达作者的观念。而如朱熹的《观书有感》、《春日》等涉及治学、读书的诗作,也都是在生活中触发、而以审美意象孕化而出的思理。

诗中之"理"的存在是相当广泛的,抒情、咏物、写景、纪游、怀古、咏史、论诗等类篇什斑斑可见。理学家所讲的"理"是万物本原之理:"宇宙之间,一理而已。"① 是一个终极不可再分的精神实体,与此颇有不同,诗中之"理"带有一种特有的殊相性,且是一种多维的存在,其表现形态也是十分鲜活的、多样化的,并无一个固定的模式可以框定它、规范它,它们的共同之处在于,诗人以其特有的诗性智慧,以审美意象为中介,开启了一个更为广远的、有永恒价值的意义世界。

三、诗中之"理"的不同审美存在方式

中国古代诗歌中的"理",不仅是在各类诗中多维存在着,而且

---

① 朱熹:《朱文公集》卷七十。

是以不同的方式存在着。有的时候,诗人是饱和着自己的人生体验,以自己的独特语言将高度凝缩的“理”劈空提出;有的在整体化的情境描述中水到渠成地升华而成;有的完全是用特定的审美意象加以蕴含,给人以更为普遍化的感悟的;有的是整首诗都以机趣来呈示哲理。由于“理”在诗中的存在方式不同,给予读者的启悟方式也因之有所不同。

先看第一种情形。诗人在某种情境的触发之下,唤起了诗人积淀已久的某一类人生体验。于是,诗人情不自禁地将这种体验凝结为精警的诗句,在诗中劈空提出。这种诗中所呈示的“理”十分显豁,警动人心。如杜甫与故人卫八处士久别重逢,写出了名作《赠卫八处士》:“人生不相见,动如参与商。今夕复何夕,共此灯烛光？少壮能几时,鬓发各已苍。访旧半为鬼,惊呼热中肠。焉知二十载,重上君子堂。昔别君未婚,儿女忽成行……”开篇这两句,以参、商两星无法相见为喻,道出了人世离合之“理”,充满沧桑之感。再如李白的《将进酒》一开篇便以十分夸张的诗句直贯而下:“君不见,黄河之水天上来,奔流到海不复回。君不见,高堂明镜悲白发,朝如青丝暮成雪。人生得意须尽欢,莫使金樽空对月 。天生我材必有用,千金散尽还复来……”把人生之理劈空振起。曹操的“对酒当歌,人生几何？譬如朝露,去日苦多”(《短歌行》)亦属此类。陶渊明的《饮酒》其五也以“结庐在人境,而无车马喧。问君何能尔？心远地自偏”的理性思考开篇。苏轼在《石苍舒醉墨宝》一诗中开头就说:“人生识字忧患始,姓名粗记可以休。”凝聚了多少人生忧患的感怀。这种在开篇处劈空振起的“理”,往往是诗人积郁多年的人生感怀,在特定的情景中喷射出来。语言上是质朴明确的,然而却又有着极大的理性与情感双重含量,故此多成警句名言。

有时这种理性力量很强的诗句在结尾处出现,这往往是整体的审美情境自然而然的升华。如陶渊明《归园田居》其一:“少无适俗韵,性本爱丘山。误落尘网中,一去三十年。羁鸟恋旧林,池鱼思故渊。开荒南野际,守拙归园田,方宅十余亩,草屋八九间。榆柳荫后檐,桃李罗堂前。暧暧远人村,依依墟里烟。狗吠深巷中,鸡鸣桑树巅。户庭无尘杂,虚室有余闲。久在樊笼里,复得返自然。”王之涣《登鹳雀楼》:“白日依山尽,黄河入海流。欲穷千里目,更上一层楼。”杜甫《望岳》:“岱宗夫如何?齐鲁青未了。造化钟神秀,阴阳割昏晓。荡胸生层云,决眦入归鸟。会当凌绝顶,一览众山小。”这类诗歌结束处的理性升华,是在全诗的审美情境中水到渠成地涌突出来的。

相当一部分诗中的理性蕴含是溶化在诗的审美意象之中的。如刘禹锡《竹枝词》:“杨柳青青江水平,闻郎江上踏歌声。东边日出西边雨,道是无情却有情。”元稹《行宫》:“寥落古行宫,宫花寂寞红。白头宫女在,闲坐说玄宗。”李商隐《登乐游原》:“向晚意不适,驱车登古原。夕阳无限好,只是近黄昏。”苏舜钦《题花山寺壁》:“寺里山因花得名,繁英不见草纵横。栽培剪伐须勤力,花易凋零草易生。”……都是在诗的审美意象的创造中蕴含了某种启人深思的“理”,但它们基本上并不明白道出,而是用意象来负载某种具有哲理意味的内涵。

诗中之“理”表现得最为集中、最为典型的恐怕还是那些脍炙人口的“理趣诗”。这类诗作所表现的哲理深刻、警醒,而又颇富机趣。如苏轼的《题西林壁》、《琴诗》、朱熹的《观书有感》、《春日》、

《偶题三首》等等。关于“理趣”，钱钟书先生有十分精辟之论：“理趣作用，亦不出举一反三。然所举者事物，所反者道理，寓意视言情写景不同。言情写景，欲说不尽者，如可言外隐涵；理趣则说易尽者，不使篇中显见。徒言情可以成诗：‘去去莫复道，沉忧令人老’，是也；专写景亦可成诗，‘池塘生春草，园柳变鸣禽’是也。唯一味说理，则于兴观群怨之旨，背道而驰。乃不泛说理，而状物态以明理；不空言道，而写器用之载道。拈形而下者，以明形而上者，使寥廓无象者，托物以起兴；恍惚无朕者，著述而如见。譬之无极太极，结而为两仪四象；鸟语花香，而浩荡之春寓焉；眉梢眼角，而芳悱之情传焉。举万殊之一殊，以见一贯之无不贯。所谓理趣者，此也。”① 相当深刻地阐明了理趣诗的美学特征，关于“理趣诗”，有关论述很多，本文不拟详论，而是作为诗中之“理”的一种置列于此。“理趣诗”与一般的诗歌之“理”相比，它是以整体的一首诗来表达某一寓意的。

诗中之“理”有各种审美存在方式，但与哲学理念相比，则显示了共同的特征，那就是：都饱和着诗人的情感，都不脱离诗中的具体审美情境，都以个性化的语言表现之。

四、体验—感兴：诗中之“理”的发生机制

诗中之“理”，不是靠知识传授的途径获得的，而是深深植根于诗人的人生体验之中。诗与体验本来便是密不可分的。真正的诗，必须是诗人的体验之火燃烧发出的亮彩。诗中之“理”，则是诗

---

① 钱钟书：《谈艺录》（补订本），中华书局1983年版，第227页。

人在体验中返照人生情境的结晶体。

体验,不同于一般认识论意义上的"经验"、"经历",不是对生活的浅表认识与感受。正是在这个意义上,我们所说的"体验"与以前文中所说的"体验生活"的概念内涵并不相同。后者常常是同"观察"生活联系在一起的,而前者更多地借鉴了西方体验美学中对体验的本体论阐释。德国哲学家狄尔泰以高倡"体验"而驰名于西文哲学界,在他看来,"体验"特指"生命体验",相对于一般经验、认识来说,体验必然是更为深刻、热烈、神秘、活跃的。王一川教授对"经验"与"体验"作了如下的区别:"经验指一切心理形成物,如意识、认识、情感、感觉、印象等;体验则专指与艺术和审美相关的、更具活力的生命领悟、存在状态。"① 这种阐释是颇为准确的,道出了二者之间的不同畛域。

从诗歌创作主体方面而言,"体验"是诗人在生活之流中的整体性生命感受。它是十分深切的,却又是难于用论理性语言给予准确表述的。体验是个体性、亲在性的,是他人所无法取代的。在这个问题上,海德格尔的"此在"(Dasein)的含义是很可以帮助我们理解体验的个体性、亲在性的。

体验本身有一种神秘的性质在其中。在狄尔泰看来,生命是神秘莫测的"谜",破解"生命之谜"的绝对中介就是深入到生命之流中去体验。但是,这种神秘并不具有绝对性的意义,而对人生之谜的神秘,诗在某种意义上担负了解译它的功能。如同狄尔泰所言:"最伟大的诗人的艺术,在于它能创造一种情节。正是在这种

---

① 王一川:《意义的瞬间生成》,山东文艺出版社 1988 年版,第 5 页。

情节中,人类生活的内在关联及其意义才得以呈现出来。这样,诗向我们揭示了人生之谜。”① 体验,一方面是植根于个体的、全部的生活感受,一方面又是对生命之谜的领会与悟解。

体验与反思是相伴而行的。体验由个体的感受出发,却可以生成为某种普遍性的人生领悟。反过来也可以说,没有反思也就无所谓体验。每个人都在生活之流中,但并不是每个人都具有对生活的真正体验,这是因为某些人在生活中是自在的而非自为的,没有或缺少对生命价值的反思。狄尔泰的另一段论述同样值得引起我们的思索:“诗与生活的关系是这样的:个体从对自己的生存、对象世界和自然的关系的体验出发,把它转化为诗的创作的内在核心。于是,生活的普遍状态就可溯源于总括由生活关系引起的体验的需要,但所有这一切体验的主要内容是诗人自己对生活意义的反思……诗并不企图像科学那样去认识世界,它只是揭示在生活的巨大网络中某一事件所具有的普遍意义,或一个人所应具有的意义。”② 我们不妨由此向前推阐一步,是否可以这样认为:诗中之“理”是诗人在其渊深的、整体性的人生体验中所升华出的对生命之谜的领会及对人生境况的某种解蔽与敞亮。

中国古代诗中的“理”莫不与诗人的全部生命体验息息相关,或者说是深深植根于诗人的生命体验之中。社会的变乱、人生的浮沉、人际关系的种种纠葛、朝廷政治的倾轧斗争、外敌入侵的民族灾难等等“生活关联域”都通过诗人的独特体验而交汇为某种特

① 《体验与诗》,引自刘小枫《诗化哲学》,山东文艺出版社 1986 年版,第 159 页。

② 《生存哲学》,引自刘小枫《诗化哲学》,山东文艺出版社 1986 年版,第 168 页。

定的意义之谜，而诗人又以其特有的人生价值取问、胸襟、识度在体验中领悟，伴随着诗人的审美发现升腾某种人生哲理思致，凝结为充满理性光芒、穿越时空屏幕的诗的审美形式。泽畔行吟的三闾大夫，“忠而见谤”，遭受放逐，却九死未悔，不改初衷，吟出了“路漫漫其修远兮，吾将上下而求索”的人生名言。胸怀复国之志的刘琨，因情势所迫，壮志难酬，又受制于人，于是悲慨地唱出了“何意百炼刚，化为绕指柔”的诗句。遭逢丧乱而又饱经流离的杜甫，将其深切的人生体验凝结为“露从今夜白，月是故乡明”、“烽火连三月，家书抵万金”的感慨。越是历尽沧桑，越是饱谙世态，越是久涉风波，则所道出的诗中之“理”越加深刻、警豁，越能拨动千千万万人的心弦，越能回响于过去、现在和未来之间。从根本上说，诗中之“理”是植根于诗人的人生体验之中的。

如果说，诗人的人生体验是诗中之“理”的整体性基因，那么，诗人在具体情境下的审美感兴则是诗中之“理”的催生契机。“感兴”也可以说是一种审美体验，但又是在具体的事物、情境感发下进入诗歌灵感的临机状态，也可以视为一种高峰体验。“感兴”便是“感于物而兴”，指创作主体在客观外境的偶然触发下，在心灵中孕育了艺术境界(如诗中的意境)的心理状态与审美创造形式。感兴是以主体与客体的瞬间融合也即“心物交融”为前提的，以偶然性、随机性为其基本特征的。宋人李仲蒙对“兴”的释义最切感兴的特质，他说：“触物以起情，谓之兴，物动情也。”[①] 大诗人杨万里也提出：“大抵诗之作也，兴，上也；赋，次也；赓和，不得已也。然初

① 引自胡寅《斐然集》卷十八《与李叔易书》。

无意于作是诗，而是物是事，适然触于我，我之意适然感乎是物是事，触先焉，而是诗出焉。我何与焉？天也，斯之谓兴。”[①] 杨万里对“兴”的表述是相当准确的。感兴中这样两个要素是不可或缺的：一是具体的情境（“是物”、“是事”）的感发，二是发生的偶然性。与感兴有关的诗论中大量出现的关键性词语如“触”、“遇”、“适”、“会”等等，都有偶然的意味。如明代诗论家谢榛说：“诗有天机，待时而发，触物而成，虽幽寻苦索，不易得也。”[②] 清代著名诗论家叶燮也认为：“原夫作诗者之肇端而有事乎此也，必先有所触以兴起其意，而后措诸辞，属为句，敷之而成章。”[③] 这些有关诗的感兴的论述，都揭示了其中的偶然性机制。

诗中之“理’植根于诗人的人生体验，而其创作构思的发生契机，却是具体的情境使诗人得到的审美感兴。如果诗人是从某一类抽象的观念出发，然后演述于诗中，或者寻找物象加以比附，便是“理窟”之作，缺少审美性质。严羽所说的“诗有别趣，非关理也”[④] 指的就是这种抽象之“理”，或云“名言概念之理”。王夫之指出：“王敬美谓：‘诗有妙悟，非关理也。’（此处为船山误记——笔者按）非谓无理有诗，正不得以名言之量相求耳。”[⑤] 船山十分重视诗中的“神理相得”，反对将“理”排除诗外，如他高度评价陶渊明的《饮酒》诗为“情至，理至，气至之作。”[⑥] 但他却反对以“名言之

① 《答建康府大军门徐达书》，见《诚斋集》卷六十七。
② 《四溟诗话》卷一。
③ 《原诗·内篇》。
④ 《沧浪诗话·诗辨》。
⑤ 《古诗评选》卷四。
⑥ 同上。

理"为诗的。"名言之理"即是概念化形态的"理",它不是诗人的人生体验、审美感兴的产物。以之为诗,则必然造成诗的审美情韵的失落。王文诰评苏轼的理趣名作《题西林壁》时说:"凡此种诗,皆一时性灵所发,若必胸有释典,而后炉锤出之,则意味索然矣。"① 正是指出其感兴性质。"一时性灵所发",是偶然感发的产物。王文诰设想了另一种构思方式,就是诗人胸中先存了"释典"即佛学观念,然后再加以演绎锻炼,那样写出的诗只能是"意味索然"了。王水照先生因之指出:"诗人感兴之间,哲学即在其中,未必演绎理念。"② 其说甚是,在诗人的审美感兴中所见之"理",有着不可重复的创见性、独特性,因为感兴本身是一种偶然的感发,无法替代,再难重复,如宋人叶梦得评析谢灵运"池塘生春草,园柳变鸣禽"的名句时所说:"此语之工,正在无所用意,猝然与景相遇,借以成章,不假绳削,故非常情所能到。诗家妙处,当须以此为根本,而思苦言难者,往往不悟。"③ 正是从其感兴的审美创造方式中揭示其艺术独创性所在。陈衍评价苏轼《题西林壁》说:"此诗有新思想,似未经人道过。"事实上,以感兴方式揭橥的诗中之"理",往往是展现了新的发现、新的思想的。

倘若是从抽象的理念出发,在诗中演述,虽有诗的外形而不具备诗的特质及审美效应。这种诗有理念而无情韵,而这种理念也是别人道过的,缺少新的意思。用诗来说理,是"费力不讨好"的事。它的义界是封闭的、凝定的,是清晰而又缺少艺术张力的。因

① 孔凡礼辑校:《苏轼诗集》卷二十三,中华书局版。
② 王水照选注:《苏轼选集》,上海古籍出版社 1984 年版,第 199 页。
③ 《石林诗话》卷中,见《历代诗话》第 426 页。

为这种理念本身具有明显的现成性、给定性，即便是以诗的形式表述之，也即便是觅得物象以呈示之，仍然缺少诗歌所应具有的特定的朦胧与神秘之美。而以诗人的人生体验为根基，在特定的审美感兴中生发的理思，则真正体现了诗中之“理”的特殊存在与优势。它有着明显的生成性，其义界不是封闭的，而是在读者的观照中不断生成新的意蕴。它不脱离具体的审美意象，同时又升腾出普遍性的哲理蕴含。说来使人感到颇有兴味：越是由诗人特定的审美感兴所产生的带有不可重复的诗意，越有向普遍哲学升华的冲力。在诗人来说，它是独特的人生体验的诗化结晶；在读者来说，拨动了千千万万人的心弦，敞亮了人们类似体验的意义世界。

哲学中的理念是高度抽象的，是以陈述命题的方式存在；而诗中之“理”则是一种审美化的存在，它是植根于诗人的人生体验、以特定的审美感兴为契机，并以意象的方式加以呈示的。诗中之“理”在内涵上也是不同于哲学理念的，它是人生的各种具体意义的敞亮。这便是我们对诗中之“理”的基本看法。

中国古典诗词中的审美回忆

在文学创作尤其是诗的圣殿中,回忆是一位美丽绝伦而又饱经沧桑的女神。无数在中外文学宝库中闪烁异彩的诗篇,正是因为其中回忆的要素而平添了令人沉浸其间的无限魅力。回忆饱濡着诗人对于以往岁月的深刻的审美体验,穿越了时间和空间的重重障蔽,绕开了理性离析与知性分解的道路,把那本已依稀难辨的旧日情形呈现为当下的感知图景。它打开了经久尘封的记忆库存,以那生动鲜活的"图式化外观"获得了永恒的存在。它带着诗人浓重的情感色彩,将过去、现在、未来结合在一起,以审美的性质祖现了诗的光晕。西方美学高度重视回忆对诗的本源意义,而中国古典诗词则是以其丰富的回忆性的意象成就了东方诗美的神采。

一、回忆:"九缪斯的母亲"

本文所言之"回忆",并非是在心理学角度上的概念,而全然是审美意义上的追寻。人类从艺术诞生那天起,就与回忆结下了不解之缘。回忆,在西方艺术哲学中甚至具有了艺术本体的意义。"当中国诗人由于'兴'的获得而手之舞之、足之蹈之之时,神话中的希腊诸神正在诗神缪斯(Muses)的带领下翩翩起舞,而九位女缪斯的艺术生命则是来自她们那伟大的母亲——回忆女神漠涅摩绪涅(Mnemosyune)。艺术的生命之源是'回忆',艺术的本体是'回忆'——这既可以看作西方最古老的诗论,也可以说是最古老的关于艺术中令人沉醉之物的解答了。"① 王一川教授曾以充满诗意的话语来揭示回忆在艺术中的重要地位。这种认识又深受德国大哲学家海德格尔的启示。海德格尔如是说:"回忆,这位天地的娇女,宙斯的新娘,九夜后成了九缪斯的母亲。戏剧、音乐、舞蹈、诗歌都出自回忆女神的孕育。显然,回忆绝不是心理学上证明的那种把过去牢牢把持在表象中的能力。回忆回过头来思已思过的东西。但作为缪斯的母亲,'回忆'并不是随便地去思能够被思的随便什么思的东西。回忆是对处处都要求首先去思的那种东西的思的聚合。回忆是回忆到的、回过头来思的聚合,是思念之聚合。这种聚合在敞开处都要求被思的东西的同时,也遮蔽着这要求被思的东西,首先要求被思的就是这作为在场者和已在场的东西在每一事物中诉诸于我们的东西。回忆,九缪斯之母。回过头来思必须思的东西。这是诗的根和源。这就是为什么诗是各时代流回源头之水,是作为回过头来思的去思,是回忆。"② 在这里,海德格尔是把回忆作为诗的本源大加称颂的。在海氏看来,回忆不是一般心理表象的召唤与聚集,而是思的聚合。回忆是对被遮蔽的东西的敞开,是回归"家"的审美之途。

---

① 王一川:《意义的瞬间生成》,山东文艺出版社 1988 出版,第 3 页。

② 海德格尔著、孙周兴编:《海德格尔选集》,上海三联书店 1996 年版,第 1213 页。

海德格尔对“回忆”的本体论阐释，并非无源之水，无本之木，而是西方美学中高度重视回忆的传统的存在主义化。西方美学中最早高扬“回忆”的是柏拉图。他把诗的灵感释为“迷狂”，又把迷狂规定为“回忆”。在他看来，迷狂并非对现在的、当下的理念的直觉，而是对过去的、久已消隐而今存在于遥远的天国神界的理念的回忆、复现。柏拉图论述回忆的话是值得我们高度重视的，他这样说：“这原因在人类理智须按照所谓‘理式’去运用，从杂多的感觉出发，借思维反省，把它们统摄成为整一的道理。这种反省作用是一种回忆，回忆到灵魂随神周游，凭高俯视我们凡人所认为真实存在的东西，举头望见永恒本体境界那时候所见的一切。”① 柏拉图这里所说的“回忆”，并非作为心理过程的回忆是显而易见的，这是一种本体论意义上的回忆，是人的本体、人的存在向过去理念本体的回归。由这种本体论的回忆，引申出审美创造意义上的回忆。柏拉图以“迷狂”来说明诗的灵感，同时他又认为“迷狂”就是对“上界”的美的回忆，他说：“有这种迷狂的人见到尘世的美，就回忆起上界里真正的美，因而恢复羽翼，而且新生羽翼，急于高飞远举，可是心有余而力不足，像一个鸟儿一样，昂首向高处凝望，把下界一切置之度外，因此被人指为迷狂。”② 这也便是柏拉图对文艺创作的发生机制的解释，“回忆”在柏拉图的美学思想中是至关重要的。

近现代西方哲学史上的一些著名哲学家也都从他们各自的哲学思想体系出发，高度重视阐扬回忆在审美思维中的重要地位。

---

① 柏拉图著，朱光潜译：《柏拉图文艺对话集》，人民文学出版社 1963 年版，第 124 页。

② 同上，第 125 页。

如叔本华把回忆作为客观的观赏指出其审美维度的幻象特征:“在过去和遥远(的情景)之上铺上一层这么美妙的幻景,使之在很有美化作用的光线之下而出现于我们之前的(东西),最后也是这不带意志的观赏的怡悦。……于是,如果我们自己能做得到,把我们自己不带意志地委心于客观的观赏,那么,回忆中的客观观赏就会和眼前的观赏一样起同样的作用。所以还有这么一种现象,尤其是在任何一种困难使我们的忧惧超乎寻常的时候,突然回忆到过去和遥远的情景,就好像是一个失去的乐园又在我们面前飘过似的。”[①] 叔本华在这里指出了回忆在审美思维中所具有的直觉性质。回忆给主体呈现出“美妙的幻景”,这就把回忆的审美特质揭示了出来。意大利著名哲学家维柯在其诗性思维的研究中亦十分重视回忆的重要地位,把回忆作为审美想象的基础,他指出:“儿童们的记忆力最强,所以想象特别生动,因为想象不过是扩大的复合的记忆。”[②] “想象不过是记忆的复现,聪明或发明也不过是在所记忆的事物上加工。”(同上第363页)“记忆和想象是一回事。”(同上第428页)诗的审美创造离不开想象,而在维柯看来,想象即是记忆(回忆)的复现,因此回忆是更重要的。伏尔泰也把回忆视为如想象一般重要的诗的特质。尼采则认为,回忆是对全部沉醉体验的无限美妙的唤回。接受美学的代表人物尧斯认为回忆对于审美经验来说,是极有用的助力:“审美经验可以借助回忆把自然归还给现代的感觉能力。”又指出:“回忆的和谐化和理想化的力量是

---

① 叔本华著、石冲白译:《作为意志和表象的世界》,商务印书馆1982年版,第277页。

② 维柯著、朱光潜译:《新科学》,人民文学出版社1987年版,第104页。

一种新近发现的审美能力。"① 而在海德格尔那里,回忆更是根本的艺术体验。体验即诗,回忆即诗,这回忆当然不是通常意义上的回忆,而是本体论的回忆,通过回忆,指向存在的回返。西方这些著名的哲学家、美学家对回忆的深刻论述,充分说明了回忆在审美创造中的重要地位,而其间的审美创造的途径与过程,主要是体现在诗歌创作之中,尽管海德格尔等思想家的话语体系中"诗"不等同于狭义的诗歌,而是人类的更为根本的存在方式,但后者仍然不失为一种主要的载体与实现途径。正因其如此,海德格尔才如此重视荷尔德林、里尔克等诗人的创作,并以诗化的思维和语言来阐释自己的存在本体论思想。在海德格尔看来,回忆乃是艺术的本源,也是一种对至高无上者的"道说"。也可以说,这是西方美学中对于回忆的最重要的定位。

二、中国古典诗词中回忆的存在形态

与西方美学相比,中国古典美学的资料中缺少对于回忆的理论论述,即便有所涉及,也没有理性的自觉。但在中国的古典诗词创作中,回忆却扮演着非常重要的角色。许许多多的篇什都是诗人以在回忆中的旧日情景构成审美境界,而回忆中的情景又饱含着诗人对于昔日景象的深沉怀想。也许,这些景象在当时是平淡的,无足为奇的,但却是与诗人的个体的情感体验有密切的关系。

① 尧斯著、顾建光等译:《审美经验与文学解释学》,上海泽文出版社 1997 年版,第 123、126 页。

当诗人把回忆中的情景写进诗中，呈现于文本，它便由在诗人的心海深处的幽闭状态敞亮了出来。

诗中的回忆首先是一种审美化的情境或者说是直觉的审美体验，而非逻辑的、概念的。这种情境或体验，或是个人的亲历，或是历史的呈现，但都是镜像式的，它带着感性的、活生生的、充满情感的特质，是过去通向今天和未来的连接点。正如尧斯所说的："回忆是指一种经验的内涵，它需要已经见过的事物，需要在最初的、但已丧失的知觉和后来的再认识之间经历过一段时间距离。因此，重新唤回的时间似乎仅仅指出了一个先验的家园和一种永恒的存在。但在事实上，它指出了另外一个尘世：叙述者过去的世界通过回忆而变得可以感知，并且通过艺术而可以与他人交流。"[①] 尧斯的话是非常中肯的，道出了回忆的主要特质。中国古典诗词中的回忆性意象颇为普泛地体现了这种特质。

诗词中的回忆大致可以分为个人亲历性的与历史积淀性的两大类。从审美创造的主体角度而言，前者可以说是单主体的，而后者则可以说是主体间际性的。个人亲历性当然是指诗人（单一的审美主体）在诗词中将自己亲身经历的情境、事件或者是与诗人直接相关的人物通过回忆呈现在诗词的意境之中，成为读者阅读时的观照客体，这种体验是诗人作为单一的审美主体所独具的，是他者所不可能具有的，有着很强的个性化色彩。这当然并非是说诗词中所回忆的景象是别人所见不到的，而是指其所浸透着的情感体验是他者所不能取代的，伽达默尔的有关论述适合于这种个人

① 《审美经验与文学解释学》，第135页。

亲历性的回忆:“所有被经历的东西都是自我经历物,而且一同组成该经历物的意义,即所有被经历的东西都属于这个自我的统一体,因而包含了一种不可调换、不可替代的与这个生命整体的关联。”① 历史积淀性则是诗人将并非诗人亲历的,而是历史上的人物、事件通过回忆的方式,以感性直观的样态呈现在诗词的意境之中,给人们以带有历史感的审美领悟,这多半存在于怀古、咏史诗词之中。从主体而言,这种回忆具有的是一种主体间际性,因为诗人所呈现在诗词作品中的回忆性意象并非是他自己所亲身经历、所独自具有的,而是一些有着特殊意义的历史事件的某些“镜头”。面对它们的,不是仅仅一个单独的主体,而可以是许多个主体。但在选择哪些情景,体现什么价值取向、情感认同,仍是有着鲜明的主体色彩的。

在中国古典诗词中,个人亲历性回忆的一种情形是过去的情景与当下的情景叠印交织在一起,过去的情景就呈现在当下的情景之间,这就使诗词的审美境界的空间感和时间感都有着延展性。从诗人的情感角度看,由于旧日情景复现于眼前,眼前的情景宛然如昨,使诗人萦绕着一种意味深长的惆怅感。晏殊的《浣溪沙》是非常典型的:“一曲新词酒一杯,去年天气旧亭台,夕阳西下几时回? 无可奈何花落去,似曾相识燕归来,小园香径独徘徊。”词人手捧着一杯酒,口中吟出了一曲新词,夕阳西下,亭台依旧,残红委地,燕子归来,一切都与去年的情景是何等相似啊,也可以说是去年情景的复现。同样的情景有着过去与当下两个维度,在这种包

---

① 伽达默尔著、洪汉鼎译:《真理与方法》,上海译文出版社 1999 年版,第 86 页。

含着回忆的情景中,诗人对于生命的流逝有了直观的领悟。领悟乃是一种超越,写在诗中的情景实则是诗人审美观照的产物,回忆恰恰是领悟得以产生的直接条件。再如李煜的名作《虞美人》("春花秋月何时了"),忆念中的旧日楼台、故国月明,与现时的情景融而为一,小楼东风依然如昨,诗人昨天还是皇帝,今天却成了臣虏,同样的情景,却全然是两番心情。其中回忆的因素使过去与现在的情景交相闪回,而又形成了鲜明的情感反差,从而增添了审美感受的丰富性。

诗词中的回忆,另一种情形是将往昔的情景与现在的生存状态分别以完整的意象化方式并置在一起,从而形成情感与心态的明显反差,大大增强了读者阅读时所产生的审美感受的复杂度与对比度。如杜甫的《百忧集行》:"忆年十五心尚孩,健如黄犊去复来。庭前八月梨枣熟,一日能上树千回。即今倏忽已五十,坐卧只多少行立。强将笑语供主人,悲见生涯百忧集。入门依旧四壁空,老妻睹我颜色同。痴儿不知父子礼,叫怒索饭啼门东。"子美遭逢国难,晚境凄凉,流落于湖湘,百忧丛集,忆及少年时生逢开元盛世,生活无虞,一片童稚之气。诗人通过自己的回忆,描写了一幅很完整的图景,把诗人少年时的欢乐与稚气以意象化的手法呈现于诗中,同时又极生动地写出了现实的困顿与凄凉。两幅以回忆为枢机的图景不仅写出了诗人身世的苦乐休戚,而且还将世事的沧桑陵替暗示于读者。这种以回忆手法所构成的过去与现在的双重并置,一般都是昔欢今悲。这类篇什是非常之多的。

在个人亲历性的回忆之中,更多篇章是对人的忆念。这些篇章充满了非常浓厚的感情色调。诗人所忆之人多是亲人、恋人或情感深笃的挚友。在诗人以回忆的方式写出自己的思念时,所忆对象或是关山阻隔,相距遥远,或是斯人已逝,永无相会之期了。诗人们对其所思之人充满了无限深厚的眷怀之情,在诗词中创造出十分美好的形象。如元稹的名作《离思》(此处选二),"山泉散漫绕阶流,万树桃花映小楼。闲读道书慵未起,水晶帘下看梳头。""曾经沧海难为水,除却巫山不是云。取次花丛懒回顾,半缘修道半缘君。"诗人的这两首诗都是通过回忆把妻子写得美丽夺人,仪态万方,其中浸满了诗人对妻子的无比思念。再如晏几道的名篇《临江仙》:"梦后楼台高锁,酒醒帘幕低垂。去年春恨却来时。落花人独立,微雨燕双飞。　记得小苹初见,两重心字罗衣。琵琶弦上说相思。当时明月在,曾照彩云归。"此词是小山怀念歌女小苹之作,把所忆之人写得如此清纯美丽。此篇其实是双重回忆,上片是回忆"去年春恨"来时的情境,经过时间的过滤,只留下了"落花人独立,微雨燕双飞"的极为经典的意境。而下片是追忆与小苹初见时的印象,"当时明月在,曾照彩云归",同样是"当时更无敌手"① 的意象创造。清代词论家陈匪石在《宋词举》称扬此词云:"此小山传诵之作。极深婉沉着之妙。寻绎词意,当系别后追忆……首二句'梦后'、'酒醒',是久别思量时候;'楼台高锁'、'帘幕低垂'是窥其室阒其无人之象……过变追溯'初见','罗衣'述当时服饰。然今已不见,故'相思之情只得'就'琵琶弦上'说之,以琵琶惯弹别曲也。"着重揭示了它的回忆性质。

与前举作品想比,历史积淀性的回忆之作所忆的情景并非诗

① 陈廷焯:《白雨斋词话》卷一。

人亲历,换言之,诗人并未作为诗中情景的"此在"出现。所谓"历史积淀性"的回忆,主要是体现在怀古、咏史诗词之中。诗人在诗词中所回忆的,是一些历史上的具有典型意义的"镜头"。诗人并未亲历过、但又以回忆的形式使之呈现于诗的意境之中。有必要指出的是,诗中的情境虽非诗人所亲历,然而却体现着诗人对其中的历史意味的独特理解与选择。

这类作品也许没有前类诗那样浓挚的个人情感,但却有着更多的历史性领悟与反思。诗人在这里所回忆的是历史积淀的某种持存,如元稹的《行宫》:"寥落古行宫,宫花寂寞红。白头宫女在,闲坐说玄宗。"唐玄宗时的宫闱之事,当然并非元稹所亲身经历的,但诗人以"白头宫女"为回忆的主体,忆及玄宗时代的行宫盛况,与现在残存行宫的荒芜冷落形成鲜明的反差,凸现了时代变迁的沧桑感、悲凉感。刘禹锡的《西塞山怀古》、《金陵五题》中的《石头城》、《乌衣巷》等都以回忆的手法将过去与现在的两重时空交叉在一起。《石头城》:"山围故国周遭在,潮打空城寂寞回。淮水东边旧时月,夜深还过女墙来。"这首诗的意境实际上都是双重时空的。山、城、潮汐,既是眼前之景,也是旧时风物。"旧时月"是诗人历史性回忆的关键意象,当年曾映照着秦淮河畔那歌舞管弦、绿樽红袖的月轮,如今却在凄冷的深夜悄然移过女墙。现实的时空是前景,而过去的时空隐含于其中,诗人的回忆是绾合二者的枢机。

历史积淀性的回忆更多的是对历史现象的反思与领悟。怀古、咏史题材的诗词创作,多是通过对于历史镜头的回忆,观照古今的迁替,揭示历史的兴亡规律,体现出作者的冷峻沉思。面对历史的遥远忆念,作者把它们呈现出来,正是为了理性的警醒。李商隐的《马嵬》、杜牧的《悲吴王城》、苏轼的《念奴娇·赤壁怀古》、王安石的《桂枝香·金陵怀古》这类篇什,都是在对历史的某些情景的回忆中透射了深邃的洞照与领悟。如李商隐的《马嵬》,通过对六朝旧事的回忆,兴发的是深刻的历史省思,是沉重的兴亡之慨。这些怀古性的篇什,与一般的使事用典是有很大区别的。它们是以对某些历史镜头的追忆来展现一些沉积在时间深处的空间,又站在现实的陵岸上去冷峻地俯视那曾经热闹非凡的历史幽谷,从而生发了深沉的理性省思。这种理性省思不是抽象的概括,而是在具体的情境描写中升华的。

三、回忆作为一种审美创造

进入诗词的回忆性意象,具有特殊的审美价值。作者从自己的记忆库存中不期然而然地调动出来,并使之进入诗词文本的特殊意象,往往带着整体性的生命体验,同时,也借时间上的间离,对于以往的情景进行了无意识的却又是精心备至的审美选择。回忆使作者的审美能力得到了超强的发挥,同时也进一步整合了历史理性与审美表象的关系。可以说,诗词中的回忆并不仅是一种复现,而更多的是充满生命力的审美创造。带有回忆性的诗词,看似对以往经历的片断的追溯,实则是诗人充分调动想象营造审美情境的产物。正如接受美学的代表人物尧斯所说:“回忆不仅是审美认识的精确工具,它还是真正的、仅有的美的源泉。”① 诗词中的

① 《审美经验与文学解释学》,第134页。

回忆性意象 也许在当时并非是那么强烈而生动，而离开了当时情景之后，斗转星移的时空迁替，遗忘了大部分背景化的事物，而将情感体认最为强烈的情境深深地烙印在心灵的屏幕之上。正是这些忆念中的客体的现实性缺失或者说是“不在场”，造成了主体情感的很强的意向化投射，因而，这种忆念中的景、事、人，都比现实“在场”者更为动人，更具魅力，同时，也因其缺失而倍加感伤。

在远离江南、回到北方的白居易的笔下，江南风光引起了诗人多少美好的回忆：“江南好，风景旧曾谙。日出江花红胜火，春来江水绿如蓝，能不忆江南？”“江南忆，最忆是杭州。山寺月中寻桂子，郡亭枕上看潮头。何日更重游？”(《忆江南》)无独有偶的是，由宋入金的诗人吴激，在他的诗作中也同样充满了对江南故园的美好忆念：“天南家万里，江上橘千头。梦绕阊门迥，霜飞震泽秋。秋深宜映屋，香远解随舟。怀袖何时献，庭闱底处愁？”“吴淞潮水平，月上小舟横。旋斫四腮脍，未输千里羹。捣荠香不厌，照箸雪无声。几见秋风起，空悲白发生。”(《岁暮江南四忆》选二)吴激从风光明丽的江南到漠北金源，羁留异域的悲凉，去国怀乡的漂泊感，使他充满了对于故国乡圃的深切眷恋，对于江南故园的忆念缱绻浓酽，处处萦绕于诗中，挥之不去，拂之还来。正因为江南山水的“缺席”，诗人才把它描写得如此美好，如此充满魅力，在诗人的回忆之中，南国的春花秋月，该是何等富有诗意啊！

与之紧密相关的还有回忆之作的感伤的情感维度。往事中的情境是那样的令人回味、刻骨铭心，正因其人其事是“不在场”的，所以在诗人的心目中和作品里就更为美好动人，反之，现实的情境也正因所思所忆之人、之事的“缺席”而使审美主体更为感伤。回忆的美好与现实的感伤在文本中形成了一种鲜明的审美张力,它们交织在一起,大大增强了诗词的内蕴。如李商隐的《无题》(“昨夜星辰昨夜风”)回忆中与所思之人在一起游戏时的情景是那样难忘,而现实中诗人沉沦下僚的无奈处境与之形成了一种审美的张力。李煜的《破阵子》(“四十年来家国”)回忆中的南唐山河宫阙是如此豪华雄丽,而“归为臣虏”之后的现实心境又是如此的痛苦不堪,二者的反差是很大的。有时这种回忆的幸福与现实的感伤并非前后分列,而是交织纽结在一起,如周邦彦的《兰陵王》中第三片:“凄恻,恨堆积,渐别浦萦回,津堠岑寂,斜阳冉冉春无极。念月榭携手,露桥闻笛。沉思前事,似梦里,泪暗滴。”现实的伊人不在的“凄恻”与当时“月榭携手”的幸福是闪回在一起的。这种情形,对于读者来说,造成了审美感受的复杂性与丰富性。

回忆有着“按着美的规律塑造”的审美创造性质。诗词中的回忆性意象,并非是单纯的对于以往的人与事的追忆,而且,更是诗人以回忆的形式抒写自己的审美理想的产物,回忆作为一种审美能力,是不能仅与对以往的人与事的复现功能相等同的,它有着很大的审美创造潜能。也就是说,诗人们更多的是把自己的审美理想灌注到以回忆的形式来创造的意象中,因而,诗词中的回忆性意象与其说是对以往人物事件的复现,毋宁说是以回忆的形式来创造的审美“乌托邦”。就时间维度而言,回忆当然是属于“过去”,但这“过去”是立足于“现在”,包蕴着“未来”。恰如王夫之所说:“缘景,缘事,缘以往,缘未来,终年苦吟而不能自道,以追光蹑影之笔,写通天尽人之怀,是诗家正法眼藏。”① 在对以往的情景、人物、事件的回忆里,把诗人的情感、意念、理想都融注进意象创造。这些意象,既是“缘以往”的,也是“缘未来”的。在诗词的回忆性意象之中,过去与未来、回忆与预感,都进入到了主体的当下体验,现在、过去、未来之间不再存在本质上的差异,主体的体验是由对过去的回忆和对未来的期待交融在一起的。因此,诗词中的回忆在某种意义上就带有“乌托邦”的性质。马尔库塞这样说过:“伟大艺术中的乌托邦从来不是现实原则的简单否定,而是它的超越持存,在这种持存中,过去和现在都把它们的影子投射到满足之中,真正的乌托邦建立在回忆往事的基础之上。”② 正是指出了回忆的这种乌托邦性质。而在中国的古典诗词中的回忆里,实际上诗人也是以理想化的方式来充满深情地创造着忆念中的美的幻象的。回忆中的人物与情境是那样的美好,在很大程度上都带着理想化的成分。诗人以充满深情的笔触把忆念中的人物、事件、情境赋予了具有个性化特征的美的光晕,这其间就饱含着诗人的审美理想所在。可以举辛弃疾的《鹧鸪天》(壮岁旌旗拥万夫)为例,稼轩在这首词的上片所写,既是对自己当年战斗生活经历的回忆,同时也融进了词人的理想与期待。稼轩不甘心仅仅作一个词人,而是渴望驰骋疆场,杀敌复国。说词中包含着理想化的成分,并非是指以前不曾存在这种情景,而是说词人按着自己所认同的价值观进行审美选择,

---

① 王夫之:《古诗评选》卷四阮籍《咏怀》评语。

② 马尔库塞:《审美之维》,引自刘小枫著《诗化哲学》,山东文艺出版社 1986 年版,第 262 页。

创造了这样的将军形象。再如温庭筠的《菩萨蛮》:“水晶帘里玻璃枕,暖香惹梦鸳鸯锦。江上柳如烟,雁飞残月天。藕丝秋色浅,人胜参差剪。双鬓隔香红,玉钗头上风。”这里所忆的女子形象,也是词人按着他的审美理想所创造的。诗词中许多回忆性意象的细节,都是诗人以自己美的理想、美的观念来刻画的。

那些非个人亲历的历史积淀性的回忆,也同样难说是历史场景的复原,而毋宁说是诗人们在某种历史框架内的审美创造。诗词中的回忆之所以不同于历史,也不同于传记,而有着浓重的审美色彩,原由也就在此。苏轼的不朽名作《念奴娇·赤壁怀古》是一个显例。之所以不厌其烦地列举这首尽人皆知的词作,是因为我想指出,它不是历史,也不是传记,而是有着理想化色彩的审美回忆。词中的周瑜形象,与其说是历史上周瑜形象的复现,毋宁说是东坡理想人格的化身。面对历史的苍茫,词人呼唤而出的是这位风流俊爽而又才华过人的儒将周公瑾。“乱石穿空”的长江赤壁,在词中只是作为这位豪杰的背景。“遥想公瑾当年……”这数句,就更是词人以自己的审美理想为周瑜所作的“传神写照”。再如杜甫的著名的《忆昔》诗(忆昔开元全盛日)对开元盛世的回忆,恐怕也难免有很大的理想化成分,审美乌托邦的意味是很浓厚的。这里所举的历史积淀性的回忆,都不只是对历史情境的复现,而倾注了诗人对社会人生的理想、热情。尧斯的话可以在这里启发我们的思索,他说:“回忆作为一种审美能力,它不信任历史学家带有偏见的选择和传记作者的理想化的回忆,而是在观察不到的情感生活的积淀中寻找失去的历史真理。于是,它唯有以追溯的方式显现出来。"[①]我觉得这是很适用于历史积淀性的回忆的。也许还可以这样理解:越是历史积淀性的回忆之作,就越深刻地寄予了诗人的社会化的美的理想,在回忆中也越加渗透了未来的召唤力。

四、回忆与"时间透视"中的审美体验

诗词中的回忆性意象也可以借现象学美学的概念看成是一种"时间透视"。空间可以透视,时间也可以透视。"时间透视"意味着什么?简而言之,就是主体沿着时间维度而产生的记忆直观的变化。这个概念的首倡者茵加登在其代表性著作《对文学的艺术作品的认识》中,以专章论述了"文学的艺术作品的具体化中的时间中的时间透视"问题,并且置之于审美活动中十分重要的地位。他阐释道:"时间透视和空间透视相类似,在知觉中,但是也在关于某些时间中的过程以及它们发生的时间阶段的记忆中,它们的'时间外观'(它们在这些外观中出现)的'时间形式'中存在着一种奇怪的歪曲与变化,当我们经验这些被歪曲和改变的时间形式(直接在它们的图式化外观之中)时,我们在直观中赋予这些被感知的过程和时间阶段以适当的'未歪曲'的时间形式。"[②]在诗的审美时空中,"时间透视"的功能是重要的,也是必然的。涉及带有回忆性质的诗词作品,以"时间透视"的视角来看就更能说明问题。时间透视要有一个稳定的视点,这个视点就是诗人自己的视点。诗人

---

① 《审美经验和文学解释学》,第135页。

② 茵加登著、陈燕谷等译:《对文学的艺术作品的认识》,中国文联出版公司1988年版,第112页。

把自己的回忆或历史性的体验凝结为审美意象，或刹那而千古，让遥远的历史在诗中留下自己的某个截面；或将自己所经历的某一片刻复活、再现，敞亮于人们的视域之中。所谓'时间透视"'在现象学美学中被指出为两种基本现象：一种是"令人厌烦的单调的活动的经验所占据的时间间隔在当时对我们显得很长，但在记忆中却显得非常短暂"①。另一种则与之截然相反，"在神经极度紧张的情况下经历的时间阶段，其中充满剧烈的活动，在正在经历以及刚刚结束时显得非常短暂。但在以后的回忆中，这同样的时间阶段就显得长得多"②。诗词中的回忆性意象正是具有这样的"时间透视"特点。在诗人来说，漫长的、平淡的日子并不具有多少审美的意义，因而都作为一种背景遗落于意识的深层里；而那些对于诗人来说深深激动过的顷刻，却是进入诗词创作的无可回避的选择。这些"顷刻"在现实的时间中是那样的短暂，但是一旦进入到诗人所创造的诗词意境中，便给予人们以美的永恒。我们所熟悉一些带有回忆性的诗词作品，就是以这样的一些"顷刻"来展开一个充满审美情韵的空间的。譬如："去年今日此门中，人面桃花相映红。人面不知何处去，桃花依旧笑东风。"（崔护《题都城南庄》）"把酒祝东风，且共从容。垂杨紫陌洛城东。总是当年携手处，游遍芳丛。聚散苦匆匆，此恨无穷。今年花胜去年红。可惜明年花更好，知与谁同。"（欧阳修《浪淘沙》）"中州盛日，闺门多暇，记得偏重三五。铺翠冠儿，捻金雪柳，簇带争济楚。如今憔悴，风鬟雾鬓，怕见夜间

① 菌加登著、陈燕谷等译：《对文学的艺术作品的认识》，中国文联出版公司 1988 年版，第 114 页。

② 同上。

出去，不如向帘儿底下，听人笑语。”（李清照《永遇乐》下片）等等，诗人都是把体验最深的“顷刻”加以审美物化，成为具有特殊情韵的意象。

诗词中的回忆性意象很难说就是诗人对以往有关经历的完全复原，因为这些经历中的大部分内容只是一般的“经验”，只有一部分对于诗人来说是印象极为深刻的生命体验。体验是不同于一般经验的，“体验也就意味着亲历，亲身经历生命的重大、复杂而神秘的事相。亲历，就是去参与，奉献，牺牲，去体会痛苦与欢乐，承受恐怖与狂喜。”[①] 回忆就是一种体验。正如伽达默尔所说的：“凡是能被称之为体验的东西，都是在回忆中建立起来的。”[②] 诗人所回忆的情境，就是体验最为深刻的部分。诗中所回忆的，不能是抽象的意识，而是活生生的、饱含着诗人情感的感性印象。这也正是诗词中的回忆性意象具有鲜明审美特质的前提。诗词中的回忆性意象是诗人以十分鲜活的、生动的细节所构成的情境。正如茵加登所说：“诗歌中抒情之‘我’就生活在这个目前时刻，它充满了对很久以前的过去的回忆，诗人借助于无足轻重的细节把它召回到现在，它在从过去保留下来的忧郁的意识中表现自己。不可挽回地失去的幸福，它那微不足道的但又是珍贵的痕迹保留在回忆中。悲伤一下子就确定了抒情之‘我’的现在，他就在这个现在中吟诵着诗句。这仿佛不是抒情之‘我’进入过去，相反，是过去在一瞬间复活了，好像是对现在的回声，和‘现在’正在发生的事情融合为一

① 《意义的瞬间生成》，第110页。

② 伽达默尔著、洪汉鼎译：《真理与方法》，上海译文出版社1999年版，第85页。

体。这里显示出诗人很高的艺术性，这个过去尽管非常遥远并且只用了几个无足轻重的细节勾勒出来，仍然以其特有的、非常生动的情感色彩给读者以很深的印象，并且为展开它那给人以深刻印象的忧郁情思构成必要的背景。"[①] 这种分析很合用于认识中国古典回忆性的诗词作品，这些篇什都是用鲜活而富有特征的细节来创造回忆性的情境的。如"我居北海君南海，寄雁传书谢不能。桃李春风一杯酒，江湖夜雨十年灯。持家但有四立壁，治病不蕲三折肱。想得读书头已白，隔溪猿哭瘴溪藤。"（黄庭坚《寄黄几复》）"彩袖殷勤捧玉钟，当年拚却醉颜红。舞低杨柳楼心月，歌尽桃花扇底风。"（晏几道《鹧鸪天》）"倚危亭，恨如芳草，萋萋刬尽还生。念柳外青骢别后，水边红袂分时，怆然暗惊。"（秦观《八六子》）等等。这些细节刻画带着很浓的情感色彩，呈现于读者的感性观照之中，产生了很高的审美价值，诗人以当前的情感体验为动力，将曾所经历的往事中那深深嵌入生命的、曾无数次使诗人魂牵梦绕的瞬间，从记忆的库存中调动出来，将其复活，使之宛如当下情景地呈现出来。山谷与黄几复在桃李春风中举杯共饮，同窗的深情化成这极美好的情景；重逢的烛光里，那往日为酬知己、尽情歌舞的宛妙音容又在眼前；词人离恨恰如"刬尽还生"的芳草，愁倚危亭，却恍然见到自己与伊人离别时水边分袂、柳外痛别的情形……这些通过诗人的回忆而呈现的瞬间，既是历史的，又是当下的；既是幻觉的，又是活生生的，是灌注了生气的审美意象。

存在于人的内心世界的回忆情境是活跃的、丰富的，但又是零

① 《对文学的艺术作品的认识》，第139—140页。

乱的、模糊的、不确定的。诗人则从自己丰富的记忆库存中选择其中体验最为深切、情感最为浓挚的“镜头”，通过文字的形式加以物化，使之成为稳定的、永恒的“图式化外观”，从而诉诸于读者的审美感受。这些“镜头”在当时可能是“无足轻重”的，而经过诗人的语言加工之后成为自足的艺术境界，使原来幽闭于诗人的内心世界的回忆得以“敞亮”于人们的审美视域之中，成为永恒的美。诗是人们返回精神家园的道途，而回忆则是诗的重要源泉。西方美学高度重视回忆在诗歌创作中的作用，把它视为“诗的源和根”。中国古典诗学理论鲜有这方面的论述，却在创作实践上提供了大量的实证。回忆为中国古典诗歌平添了无数美的境界，也为诗的内蕴注入了更为丰富的张力。

惊奇的审美功能及其在中国古典诗词中的呈现

一

惊奇感是一种伟大的力量，在审美过程中扮演着重要的角色，甚至可以在某种意义上说，没有惊奇感的产生，也就没有审美心理的存在与进展。在进入审美的过程中，惊奇感是第一个“关口”。惊奇感于瞬间如电光石火一样划过主体的心灵，于是主体便以审美的心态来重新观照对象。真正的审美快感是伴随着惊奇感而产生的，换言之，惊奇感是获得审美快感的必要契机。因此，关于惊奇感的审美功能应该得到更多的重视与研究。在我看来，惊奇是审美心理过程的一个重要阶段，甚或也可以视为一个审美范畴。

从哲学的角度看，惊奇在对世界的认知上是有非常重要的意义的。在这方面，黑格尔既谈到惊奇在“艺术观照”中的重要作用，同时也把它和“宗教观照”以及一般的科学研究放在一起来论述。黑格尔说：

如果从主体方面来谈象征型艺术的最初出现，我们不妨重提一句旧话：艺术观照、宗教观照（毋宁说是二者的统一）乃至于科学研究一般都起于惊奇感。人如果还没有惊奇感，他就还是处在蒙昧状态，对事物不发生兴趣，没有什么事物是为他而存在的。因为他还不能把自己和客观世界以及其中事物分别开来。——这种惊奇感的直接结果是这样：人一方面把自然和客观世界看作是与自己对立的，自己所赖以生存的基础，把它作为一种威力来崇拜；另一方面人又要满足自己的要求，把主体方面所感觉到的较高的真实而普遍的东西化成外在的，使它成为观照的对象。①

在黑格尔之前，亚里士多德曾指出一切知识都开始于惊奇，黑格尔将这种观点加以发挥，认为主观理性作为直观具有确定性，在此确定性中，对象首先仍然满载着非理性的形式，因此，主要的事情是以惊奇和敬畏来刺激主体。黑格尔不仅认为惊奇感是哲学之开端，而且，"艺术观照"和"宗教观照"都以惊奇感作为其开端的契机所在。有了惊奇感，人就从主客不分的蒙昧状态到区分主客体，从而与外在事物之间形成了对象化的关系。海德格尔非常重视惊奇感在思想探索上的重要意义，他认为惊奇（原文为"惊讶"，此处为了统一术语，一律改为"惊奇"）绝非仅仅存在于哲学的开端，而是贯穿于哲学活动的始终。他说：

柏拉图说（《泰阿德篇》155d）："惊奇，这尤其是哲学家的

① 黑格尔著、朱光潜译：《美学》卷二，商务印书馆1979年版，第23页。

> 一种 πάθος(情绪),除此之外,哲学没有别的开端。”“这地地道道是哲学家的 πάθος(情绪),即惊奇。因为除此之外哲学没有别的决定性的起点。”作为 πάθος(情绪),惊奇乃是哲学的开端。我们必须全面理解 ἀρχή 这个希腊词,它是指某物从何而来开始了。但这种“从何而来”并不是在开始时被抛在后面了,而是这个(开端)成为这个动词所说的东西了,即成为占支配地位的东西了。惊奇的 πάθος(情绪)并非简单地停在哲学的发端处,就像诸如一个外科医生的洗手是在手术之前一样。惊奇承荷着哲学,贯通并支配着哲学。[①]

在海德格尔看来,惊奇在哲学活动中的作用是非常重要而且普遍的。不应把惊奇的功能仅仅理解为在哲学活动开端之初,而是贯穿于哲学活动的全过程之中。

在美学和艺术的领域中,西方的美学家和艺术家对审美心理和审美效应方面的惊奇有一些精辟的论述。如亚里士多德就把惊奇感作为悲剧艺术的效果的一个重要标志,他是把惊奇感和主体的审美发现密切联系起来的。亚氏在谈悲剧的审美特征时曾说过:“一切‘发现’中最好的是从情节本身产生的,通过合乎可然律的事件而引起观众的惊奇的‘发现’,例如索福克勒斯的悲剧《俄底浦斯王》和《伊菲革涅亚在陶洛人里》中的‘发现’。”[②] 亚氏还认为惊奇是给人以审美快感的主要因素,他说:“惊奇是悲剧所需要的,

---

① 《什么是哲学》,《海德格尔选集》,上海三联书店 1996 年版,第 602 页。

② 《诗学·诗艺》,人民文学出版社 1962 年版,第 55 页。

史诗则比较能容纳不近情理的事(那是惊奇的主要因素),因为我们不亲眼看见人物的动作。——惊奇给人以快感,这一点可以这样看出来:每一个报告消息的人都添枝加叶,以为这样可以讨听者喜悦。”① 意大利文艺复兴时期的理论家马佐尼认为诗的目的就在于引起惊奇感,他说:“诗人和诗的目的都在于把话说得使人充满惊奇感,惊奇感的产生是在听众相信他们原来不相信会发生的事情的时候。我在上文说过,作为一个摹仿的艺术,诗的目的在于再现一个形象;作为一个消遣,诗的目的在于娱乐;作为一个应受社会功能制约的消遣,诗的目的在于教益。现在我觉得可以补充一句:作为一种理性的功能,诗的目的在于产生惊奇感。”② 那么,也就是将惊奇感作为诗的主要审美功能了。十七八世纪的英国文学评论家爱迪生也将审美的快感和惊奇感联系起来,他认为:“凡是新的不平常的东西能在想象中引起一种乐趣,因为这种东西使心灵感到一种愉快的惊奇,满足它的好奇心,使它得到原来不曾有过的一种观念——这就是这个因素使一个怪物也显得有迷人的魔力,使自然的缺陷也能引起我们的快感,也就是这个因素要求事物就变化多彩。”③ 20世纪的著名戏剧家布莱希特在戏剧美学中提出了“间离化”(Veremdugffkt,也译为“间离效果”、“陌生化效果”)的概念,其目的就在于使戏剧的观众感到“吃惊”,它“首先意味着简

① 《诗学·诗艺》,第88页。

② 《神曲的辩护》,见北京大学哲学系美学教研室编《西方美学家论美和美感》,商务印书馆1980年版,第74页。

③ 《论洛克的巧智的定义》,见北京大学哲学系编《西方美学家论美和美感》,商务印书馆1980年版,第96页。

单地剥去这一事件或人物性格中理所当然的、众所周知的和显而易见的东西,从而制造出对它的惊愕和新奇感"①。他还在戏剧学名著《戏剧小工具篇》中指出:"戏剧必须使观众吃惊。要做到这一点,就必须运用对熟悉的事物进行间离的技巧。"布莱希特所提倡的"间离化",就是要产生使观众"吃惊"的审美效果。

由上可见,在西方美学和艺术理论中,"惊奇"是受到广泛关注的审美命题,不少理论家对此作了深刻的阐述,这些阐述主要是从审美心理的角度提出的,往往把它视为艺术创作中使读者或观众获得审美快感的必要前提。

二

在中国古代文论尤其是诗学中,有着许多与西方所说的"惊奇感"非常相似的论述,如"惊人"、"惊心动魄"、"惊天动地"等说法。这些说法颇为普遍地见于对文学作品的价值评价之中。说某人的诗作"有惊人句",这是对其作品的审美价值的高度称赞,几乎可以说是最高品级的认可了。中国古典文论中的"惊人",侧重所反映的是作品的艺术效果。

"惊人"在诗人的自述中,主要表现为一种艺术价值目标的追求。如杜甫的"为人性僻耽佳句,语不惊人死不休"(《江上值水如海势,聊短述》),李清照的"学诗漫有惊人句"(《渔家傲》)等等,都

① 《布莱希特论戏剧》,引自蒋孔阳、朱立元主编《西方美学通史》卷六,上海文艺出版社 1999 年版,第 793 页。

体现出诗人对自己作品中的审美价值的追求。杜甫以“惊人”作为毕生追求的目标,也将“惊人”作为“佳句”的尺度。

在更多的时候,“惊人”、“惊心动魄”等,是在对诗词审美价值的高度评价时提出的。如杜甫称李白诗“笔落惊风雨,诗成泣鬼神”,这是对李白诗艺术成就极高的赞美。晚唐诗人杜牧有一首很有趣味的诗,也是以“惊人”作为对诗才的夸赞:“才子风流咏晓露,倚楼吟住日西斜。惊杀东邻绣床女,错将黄晕压檀花。”(《偶作》)宋人吴可的《学诗》云:“学诗浑似学参禅,自古圆成有几联。春草池塘一句子,惊天动地至今传。”“惊天动地”是对谢诗的极高评价,也是指谢灵运“池塘生春草,园柳变鸣禽”名句流传至今的艺术魅力所在。明代著名文学家徐渭论诗时说:“公之选诗,可谓一归于正,复得其大矣。此事更无他端,即公所谓‘可兴、可观、可群、可怨’一诀尽之矣。试取所选之者读之,果能如冷水浇背,陡然一惊,便是兴观群怨之品;如其不然,便不是矣。”① “兴观群怨”是孔子论诗的社会功能的最基本的概括,也是儒家诗学的基本观念,而徐渭则认为如果诗能够使人读之如“冷水浇背”那样“陡然一惊”,也就达到了“兴观群怨之品”了,否则即不是。实际上,徐渭是把“陡然一惊”作为诗歌艺术价值的最高标准了。清人赵翼是把金代文学家元好问置于一流的大诗人、大词人的地位的,他在评价遗山词时说:“遗山词修饰词句,本非所长;而专以意为主。意之所在,上者可以惊心动魄,次亦沁人心脾。”② 他认为遗山词的上乘之作是

① 《答许□北》,见《徐渭集》第二册,中华书局 1983 年版,第 482 页。

② 《瓯北诗话》卷八,人民文学出版社 1963 年版。

令人惊心动魄的，这是对遗山词的高度评价。清人刘熙载评陆机乐府诗云："士衡乐府，金石之音，风云之气，能令读者惊心动魄，虽子建诸乐府且不得专美于前，他何论焉！"[①] 认为连曹植的乐府诗也不在其上，而其审美效应主要是"能令读者惊心动魄"。清人刘体仁在词学中也借用徐渭的说法，以"惊心动魄"为词的妙境："陡然一惊，正是词中妙境。"[②] 这些材料都说明了在中国古代文论中，同样是普遍重视"惊奇"的美学意义的。在关于诗词、小说、戏剧等文学艺术的领域中，"惊人"、"惊心动魄"、"惊天地，泣鬼神"等，都是超乎寻常的评语，往往是对所认为的最高审美价值的评判。

"惊人"、"惊心动魄"等美学要求，主要是侧重于作品所产生的令人惊奇的审美效应，在诗学中表现为对卓异的语言创造之提倡。也就是要锻造锤炼具有震撼力的警句，来作为作品的"高光点"。陆机在《文赋》中提出："立片言以居要，乃一篇之警策。虽众辞之有条，必待兹而效绩。"这里所说的"警策"，即是在诗文中最能竦动读者的警句，此乃全篇最见华彩的句子，也是作品的安身立命之处。有了它，可以使作品满篇生辉。虽然作品的词语都是颇有条理的，但却有赖于警句的出现，才能更好地发挥作用。这种警句虽然只是"片言"，却是作品价值的关键所在。宋人吕本中认为"警策"即"惊人语"，他说："'立片言以居要，乃一篇之警策'，此要论也。文章无警策，则不足以传世，盖不能竦动世人。如老杜及唐人

---

① 《艺概·诗概》，上海古籍出版社 1979 年版。

② 《七颂堂词绎》，见唐圭璋编《词话丛编》第一册，中华书局 1986 年版，第 623 页。

诸诗,无不如此。但晋宋间人,专致力于此,故失之绮靡,而无高古气味。老杜诗云'语不惊人死不休',所谓惊人语,即警策也。"[①]刘勰《文心雕龙·隐秀》篇所说的"秀",即以"卓绝"而秀出众作的,《隐秀》篇云:"夫心术之动远矣,文情之变深矣,源奥而派生,根盛而颖峻,是以文之英蕤,有秀有隐。隐也者,文外之重旨者也;秀也者,篇中之独拔者也。隐以复意为工,秀以卓绝为巧,斯乃旧章之懿绩,才情之嘉会也。夫隐之为体,义生文外,秘响旁通,伏采潜发,譬爻象之变互体,川渎之韫珠玉也。故互体变爻,而化成四象;珠玉潜水,而澜表方圆。——赞曰:深文隐蔚,余味曲包。辞生互体,有似变爻。言之秀矣,万虑一交。动心惊耳,逸响笙匏。"在刘勰的创作论文艺思想中,"隐秀"是一对有重要价值的美学范畴。"隐"提作品余味曲包,含蓄无尽;"秀"指卓绝独拔,警策竦人。二者是辩证的统一,互为表里。范文澜先生注云:"重旨者,辞约而义富,含味无穷,陆士衡云'文外曲致',此隐之谓也。独拔者,即士衡所云'一篇之警策也'。"[②] 刘勰在《隐秀》篇的赞语中突出地强调了秀句所产生的"动心惊耳"的效果,这对中国古代文论中对审美惊奇感的重视,是有深远影响的。

三

在中国古代的诗词创作中,具有"惊人"的审美效果的篇什可

---

① 《童蒙诗训》,见郭绍虞编《宋诗话辑佚》下册,中华书局 1980 年版,第 584 页。

② 范文澜:《文心雕龙注》,人民文学出版社 1978 年版,第 633 页。

以说是汗牛充栋。如果略加分析,可以看出,造成诗词的"惊人"效果的情形大致有这样几种:或是诗词的意象奇特,匪夷所思;或是整体意境的雄奇壮伟,气势磅礴;或是比喻联想的奇妙绝伦,令人惊奇;或是语言锤炼不同凡响,句法奇拗;或是立意警策透辟,使人读之如醍醐灌顶。

诗词中产生"惊人"效果的,有许多是因为意象创造的奇特不群,匪夷所思,给读者以令人错愕惊奇的感觉。宋人杨万里论诗中的"惊人句"云:

> 诗有惊人句。杜山水障:"堂上不合生枫树,怪底江山起烟雾。"又:"斫却月中桂,清光应更多。"白乐天云:"遥怜天上桂华孤,为问姮娥更要无?月中幸有闲田地,何不中央种两株?"韩子苍衡岳图:"故人来自天柱峰,手提石廪与祝融。两山坡陀几百里,安得置之行李中。"此亦是用东坡云:"我持此石归,袖中有东海。"杜牧之云:"我欲东召龙伯公,上天揭取北斗柄。蓬莱顶上斡海水,水尽见底看海空。"李贺云:"女娲炼石补天处,石破天惊逗秋雨。"①

杨万里所举的"惊人句",都是意象创造的奇特,与众不同,给人以耳目一新的感觉。这类例子是不胜枚举的。再如岑参《白雪歌》中的"忽如一夜春风来,千树万树梨花开"、《走马川行》中的"轮台九月风夜吼,一川碎石大如斗"等,韩愈《调张籍》中的"徒观斧凿痕,

① 魏庆之:《诗人玉屑》卷三,上海古籍出版社 1978 年版。

不瞩治水航。想当施手时,巨刃磨天扬。垠崖划崩豁,乾坤摆雷硠”,苏轼《浣溪沙》中的“谁道人生无再少?门前流水尚能西,休将白发唱黄鸡”、《水龙吟》中的“似花还是非花,也无人惜从教坠。抛家傍路,思量却是,无情有思。萦损柔肠,困酣娇眼,欲开还闭。梦随风万里,寻郎去处,又还被莺呼起”等等,都以意象的奇特新颖造成了令人惊奇的审美效果。

整体意境的雄奇壮伟,气势磅礴,读者在阅读时产生心灵的震撼,这自然是一种惊奇之感。这类篇什,如李白的《蜀道难》、《梁甫吟》、《梦游天姥吟留别》等,韩愈的《陆浑山火》、《谒衡岳庙遂宿寺题门楼》等,苏轼的《游金山寺》、《登海州市》、《念奴娇·赤壁怀古》、《水调歌头·黄州快哉亭赠张偓佺》等,辛弃疾的《水龙吟·登建康赏心亭》、《沁园春》(“叠峰西驰,万马回旋,众山欲东”),元好问的《涌金亭示同游诸君》、《范宽秦川图》等,意象的奇崛诡异,也颇能使人产生惊奇之感。这种整体意境和气势的雄奇伟丽,最能造成“气盖一世”、“惊动千古”的艺术效果。欧阳修评李白诗云:“‘落日欲没岘山西,倒著接篱花不迷。襄阳小儿齐拍手,大家齐唱白铜鞮’,此常言也。至于‘清风朗月不用一钱买,玉山自倒非人推’,然后见太白之横放。所以惊动千古者,固不在此乎!”① 中唐诗歌大家韩愈也以气势奔迸雄放、整体意境雄奇壮伟见称于世,清人方东树评价韩诗云:“韩公诗,文体多,而造境造言,精神兀傲,气韵觉酣,笔势驰骤,波澜老成,意象旷达,句字奇警,独步千古,与元气侔。”② 这

① 引自《诗人玉屑》卷十四,第290页。

② 方东树:《昭昧詹言》卷九,人民文学出版社1961年版。

种气势雄奇佚荡的篇什，是最具惊心动魄的艺术力量的。

诗词语言锤炼的高妙不凡，句法句式的奇拗，都可以是产生惊奇效果的重要因素。如一生以“语不惊人死不休”为其美学追求的杜甫，在语言锤炼上便最见功力。杜诗常常以精心锤炼而出的诗歌语言使人的审美感受为之一新。如《春望》中的“感时花溅泪，恨别鸟惊心”，《秋兴八首》中的“波漂菰米沉云黑，露冷莲房坠粉红”、“香稻啄余鹦鹉粒，碧梧栖老凤凰枝”，都是有名的例子。再如宋代大诗人黄庭坚作诗好奇尚硬，有意以句法、句式的奇拗造成诘屈拗口的不和谐音，如“笑陆海潘江”、“邀陶渊明把酒碗，送陆敬修过虎溪”、“酌君以蒲城桑落之酒，泛君以湘累秋菊之英，赠君以黟川点漆之墨，送君以阳关堕泪之声”，都以句式的奇拗，使人惊异不已。恰如清人方东树所论：“涪翁（黄庭坚号）以惊创为奇”；“又贵奇，凡落想落笔，为人人意中所能有能到者，忌不用；必出人意表，崛峭破空，不自人间来”①。其句式的奇拗，为其特出的表现。它们给人造成的惊奇之感是很明显的。诗词创作中比喻的奇妙绝伦，令人叹为观止，且又极为恰切地表达了事物之间的内在联系，读者也因之感到惊喜不已。如李贺的“羲和敲日玻璃声”（《秦王饮酒》）；李煜的“问君能有几多愁，恰似一江春水向东流”（《虞美人》）；苏轼的“欲知垂尽岁，有似赴壑蛇”（《守岁》）等等，都以比喻的奇特使人惊奇。博喻的使用尤能激活读者的审美感官，最有名便是苏轼的《百步洪》中“有如兔走鹰隼落，骏马下注千丈坡，断弦离柱箭脱手，飞电过隙珠翻荷”，即用博喻来比拟水流之速，令人为之惊叹。清代

① 方东树：《昭昧詹言》卷十。

诗论家赵翼评此云:“东坡大气旋转,虽不屑屑于句法、字法中别求新奇,而笔力所到,自成创格。”[①] 此四句“形容水流迅速,连用七喻,实古所未有”[②]。诗词所咏题材的独特,带有某种传奇色彩,产生“惊人”的审美效果,加之诗人的极力渲染,尤为令人惊叹不已。如元好问的两首《迈陂塘》,一写人的殉情,一写雁的殉情,所咏题材都具传奇意味。这两首词是遗山词中最有震撼力的篇什,深受词论家的推崇。元代后期的著名诗人杨维桢,作诗以古乐府见长,构思奇特,造语突兀,充满力度感。他有《杀虎行》一首乐府,咏叹一位民女胡氏杀虎救夫的义烈行为:“夫从军,妾从主,梦魂犹痛刀箭瘢,况乃全躯饲豹虎。拔刀誓天天为怒,眼中於菟小于鼠。血号虎鬼冤魂语,精光夜贯新阡土。可怜三世不复仇,泰山之妇何足数!”写得气凛千秋,壮烈非常。题材本身的传奇性,是产生阅读时那种惊心动魄效果的主要因素。

四

关于惊奇的审美效果的获得,其途径与方式在不同的诗人那里有不同的理解。有些诗人主张刻意求奇,甚至以奇险怪谲为其美学理想。如中唐的韩孟诗派在这方面便是颇为典型的。韩愈主张在创作上“陈言务去”,明确地以诗文语言的惊创,来开拓奇突不平的艺术境界。且看其对孟郊、张籍等诗人的评价,都是以横空硬

---

① 赵翼:《瓯北诗话》卷五。

② 同上。

语、雄骜奇崛为其价值标准的。如评孟郊诗云:“有穷者孟郊,受材实雄骜。冥观洞古今,象外逐幽好。横空盘硬语,妥贴力排奡。”(《荐士》)评贾岛诗云:“无本于为文,身大不及胆。吾尝示之难,勇往无不敢。蛟龙弄角牙,造次欲手揽。”(《送无本师归范阳》)韩愈一派的皇甫湜,在文章中反复申说“尚奇”的主张,他认为只有“奇”才能有长久的艺术价值:“秦汉已来至今,文学之盛,莫如屈原、宋玉、司马迁、相如、扬雄之徒。其文皆奇,其传皆远。”[①] 在他看来,“奇”是文学作品具有传世的艺术价值的主要条件。这派诗人,是把惊奇作为自己追求的价值目标的,其目的当然是产生惊心动魄的艺术效果。

另外一种看法,在认可惊奇感的产生是上乘作品的价值尺度的同时,却认为这种效果的获得,并非处心积虑地刻意寻求,而恰是在主体的情感与外物的偶然的审美感兴之中,也就如宋人戴复古所说的:“诗本无形在窈冥,网罗天地运吟情。有时忽得惊人句,费尽心机做不成。”(《论诗十绝》)“惊人句”的产生,是在偶然的契机中得到的,“费尽心机”反而无法获得。杨万里也称:“山思江情不负伊,雨姿情态总成奇。闭门觅句非诗法,只是征行自有诗。”(《下横滩山望金华山》)认为正是在诗人与自然的感兴中便有奇句产生。唐人殷璠编选《河岳英灵集》,评刘眘虚诗云:“眘虚诗,情幽兴远,思苦词奇,忽有所得,便惊众听。”[②] 认为刘诗“便惊众听”的结果,是因为诗人在情景相遭中“忽有所得”的。

---

① 《答李生第二书》,见周祖譔编选《隋唐五代文论选》,人民文学出版社 1990 年版,第 271 页。

② 见傅璇琮、李珍华:《河岳英灵集研究》,中华书局 1992 年版,第 155 页。

与之相近的一种观点，认为诗之奇特而产生“惊人”的效果，并不在于诗的语言、意象迥异于寻常，诡谲诡异，而恰恰是合乎日常情理的精彩描写，便可获得“惊人”的审美效应。如清人贺贻孙便说：

> 吾谓眼前寻常景，家人琐俗事，说得明白，便是惊人之句，盖人所易道，即人所不能道也。如飞星过水，人人曾见，多是错过，不能形容，亏他收拾点缀，遂成奇语。骇其奇者，以为百炼方就，而不知彼实得之无意耳。即如“池塘生春草”，“生”字极现成，却极灵幻。虽平平无奇，然较之“园柳变鸣禽”更为自然。“枫落吴江冷”、“空梁落燕泥”，与摩诘“雨中山果落”，老杜“叶里松子僧前落”，四“落”字俱以现成语为灵幻。又如老杜“杖藜还客拜”、“旧犬喜我归”，王摩诘“野老与人争席罢”，高达夫“庭鸭多喜雨”，皆现成琐俗事，无人道得，道得即成妙诗，何尝炼“还”字、“喜”字、“罢”字以为奇耶？[①]

贺氏眼中的“惊人之句”，并非是离奇诡谲的东西，而恰恰是以“现成语为灵幻”的产物。“眼前寻常景，家人琐俗事”，是人们所司空见惯的，人们的感知对这些事物处于麻痹状态，而实际上却是未尝被人们所真正认识和得到审美感受的。“人人曾见，多是错过”，正是指出了这种事物在日常生活中的遮蔽状态。诗人则以对自然和社会那种深切的人文关怀与敏感的审美触角，发现了其中的艺术

---

① 《诗筏》，见《清诗话续编》下册，上海古籍出版社 1983 年版，第 164 页。

价值所在，于是以颇具新鲜感的笔触予以“陌生化”的表现，将平素人们熟知却缺少真正的审美感受的事物，以非常特征化的细节或动态表现出来，从而使被遮蔽的事物，得以审美地敞亮。恰如海德格尔在评论梵高的《农鞋》时所说：“这幅画道出了一切。走近这幅作品，我们就突然进入了另一个天地，其况味全然不同于我们惯常的存在。……一个存在者，一双农鞋，在作品中走进了它的存在的光亮里。”① 在诗人的笔下，日常生活中平淡无奇、被人们视而不见的事物，敞亮了令人惊讶的美。

五

惊奇，无论在中国抑或在西方，都是引起广泛重视的审美现象。但都尚未作为一个美学理论范畴加以提炼，而是在论著中零散地涉及。在西方美学家那里，惊奇是作为一种审美心理现象加以描述，因而常被称为惊奇感。应该说，惊奇感的论述在西方哲学和美学中还是较有理论深度的。同时，惊奇感还被作为审美快感的前提。由于有了惊奇感，方才有了快感的出现。亚里士多德所说的“惊奇给人以快感”，可视为一个有着普遍意义的审美心理命题。而在中国的艺术理论中，“惊人”、“惊心动魄”、“惊动千古”等，也都是非常普遍地存在着的审美观念，同样可以用“惊奇”加以整合概括。由此看来，中西美学真还有很多相通之处。在中国美学体系中，“惊奇”（“惊人句”、“惊动千古”、“惊心动魄”等）基本上属

① 海德格尔著、孙周兴译：《林中路》，上海译文出版社 1999 年版，第 19 页。

于审美功能方面的范畴。“惊奇”首先是作为诗人作家们的价值目标所系,也是创造主体的审美追求所在。中国文人渴望永恒的价值与意义,所谓“不朽之盛事”。而能否永恒、不朽,要看是否能够“惊人”! 所谓“惊动千古”,即道出了“惊奇”与永恒的联系。“惊奇”在中国古代文论中又在很多情形下是指作品本身的奇特灵幻的审美属性,同时,也指它们所产生的十分卓绝的审美效果。如李渔所说的“开卷之初,当以奇句夺目,使人一见而惊,不敢弃去”①,王世贞所说的“一语之艳,令人魂绝,一字之工,令人色飞,乃为贵耳”②,等等,都指惊奇所产生的非同凡响的效果。

从美学的意义上看,惊奇感值得深入研究并加以整合,提炼成审美范畴。这在中国古代文论和诗词创作中有非常深厚的基础,使得这个范畴不是停留在抽象的思辨层面,而是来源于丰富的艺术实践,现在需要我们对它进行学理上的升华!

---

① 李渔:《闲情偶寄·大收煞》,浙江古籍出版社 1985 年版。

② 引自徐师曾《文体明辨序说》。

“自得”:创造性的审美思维命题

在中国古代思想家和文学艺术家的言论中,“自得”是一个并不罕见的命题,自先秦以来的典籍中多处可见“自得”的说法。虽然它并未得到学理层面的提炼与升华,却在思想家的理性思辨与艺术家的艺术评论及创作实践中成为创造之源。可以这样说,在中国的学术传统中,“自得”是一个具有鲜明的体验性和直觉思维色彩的重要命题。而且,“自得”在审美创造上有突出的价值。我认为,无论从方法论还是价值论的角度看,“自得”都有支撑中国美学特色的深刻意义。

一、“自得”的哲学渊源

从中国哲学史上看,“自得”思想有深远的渊源。儒家、道家、玄学、理学等不同的思想支派都在不断明晰、丰富着“自得”这个命题的内涵。

“自得”在中国哲学中是一种以直觉和体验而“体道”的方式。这种方式不是语言可以传授和说明的,也不是逻辑思维可以获致的,而是超越于名言概念之上的亲身体验。“自得”有鲜明的价值论色彩,体现着主体对宇宙和人生的能动的诉求和掌握世界的欲望。"自得"的对象不是具体的存在物,而是"道"与"大化"。

《庄子·知北游》中已有了"自得"思想的初萌,其中有言:"夫体道者,天下君子所系焉。今于道,秋毫之端万分未得处一焉而犹知藏其狂言而死,又况夫体道者乎!""体道"即以主体的直觉体验而通于大道。魏晋著名玄学家郭象释之云:"明夫至道非言之所以得也,唯在乎自得耳!"① 郭象在这里说得言简意赅,认为"至道"不是语言概念所可得,只有主体的亲在体验即"自得"才能真正"体道"。

《孟子·离娄下》明确提出"自得"的概念:"君子深造之以道,欲其自得之也。自得之,则居之安;居之安,则资之深;资之深,则取之左右逢其原,故君子欲其自得之也。"杨伯峻先生通过译文对孟子的"自得"阐释云:"君子依循正确的方法来得到高深的造诣,就是要求他自觉地有所得。"② 很明显,杨伯峻先生是将"自得"作为一种方法论提出来的,但将"自得"说成是"自觉地有所得",未知何据。从孟子的整体思想联系来看,"自得"应是自然而然地得之于己心,恰与外在的安排、传授相左。在人性论上,孟子以"性善"论著称,"性善"的内涵首先是道德的天赋性,同时,也包含了智慧的天赋性。孟子所提出的"诚"的范畴,涵盖了"仁义礼智"。孟子认为仁义礼智之"四端"是内在地包含在人性之中的,如其所言:"仁义礼智,非由外铄我也,我固有之也,弗思之也。"③ 我以为,朱熹对孟子"自得"的阐释是较近本意的:"深造之者,进而不已之意。

---

① 郭象注、成玄英疏:《南华真经注疏》卷七。

② 杨伯峻:《孟子译注》,中华书局 1960 年版,第 189 页。

③ 《孟子·告子上》。

道，则其进为之方也……言君子务于深造而必以其道者，欲其有所持循，以俟夫默识心通，自然而得之于己也。自得于己，则所以处之者安固而不摇；处之安固，则所藉者深远而无尽；所藉者深，则日用之间取之至近，无所往而不值其所资之本也。”① 朱熹又引程子之言：“学不言而自得者，乃自得也。有安排布置者，皆非自得也。”② 程朱虽然在阐释孟子的“自得”思想中加入了他们自己对“自得”的理解，但其对孟子“自得”命题的阐释是颇为符合孟子之意的。

理学家“二程”在讲治学时尤为重视“自得”。二程云：“‘致知在格物’，非由外铄我也，我固有之也。因物而迁，迷而不知，则天理灭矣，故圣人欲格之。”“学莫贵于自得，得非外也，故曰自得。”“自其外者学之，而得之于内者，谓之明。自其内者得之，而兼于外者，谓之诚。诚与明一也。”③ 由此可见，二程所说的“自得”，正是发挥了孟子“非由外铄”的含义，而得之于主体之内，也即内在的体验。

二程的“自得”观念与他们的“万物一体”思想有深刻的联系，二程中又以明道(程颢)最著。恰如蒙培元教授所揭示的：“程颢是理学中最善于言‘仁’的思想家，他把儒家‘仁’的境界提升为普遍的宇宙关怀，其中既有道德和美学意义，又有宗教精神，他的‘浑然与物同体说’、‘天地万物一体说’，就是这种境界的最好的表达。”④ 程

---

① 朱熹：《孟子集注》卷八，见《四书章句集注》。

② 同上。

③ 《二程遗书》卷二十五。

④ 蒙培元：《心灵超越与境界》，人民出版社 1998 年版，第 284 页。

子所谓的"自得"思想,正是与这种"浑然与物同体"的宇宙精神共生的,前者以后者为其渊薮。大程子云:"'鸢飞戾天,鱼跃于渊,言其上下察也。'此一段子思吃紧为人处,与'必有事焉而勿正心'之意同,活泼泼地。会得时,活泼泼地;不会得时,只是弄精神。"① "万物一体"充满着这种"活泼泼"的宇宙生机。他又有一首名诗云:"闲来无事不从容,睡觉东方日已红。万物静观皆自得,四时佳兴与人同。道通天地有形外,思入风云变态中。富贵不淫贫贱乐,男儿至此是豪雄"(《秋日偶成》),尤能见出"自得"与"万物一体"境界的关系。

宋代心学(亦可视为理学一脉)的开创者陆九渊(象山),把"自得"作为治学的正确门径。象山以心为本体,上承孟子加以发展,又将禅学之思运入理学。他所理解的"心",又是万物根源性的实体。在他看来,充塞宇宙的万物之理即在心中,发自于心中,因而提出"心即理"的命题。在本体论的基础上,他又以"自得"为其方法论原则。

在象山心学中,"自得"意味着不傍人门户,充分发挥主体意志,有独立不倚的学术个性。象山云:"君子无入而不自得焉,所谓自得者,得其道也。"② "自得"即是反身内省,在自我体验中发明本心。"或问先生之学,当来自何处入?曰:不过切己自反,改过从善。"③ 而象山的"自得",又是与"万物一体"的思想相通的。象山提出的最有名的命题是:"宇宙即是吾心,吾心即是宇宙。""自得"

① 《二程遗书》卷三。
② 《与赵然道》,《陆象山全集》卷十二。
③ 《语录》,《陆象山全集》卷二十四。

是得于“吾心”，也即通于宇宙。

明代前期的著名理学家、思想家陈献章（白沙）是中国近古思想史上一个举足轻重的人物。他上承陆九渊，下启王阳明，对心学的发展建树良多。陈献章为学，以“自得”为第一要著。《年谱》记载：“自临川归，足不至城市。朱英时为参议造庐求见，卒避不见。闭户读书，益穷古今载籍。彻夜不寝，少困则以水沃其足。久之叹曰：夫学贵自得也。自得之，然后博之以载籍。”① 他对“自得”有正面的阐述：“自得者，不累于万物，不累于耳目，不累于造次颠沛，鸢飞鱼跃，其机在我，知此者谓之善学，不知此者虽学无益也。”② 他又批评当时的治学风气说：“今之学者各标榜门墙，不求自得，诵说虽多，影响而已，无可告语者。”③ 陈白沙的“自得”，突出地强调了主体性特征，反对随人作计，人云亦云，而以亲身体验为“致知”的唯一良途。陈氏学术有强烈的主体性色彩，在“万物一体”的观念中又强化了“我”的主导作用。他提出了“天地我立，万化我出，而宇宙在我”④ 的著名命题。这一命题把主体之“我”作为宇宙万化的本体，使“天人合一”这个中国哲学的根本命题产生了根本性的变化。他又在诗中写道：“朽生何所营，东坐复西坐。搔头白发少，摊地青蓑破。千卷万卷书，全功归在我。吾心内自得。糟粕安用那！”（《藤蓑》）“糟粕”用《庄子·天道》篇之意：“然则君之所读书，古人之糟粕已夫！”即指古人之陈言。所谓“吾心内自得”，也就是

① 《陈献章集》附录，中华书局校点本 1987 年版。

② 《陈献章集》卷一。

③ 《与湛民泽》，《陈献章集》卷二。

④ 《与林郜博》，《陈献章集》卷二。

指内在的自我体验。“自得”在陈白沙那里更强调了主体对世界的能动把握。他又在诗中吟道:“古人弃糟粕,糟粕非真传。眇哉一勺水,积累成大川。吾亦非积累,源泉自涓涓。至无有至动,至近至神焉。发用兹不穷,缄藏极渊泉。吾能握其机,何必窥陈编?”①这里明显是主张他的“自得”之说不为“陈编”所累。

作为背景或渊源,中国哲学中的“自得”说大致有这样的内涵:一是反身的直观体验性,“自得”不是向外的知识觅求,而是超越于语言层面的直接领会;二是以“万物一体”的观念为背景的主体性。既强调“浑然与物一体”,又突出了主体对客体的主导与把握;三是“鸢飞鱼跃”的自由性。摒弃刻意的安排,而是于“优游厌饫之间”的自然而然的获致。在某种意义上,“自得”可以代表着中国哲学的方法论的独到特色。而正是这些哲学品格,直接造就了中国古代美学理论中的“自得”说的创造性思维特质。

二、“自得”作为美学的创造性思维

在中国古代的文学艺术理论中,关于“自得”的论述与哲学中的“自得”有着内在的相关性,同时也有特殊的美学内蕴。综而观之,“自得”在美学层面意味着创作的审美体验的生成方式,意味着与宇宙自然相通的勃勃生命力,意味着摆脱前人窠臼的艺术个性,更意味着审美创造主体对于客体的意向性把握。

宋人魏庆之编纂的《诗人玉屑》中说到诗歌创作中的“自得”:

---

① 《答张廷实内翰祥书,括而成诗,呈胡希仁提学》《陈献章集》附录一。

“诗吟函得到自得处,如化工生物,千花万草……若模勒前人,无自得,只如世间剪裁花草,只一件样,只做一件也。”(卷十)此处所讲的“自得”,是一种相当高的审美境界。“如化工生物,千花万草”,指的是诗歌与宇宙万物相关联的内在生命力。中国的美学从发生的角度尤为重视艺术与宇宙大化相通所产生的生命感。如钟嵘《诗品》中所说:“气之动物,物之感人,故摇荡性情,形诸舞咏”;陆机在《文赋》中所说:“伫中区以玄览,颐情志于典坟。遵四时以叹逝,瞻万物而思纷。悲落叶于劲秋,喜柔条于芳春”;萧子显在《自序》中所说:“若夫登高目极,临水送归,风动春朝,月明秋夜,早雁初莺,开花落叶,有来斯应,每不能已也”;又如司空图《诗品》中“雄浑”所说的:“大用外腓,真体内充。返虚入浑。积健为雄。备具万物,横绝太空,荒荒油云,寥寥长风。超以象外,得其环中。持之匪强,来之无穷”,等等,都包含了这种意蕴。诗到“自得”,如同千花万草,生自于大千世界,各具生态,充满生机。如果没有“自得”,只知模拟前人,便会像剪裁的纸花一样,徒有形状,了无生意,当然也就谈不到艺术个性。“自得”的艺术个性,是审美创造的主体与生生不息的宇宙大化相融通而产生的,充满了内在的生命力。

金代著名诗论家、诗人王若虚论诗以“自得”为最重要的价值尺度。他在《滹南诗话》中指出:“古之诗人,虽趣尚不同,体制不一,要皆出于自得。至其辞达理顺,皆足以名家,何尝有以句法绳人者!鲁直开口论句法,此便是不及古人处。而门徒亲党,以衣钵相传,号称法嗣,岂诗之真理也哉!”(卷下)这里所说的“自得”,指审美创造的主体与客体的直接交融。诗人的亲身体验,只要出于“自得”,都足以成为佳作。王若虚对于宋代诗人黄庭坚的诗风相当排斥,攻讦最力,其理由就是以“句法”绳人,不是出于自得。王若虚又有论诗诗云:“文章自得方为贵,衣钵相传岂是真。已觉祖师低一著,纷纷法嗣复何人。”(《山谷于诗,每与东坡相抗,门人亲党,遂有言文首东坡,论诗右山谷之语。今之学者亦多以为然,漫赋四诗为之商略之云》其四)“自得”是与“衣钵相传”相对的,指的是诗人从自己亲身体验的独创性。王若虚的“自得”,也有发于情性、出于造化的内涵。“郊寒白俗”,往往为诗人所鄙薄,却为若虚视为“诗之正理”。他说:“郊寒白俗,诗人类鄙薄之。然郑厚评诗,荆公、苏、黄辈,曾不比数,而云:‘乐天如柳荫春莺,东野如草根秋虫,皆造化中一妙。’何哉?哀乐之真,发乎情性,此诗之正理也。”① 他推崇白居易诗说:“乐天之诗,情致曲尽,人人肝脾,随物赋形,所在充满,殆与元气相侔。”② 这也正是“自得”的境界。

明代著名文学家徐渭论艺以“自得”为一种至高境界。他对诗的创作,以“自得自鸣”为贵,其云:“人有学为鸟言者,其音则鸟也,而性则人也。鸟有学人言者,其音则人也,而性则鸟也。此可以定人与鸟之衡哉?今之为诗者,何以异于是。不出于己之自得,而徒窃于人方所尝言,曰某篇是某体,某篇则否,某句似某人,某句则否,此虽极工逼肖,而已不免于鸟之为人言矣。”他赞赏友人叶子肃之诗云:“若吾友子肃之诗则不然,其情坦以直,故语无晦,其情形以博,故语无拘,其情多喜而少忧,故语虽苦而能遣其情,好高而耻下,故语虽俭而实丰,盖所谓出其不意于己之所自得,而不窃于人

① 王若虚:《滹南诗话》卷上。
② 同上。

之所尝言者也。就其所自得，以论其所自鸣，规其微疵而约于至纯，此则渭之所献于子肃者也。”[①] 徐渭以“自得”、“自鸣”为创作的价值标准，其含义是诗人自己的独特体验，而不是人云亦云，拾人牙慧。

明代著名诗论家谢榛论诗主张创作灵感的发生应是“得我之得”，亦即“自得”，同时又推崇得之天然、“忽然有得”的感兴。他说“今人作诗，忽立许大意思，束之以句则窘辞不能达，意不能悉。譬如凿池贮青天，则所得不多；举杯收甘露，则被泽不广。此乃内出者有限，所谓‘辞前意’也。或造句弗就，勿令疲其神思，且阅书醒心，忽然有得，意随笔生，而兴不可遏，入乎神化，殆非思虑所及。或因字得句，句由韵成，出乎天然，句意双美。若接竹引泉而潺湲之声在耳，登城望海而浩荡之色盈目。此乃外来者无穷，所谓‘辞后意’也。”[②] 又说：“予虽历举唐诗引证。毕竟难晓。况尔心非我心，焉知我心之有得也？以我之心，置于尔心，俾其得我之得，虽两而一矣。”[③] 谢榛在这里的“得我之得”，是一种“内出者”，即内在的创作冲动，表现为“兴不可遏，入乎神化”的审美感兴。而这种“自得”，是与自然造化的相接相融中获得的，而非苦吟力索可致，谢榛也称之为“天机”，他说：“诗有天机，待时而发，触物而成，虽幽寻苦索，不易得也。如戴石屏‘春水渡傍渡，夕阳山外山’，属对精确，工非一朝，所谓‘尽日觅不得，有时还自来’。”[④] “自得”意味着

① 徐渭：《叶子肃诗序》，载《徐渭集》卷十九。

② 谢榛：《四溟诗话》卷四，载丁福保编《历代诗话续编》，中华书局 1983 年版。

③ 《四溟诗话》卷四。

④ 《四溟诗话》卷一。

审美创造主体与客体的直接相融,谢榛对此有具体的论述:"作诗本乎情景,孤不自成,两不相背。凡登高致思,则神交古人,穷乎遐迩,此相因偶然,著形于绝迹,振响于无声也。夫情景有异同,模写有难易,诗有二要,莫切于斯者。观则同于外,感则异于内,当自用其力,使内外如一,出入此心而无间也。景乃诗之媒,情乃诗之胚,以数言而统万形,元气浑成,其浩无涯矣。"[①] 面对同样的观照对象,却得出不同的感受,生出不同的立意,这正是"自得"。

画论中也颇多"自得"之说。明代画论家沈灏反对因袭流弊,倡导独立不倚的"自得"精神。他说:"董北苑之精神在云间,赵承旨之风韵在金阊,已而交相非,非非赵也、董也,非因袭之流弊。流弊既极,遂有矫枉,转成因袭,共成流弊。其中机楔循还,去古愈远,自立愈羸。何不寻宗觅派,打成冷局。非北苑,非承旨,非云间,非金阊,非因袭,非矫枉,孤踪独响,夐然自得。"[②] 沈灏所提倡的"夐然自得",是一种独立不倚、破除因袭的艺术个性。"孤踪独响",在艺术史上是卓然自成一家的,沈氏亦称之为"自家面目":"古来豪杰不得志于时,则渔耶,樵耶,隐而不出。然尝托意于柔管,有韵语,无声诗,借以送日。故伸毫构景,无非拈出自家面目。今人画渔樵耕牧,题不达此意,作个秽夫伧父,伛偻于钓丝,戚施于樵斧,略无坦适自得之致,令识者绝倒。"[③]

---

① 《四溟诗话》卷三。

② 沈灏:《画麈·定格》,载俞剑华编《中国古代画论类编》,人民美术出版社 1998 年版,第 773 页。

③ 沈灏:《画麈》,载李来源、林木编《中国古代画论发展史实》,上海人民美术出版社 1997 年版,第 249 页。

清代著名画家沈宗骞论画特重“自得”，而其主要的内涵则是“无意求合而无不合”的自然感兴。他说：“行笔之际有一字诀曰便。便者无矫揉涩滞之弊，有流通自得之神。风行水面，自然成文，云山岩间，无心有态，趣以触而笔，笔以动而合趣。相生相触，辄合天妙，能合天妙，不必言条理脉络，而条理脉络自无之而不在。惟其平日能步步不离，时时在手，故得趣合天随自然而出，无意求合而自无不合也。”① 在沈氏看来，画家的“自得”，是“风行水面，自然成文”的微妙之境。他反感于那种“今人既自揣无以出众，乃故作狂态以惑众，若俗目喜之，便矜自得”② 的伪“自得”，而认为“自得”乃是出于自然、天然的“天机”：“不徇时好，不流异学，静以会其神，动以观其变，久之而有得焉，则如丝之吐，自然成茧，如蕉之展，自然成荫。风蹙水而成文，泉出山而任势。到此地位虽笔所未到而意无不足，有意无意之间，乃是微妙之境矣。”③这也是沈宗骞论“自得”的本质属性。

三、从哲学到美学：“自得”的意义

在中国美学中，“自得”是一个有丰富意蕴的重要命题。它在许多艺术理论家的批评实践中得到较为普遍的运用，因而也产生了不尽一致却又相关相生的意义。可是，在当今的美学史研究中却未见一篇论文、一部专著对此作过理论的剖析，也就无从谈及它

---

① 沈宗骞：《芥舟学画编》，载俞剑华编《中国古代画论类编》，第889页。

②③ 同上。

作为美学范畴的内涵及学理性建构。在我看来,"自得"是中国古典美学中关于审美主体的创造性思维的颇具特色的命题。它基于哲学思想中的"自得"命题,艺术理论与之有深刻的渊源关系,又有植根于艺术实践的变异。从哲学的角度讲,"自得"所呈现的意义主要有这样几点:一是拆除名言概念之障蔽的亲身体验性;二是高扬自我的主体性;三是:"反身而诚"的反思性;四是"与万物浑然一体"而又洞照其间的意向性。

迨至美学领域,"自得"这个命题有着更多的创造性特征,也可以视为一种审美创造的思维方式。它所包含的意蕴是相当丰富的,也是其他的范畴所难以涵容的。从审美发生的角度来说,它包含了"感兴"论的内涵,指的是审美主体与客体的偶然兴发,而并非仅是指主体方面的思维。换言之,"自得"不是审美主体单方面的灵感获得,而是审美主体与宇宙大化参融所获的创作冲动,张璪所说的"外师造化,中得心源"恰是对此的最好概括。从思维的形态来说,"自得"是一种自然而然的生成,而非刻意的苦思觅求。苏轼所说的"风行水上,自然成文",董逌所说的"登临探索,遇物兴怀。胸中磊落,自成丘壑"[①] 谢榛评杜诗所说的"此语宛然入画,情景适会,与造物同其妙,非沉思苦索而得之也"[②],都是很好的说明。"自得"是一种审美主体与客体之间无所障蔽的亲在体验,进而形成"化机在手,元气淋漓"的审美体验高峰,苏轼所说的"与可画竹时,见竹不见人;岂独不见人,嗒然遗其身",则最能道其彷佛。"自

---

① 董逌:《广川画跋》,载于安澜编《画品丛书》,上海人民美术出版社 1982 年版,第 297 页。

② 《四溟诗话》卷三。

得”又是突破前人窠臼、挺立自我艺术个性的标示，王若虚的“文章自得方为贵，衣钵相传岂是真”，可谓破的之语。

“自得”是中国哲学和美学中的一个独特的命题，在很深的层次上体现着民族思维的特色。不同的思想派别作为背景的存在，并不妨碍其进入美学领域中创造性意蕴的生发。它是方法论的，也是价值论的。作为方法论，有着强烈的主体性质，排斥外在的既成模式；作为价值论，它有充盈的创造力，而且体现为主体对客体的意向性投射。就其作为一种艺术思维而言，与西方的长于逻辑分析的审美思维理论相比，有着判为两途的特色，凸显了中华美学的气质。

说“偶然”

就美学的意义而言，“偶然”也许被我们忽略已久，却又有着非常重要的价值。在实际的艺术创作过程中，偶然性的契机扮演的角色是不可或缺的。审美主体和审美客体的一次难以预知的邂逅，大自然或社会的一次偶然的悸动，都可能是生成绝世佳作的无法替代的胚芽。作为一个哲学的范畴，“偶然”的品格和作用是逐渐得到认识，成为辩证法的重要内容的，但它毕竟是愈来愈堂而皇之地跻身于主要的辩证法的范畴之列；而在美学理论的研究中，“偶然”却远远没有作为有丰富的艺术内涵的范畴得以确立。其实，从中国的文学艺术史上，我们可以提取出足以支撑“偶然”作为审美范畴的无数资料。当然，它们有待于我们的理论建构与阐释。我想，这个工作之于中国美学研究的现阶段而言，应该是富有建设性的前景的。

一、“偶然”的哲学意蕴

从哲学的前提下来描述“偶然”的历程，也许只是一个基础，但并非没有意义，因为，哲学的眼光中的“偶然”会使美学意义上的“偶然”显现于更为渊深而又更具理性色彩的境界之中。然而，我们实在不愿意使它再失去其间的非常生动而又无比丰富的内蕴。

依据哲学经典辞书的解释,偶然性的哲学含义是"对某现象、过程来说是由外部的、次要的原因决定的一种联系方式。偶然性联系之特点是具有不稳定性和暂时性,其表现形式不关重要,产生的空间和时间不确定,偶然性这个范畴是与必然性的范畴相关的"①。这个定义是较有代表性的,基本上可以反映出"偶然"的哲学特征,而从哲学史的角度看,它又是显得较为消极或者说是缺少价值论的阐释的。

谈及"偶然",无法不将它与"必然"联系在一起来追述。偶然或者说偶然性是和必然性相伴而生的一对范畴,但它的重要意义是在哲学史上被渐次得到认识的。最早提出"必然性"范畴并予以规定的是古希腊的原子论派。德谟克里特说:"一切都遵照必然性而产生。"② 他认为一切事物都产生于最初的原子的涡旋运动,"涡旋运动既然是一切事物形成的原因,也就是他所说的必然性"。③ 在偶然性与必然性的关系上,亚里士多德比德谟克里特进了一步,他揭示了"必然"的属性:"我们说,除了这样,别无它途,这就是'必需',必需的其它一切含义都由兹衍生:一事物在接受或在做着它所必需做的事情,只是因为某些强迫力量迫得它不能照自己的脉搏来活动;因为有所必然,事物就不得不然。"④ 然而,亚氏

---

① 〔苏〕《哲学百科全书》,第五卷,引自《科学方法》上册,知识出版社1990年版,第275页。

② 北京大学哲学系外国哲学教研室编译:《西方哲学原著选读》上册,商务印书馆1987年版,第47页。

③ 同上。

④ 亚里士多德著、吴寿彭译:《形而上学》,商务印书馆1959年版,第89页。

又指出了偶然性的客观存在:“凡是‘偶然’属性所由存在或产生的事物,其原因也是偶然的。所有事物并不都是必然与经常的存在或发生,世间大部分的事物只是大多数如此而已,所以偶然必定是存在的。”[①]亚里士多德之后,斯多葛派哲学强调事物的必然性法则。斯多葛派以为,整个宇宙形成单一的、活着的、互相关联的整体;所有特殊事物都是在永恒活动中的神圣的原初力量所决定的形式。“这决定一切的规律对于斯多葛学派正如对于赫拉克利特一样,是强制一切的力量;此力量作为不可违抗的必然性,因而也作为不可避免的命运,将每一特殊现象置于不可变动的因果连锁中。[②] 与此相反,伊壁鸠鲁派则反对斯多葛派将一切都纳入因果链条的观点,而以偶然的、个别的事物为构成世界整体的原子。斯多葛派认为每一个个体都由整体决定,而伊壁鸠鲁则认为整体是原始存在着而又最初起作用的个别事物的产物。黑格尔这样揭示了伊壁鸠鲁对偶然性的主张:“伊壁鸠鲁否认原子的统一和联系在普遍的目的意义下自在地存在着。一切我们称之为形构和组织(有机体)的,或者一般说,那自然目的的统一,在伊壁鸠鲁看来都属于属性,都属于原子的结合,因此这种结合只是偶然的,是通过原子的偶然运动而产生的。——换句话说,伊壁鸠鲁一般否认概念和普遍的东西是本质。一切产生都是偶然的结合,这些结合又都偶然地分解。因为那被分割开的东西是第一性的、真实地存在的东西,因此一切目的性以至世界的整个最终目的也就一起消失

① 亚里士多德著、吴寿彭译:《形而上学》,商务印书馆 1959 年版,第 122 页
② 文德尔班著、罗达仁译:《哲学史教程》上卷,商务印书馆 1993 年版,第 243 页。

了。”[①] 哲学史上第一个不把偶然性和必然性形而上学地对立起来的是黑格尔。黑格尔把偶然性和必然性辩证地联系起来。黑格尔把偶然和必然纳入现实的范畴之中,强调了它们的客观的品格。黑格尔对于偶然的界定是:“这种可能与现实的统一,就是偶然。——偶然的东西是一个现实的东西,它同时只被规定为可能的,同样有它的他物或对立面。”[②] 关于必然,黑格尔说:“什么是必然的,它就不能够是其他任何东西;但它当然总是可能的;因为可能性是自在之有,而这自在之有却只是建立起来之有,因此在本质上是他有。”[③] 黑格尔对偶然和必然的认识更重要的是在于将它们内在地联系在一起。他认为必然和偶然是统一的,必然是包含在偶然之中的。他说:“但这个必然同时又是相对的。——这就是,它有一个事先建立(前提),它从那里开始,它以偶然的东西作它的出发点。”[④] 黑格尔认为必然与偶然是互相内在地包含着的。因此,他说:“所以实在的必然,事实上又自在地是偶然。——这一点是这样表现的:实在的必然物,就形式看,诚然上一个必然物,但就内容看,却是一个被限制的东西,并由于内容而有其偶然性。不过偶然也包含在实在必然的形式之中;因为如已经指出过的,实在可能性只自在地是必然物,但它又被建立为彼此相互的现实的他有和可能。实在必然性因此包含偶然;它是从彼此相互的现实的

① 黑格尔著,贺麟、王太庆译:《哲学史讲演录》第三卷,商务印书馆1959年版,第63页。

② 黑格尔著、杨一之译:《逻辑学》上卷,商务印书馆1976年版,第197页。

③ 同上,第203页。

④ 同上。

那个不静止的他有和可能性回到自身,但不是从自身回到自身。所以这里当前就自在地有了必然和偶然的统一;这个统一叫做绝对的必然。”[1] 马克思主义的经典作家进一步揭示了偶然和必然的辩证关系和现实价值。恩格斯批判了形而上学的立场,同时也批判了与之对立的机械决定论的观点。机械决定论根本否认偶然性,并宣称所有一切现象都有是必然的。恩格斯说:“在历史的发展中,偶然性起着自己的作用,而它的辩证的思维中,就像在胚胎的发展中一样包括在必然性中。”[2] 显然,恩格斯在这里突出了偶然的作用,同时又指出偶然性是与必然性密切相关的。恩格斯又在《家庭、私有制和国家的起源》论述偶然性与必然性的关系说:“但是,偶然性只是相互依存性的一极,它的另一极叫做必然性。在似乎也是受偶然性支配的自然界中,我们早就证实在每一个领域内都有在这种偶然性中为自己开辟道路的内在的必然性和规律性。然而适用于自然界的,也适用于社会。一种社会活动,一系列社会过程,愈是越出人们的自觉的控制,愈是越出他们支配的范围,愈是显得受纯粹的偶然性的摆布,它所固有的内在规律就愈以自然的必然性在这种偶然性中为自己开辟道路。”[3] 恩格斯在政治经济学和社会发展史的意义上,提出了人们“在偶然性中为自己开辟道路”的命题,更多地肯定了偶然性在社会发展中的重要的能动作用,这是前所未有的。他又指出了偶然性是与必然性相互依存的两极。

---

① 黑格尔著、杨一之译:《逻辑学》上卷,商务印书馆 1976 年版,第 205 页。

② 《马克思恩格斯全集》第 20 卷,人民出版社 1971 年版,第 565 页。

③ 《马克思恩格斯全集》第 21 卷,人民出版社 1965 年版,第 199 页。

二、"偶然"的美学意义

以上关于偶然性和必然性的论述，都是在哲学认识论或社会发展史的范围内提出的，而从美学的角度来谈偶然性的则非常之罕见。在这方面，黑格尔仍然是最有理论贡献的一位美学家。下面这段话非常深刻地阐述了在审美过程中偶然性和必然性的关系："因此，审美带有令人解放的性质，它让对象保持它的自由和无限，所以美的对象既不显得受我们人的压抑和逼迫，又不显得受其它外在事物的侵袭和征服。因为按着美的本质，在美的对象里，无论是它的概念以及它的目的和灵魂，还是它的外在的定性，丰富复杂性和实在性，都显得是从它本身生发出来，而不是由外力造成的，其所以如此，是因为象我们已经说过的，美的对象之所以是真实的，只是由于它的确定形式的客观存在与它的真正本质和概念之间见出固有的统一与协调。还不仅此，概念本身既然是具体的，体现它的实在也就完全显现为一种完善的形象，其中各个部分也显示出观念性的统一和生气灌注作用。因为概念与现象的协调就是完满的通体融贯。因此，外在的形式和形状不是和外在的材料分裂开来，或是强使材料机械地迁就本来不是它所能实现的目的，而按其本质，它是实在本身固有的形式，而现在从实在里表现出来。最后，美的对象里各个部分虽协调成观念性的统一体，而且把这统一体显现出来，这种谐和一致却必须显成这样：在它们的相互关系之中，各部分还保留独立自由的形状，这就是说，它们不象一般的概念的各部分，只有观念性的统一，还必须显出加一方面，即独立自在的实在的面貌。美的对象必须同时现出两方面:一方面是由概念所假定的各部分协调一致的必然性,另一方面是这些部分的自由性的显现是为它们本身的,不只是为它们的统一体。单就它本身来说,必然性是各部分按照它们的本质即必须紧密联系在一起,有这一部分就必须有那一部分的那种关系。这种必然性在美的对象里固不可少,但是它也不应该就以必然性本身出现在美的对象里,应该隐藏在不经意的偶然性后面。否则各个实在的部分就会失去它们的地位和特有的作用,显得只是服务于它们的观念性的统一,而且对这观念性的统一也只是抽象地服从。无论就美的客观存在,还是就主体欣赏来说,美的概念都带有这种自由和无限;正是由于这种自由和无限,美的领域才解脱了有限事物的相对性,上升到理念和真实的绝对境界。”① 黑格尔的这段论述是极具启示意义的。这里对审美创造中的偶然性和必然性的关系的看法,既与作者在哲学上的认识有深刻的一致性,又有美学的独特品格。“让美的对象保持它的自由和无限”,意味着对审美创造中偶然性因素的充分尊重与发挥。审美创造中的必然性是不可或缺的,但这种必然性是作品中的一种“观念性的统一”,它是通过偶然性体现出来的,而不是作品中的具体的存在。在美学的王国里,黑格尔是充分肯定了偶然性的重要地位的。

就美学的角度而言,偶然性的品格也许就不仅是认识论的,而更多是价值论的。必然性和偶然性,与其说是对世界的不同的认识方式,毋宁说是对世界的艺术掌握方式的不同层面。对于世界

---

① 黑格尔著、朱光潜译:《美学》第一卷,商务印书馆 1981 年版,第 142 页。

的艺术掌握方式,意味着审美价值的创造,也意味着艺术生产的发生。马克思主义美学提出的"艺术生产"的概念,深刻地昭示着在艺术掌握中审美价值的创造性。如果以之观照艺术作品的创造性生成过程,我们是否可以把"必然性"理解为创作主体所掌握的艺术法则、所持有的艺术理念和精神的统一性;而"偶然性"则可以视为审美主体在独特的境遇中与审美客体相遇合的突发性契机。在艺术作品的具体创作中,在审美创造的个性化何以实现的追问中,"偶然"所扮演的角色是无法取代的。艺术掌握世界的方式,之所以不同于其他掌握世界的方式(按马克思所指出的,如理论的、宗教的和实践—精神的掌握方式)便在于它是审美价值的生产者、创造者。艺术地掌握世界的物化形式,便是各个艺术门类的独特的审美价值的产生与持存。这也便是审美创造。而在审美创造的发生阶段,主体在与客体的偶然性遇合中产生了创作的冲动、基本的审美意象和总体的构思取向。这种"偶然",是审美创造的发生关键。正是在审美创造的发生阶段,我们才格外关注"偶然"的价值所在。从艺术品的具体创作来看,恰恰是由"偶然"开辟道路的。因为,审美创造的冲动是与偶然紧密联系在一起的。不仅是历史或社会,在审美创造领域,也是"以偶然的东西作它的出发点"的。"必然"是一种规律,是一种可能,是一种整体性,是一种观念的统一,但它却是看不见的,是应该隐藏在偶然后面的。而审美创造冲动的发生,则正是主体在具体的、独特的情境中与客体相邂逅的产物。这一点,那些伟大的艺术家是有许多亲身体会的。巴尔扎克就曾说过:"偶然性是世上最伟大的小说家,若想文思不竭,只要研究偶然就行。”[①] 巴尔扎克所说的“偶然性”,就是指自然界或社会生活不可预知的事物偶然地闯入审美主体的视野,激活了主体的审美需要,从而成为艺术品创造的决定性契机。因此,在美学领域中对“偶然”的关注与诠释,可以成为现阶段美学理论的一个突进点。

三、中国古典美学对于“偶然”的关注

西方的美学理论论述“偶然”的并不多见,而中国古典美学则不同,有许许多多谈及偶然作为创作契机的资料,有不少直接以“偶然”、“偶尔”作为创作动因的,也有以“触”、“遇”、“适会”等说法来表示的,但其意思很明显就是偶然的机缘。为什么会形成这种情况?愚意以为,这是因为中国古典美学思想资料大都是在经验层面上谈的,很少有从先验的理念出发来演绎美学思想的。虽然对美学思想中的偶然的论述缺少西方美学的那种思辨色彩和系统框架,但从审美经验的角度来看,则是相当丰富的,而且有深刻的理论推阐余地。

论及灵感,少不了谈到它的偶然性质,这是人们所熟知的。早在晋朝的文论家陆机的《文赋》中所说的“若夫应感之会,通塞之纪,来不可遏,去不可止,藏若影灭,行犹响起”,已经把灵感的偶然性描述得入木三分了。在中国古典美学资料中的灵感论中,这类

---

① 巴尔扎克:《人间喜剧总序》,见《文艺理论译丛》1957 年第二册,人民文学出版社 1957 年版。

关于艺术创作灵感的偶然性描述并不罕见,如苏轼在诗中所形容的"作诗火急追亡逋,清景一失后难摹"(《腊日游孤山访惠勤惠思二僧》,《苏轼诗集》卷七),"文章本天然,妙手偶得之"(陆游语),"尽日觅不得,有时还自来"(谢榛语),"才著手便煞,一放手又飘忽去"(王夫之语),等等,都十分明确地揭示了灵感的偶然性质,这些论述,我们都并不生疏。中国美学中的偶然性论述并不止于灵感,它所包含的理论意蕴是远远丰富于、深刻于斯的。

中国美学中关于偶然的论述,非常重要的一个意义是将文学家、艺术家的审美创造的冲动,与主客体的遇合触发,联系在一起来认识,这是中西美学在创作发生论方面的一个颇为明显的差异。西方的灵感论是把灵感与天才紧紧联系在一起,更多的是在创作主体方面进行考察,很难令人信服地解释灵感的发生,而往往归之于不可知论。中国美学中对创作灵感发生的偶然性的论述,则基本上都是审美主客体的遇合触发。自然界的生灭变化,社会事物的纷纭复杂,以其独特的风貌与审美创造主体的情感胸襟相触遇,兴发了主体的创作冲动;而主体以其强烈的情感向度融摄的意象必然是特殊的。主客体相遇合的契机是不可预知的,是随机的,或者径直说就是偶然的。

中国美学中所说的"偶然",不是天才的呓语,不是神赐的"迷狂",而是作为有深厚的艺术修养、有精湛的艺术技巧、手法,有博大的人文情怀的作家、艺术家,在随所触遇的机缘中,所产生的审美创造欲求、冲动,基本的构思取向和主要的审美意象、意境。审美主体与变化莫测的自然和社会事物之间的感应,特定机遇的碰撞与互摄,是产生绝佳的艺术品的关键性起因。

中国美学的“感兴”范畴，最能说明这种性质。所谓“感兴”，就是“感于物而兴”，指创作主体在客观环境的偶然触发下，在心灵中诞育了艺术境界的心理状态和审美创造方式。感兴是以主体与客体的瞬间融化也即“心物交融”为前提的，以偶然性、随机性为基本特征的。“兴”作为中国诗学的基本范畴，对它的阐释，我认为以宋人李仲蒙的“触物以起情谓之兴，物动情也”① 为最恰切，亦最能说明“兴”与“比”的区别。“触物”正是主体与客体的偶然触发。南北朝时著名的文论家刘勰在《文心雕龙·物色》篇的赞语最适合于为其注脚，其云：“山沓水匝，树杂云合。目既往还，心亦吐纳。春日迟迟，秋风飒飒。情往似赠，兴来如答。”在主客体的往还吐纳中，创作之“兴”，涌现而出。遍照金刚的《文镜秘府论》论“感兴”云：“感兴势者，人心至感，必有应说，物色万象，爽然有如感会。”准确地概括了“感兴”是主客体的爽然感会，也即偶然的遇合。宋代诗人杨万里诗中说：“酒不逢人还易醉，诗如得句偶然来。”（《冬至前三日》）《诗人玉屑》中也说：“诗之有思，卒然遇之而莫遏，有物败之，则失之矣。”（卷十）清代著名诗人袁枚亦云：“萧子显自称：‘凡有著作，特寡思功。须其自来，不以力构。’此即陆放翁所谓‘文章本天成，妙手偶得之’也。”（《随园诗话》卷四）都指出诗兴的偶然性质。明代著名诗论家谢榛所论尤有理论高度：“作诗本乎情景，孤不自成，两不相背。凡登高致思，则神交古人，穷乎遐迩，系乎忧乐，此相因偶然，著形于绝迹，振响于无声也。夫情景有异同，模写有难易，诗有二要，莫切于斯者。观则同于外，感则异于内，当自用

---

① 引自胡寅《与李叔易书》，见《斐然集》卷十八。

其力,使内外如一,出入此心而无间也。景乃诗之媒,情乃诗之胚,合而为诗,以数言而统万形,元气浑成,其浩无涯矣。”(《四溟诗话》卷三)谢榛这段精辟之论的理论价值当不止于此,但他深刻地指出了作诗的动因是情景的“相因偶然”。

中国美学中关于审美创造的偶然论,不仅是指一般的创作动因,更是艺术佳作的始基。审美价值的创造,以艺术品的个性化、独创性为其标志。缺少了个性,缺少独特的风貌,审美价值也就无从谈起。我们愿意引述英国18世纪著名诗人爱德华·扬格(Edward Young)对独创性作品的那种充满激情和诗意的称赞:“天才者的头脑是肥沃而可爱的土地,可爱如乐土,肥沃如丹浦,它享有永恒的春天。那个春天里,独创性作品是最最美丽的花朵。模仿之作成长迅速而花色暗淡。——独创性作家是、而且应当是人们极大的宠儿,因为他们是极大的恩人;他们开拓了文学的疆土,为它的领地添上了一个新省区。模仿者只给我们已有的可能卓越得多的作品一种副本,他们徒然增加了一些微不足道的书籍,使书籍可贵的知识和天才却未见增长。独创性作家的笔头,像阿米达的魔杖,能够从荒漠中唤出灿烂的春天。”① 作品的独创性最为集中地表现了审美价值所在,而其独创性的产生,在其发生阶段,主要是源自于主体与客体的特殊情境下的遇合而生成非常独特的审美感受,同时,也形成了虽尚粗糙、却颇具个性的审美意象。艺术理论家们往往更多是揭载主客体偶然遇合的创作机缘,创造出只可有

---

① 爱德华·扬格著、袁可嘉译:《试论独创性作品》,人民文学出版社1998年版,第82页。

一、不可有二的艺术珍品。苏轼对陶渊明的《饮酒》第五首中佳句的分析颇可说明问题,东坡云:"'采菊东篱下,悠然见南山',因采菊而见山,境与意会,此句最有妙处,近岁俗本皆作'望南山',则此一篇神气索然矣。"(《题渊明〈饮酒诗〉后》,见《苏轼文集》卷六十七)东坡对陶诗名句的分析,着眼于主体与客体的偶然遇合("境与意会"),而当时的版本或作"望南山",受到苏轼的批评,原因是"望"是有意,有很强的目的性;而"见南山"则是偶然的遇合所产生的绝妙意境。宋代诗论家叶梦得亦从对谢灵运的杰作佳句的解析中,指出主体之情与客体之景的"猝然相遇"是"诗家妙处"的根本原因,他说"'池塘生春草,园柳变鸣禽'。世多不解此语为工,盖欲以奇求之耳。此语之工,正在无所用意,猝然与景相遇,借以成章,不假绳削,故非常情所能到。诗家妙处,当须以此为根本,而思苦言难者,往往不悟。"(《石林诗话》卷中)如何方能创造出绝妙的诗境?叶氏通过以谢灵运诗为例,作出了令人信服的论述。他认为这两句诗的成功并非在于"求奇",而在于诗人并无预先的立意,而是情与景之间猝然相遇而生成的"天籁"。叶氏所揭示的理由具有重要的理论价值。正因为主体与客体的遇合是未曾预期的,所以由此产生的诗歌情境是"非常情所能到",具有独一无二的审美个性。叶氏又不局限于谢诗评论,而是升华到诗歌创作的"根本",视为普遍性的艺术创作规律。元代文学家吴澄精辟地分析了其间的原委,他说:"天时物态,世事人情,千变万化,无一或同,感触成诗,所谓自然之籁。无其时,无其态,无其事,无其情,而想象模拟,安排造作,虽似犹非,况未必似乎!"(《何敏则诗序》,《吴文正公集》卷十三)自然与社会事物的千变万化,各自不同,无法预知,主体与客体的触遇,所产生的是不可重复的独特情境,作品的艺术个性赖以发生的基础,正在于斯。

审美创造的主体与客体的偶然遇合,所生即为艺术创作的"神思"。刘勰《文心雕龙》中有《神思》一篇,为创作论之总纲。论者或以"神思"为想象,或以为灵感,或以为构思,我则认为"神思"是中国古典美学中关于艺术创作思维的核心范畴,其内涵包括了文学创作的准备阶段,创作冲动的发生机制,艺术构思的基本性质、创作灵感的发生状态、审美意象的产生等环节。所谓"神思",并非一般的创作构思,而是那种出神入化的灵妙之思,指产生艺术杰作的创作思维。它体现了创作主体的自由本质。有关"偶然"的论述,很多都谈到"神思"的产生。明代诗论家谢榛所说:"凡作文,静室隐几,冥搜邈然,不期诗思遽生,妙句萌心,且含毫咀味,两事兼举,以就兴之缓急也。予一夕欹枕面灯而卧,因咏蟋蟀之句,忽机转文思,而势不可遏。"① 都指出艺术创作的神思是偶然的机缘中产生的。

艺术创作的至高境界是"化境",这是艺术家们所孜孜以求的。"化境"不再限于某一局部之美(如诗中的佳句),而是浑然一体,天衣无缝的整体之美。谢榛认为,这也是"漫然成篇"的产物,他说:"诗有不立意造句,以兴为主,漫然成篇,此诗之入化也。"② 又评杜甫诗云:"子美曰:'细雨荷锄立,江猿吟翠屏。'此语宛然入画,情景适会,与造物同其妙,非沉思苦索而得之也。"③ 都是主张臻于"化境"的艺术境界是创作主体在"情景适会"的偶然契机中产生

① 谢榛:《四溟诗话》卷三。
② 同上,卷一。
③ 同上,卷二。

的。

与偶然的创造机缘相关联的，中国古典美学中有一个并不罕见、却未能得到深入阐释的概念那就是所谓“天机”。“天机”在很大程度上可以视为灵感，但细加斟酌不那么简单。“天机”是中国古代艺术美学中一个充满生命感的实体性概念。由“天机”而生的艺术品都是绝妙之作。而“天机”的到来，则是带有明显的偶然性的。《庄子》最早出现了“天机”，其中《大宗师》篇中云：“古之真人，其寝不梦，其觉无忧，其食不甘，其息深深。真人之息以踵，众人之息以喉。屈服者，其嗌言若哇。其耆(即嗜)欲深者，其天机浅。”庄子的原意是把“真人”与众人相比，因为众人嗜欲深重，所以天机浅薄。陈鼓应先生注云：“天机：自然之生机。”[①] 庄子所说的“天机”很显然并非是在艺术理论的意义上提出的。陆机在前述的那段灵感描述之后，便将其概括为：“夫天机之骏利，夫何纷而不理?”最先把“天机”引入到艺术创作思维的轨道上来，同时将其与偶然的思维机制联系起来。到了宋代，“天机”在艺术理论中开始频频出现。如著名理学家、诗人邵雍在诗中说：“忽忽闲拈笔，时时乐性灵。何尝无对景，未始变忘情。句会飘然得，诗因偶尔成。天机难状处，一点自分明。”(《闲吟》)邵氏感受到自己诗中的佳句、诗意，更多的是飘然而得，偶尔而成，这是因为诗人在闲适的心态下，得到了“天机”。“天机”无疑是与“偶尔”连在一起的。陆游在他的《九月一日夜读诗稿有感走笔作歌》中，以“天机”的获得来表现自己在诗歌创作中进入了一个崭新的境界：“天机云锦用在我，剪裁妙处非刀尺。

① 陈鼓应：《庄子今注今译》，中华书局 1983 年版，第 171 页。

世间才杰固不乏，秋毫未合天地隔。放翁老死安足论，《广陵散》绝还堪惜。”宋元时期画论以“天机”论画者颇多，如韩拙的《山水纯全集》、董逌的《广川画跋》等论画名著，都以“天机”为论画的重要尺度。“天机”的获得是绝妙画境的标志，同时也是画家与客观景物偶然遇合的产物。如董逌对李龙眠的画评价最高，认为他的画是最富“天机”的，这又是画家“遇物兴怀”的结果。董逌说：“伯时于画，天得也。常以笔墨为游戏，不立寸度，放情荡意，遇物则画，初不计其妍蚩得失。至其成功，则无毫发遗恨。此殆进技乎道，而天机自张耶？”[①] 又论燕仲穆画说：“燕仲穆以画自嬉，而山水尤妙于真形。然平生不妄落笔，登临探索，遇物兴怀，胸中磊落，自成丘壑。”[②] 都是偶然而得的灵机。黄庭坚论画也说：“如虫蚀木，偶尔成文，吾观古人绘事妙处，类多如此。”[③] 认为绘画妙处正在“偶尔成文。”清代画论家黄钺有《二十四画品》，其中“神妙”一品云：“云蒸龙变，春交树花。造化在我，心耶手耶？驱役众美，不名一家。工似工意，尔众无哗。偶然得之，夫何可加？学徒皓首，茫无津涯。”认为最为“神妙”的画品乃是“偶然得之”的。在诗论中，很多论者都认为最为奇妙、最有艺术魅力的诗句往往是出自于偶然而得的灵思。宋代诗人戴复古在其《论诗绝句》中写道：“诗本无形在窈冥，网罗天地运吟情。有时忽得惊人句，费尽心机做不成。”“惊人”，是中国古典诗学的一个至高的审美标准，如杜甫所说：“语不

---

① 《广川画跋》，见于安澜编《画品丛书》，上海人民美术出版社 1982 年版，第 290 页。

② 同上，第 297 页。

③ 《山谷题跋》卷三。

惊人死不休。”清代诗论家吴乔说:“凡偶然得句,自必佳绝。”[①] 认为在偶然中得到的诗句,必然是最为“佳绝”。清代诗人张问陶在诗中写道:“凭空何处造情文,还仗灵光助几分。奇句忽来魂魄动,真如天上落将军”,“名心退尽道心生,如梦如仙句偶成。天籁自鸣天趣足,好诗不过近人情”(《论诗绝句》),都是认为艺术佳构得自于偶然的灵机。

偶然是审美主体的情与客体的景邂逅遇合,在中国美学中又有着“万物一体”的思想背景。偶然的创作契机,意味着汲引于宇宙大化的浑灏之气,所创造的艺术品有“真体内充”的圆满生命,有浑然天成的艺术风貌。诗论、画论中所说的“天趣”、“真趣”都有这样的意蕴。如董逌所论:“圣人以神运化,与天地同巧。寓物赋形,随意以得。盖自远造中,笔驱造化,发于毫端。万物各得全其生理,是随所遇而见。”[②] 谢榛论陶诗说:“渊明最有性情,使加藻饰,无异鲍谢,何以发真趣于偶尔,寄至味于澹然?”[③] 明代徐沁论画云:“能以笔墨之灵,开拓胸次,而与造物争奇者,莫如山水。当烟雨灭没,泉石幽深,随所遇而发之,悠然会心,俱成天趣;非若体貌他物者,殚心毕智,以求形似,规规乎游方之内也。”[④] 清人笪重光论画云:“眼中景现,要用急追,笔底意穷,须从别引,偶尔天成。加以人工而或损。”[⑤] 清人吴雷发论诗云:“大块中景物何限,会心之

---

① 吴乔:《围炉诗话》卷四,见郭绍虞编选《清诗话续编》上册,上海古籍出版社1983年版,第591页。

② 《广川画跋》,见《画品丛书》,第309页。

③ 《四溟诗话》卷三。

④ 《明画录》,见俞剑华编《中国古代画论类编》,第804页。

⑤ 《画筌》,同上,第810页。

际，偶尔触目成吟，自有灵机异趣。倘必拘以寓意之说，是锢人聪明矣。"[①] 等等，这些论述，都指出了偶然的创作机缘是来自于"万物一体"的宇宙生机的，有着浑然的"天趣"、"真趣"而不同于那些苦思力索的雕刻之作。

四、"偶然"的创作契机与审美主体条件

说到这里，人们不仅要问，按偶然论的说法，艺术创作是否用不着对艺术创作规则、技巧、表现手法的努力掌握，只要等着灵感的"偶然"降临，就能创造出传世的杰作！如果这样认为，恐怕就是误会了。这些"偶然"之论，都是在审美发生的意义上来说的，指的是作家、艺术家创作冲动的激活，在与外在事物的偶然遇合中获得构思的取向，而这一切的前提条件，却是作家、艺术家的高远境界、人生情怀，对于某种艺术规律的精深理解、圆熟把握，对于表现手法、技巧的精湛修养等等，这是作为作家、艺术家的主体条件。这些都可看作是"必然性"。清人袁守定所说的"得之在俄顷，积之在平日"，颇能概括出平时的艺术素养和具体创作时的偶然机缘之间的关系。黑格尔曾这样讥讽有的人只想靠"偶然"的刺激来获得灵感的想法："人们就以为通过感官的刺激就可以激发灵感。但是单靠心血来潮并不济事，香槟酒产生不出诗来；例如马蒙特尔说过，他坐在地窖里面对着六千瓶香槟酒，可是没有丝毫的诗意冲上他脑里来。同理，最大的天才尽管朝朝暮暮躺在青草地上，让微风吹

---

① 《说诗菅蒯》，见《清诗话》，上海古籍出版社 1999 年版，第 901 页。

来，眼望着天空，温柔的灵感也始终不光顾他。”[①] 黑格尔在论述灵感时又非常重视艺术家的主体条件，就是他所说的“才能”和“天才”。他认为艺术创作“需要一种特殊的资质，其中天生的因素当然也起重要的作用。”[②] 这是“天才”的天赋的资质，但同时，“天才”本身就需要有后天培养锻炼的内涵在其中，因此，黑格尔对“天才”的界定是较为客观的，他认为：“天才是真正能创造艺术作品的那种一般的本领以及在培养和运用这种本领中所表现的活力。但是这种本领和活力都只是属于主体的，因为只有一个自觉的主体，一个把这种创造悬为目标的主体，才能进行心灵性的创造。不过人们还要在天才和才能之中定出一种更明确的分别。天才和才能在事实上固然不完全是一回事，但是二者的统一对于完美的艺术创作却是必要的。”[③] 黑格尔还非常重视艺术专门技艺的学习训练，他说：“各门艺术当然都需要广泛的学习，坚持不懈的努力以及多方面的从训练得来的熟练。”[④] 这些都是作为一个艺术家必需的主体条件。上面所引的中国美学中关于“偶然”的审美创造的发生论资料，对于艺术创作灵思的偶然发生机制谈得颇为亲切，因为他们本身都是优秀的艺术家，所论不乏亲身体验，但对作为作家、艺术家的主体因素少有全面论及。清代著名诗论家叶燮则非常全面地分析了诗歌创作的主客体因素。对于客体因素，他析之为理、事、情；对于主体因素，他析之为才、识、胆、力，认为“大凡人无才，

---

① 黑格尔著、朱光潜译：《美学》卷一，商务印书馆 1979 年版，第 1 卷，第 364 页。

② 同上，第 361 页。

③ 同上，第 360 页。

④ 同上，第 362 页。

则心思不出；无胆，则笔墨畏缩；无识，则不能取舍；无力，则不能自成一家。”① 叶氏还以“胸襟”来概括作为诗人的主体条件。他说：“我谓作诗者，亦必先有诗之基焉。诗之基，其人之胸襟是也。有胸襟，然后方能载其性情、智慧、聪明、才辩以出，随遇发生，随生而盛。”叶燮举唐代伟大诗人杜甫为例：“千古诗人推杜甫。其诗随所遇之人之境之事之物，无处不发其思君王、忧祸乱、悲时日、念友朋、吊古人、怀远道，凡所欢愉、幽愁、离合、今昔之感，一一触类而起，因遇得题，因题达情，因情敷句，皆因甫有其胸襟以为基。如星宿之海，万源从出；如钻燧之火，无处不发；如肥土沃壤，时雨一过，夭矫百物，随类而兴，生意各别。而无不具足。——由是言之，有是胸襟以为基，而后可以为诗文。不然，虽日诵万言，吟千首，浮响肤辞，不从中出，如剪彩之花，根蒂既无，生意自绝，何异乎凭虚而作室也！”② 叶燮全面而深刻地阐述了文学创作随所触遇的偶然创作机缘和作家的主体条件的关系，这是前所未有的。它对于我们理解作为审美发生机制的“偶然”是有非常重要的启示意义的。

美学的建构与其现代阐释中，“偶然”是一个值得引起高度重视的范畴，大有可以开掘的余地，因为它的丰富内涵是西方美学理论中所缺乏的，而在艺术创作的层面上又有深刻的当代意义。它揭示了审美创造的动因与契机，以及艺术的个性化的产生机制。中国美学有着独特的民族特色，有足以与西方美学抗衡的理论建树，而关于“偶然”的审美创造思想是其中颇为值得深入考察的部分。

---

① 《原诗·内篇下》。

② 同上。

审美感兴论

一

感兴，是中国古典美学的重要范畴。有关感兴的论述，在中国古代的诗论、画论中大量存在，而且形成不断深化、愈加切近审美本质的历时性发展脉络。感兴论揭示的是创作过程中的内在机制，又深深植根在中华民族特有的哲学——文化的思想土壤之中的、具有鲜明的民族思维特征，与西方创作论中的灵感论显示出带有本体意义的差异。因此，有关审美感兴论述的探索，对于建设有民族特色的美学体系，有颇为重要的价值。

在以往的有关著述中，论者大多指感兴为艺术创作中的灵感现象，即指创作主体进入创作高潮时的高度兴奋的心理体验。这样，就把中国的感兴论与西方文论中的灵感基本上等同了起来，而忽略了“感兴”之为感兴的本质规定性，西方的灵感论是把灵感与天才紧紧地联系在一起的，侧重于创作主体的心理描述，而不是将审美主客体联系起来研究灵感现象。中国的感兴论固然包含灵感这种审美创造过程中主体所感受到的“高峰体验”，但这绝非感兴的全部含义。在我看来，感兴就是“感于物而兴”，指创作主体在客观环境的偶然触发下，在心灵中诞育了艺术境界（如诗中的意境）的心理状态与审美创造方式。感兴是以主体与客体的瞬间融化也即“心物交融”作为前提，以偶然性、随机性为基本特征的。

很多学者将感兴与感物分而论之析为二物，实际上是未能抓住感兴的本质特征，中国古典美学资料中，基本上都是以心物触引感发来谈感兴的。没有对心的触发，心对物的感应，就谈不到感兴。

感兴这个审美范畴滥觞于“诗六义”中“赋、比、兴”的“兴”。在人们对“兴”的诠释中，已经包蕴了感兴作为中国古典美学范畴的基本内涵。关于比兴，历代学者从各种角度作了诸多界说，就中颇有从物我关系的角度来阐明比兴性质的，最为趋近审美一途。这类界说中简赅而有代表性的阐释有郑众的“比者，比方于物也。兴者，托事于物”①；有朱熹的“先言他物以起所咏之词也”；② 有宋人李仲蒙的“触物以起情谓之兴，物动情也。”③ 郑说认为兴是创作主体将自己的意向投射于“物”中，这实际上与他对“比”的界定没有什么区别，未必符合“兴”的本义。“兴”的本义应如孔颖达所训：“兴，起也”。也即刘勰所说的“起情故兴体以立”④ 郑众之言，恰与“兴”的思维方向是逆反的。朱熹的界说较为符合《诗经》的艺术表现手法的实际状况，但仅是一种现象描述，而没有探到诗歌创作的心理层次。我们认为，倒是不甚知名的李仲蒙对“兴”的解释最

---

① 见《十三经注疏·周礼注疏》卷二十三引。

② 朱熹：《诗集传》卷一。

③ 胡寅：《与李叔易书》引李仲蒙语，《斐然集》卷十八。

④ 《文心雕龙·比兴》。

能说明诗歌创作的心理动因。所谓“触物以起情”,是说创作主体在客观外物的偶然触引下,兴发了情感,涌起创作冲动。“触”是偶然的,随机的遇合,而非创作主体有预先计划、有明确目的寻求的物象。正是在这点上“兴”区别于“比”,李仲蒙对“比”的解释为“索物以托情谓之比”。与对“兴”的解释相对举,尤能见出其区别之所在。

二

“感兴”论一开始便建立在“心物交融”的基础上,这也便是人们所熟悉的“物感”说,“物感”说正确地说明了艺术创作的灵感来源于心理动因,只是侧重点是放在物对心的感发关系上,而尚未放在“兴”的审美心理机制上。有关“感兴”的最早文献当推《礼记·乐记》。《乐记》中说:“凡音之起,由人心生也。人心之动,物使之然也,感于物而动故形于声。乐者,音之所由生也,其本在人心之感于物也。”明确论述了音、心、物三者之间的关系,认为音乐的产生在心(即人的情感世界)的波动变化,而人心的波动变化则是外物引起的。那么,音乐是外物感发人心的产物。这便是《礼记·乐记》的艺术本质观。

魏晋南北朝时期,文学创作理论中的感兴论进一步成熟、发展,一些重要的文论著作,大多涉及“感兴”问题。陆机在《文赋》中这样描述自然时序、客观外物对创作主体心态的感染兴发:“遵四时以叹逝,瞻万物而思纷。悲落叶于劲秋,喜柔条于芳春。”同时,陆机更侧重于揭示创作中的灵感心态:“若夫应感之会,通塞之际,来不可遏,去不可止。藏若景灭,行犹响起。方天机之骏利,夫何纷而不理?"尽管陆机很坦诚地说"吾未识夫塞之所由",其实,前面的"应感之会",已经道出"感物"乃是"天机"的重要动因。钟嵘《诗品序》也论及客观外物与诗歌创作的关系:

> 气之动物,物之感人。故摇荡性情,形诸舞咏……若乃春风春鸟,秋月秋禅,夏云暑雨,冬月祁寒,斯四候之感诸诗者也。嘉会寄诗以亲,离群托诗以怨。至于楚臣去境,汉妾辞宫,或骨横朔野。魂逐飞蓬,或负戈外戍,杀气雄边,塞客衣单,孀闺泪尽,或士有解佩出朝,一支忘返,女有扬蛾入宠,再盼倾国、凡斯种种,感荡心灵,非陈诗何以展其义?非长歌何以骋其情?

钟嵘在谈到四季物候变化对诗人心灵影响时是较为简单化的,而重要的是他把许多社会现象引入"感兴"论的范畴,也就是在"物"的内涵中加进了社会事物的要素,这是对感兴论的重要拓展。刘勰对审美感兴论作出了更为系统的理论建设。《文心雕龙·物色》可以视为感兴的专论。他说:

> 春秋代序,阴阳惨舒,物色之动,心亦摇焉。盖阳气萌而玄驹步,阴律凝而丹鸟羞,微虫犹或入感四时之动物深矣。若夫圭璋挺其蕙心,英华秀其清气,物色相召,人谁获安?是以献岁发春,悦豫之志远,霰雪无垠,矜肃之虑深。岁有其物,物有其容;情以物迁,辞以情发。

这里较为具体地指出了不同的物候对于不同类型的情感之间的感发作用,且第一次把“情”的概念引入审美主体的畛域。在《文心雕龙》中,刘勰多处以“情”作为主体一方的代称,此与陆机“诗缘情而绮靡”的命题相联系,说明了情感在审美领域受到空前的重视。在下面的论述中,刘勰则重点谈了在“感物”前提下审美主体对客体的驾驭与统摄:

> 是以诗人感物,联类无穷,流连万象之际,沉吟视听之区,既随物以宛转;属采附声,亦与心而徘徊。故灼灼状桃花之鲜,依依尽杨柳之貌,杲杲为日出之容,瀌瀌拟雨雪之状,喈喈逐黄鸟之声,喓喓学草虫之韵,皎日彗星,一言穷理;参差沃若,两字穷形。并以少总多,情貌无遗矣。

在刘勰之前的感兴论,主要是强调物对心的感发作用,“物”是主动的,“心”是被动的,其思维是单向度的尚未来得及论述主体对客观的作用。刘勰一方面也以物对心的感发作用为其感兴理论的前提,并提出“人禀七情,应物斯感;感物吟志,莫非自然”的著名命题,另一方面则充分论述了主体对客体的统摄与驾驭。“随物宛转”和“与心徘徊”正是主客体交互运动、形成对立统一关系的概括,其思维是双向逆反的,这不能不说是感兴论的重大进展。唐宋时期诗论、画论领域有关感兴的论述很多,且呈现出新的特点。首先是越来越注重审美主客体之间的偶然性触发,并把感兴与意境的创造结合起来。其次越来越多地谈到感兴的审美直觉性质,予以较为深入的描述。再次是从读者接受的角度谈感兴,有了新的拓展。唐代遍照金刚的《文镜秘府论》中有"感兴"一势:"感兴势者,人心至感,物色万象,爽然有如感会。"这里是包含了心物之间的偶然感会这种感兴性质的。作者又指出:"自古文章兴于自然,感激而成,都无许练,发言以当,应物便是。"① 认为文章的灵思难于预期,而是创作主体偶然应物的产物。著名诗人王昌龄则把感兴作为创造诗歌意境的一种方式。称为"生思":"久用精思,未契意象,力疲智竭,放安神思,心偶照境,率然而生。"② 在偶然的心境遇合下,灵感会自然而来。此处的"境"指客观外境。取代感兴论传统中的"物",以"境"代"物",是很值得注意的倾向,它标志着审美客体的进一步虚灵化。一方面说明了佛学对美学渗透,另一方面,也标志着感兴论的时代特征。唐诗对于前代诗歌创作的超越,很重要的一点,便是普遍具有了兴象玲珑的空灵神韵,王昌龄有关感兴的论述,是明显地带有这种痕迹的。

宋人颇为重视感兴在审美创造中的重要功能,结合艺术实践,发表了许多精辟而深刻的见解。在画论领域,大画家董逌论画说:

> 燕仲穆以画自嬉,而山水尤灵妙于真形。然平生不妄落笔,登临探索,遇物兴怀。胸中磊落,自成邱壑。③
>
> 世人不识真山而求画者,叠石累土,以自诧也。岂知心放于造化炉锤者,遇物得之,此其为真画者也。④

---

① 《文镜秘府论》。

② 《诗格》。

③ 《广川画跋·书燕龙图写蜀图》。

④ 《广川画跋·书范宽山水图》。

认为只有“遇物兴怀”,方能创作出真正的艺术佳构。宋代诗学中论感兴者颇多,而且有明显的针对性,往往是针对诗坛上那些闭门觅句、苦吟力索的创作倾向而发的。南北宋之际的诗家叶梦得对感兴的论述最中肯綮,如他论谢灵运诗即有诗学的普遍意义,他说:

> “池塘生春草,园柳变鸣禽”,世多不解此语之工,盖欲以奇求之耳。此语之工,正在无所用意,猝然与景相遇,借以成章,不假绳削,故非常情所能到。诗家妙处,当须以此为根本,而思苦言难者,往往不悟。①

叶氏正是从感兴论出发来阐释谢诗妙处的,并且上升到诗的“根本”来认识。南宋诗人杨万里极重诗的感兴,他认为:“大抵诗之作也,兴,上也;赋,次也;赓和,不得已也。然初无意于作是诗,而是物是事,适然触于我,我之意适然感乎是物是事,触先焉,而是诗出焉,我何与哉?天也,斯之谓兴。”② 十分重视感兴在诗歌创作中的作用,“诚斋体”的特色,是与这种感兴的审美创作方式密不可分的。

明清时期对感兴的论述相当丰富,而且有所深入和发展,明代感兴论更多地着眼于情与景的结合方式,对于诗歌创作的内在心理机制有颇为深入的描述。在这方面最有理论建树的当推谢榛。

---

① 《石林诗话》卷中。

② 《答建康府大军门徐达书》,见《诚斋集》卷六十七。

谢榛的《四溟诗话》(又名《诗家直说》)中多处论及诗歌的审美感兴,如:

诗有天机,待时而发,触物而成,虽幽寻苦索,不易得也。如戴石屏"春水渡傍渡,夕阳山外山"。属对精确,工非一朝,所谓"尽日觅不得,有时还自来"。①

诗有不立意造句,以兴为主,漫然成篇,此诗之入化也。②

渊明最有性情,使加藻饰,无异鲍谢,何以发真趣偶尔,寄至味于澹然?③

子美曰:"细雨荷锄立,江猿吟翠屏。"此语宛然入画,情景适会,与造物同其妙,非沉思苦索而得之也。④

这些论述,结合对作家作品的评价分析,具体发挥了感兴论的美学原则,并在整部《四溟诗话》中贯穿了感兴论的基本思想,他全然用"情景"这对范畴取代了"心、物",这对于中国古典抒情诗以情景交融作为基本的审美价值标准,起了很大作用。不仅如此,谢榛还从感兴的角度出发,对于诗歌创作中的情景关系作了具体分析:

作诗本乎情景,孤不自成,两不相背。凡登高致思,则神交古人,穷乎遐迩,系乎忧乐,此相因偶然,著形于绝迹,振响

① 《四溟诗话》卷一,载《历代诗话续编下》。

② 《四溟诗话》卷二,载《历代诗话续编下》。

③ 同上。

④ 《四溟诗话》卷二。

于无声也。夫情景有异同,模写有难易,诗有二要,莫切于斯者,观则同于外,感则异于内,当自用其力,使内外如一,出入此心而无间也。[①]

此处对情景关系的分析达到了前所未有的高度。一是情景作为诗歌创作的两个对立统一的要求,缺一不可;二是情景相互感发可以超越有形,通过无限;三是艺术个性的根基,可以认为,谢榛对感兴的认识,代表了明代感兴论的高度。

清代是我国古典美学中感兴论的总结阶段,这个时期,关于感兴的一般性论述随处可见,而能够代表清代感兴论成就的是著名的文论家王夫之与叶燮。他们在各自的诗学体系中为感兴论做出了新的建树。

王夫之对感兴论的建树,在于他以"现量"说来阐释情景关系,进一步揭示了"心物交融"的审美直觉性质。王夫之认为,诗歌中的情景遇合,是一种物我融为一体的体验,他说:

兴在有意无意之间,比亦不容雕刻,关情者景,自与情相为珀芥也。情景虽有在心在物之分,而景生情,情生景,哀乐之触,互藏其宅。[②]

池塘生春草,胡蝶飞南园,明月照积雪,皆心目中与相融浃,一出语时,即得珠圆玉润,要亦各视其所怀来,而与景相迎

① 四溟诗话》卷三。

② 《姜斋诗话》卷二《夕堂永日绪论内编》。

者也。[1]

王夫之重视诗歌创作中的审美感兴，而对审美主体的一方面尤为关注。在《姜斋诗话》中对主体心态的论述值得注意。“各视其所怀来”，便指诗人当时的胸襟、怀抱。王夫之更为重视诗人的当下心态，他说：

> 僧敲月下门，只是妄想揣摩，如说他人梦，纵令形容酷似，何尝毫以关心？知然者，若即景会心，则或推或敲，必居其一，因景因情，自然妙，何劳拟议哉？长河落日圆，初无定景，隔水问樵夫，初非想得，则禅家所谓现量也。[2]

这里引入佛学“现量”的认识范畴，来说明诗歌创作审美感兴的直觉性质，是颇为值得注意的。“现量”作为佛教因明学的基本概念之一，指直观的认识方式。王夫之对“现量”有自己的解释：“现者有现在义，有现成义，有显现真实义。现在，不缘过去作影；现成，一触即觉，不假思量计较。显现真实，乃彼之体性本自如此，显现无疑，不参虚妄。”[3] 王夫之论诗，倡“现量”精神，包含了这几层含义，正可说明“感兴”的性质在于主体之间的瞬间直观。

叶燮对感兴的论述是其理论框架中的有机部分，在他的“理事情——才识胆力”的严密体系中，感兴论上升为更为科学、系统的

① 《姜斋诗话》卷二《夕堂永日绪论内编》。
② 《相宗络索·三量》。
③ 叶燮：《原诗·内篇上》。

形态。叶燮说：

> 原夫作诗者之肇端而有事乎此也，必先有所触以兴起其意，而后措诸辞、属为句、敷之而成章。当其有所触而兴起也，其意、其辞、其句，劈空而起，皆自无而有，随在取之于心。出而为情、为景、为事，人未尝言之，而自我始言之，故言者与闻其言者，诚可悦而永也。①

这里对感兴的分析比前代的感兴论严密、全面得多，有严谨的逻辑性，指出感兴是艺术个性，独创性的基础，这是前人所未明确言及的。关于创作主体叶燮有较为深入的论述，他说：

> 我谓作诗者，亦必先有诗之基焉。诗之基，其人之胸襟是也。有胸襟，然后方能载其性情、智慧、聪明、才辩以出，随遇发生，随生而盛，千古诗人推杜甫。其诗随所遇之境之物，无处不发其思君王。忧祸乱、悲时日、念友朋、吊古人、怀远道、凡欢愉、幽愁、离合、今昔之感，一一触类而起，因遇得题，因题达情，因情敷句，皆因甫有其胸襟以为基。②

通过对杜甫这样一位伟大诗人的范例，揭示了审美主体的“胸襟”在创作中的重要作用。

---

① 叶燮：《原诗·外篇》。

② 叶燮：《原诗·内篇上》。

叶燮将感兴论与其著名的“才、识、胆、力”说结合起来，并强调主体之“志”：

> 《虞书》称诗言志。志也者，训诂为心之发端，虽有高卑、大小、远近之志，而以我所云才、识、胆、力四语充之，则其仰观俯察、遇物触景之会，勃然而兴，旁然而出，才气心思，溢于笔墨之外。志高则其之洁，志大则其辞弘，志远则其旨永。如是者，其诗必传，正不必斤斤争工拙于一字一句之间。①

叶燮出色地解决了以往的感兴论所未尝解决的审美主体问题。泛之心物交融、情景遇合，很难令人信服地说明为什么有的诗人可以写出优秀诗作，有的则不能。情、景相遭只是一种创作契机，而诗人的主体条件则是根本。在叶氏看来，志向高洁远大，再充之以才、识、胆、力，便具备了主体条件，他与客观外境的接引感兴中触发诗思，方能写出传世之作。这种对审美主体的高度重视与严谨论述，使中国古代的审美感兴论有了一个很高的理论归宿。

三

感兴论是中华民族美学的产物，也是我们民族理论宝库中的瑰宝。我们在对它的发展作了一番检视之后，不能不叩问一下它的理论价值所在。

---

①　叶燮：《原诗·外篇》。

感兴论包含了对灵感的论述,但感兴论的价值更在于解释灵感的来源。西方的灵感论带有浓重的神秘色彩,不是乞灵于神赐的"迷狂",便是归之于天才的禀赋。而中国的感兴论一开始便素朴地却又是正确地找到了唯物主义的解释。感兴论把客观事物的变化视为感发创作主体心灵的必不可少的媒质,并认为感发艺术作品正是外物感召主体心灵的产物,这自然是坚持了唯物主义的基本立场,同时,在艺术本体论的理论建构中,开拓了一条宽广的道路。在对于民族美学传统的反思与省察中,我们更应看到,感兴论的意义在于使我们祖先的审美意识沿着心物交融、主客观相互感通的方向发展,在艺术创构中牢牢地树立着心与物、情与境相互依存、缺一不可的观念。我国古代文论中意象论、意境论的高度发达,正是以感兴论作为基础的。没有心物交融、情景遇合的感兴论的不断发展,便不会有意象论、意境论的盛行于诗坛。我国诗歌以其意象性著称于诗坛,尤受西方诗学界的青睐,又不能不溯源到感兴论。"情景交融"的诗歌审美价值取向,更是直接导源于感兴论。可以认为,感兴论在某种程度上决定了中国古典诗歌的独特道路。

审美感兴论的又一明显的理论特征是强调审美主客体之间的偶然触发,或者说是一种随机性的遇合,这几乎是每条有关感兴的论述都包含的内容。前面引述的有关资料中,这是可以得到毫无疑问的印证的,大量出现的"触"字,足以说明"感兴"的随机的、偶然的性质。从语义上讲,"触"是无意间的遭逢、碰撞,这是不言自明的。使用频率略低于"触"的"遇"、"会"等词汇,意义与"触"相近,也经常出现有关感兴的论述之中。后期感兴论更是常常直接使用"偶然"这样一类词语,明确显示了感兴论的偶然性特质。这种大量的、前后一贯的对偶然的张扬，不能不说是中国古典文论与美学中特定现象。

偶然性在审美创造活动中究竟有何意义？这是值得思索的问题。偶然性是与必然性相对应的范畴，它和必然性是相互依存的。在审美创造活动中，偶然性有着特殊重要意义。世界和社会生活的各种现象以其千姿百态的偶然性形式存在着，它们的必然性是通过偶然表现出来的。审美主体在偶然的、随机的机缘中与客体遇合，兴发起创作冲动，形成审美意象，这种审美意象带着原生态之美，有内在的生命力，正如黑格尔所说的“必然性是各部分按照它们的本质即必须紧密在一起，有了这一部分就必有那一部分的那种关系。这种必然性在美的对象里固不可少，但是它不应该以必然性本身出现在美的对象里，应该隐藏在不经意的偶然性后面。”① 黑格尔以严密的理论形态所表述的美学观点，在中国古代感兴论中，早以直观感悟的形式和简要明快的语言大量存在了，在西方文论中，关于偶然性的论述不多，而在中国古代感兴论中，却自始至终贯穿着这种观念，成为感兴论能够成立的基本要素。

感兴论是对审美直觉现象的成功描述与理性积淀，“兴”的本身，便是一种物我冥合的体验，而难以用语言穷尽这种感受。朱熹称“诗之兴全无巴鼻”②，全无巴鼻即指审美直观的浑然无迹。王夫之所说“含情而能达，会景而生心，体物而实神，则自有灵通之句，参化工之妙。”谢榛也讲“诗之入化”，其实都是指审美直觉的高

① 黑格尔著、朱光潜译：《美学》卷一，商务印书馆 1979 年版，第 148 页。

② 《朱子语类》卷八十《诗一》。

级形态。叶燮所谓“诗之至处,妙在含蓄无垠,思致微渺,其寄托在可言与不可言之间,其指归在可解与不可解之会,言在此而意在彼,泯端倪而离形象,绝议论而穷思维,引人入于冥漠恍惚之境,所以为至也。”① 正是描述由感兴而进入审美直觉的境界。在这种审美中诞育出的意象,往往能于有限中见无限,“以数言统万形,元气浑成,其浩无涯矣。”② 意象自身,有很大的开放性,可以使人兴发无穷的联想。

感兴,是艺术作品艺术个性、独创性的生长点。因为感兴是主体与客体偶然遭逢,触遇生趣,没有预先确立的主旨,没有固定的构思模式,也难于再次重复,故被称为诗之“天机”,产生的意象也是十分独特而自然的,正是叶梦得所说“非常情所能到”。由感兴而形成的审美意象,方有可能达到“入化”、“化工”之境,而“入化”、“化工”本身就包含着高度独创性意义在内的。

---

① 《原诗·内篇》。
② 《四溟诗话》卷三。

审美观照论

一

作为一个重要的、具有普遍性意义的美学范畴,"审美观照"无论在中国还是在西方,在美学理论和实践中都有非常广泛的运用。但人们对这个范畴虽然常用,却多是习焉不察,对它的内涵与渊源不甚了了。在我看来,审美观照是人类审美活动的必要过程,是审美主客体之间发生实践性联系的特殊方式。审美状态的进入、审美活动的实现,在很大程度上都有赖于审美观照这个阶段的发生。作为审美经验的一种,审美观照与直觉、想象、联想、回忆、移情等都是有密切联系的,但确实又不可以等同。在审美活动的实践中,观照与直觉等非常相近,甚至有相同的一些性质,但从理论上认识,审美观照是不可取代的。如果说有的审美经验的要素在审美过程中并不一定都要出现或存在,那么审美观照却是必不可少的。或者可以说,没有审美观照这个过程,就不成其为审美活动。在某种意义上说,审美观照是审美活动中最为关键、最为本质的环节,它的存在是审美活动与一般认识活动相区别的标志。

审美观照,是审美主体与客体之间所发生的最为直接的联系。

观照是以一种视觉直观的方式,对于具有表象形式的客体进行意向性的投射,从而生成具有审美价值的意象。观照不能没有视觉方式,这也意味着观照的对象必须是表象化的客体。在这一点上,我是颇为赞同英国美学家鲍桑葵的观点的,鲍桑葵认为只有表象化的、感性化的东西,方能成为审美对象①。但同时,审美观照又远不止于一般的视觉观看,它还兼之以明显的心理活动。"观照"的本来含义出自于中国哲学,它的所指从来都不止于一般的视觉观看,而是意味着通过视觉观赏把握事物的本体的、终极的意义。

观照并不排除认识,在观照过程中会包含着认识价值的产生;但如果以认识作为观照的本质,那自然是对观照的扭曲。观照是审美主体以充满情韵的眼光和超越逻辑思维的智慧,来看对象物时的观赏与晤对。这个过程,不仅是对对象的映入,而且是以特有的角度将其改造成以此一对象为原型的审美意象。它不仅视对象为观赏的客体,而且与对象彼此投入,形成物我两忘的关系。主体与客体的审美关系由此形成,审美价值的生成也正是在这个过程之中。

审美观照对于审美主客体都需要相应的条件。就客体而言,能够成为审美观照的对象之物,一是感性的、具象的,能够提供给审美主体的知觉以原型或者说是整体性的材料;二是对象本身具有某种审美属性,或云美的潜质,在主体的意向性召唤中使其美的潜质或属性得以呈现。从审美主体的角度看,一是需要排除欲念,使心境空明虚静,凝神注目于对象物;二是主体以独特的智慧、灵

① 鲍桑葵著、周煦良译:《美学三讲》,上海译文出版社1983年版,第5页。

性进行直观，没有这个条件，也很难谈到审美观照。

审美观照是人的主客体关系的一种特殊方式，其过程是相对短暂的。但是审美观照却是主体进入审美过程、审美情境的最重要、最关键的阶段。在进入审美观照的同时，主体暂时隔断了与其他事物的所有的、任何方式的联系，而有意无意地投入于此一对象的凝神注日之中，从而产生审美愉悦。主体与对象在观照中形成了物我两忘的情境，其实，这种物我两忘的情境，只是主体的一种感受而已。但与这种情境相伴的，恰恰是主体所产生的审美愉悦。在观照达到极致时，就是叔本华所说的“自失”的状态。他说：“人在这时，按一句有意味的德国成语来说，就是人们自失于对象之中了，也即是说人们忘记了他的个体，忘记了他的意志；他已仅仅只是作为纯粹的主体，作为客体的镜子而存在；好像仅仅只有对象的存在而没有觉知这对象的人，所以人们也不能再把直观者（其人）和直观（本身）分开来了，而是两者已经合一了；这同时即是整个意识完全为一个单一的直观景象所充满，所占据。”① 叔本华所说的“直观”，从美学意义而言，与我们说的“观照”基本上是一致的。尽管叔本华的观点有其自己的出发点，但这里对于“直观”也即审美观照的分析是较为充分和合乎实际的。值得注意的是，叔本华在论述审美观照时指出了由此而产生的审美愉悦（或云“快感”），他说：“不管它是由艺术品引起的，或是直接由于观审自然和生活而引起的，本质上是同一愉快。”② 在我看来，进入审美观照的过程，

① 叔本华著、石冲白译：《作为意志和表象的世界》，商务印书馆 1986 年版，第 250 页。

② 同上，第 272 页。

必然带来的就是主体的审美愉悦感。

二

“审美观照”这个范畴有着深厚的中国哲学背景，可以说“观照”的主要含义是来自于中国哲学传统的。审美观照的主体虚静心境、物我两忘的情境、主客体的意向性关联以及本质直观等特征，都在中国哲学和美学有关“观照”的思想资料中蕴含着。

中国古代哲学中，《老子》的“涤除玄鉴”、《庄子》的“见独”、《周易》的“观物取象”等命题，都对中国的审美观照思想有至关重要的影响。“鉴”即镜子，观照事物之具。老子以明镜喻心灵，意谓：内心灵明虚静，即可洞彻事物之玄微。《庄子》对此颇有发挥并以水之平静喻“圣人”之心。由于主体心灵的虚静，才能呈现一种观照对象的心胸。老子、庄子所云主要是指心灵的虚静莹彻，并以心灵为观摄万物之镜，并未提及视觉的作用，但实际上心灵对万物的观摄，是以其内在视象为其中介的。庄子所谓的“见独”，恐怕就是将主体的内视作用加入其中了。《大宗师》篇云：“吾犹告而守之，七日而后能外物；已外物矣，吾又守之，九日而后能外生；已外生矣，而后能朝彻；朝彻，而后能见独。”“外”即忘也，“外物”、“外生”，也即忘却外物、世俗乃至存在之相。“朝彻”，形容心境的清明洞彻。“见独”，则是指洞见独立无待的“道”，见到他所无法见到的“道”之幽深精微。庄子又云：“视乎冥冥！听乎无声。冥冥之中，独见晓焉。无声之中，独闻和焉。故深之又深而能物焉，神之又神而能精焉。故其与万物接也，至无而供其求，时骋而要其宿。”（《庄子·天地》)此番话意谓:对道的洞察,视而深远,听而无声。深远之中,却可以见其象;无声之中,却闻和音。[①] 庄子在这里的意思,是说对道的洞见是通过视听之途的。当然这不是一般的视觉观察,而是以视听等感知机能体悟道的幽深。庄子这里所提到的"视听",是值得注意的,从视觉角度来看,还是内在的视象更为客观。而无论是老子讲的"玄鉴",还是庄子讲的"见独",都是关涉于对象的。镜子当然是照人照物的,"水静"亦以"明独须眉",都是与客体直接相关的。用现象学的话来说,就是"意向性"。

《周易》作为中国思想史的重要源头之一,其"观物取象"的思想对后世的哲学、美学的发展,其影响之深巨是毋庸多言的。易象本身就是"观物取象"的产物。"观物取象"首先是视觉之"观","仰观于天"和"俯观于地"都是切实的视觉方式。但这个"观"又不是一般的物象观察,而是通过观象对事物的深层蕴含作符号化的彰显。《系辞上》云:"圣人有以见天下之赜而拟其形容,象其物宜,是故谓之象。"所谓"赜",是指幽深复杂的事理。在《周易》作者来看,"象"是圣人发现天下幽深难见的道理,把它比拟成具体的形象,用来象征事物适宜的意义。"观物"是主体对事物的直接观照,但同时又以此把握事物内在的机微。

"观照"一词在中国的佛学典籍中出现最多。"观"、"照"意思相近,但分而析之则颇有不同。"观"从文字义来说是:"谛视也。"(《说文解字》)观是佛教的重要修行方法,即以"正智",照见诸法。方立天先生释"观"说:"众生主体以佛教智慧观察世界,观照真理,

---

① 参见陈鼓应:《庄子今注今译》,中华书局 1983 年版,第 302 页。

主体心灵直接契入所观的对象，并与之冥合为一，而无主客能所之别，谓之观；或主体观照本心，反省本心，体认本心，也称为观。观是佛教智慧的观照作用，是一种冥想，也即直观，直觉。"① "照"在佛教典籍中所见颇多，其义与"观"相近，然更近于"本质直观"。方立天先生释之云："与观紧密相连的是照。照即照鉴……印度佛教说，佛、菩萨具有洞见众生和万物的大用。中国佛教则把最高真理、终极本体'真如'和主体的心联系起来，说真如也有观照万物的妙用。真如本体是空寂的，由此中国佛教又把照与寂连用，从而有寂照和照寂之说。寂，寂静，反映真如本体的空寂状态。寂照，即寂体（真如本体）的观照作用。"② 我们可从佛教典籍中得见"照"字之义。南北朝慧达在《肇论疏》中阐述道生的"顿悟"说云："夫称顿者，悟语极照。以不二之悟，符不分之理。"③ 谢灵运论"小顿悟"云："夫明非渐至，信由教发。何以言之？由教而信，则有日进之功；非渐所明，则无入照之分。"④ "壹有无、同物我者，出于照也。"⑤ 而南北朝时著名佛教思想家竺道生云："未是我知，何由有分于入照？岂不以见理于外，非复全昧。知不自中，未为能照耶！"⑥ 等等。由这些论述可见，"照"是通过直观的方式，对佛教的"终极真理"的洞彻。在某种意义上，"照"与"悟"是同义的，汤用

---

① 方立天：《中国佛教哲学要义》，中国社会科学出版社 2002 年版，第 1032 页。

② 同上，第 1033 页。

③ 引自汤用彤：《汉魏两晋南北朝佛教史》，中华书局 1983 年版，第 471 页。

④ 《辨宗论》，载石峻等编《中国佛教思想资料选编》卷一，中华书局 1981 年版，第 222 页。

⑤ 同上，第 477 页。

⑥ 引自汤用彤：《汉魏两晋南北朝佛教史》，第 479 页。

彤先生谓:“悟者又名照,乃顿,为真,为常,为智,为见理。”① 但“照”重在直观的方式和所悟真理的不可分性。禅宗更多使用“观照”的说法,如六祖《坛经》中所说:“用智慧观照,于一切法不取不舍,即见性成佛道。”“故知本性自有般若之智,自用智慧观照,不假文字。”“汝若不得自悟,当起般若观照,刹那间,妄念俱灭,即是自真正善知识,一悟即知佛也。”六祖慧能所云“观照”,是“顿悟见性”的主要方法,其性质一是“不假文字”,即非名言概念而是直观的方式;二是观照主体应具“般若智慧”。

三

审美观照必然是意向性的,也即是说,观照不可能是无对象的泛览,而是针对某一特定的相关物的。同时,在审美观照中,观照的对象必然是与主体的意识相贯通或者说浸染着主体的意识的。作为现象学哲学的一个最基本的概念,“意向性”对我们来说也许并不陌生,但要以之阐释“审美观照”,却又不能不作出相应的说明和理解。在现象学的正式开创人胡塞尔那里,“意向性”是从其老师布伦塔诺师承下来而加以改造的重要概念。它的含义是:意识活动总是指向某个对象。意向性作为意识的基本结构意味着:意识总是指向某个对象,总是有关某对象的意识,而对象也只能是意向性对象。胡塞尔说:“我们把意向性理解为一个体验的特性,即

① 汤用彤:《汉魏两晋南北朝佛教史》,第476页。

作为对某物的意识。"[①] 观照是对某物的观照,而某物作为对象,也只能是被主体的审美意识所贯穿的客体。

审美观照无疑具有感性的特征,但又非止于感性。观照不能脱离视觉的作用,但也同时又是心灵的关注。而对于客体而言,观照所把握的绝非仅是感性的形象,而且包括直观中的本质。佛教所说的"自用智慧,常观照故"、"若起真正般若观照,一悟即至佛地"等等,都意味着对佛教实相的领悟。这与现象学的"本质直观"颇有相似之处。倪梁康在阐释"本质直观"时说:"现象学的本质直观(观念直观)概念起源于对胡塞尔在《逻辑研究》中所采用的直观概念的扩展。在个体直观的基础上,一个普遍性意识在'观念化的抽象'中构造起自身,在这个普遍性意识中,这个个体之物的'观念'、它的'普遍之物''成为现时的被给予'。……这种观念、种类——胡塞尔以后也说:这种本质——的被给予不是一种'符号性思维',而是一种'直观',一种'对普遍之物的感知'。"[②] 可以说审美观照所洞悉的是在表象中寓含的本体化的东西。

与审美观照联系最为密切的心理功能便是知觉。观照是感性的、直观的,但观照中呈现于主体心灵的主要是知觉,它是一个综合的、完整的知觉整体,而非零散的、局部的感观印象。慧达所说"夫称顿者,明理不可分,悟语极照。以不二之悟,符不分之理",道生所说"夫真理自然,悟亦冥符。真则无差,悟岂容易?(故悟须顿)不易之体,为湛然常照,但从迷乖之,事未在我耳"[③],此处所举

---

① 胡塞尔著、李幼蒸译:《纯粹现象学通论》,商务印书馆 1992 年版,第 210 页。

② 倪梁康:《胡塞尔现象学概念通释》,三联书店 1999 年版,第 512 页。

③ 引自汤用彤:《汉魏两晋南北朝佛教史》,第 471 页。

之“照”,都是指向终极的、整体的“实相”,而非可以分解的、离析的局部知识或印象。宋人严羽所谓“羚羊挂角,无迹可求。故其妙处透彻玲珑,不可凑泊。如空中之音,相中之色,水中之月,镜中之象,言有尽而意无穷”(《沧浪诗话·诗辨》),虽是谈诗的审美境界,亦可以从主体角度理解为知觉的整体性意义。

审美观照所带来的知觉是非常丰富而又统一的,而且,这种知觉是以主体的审美情感和意趣对客体物象进行了某种程度的改造。清人郑燮论对竹的审美观照,最可说明问题,他说:“江馆清秋,晨起看竹,烟光、日影、露气,皆浮动于疏枝密叶之间,胸中勃勃,遂有画意。其实胸中之竹,并不是眼中之竹也。因而磨墨展纸,落笔倏作变相,手中之竹又不是胸中之竹也。”[①] 板桥所谓“胸中之竹”,正可以视为主体的审美知觉。它是生机盎然的、充满动感的,又是无比丰富的,它包含着主体在观照中所获得的审美享受在其间。王夫之论作诗的观照时云:“神理流于两间,天地供其一目,大无外而细无垠,落笔之先,匠意之始,有不可知者存焉,”[②] 颇得审美观照之“真谛”。现象学美学家斯皮格伯格谈及审美享受时说“审美享受的特征在于它注视到客体的直观丰富性”[③],这句话尤其有助于说明审美观照中知觉的丰富性。现象学美学非常重视本质直观中的知觉地位。这在胡塞尔的先验现象学中已奠定了

---

① 《郑板桥全集》,第196页。

② 王夫之:《古诗评选》卷五,见《船山全书》,岳麓书社1996年版,第十四册,第736页。

③ 斯皮格伯格著,王炳文、张金言译:《现象学运动》,商务印书馆1995年版,第302页。

厚实的基础。胡塞尔在其《逻辑研究》中论述了感知表象的充盈，他说："表象的充盈则是从属于它本身的那些规定性之总和，借助于这些规定性，它将它的对象以类比的方式当下化，或者将它作为自身被给予的来把握……表象越是清楚，它的活力越强，它所达到的图像性阶段越高；这个表象的充盈也就越丰富。据此，充盈的理想可以在一个完整无缺地包含着对象及其现象学内容的表象中达到。如果我们将那些个体化的规定性也算作对象的充盈，那么能够达到充盈之理想的肯定不会是想象，而毋宁说只有感知。"[①] 胡塞尔这里其实是指通过本质直观所得的知觉表象，它们的"充盈"不是支离破碎的，而是整一而有生命力的，是"活泼泼"的。斯皮格伯格论及胡塞尔现象学的"意向性"特征时，曾指出其中的一个特征是"意向的统一"，他说："意向对象化功能的下一步就是它使我们把各种连续的材料归结到意义的同一相关物或'极'上。如果没有这种统一的功能，那就只有知觉流，它们是相似的，但决不是同一的。意向提供一种综合的功能，借助于这种功能，一个对象的各个方面、各种外观和各个层次，全都集中并合并在同一个核心上。"[②] 斯皮格伯格还归结道："意向是任何一种活动的这样一种特征，它不仅使活动指向对象，而且还(a)用将一个丰满的呈现给我们意识的方式解释预先给予的材料，(b)确立数个意向活动相关物的同一性，(c)把意向的直观充实的不同阶段连接起来，(d)构成

① 胡塞尔著、倪梁康译：《逻辑研究》卷一，上海译文出版社 1994 年版，第 75 页。

② 斯皮格伯格著，王炳文、张金言译：《现象学运动》，商务印书馆 1995 年版，第 156 页。

被意指的对象。”[①] 这里的归结尽管未必全然符合审美观照中的知觉特点，但从它的整一性来说，还是有启发的。现象学美学家梅洛－庞蒂和杜夫海纳都以知觉研究作为其现象学的基石。前者认为知觉是现象学最核心的研究对象。对于意识和知觉化的解释，使其终于走向了超越性审美问题。在他看来，只有通过知觉感觉得到的才能体验到，而只有知觉到的才能被把握到。如果人处于知觉和体验之外，那么他就与真理和真理的认识无缘。只有人的知觉才能赋予人的灵魂以光辉。梅洛－庞蒂强调知觉的综合性，他告诉我们这样一句意义深远的话：“知觉向我开启一个世界。”[②] 杜夫海纳的现象学美学，尤以对审美知觉的精辟论述而著称。杜夫海纳认为，只要分析知觉就能最清楚地说明意向性概念中所包含的主体与客体的特殊相异性。其代表性著作《审美经验现象学》以审美知觉作为主要的研究目标。他认为，“审美对象是在知觉中完成的。”[③] 在杜夫海纳的现象学美学研究之中，感觉、想象等心理功能在审美活动中都是从属于知觉的。杜氏还非常重视审美知觉中的情感、意义和深度，这对我们理解审美观照是颇有启示的。杜氏在他的另一部名著《美学与哲学》中就这个问题有明确的表述：“当知觉深化为情感时，知觉接收审美对象的一种意义。这种意义我们曾主张称之为表现，这表现就是语义学称之为内涵的东

① 斯皮格伯格著，王炳文、张金言译：《现象学运动》，商务印书馆 1995 年版，第 156 页。

② 梅洛－庞蒂著、姜志辉译：《知觉现象学》，商务印书馆 2001 年版，第 473 页。

③ 杜夫海纳著、韩树站译：《审美经验现象学》，文化艺术出版社 1992 年版，第 371 页。

西，这种意义的特点是：它是直接从对象上读出来的，不是外加在知觉之上的，不是它的延伸或注释，而是在知觉中心被感受到的。于是，主体与客体深深地介入这种经验”。[①]

对于观照中的审美对象而言，之外的事物都被“悬搁”起来。“悬搁”是现象学的基本方法，胡塞尔称为“加括号”（Bracketing），是现象学哲学对经验事实世界采取的一种根本立场。其实，这个方法的“专利”不应仅属于作为当代西方哲学派别的现象学，在中国哲学中可以说是早已有之矣。庄子说：“用志不分，乃凝于神”，除所观照的对象，对其他事物都采取视而不见的态度，非“悬搁”而何？正因其对其他事物的“悬搁”，主体所观照的对象得到了“去蔽”与显现，它焕发着自由的光彩而呈露在主体的视域之中，现象学中有“显现”的概念，恰好适合于审美观照中这种审美对象的呈现。德国著名现象学家克劳斯·黑尔德说：“所谓‘显现’（Erscheinen）意味着：从一个未被照亮的背景中显露出来。”[②] 这也就是海德格尔所说的“澄明之境”。海德格尔以诗意的笔触所描述的凡高的《农鞋》和希腊神殿，其实正是在审美观照中的显现，用海德格尔的话就是“它敞开了一个世界”（海德格尔），这也就是“澄明之境”。海德格尔用更为诗化的语言来表述了这种境界：“此澄明也是愉悦，在其作用下，每一事物都自由徜徉着。澄明将每一事物都保持在宁静与完整之中……它是神圣的。对诗人来说，最高者与神圣是同一个东西即澄明。作为众乐之源，澄明也就是极乐。通

---

① 杜夫海纳著、孙非译：《美学与哲学》，中国社会科学出版社 1985 年版，第 113 页。

② 黑尔德著、倪梁康等译：《世界现象学》，三联书店 2003 年版，第 99 页。

过愉悦的澄明，他照亮人的精神以使他们的本性得以对那些在其田野、城市、住宅中的本真者敞开。”[1] 审美观照的视域，是如此的光亮、自由和充满诗意，又是如此的广远、深微和充满意义；它是感性的显现，也是本体的敞亮。“此中有真意，欲辨已忘言”，“相看两不厌，唯有敬亭山”，庶几近于审美观照的情境吧！

---

① 引自张世英《进入澄明之境》，商务印书馆1999年版，第139页。

审 美 物 化 论

一

“物化”是中国美学中的一个有着久远的渊源和独特意蕴的范畴，它既有中国哲学的深厚背景，又有充分的美学意味。它与西方美学中的“移情”说颇为相近，但其哲学基础和美学内涵又是有着相当的差异的。在中国古代文论与美学的范畴系列里，“物化”与“感兴”、“感物”、“体物”等有很密切的联系，但又是并不等同的。“物化”是主体进入审美体验和审美创造的高峰时，在感觉和意识中与客体完全融合为一，无法分辨物我关系的至高境界。从艺术创作的角度讲，“物化”是艺术大师们创作出神入化佳构的审美体验阶段。就体验论的意义而言，它是比“感兴”、“体物”、“感物”等审美范畴更具有生命感的极致状态。当主体与其凝神观照的对象进入到“物化”情境时，再没有名言概念的指称，没有物与我之间的任何中介，而是与对象幻而为一，主体完全浸化于对象的存在状态之中，主体的意识则成为对象的灵光，而与天地万物息息相通。

“物”在中国哲学思想史上，是一个出现得非常早的重要范畴。其初始时是作为一般的具体存在物的概念，而后来则升华为具有高度普遍意义的范畴。就其最为广义的内涵来说,“物”不仅指作为与人相对而言的自然界的物质存在,而且还包括了超越于有形物体之外的事物。“物”最早见于甲骨文,本义为牛,后扩大为指杂帛、动物及各种各样的庶物。王国维对物的诠释较为令人信服,他说:“古者谓杂帛为物,盖由物本杂色牛之名,后推之以名杂帛。《诗·小雅》曰:‘三十维物,尔牲则具。’《传》云:‘异毛色者三十也。’实则‘三十维物’与‘三百维群,九十其犉’句法正同,谓杂色牛三十也。由杂色牛之名,因之以名杂帛,更因以名万有不齐之庶物,斯文字引申之通例也。”[①] 一个词,从作为具体事物的概念引申为、上升为普遍事物的概念,这是符合概念生成的逻辑的。许慎的《说文解字》云:“物,万物也。牛为大物,天地之数起于牵牛,故从牛勿声。”许慎的训释既包含了“物”的本来义,也包含了它的引申义。在春秋时期,“物”已具有了客观存在的物体普遍性的含义,“物”的内涵不止于牛和动物,而引申为自然界的各种各样的东西。如《国语·周语下》云:“利,百物之所生。”《老子》云:“万物并作,吾以观复。”《左传》云:“物生后而有象。”《论语》云:“四时行焉,百物生焉,天何言哉?”这里的“物”,指自然界有形有象的物体。老子以道为物,使物字开始有了本体论的意义,如云:“道之为物,惟恍惟惚。”“有物混成,先天地生。”这里的“物”,已经成为相当成熟的哲学概念了。“物化”的最早提出者是庄子。《庄子·齐物论》中通过“庄周梦蝶”的寓言,明确提出了“物化”的命题:“昔者庄周梦为胡蝶,栩栩然胡蝶也,自喻适志与!不知周也。俄然觉,则蘧蘧然周也。不

① 引自王元化:《文心雕龙创作论》,上海古籍出版社1984年版,第109页。

知周之梦为胡蝶与,胡蝶之梦为周与?周与胡蝶,则必有分矣。此之谓'物化'。"庄周与蝴蝶,当然"有分",也即是有主客体之别。而《齐物论》的基本思想就是从主观上取消事物之间的差别,使主客之间混而为一,视天地万物如同一物。在《齐物论》中庄子还说过这样一段非常有名的话:"天下莫大于秋毫之末,而大山为小;莫寿于殇子,而彭祖为夭。天地与我并生,而万物与我为一。"这在中国思想史上是对后世的哲学与美学思想影响十分深远的命题。而"庄周梦蝶"的"物化"论,当然是与庄子的"齐物"思想完全一致的,而尤为值得人们关注的是,"物化"的命题,成为《齐物论》中最具美学意味的部分。如果说,"彼亦一是非,此亦一是非"、"是亦彼也,彼亦是也"、"天地一指也,万物一马也"更多的是哲学上的相对主义的思想方法,是外在于主体的客体世界的取消差别、混一是非;那么,"庄周梦蝶"的物化,则是主体与客体的互融,由原来的"有分",化而为一。这也即是审美体验的状态。我在这里引述一下李泽厚、刘纲纪两位先生对此问题的美学角度的分析:"庄子在这里所要说明的本来不是审美的问题,但在实质上却深刻地涉及了这个问题。经验的事实告诉我们,在审美中主体与对象经常处在一种物我不分交融统一的状态中,主体感到了自己化为了对象,同对象不可分。庄周梦为蝴蝶,好像蝴蝶那样自由自在,欢快自得,就科学的观点看是胡说八道,而就美学的观点看来却揭示了审美心理活动中普遍存在的现象。所谓'物化',物我一体在审美中是存在的,没有它就没有审美。从马克思主义的观点看来,这是在实践的基础上所发生的'自然的人化'在人们的情感心理上的反映。庄子学派自然不可能认识到这些,但他们在古代的条件下看到了意识中的'物化'现象，触及到了审美的特征。"[①] 李、刘二位先生的分析，还是颇为客观的。庄子当时虽然谈不到美学的自觉，但从今天的美学观点来进行考察，其"物化"思想是有充分的美学蕴含的。我们知道，在人类艺术发展的早期，艺术是和技术、技艺不可分的。庄子所讲述的几个技艺达到出神入化的境界的故事，都是极高的美的境界。《庄子·达生》篇中所说的佝偻承蜩、吕梁丈夫、工倕等寓言故事，都是阐述物化的思想。如佝偻者承蜩之说，佝偻者承蜩技艺之高，几于出神入化，在于其"用志不分，乃凝于神"，对世间万物毫无旁顾，全副身心都集中于蜩翼，进入"物化"状态；"吕梁丈夫"也说明同样道理，其所以有如此奇妙的水性，在惊涛骇浪中随心所欲，自由出入，是因其已然与水化而为一，"与齐俱入，与汩偕出"，难分彼此。同在《达生》篇中，庄子还说："工倕旋而盖规矩，指与物化而不与心稽，故其灵台一而不桎。忘足，履之适也；忘腰，带之适也；知忘是非，心之适也，不内变，不外从，事会之适也。始乎适，而未尝不适者，忘适之适也。"工倕是传说中尧时代的画师和巧匠。其作品臻于极致，合于规矩，是因其"指与物化"。陈鼓应先生解释"指与物化"说："手指与物象化而为一"[②]。宋人黄庭坚论书法云："手不知笔，笔不知手"，手与物两忘，即是"指与物化"的境界。徐复观先生对此阐释道："按上面几句话，实透出了艺术最高的技巧与心灵。技巧的进程，首先须有法度；若以木匠而言，即应当有规矩。但欲由一般的工艺进而为艺术，则须由有法而进于无

---

① 李泽厚、刘纲纪：《中国美学史》卷一，中国社会科学出版社1984年版，第270页。

② 陈鼓应：《庄子今注今译》，中华书局1983年版，第493页。

法,在无法中而又有法。有法而无法,乃是把法的规格性、局限性化掉了,实际上是超过了;这是超过了法的无法,所以在无法中而又自然有法。这是工倕旋而盖规矩的意义;规矩是代表方法的。最紧要的是'指与物化,而不以心稽'的两句话。指与物化,是说明表现的能力、技巧(指),已经与被表现的对象,没有中间的距离了。这表示出最高的技巧的精熟。"① "物化"可以说是艺术的审美创造的最高的境界。庄子有时也称这种境界为"物忘",则是更为了突出与物冥化,忘却主体与对象的区分的意义,在《在宥》篇中说:"汝徒处无为,而物自化。堕尔形体,黜尔聪明,伦与物忘;大同乎涬溟,解心释神,莫然无魂。万物云云,各复其根,各复其根而不知;浑浑沌沌,终身不离;若彼知之,乃是离之。""堕尔形体,黜尔聪明",与《大宗师》篇中的"堕肢体,黜聪明,离形去智,同于大通,此谓之坐忘"意思是一样的,也即去其形体之欲,忘掉分解性的、概念性的知识知动。"伦"即"沦",泯没之意。泯没自我而与物相忘,也即"物化"。

二

在中国传统艺术领域中,"物化"是诗词画书法艺术家审美体验中物我相忘、而将主体的灵性与对象的物性化而为一的极致之境。我们先看唐人符载的一篇名作《观张员外画松石序》:

---

① 徐复观:《中国艺术精神》,春风文艺出版社 1987 年版,第 110 页。

尚书祠部郎张璪字文通，丹青之下，抱不世绝俦之妙。居长安中，好事者卿大臣既迫精诚，乃持权衡尺度之迹，轮在贵室，他人不得诬妄而睹者也。居无何，谪官为武陵郡司马，官闲无事，士君子往往获其宝焉。荆州从事监察御史陆澧陈宴宇下，华轩沉沉，尊俎静嘉。庭篁霁景，疏爽可爱。公天纵之思，欻有所诣，暴请霜素，愿扮奇踪。主人奋裾，呜呼相和。是时座客声闻士凡二十四人，在其左右，皆岑立注视而观之。员外居中，箕坐鼓气，神机始发。其骇人也，若流电激空，惊飙戾天。摧挫斡掣，㧐霍瞥列。毫飞墨喷，捽掌如裂，离合惝恍，忽生怪状。及其终也，则松鳞皴，石巉岩，水湛湛，云窈眇。投笔而起，为之四顾，若雷雨之澄霁，见万物之情性。观张公之艺非画也，真道也。当其有事，已知夫遗去机巧，意冥玄化，而物在灵府，不在耳目。故得于心，应于手，孤姿绝状，触毫而出，气交冲漠，与神为徒。若忖短长开隘度，算研蚩于陋目，凝觚舐墨，依违良久，乃绘物之赘疣也，宁置于齿牙间哉？①

张璪是唐代的著名画家，善画松石山水。他在画论方面有“外师造化，中得心源”的名言，虽然只有八个字，却在绘画美学思想史上有非常重要的影响。符载所记述的张璪作画的情景，即“神机始发”的一段描写，就是物我一体的状态。“物在灵府，不在耳目”，已不仅于作画，而是通于大道，主体与对象全然融而为一。物象不再停留于耳目，不再停留于直接感触，而是主体与物象的内在合一。

---

① 俞剑华编：《中国古代画论类编》，人民美术出版社 2000 年第二版，第 20 页。

因而,张璪所画山水松石才能成为极具个性、无人可及的精品。

“物化”作为审美体验与审美创造的“物我合一”状态,是一个动态的过程,也可说是一个“高峰体验”的瞬间,它不会是长久的,而是审美体验的顶端。由动态而臻极致,应是“物化”的特征。唐代著名的书论家张怀瓘对书法创作的描述,也大可见出“物化”的动态性质,他在《书断序》中说:

> 尔其初之微也,盖因象以瞳眬,眇不知其变化,范围无体,应会无方,考冲漠以立形,齐万殊而一贯,合冥契,吸至精,资运动于风神,颐浩然于润色。尔其终之彰也,流芳液于笔端,忽飞腾而光赫;或体殊而势接,若双树之交叶;或区分而气运,似两井之通泉;麻荫相扶,津泽潜应,离而不绝,曳独茧之丝;卓尔孤标,竦危峰之石;龙腾凤翥,若飞若惊,电烻曜獲,离披烂漫,翕如云布,曳若星流,朱焰绿烟,乍合乍散,飘风骤雨,雷怒霆激,呼吁可骇也!信足以张皇当世,轨范后人矣。①

张怀瓘在这里所描述的,是从书家进入创作之前的审美体验,一直到书法作品完成后的美感。前者是“其初之微也”一段,后者是“其终之彰也”一段。在书家的审美体验中,就充满着物化的特点,即所谓“合冥契,吸至精”,而这个情境是动态变化着的。在后面的论述中,张怀瓘又写了这种创作中的物化情态:“及乎意与灵通,笔与冥运,神将化合,变出无计,虽龙伯系鳌之勇,不能量其力;雄图应

① 张怀瓘:《书断序》,载张彦选编《法书要录》卷七,辽宁教育出版社 1998 年版。

篆之帝，不能抑其高，幽思入于毫间，逸气弥于宇内，鬼出神入，追虚补微，则非言象筌蹄所能存亡也。”[①]这种审美创造上的“物化”情境，超越于言象之间，变化多端，逸气四射，入于精微。

值得指出的是，艺术创作中审美体验的“物化”，不止于心与物的合一，而是“身与竹化”，是以“身”为代表的全副身心与对象的冥化。所谓“物化”，当然不是身体真的与客体之物融而为一体，而是出现在主体的精神世界之中的感觉。“物化”的审美体验和创作状态，使宇宙自然的生机涌动在艺术品之中，也正是苏轼所题的“无穷出清新”。宋人董逌论著名画家李成画云：“由一艺以往，其至有合于道者，此古之所谓进乎技也。观咸熙（李成字）画者，执于形相，忽若忘之，世人方且惊疑以为神矣，其有寓而见耶？咸熙盖稷下诸生，其于山林泉石，岩栖而谷隐。层峦叠嶂，嵌欹崒嵂，盖其生而好也。积好于心，久而化之，凝念不释，殆与物忘。则磊落奇特，蟠于胸中，不得遁而藏也。他日忽见群山横于前者，垒垒相负而出矣。岚光霁烟，与一一而下上，漫然放乎外而不可收也。盖心术之变化，有时出则托于画以寄其放，故云烟风雨，雷霆变怪，亦随而至，方其时忽乎忘四肢形体，则举天机而见者，皆山也。故能尽其道。”[②] 清代画论家邹一桂记述宋代画家曾无疑画草虫云：“宋曾云巢无疑工画草虫，年愈迈愈精。或问其何传，无疑笑曰：此岂有法可传哉！某自少时，取草虫而观之，穷昼夜不厌，又恐其神不完也，复就草间观之，于是始得其天。方其落笔之时，不知我之为草

---

① 张怀瓘：《书断序》，载张彦远编《法书要录》卷七。

② 董逌：《书李成画后》，载于安澜编《画品丛书》，上海人民美术出版社 1982 年版，第 306 页。

虫耶？草虫之为我耶？此与造化生物之机缄，盖无以异。”[①] 而当主体与对象的“物化”之时，主体的灵性与对象的物性融而为一时，作品的审美意象便既有着物象的特征，又有着艺术家的独特烙印，以独一无二的面目呈现给人们。清人贺裳云：“稗史称韩干画马，人入其斋，见干身作马形，凝思之极，理或然也。作诗文亦必如此始工。如史邦卿《咏燕》，几于形神俱似矣。”[②] 以画马著称于世的唐代画家韩干，初时玄宗令其以画马名家陈闳为师，干不奉诏，却以厩中宝马为师，揣摩马的形体神态以至于“身作马形”，达于“物化”之境。贺裳举此认为诗词创作也应以“物化”情境为创作成功的条件，他举史达祖的《双双燕·咏燕》作为物化之例。史达祖的《咏燕》，在咏物词中的确是上乘的精品，词人几乎与燕俱化，又极具人情之美。咏物诗词中，这类佳作是臻于物化之境的。

审美体验与创造中的“物化”，有着中国哲学的深厚根基，即是“天人合一”、“万物一体”的根本性观念，而颇具审美意味的“物化”说，则是这种哲学理念最具艺术意味的集中体现。庄子“物化”命题的提出，本身就是与其“天地与我并生，而万物与我为一”的思想同体而生的，破弃物我的界限，扬弃我执，打破自我中心主义，进而与天地万物通为一体，这是庄子《齐物论》的基本思想。《齐物论》中又说：“今者吾丧我”，就是说摒弃我见，“丧我”的“我”，是偏执的我。由丧我而达到忘我、臻于万物一体的境界。《齐物论》篇末的

① 邹一桂：《小山画谱》，载沈中丞编《历代论画名著汇编》，文物出版社 1982 年版，第 462 页。

② 贺裳：《皱水轩词筌》，载唐圭璋编《词话丛编》第一册，中华书局 1986 年版，第 704 页。

“物化”说，是由这里的思想生发而来的。

魏晋南北朝时期的著名玄学家郭象，以注《庄子》来阐发自己的哲学思想。郭象的玄学体系主要是“独化”论，而“玄冥之境”则是他所提出的主要哲学命题。“独化”论超越了魏晋玄学的最为基本的本体论讨论中的“贵无”和“崇有”的命题，正如蒙培元教授所指出的：“郭象的‘独化说’，却否定了玄学本体论。他既否定了董仲舒的天人目的论，又否定了王弼以无为本的本体论，同时，他也不同意裴頠以有为体的崇有论。郭象的“独化”，更重要的是解决生命的存在和意义问题，因此可以说是存在论的哲学思想。“玄冥之境”是一种主体的精神境界，然则是物我一体的境界。蒙培元阐发道：“所谓‘玄冥之境’，就是‘玄同彼我’、‘与物冥合’的精神境界或心灵境界，其根本特点就是取消物我内外的区别和界限，取消主观同客观物的界限，实现二者的合一。所谓‘玄同’，就是完全的直接的同一，没有什么中间环节或中介，不是经过某种对象认识，然后取得统一，而是存在意义上的合一或同一。这一点是符合中国哲学基本精神的，只是郭象的‘玄冥之境’更具有存在哲学的特征。”① “玄冥之境”同审美关系的“物化”是一致的。

宋明理学家更明确地提出“万物一体”的思想，程颢所谓万物一体者，皆有此理，只为从那里来，则是将“万物一体”与“理”的本体联系在一起。但“万物一体”毕竟有着消除物我、内外界限的意义，使个体的生命与宇宙生命合而为一。程伊川的“万物一体”观指人与宇宙万物为一体，道贯通于人与宇宙万物之中。王阳明则

---

① 蒙培元：《心灵超越与境界》，人民出版社1998年版，第266页。

更明确地阐述他的“人与万物一体”的观点，他说：“大人之能以天地万物为一体也，非意为之也，其心之仁本若是，其与天地万物而为一也。”[①] 人不仅与人相通，而且与不同类之鸟兽相通，与无知觉之草木瓦石相通，总之，人与任何不同的东西，皆因其为一体而彼此相通，而无分隔隘陋。

佛教进入中国之后，在其哲学义理上吸收了中国哲学中“万物一体”的思想，形成了颇为逻辑严密的独立体系，回过头来又深刻地影响着中国思想史的发展。华严宗和禅宗都有成系统的“万物一体”观。华严宗最有名的命题，即是“一切即一，一即一切。”禅宗则讲佛性遍于一切有情，亦遍于一切无情。“青青翠竹，尽是法身；郁郁黄花。无非般若”的偈语，尤能道出后期禅宗的“万物一体”的观念。

三

就“物化”的审美体验和审美创造论而言，艺术创造中的“物化”由此而产生的几个鲜明的特点如：一是物我之间的直接冥合，没有知识的、概念的中介，当然也就没有任何阻隔。庄子所讲的“物化”，就是扬弃名言概念，破除主客体界限的。郭象的“玄冥之境”，也是不以概念知解而造玄极的。二是由物冥合而产生的宇宙感。中国美学的“物化”观念，一开始就是与“万物一体”的观念深深地联系在一起的，因而有着与天地万物浑灏一气的宇宙感，使艺

---

① 《王阳明全集》，上海古籍出版社 1992 年版。

术品勃发着强劲的生命力。董逌论画云:“古之人化形于无,入乎无有,故能得其无间,方且以天地为一气,浮游乎万物之祖,且遁而藏矣。彼鬼神有不得窥,虽木石山川,无分于一气也。”[①] 谢榛论诗所谓“思入杳冥,则无我无物,诗之造玄矣哉!”[②] 三是“物化”臻于“物化”的作品,都是由艺术家的精诚专一,而创造出超越于人工雕琢的出神入化的精品。如《宣和画谱》中记载著名画家戴嵩画牛时说:“嵩以画牛名高一时,盖用志不分,乃凝于神。苟致精于一者,未有不进乎妙也。如津人之操舟、梓庆之削鐻,皆所得于此。于是嵩之画牛亦致精于一时也。”金圣叹论文章之几重境界时也说:“心之所至,手亦至焉者,文章之圣境也;心之所不至,手亦至焉者,文章之神境也;心之所不至,手亦不至焉者,文章之化境也。”[③] 很明显,“化境”是作为艺术创造的最高境界提出的。

“物化”是一种“物我合一”的审美体验与创造,这在美学理论上颇与西方的“移情”说一致之处,在主客体融而为一审美体验这点上,“物化”与“移情”确乎是非常相近的。朱光潜先生即用“移情”说来阐释“物我同一”的美感经验,他说:“在凝神观照时,我们心中除开所观照的对象,别无所有,于是在不知不觉中,由物我两忘进到物我同一的境界……这种物我同一的境界就是近代德国美学家讨论最剧烈的‘移情作用’。”[④] 朱先生以之作为例证的西方

---

① 董逌:《广川画跋》,载《画品丛书》,第242页。

② 见胡经文主编:《中国古典文艺学丛编》第一册,北京大学出版社2001年版,第203页。

③ 朱光潜:《文艺心理学》,安徽教育出版社1996年版,第40页。

④ 同上。

艺术家的审美感受如乔治·桑、波德莱尔和福楼拜等人的论述都与中国美学中的“物化”是一致的。如波德莱尔所说:“你聚精会神地观赏外物,便浑忘自己存在,不久你就和外物混成一体了。[①] 乔治·桑在她的《印象与回忆》中所说的:“我有时逃开自我,俨然变成一棵植物,我觉得自己是草,是飞鸟,是树顶,是云,是流水,是天地相接的那一条水平线,觉得自己是这种颜色或是那种形体,瞬息万变,去来无碍。”这些感受都可以说用“物化”加以解释。但中国的“物化”说与西方的“移情”说毕竟还是有区别的。请就其要略之处以论之。一是“物化”说有着中国哲学“天人合一”、“万物一体”的独特观念作为其哲学基础,虽是主体的审美体验,却不偏重于以主体为其本位的,更多的是强调主体与客体的融合与互幻,而“移情”则是主要是一种主体情感的外射,有明显的主观色彩。移情说的代表人物德国美学家立普斯对“移情”更多的是强调主体的外射作用,是把主体的感情移入到对象之中。立普斯认为,“移情作用所指的不是一种身体感觉,而是把自己‘感’到审美对象里面去。”[②] 在立普斯看来,“移情”是将“我”注入到审美对象中去。因而他又说:“这种向我们周围的现实灌注生命的一切活动之所以发生而且能以独特的方式发生,都因为我们把亲身经历的东西,我们的力量感觉,我们的努力,起意志,主动或被动的感觉,移置到外在于我们的事物里去,移置到在这种事物发生的或和它一起发生的事件里去。这种向内的移置的活动使事物更接近我们,更亲切,因而显得

① 引自朱光潜《文艺心理学》,第 43 页。

② 立普斯:《论移情作用》,载《古典文艺理论译丛》第 8 辑,人民文学出版社 1962 年版,第 52 页。

更易理解。”[①] 立普斯的这些论述，都指明了“移情”说是将主体的意志、情感等投射到外物之中去，更多的是强调主体对客体的作用力。而中国的“物化”说则揭示了主体与客体互化中物我两忘的境界，与之相比，西方的“移情”说是有着更强烈的“我”在其中的。“物化”说所呈示的是无我无物的玄极状态，如李白诗中所描写的“当其得意时，心与天壤俱。闲云随舒卷，安识自有无”(《赠丹阳横山周处士惟长》)，正是此种境界。“物化”说更是将主体的灵性化入对象的物性之中，使其物性得到了带有灵性的“敞亮”。无论是邹一桂所说的“不知我为草虫耶？草虫之为我耶”，还是石涛所说的“山川使予代山川而言也，山川脱胎于予也，予脱胎于山川也。搜尽奇峰打草稿也。山川与予神遇而迹化也”[②] ……这些非常典型的“物化”观，都是灵性与物性的互化，而非仅仅是主体对外物的投射。

中国古代文论中的“感兴”等，与“物化”都是相近的范畴，乃至于有些内涵是重合的，这在中国古代文论和美学中，是司空见惯的现象，但“物化”说就其独特的理论内涵而言，却是并不全然相同的。就其相同之处而言，这些范畴都是在中国的“天人合一”的哲学思想基础上，对艺术创作中主客体关系的表述；就其相异之处而言，“感兴”强调的是外物对主体情感的触发兴起作用，是主体与客体的直接交融，更注重主客体之间的偶然性触发；“物化”则更多的

---

① 立普斯：《论移情作用》，载《古典文艺理论译丛》第8辑，人民文学出版社1962年版，第40页。

② 见李来源、林木编《中国古代画论纪实》，上海人民美术出版社1997年版，第302页。

是强调主客体之间交融的极致，无物无我，物我两忘，进入审美体验的峰巅状态。二者又是不能互相取代的。

审美静观论

一

我们也许专注于峭崖上苍松的虬劲，我们也曾忘情于雨后那七色的虹霓；我们兴怀于万丈飞瀑的“银河落九天”，我们痴望于西子湖的“水光潋滟”与“山色空蒙”……在美的事物面前，我们遗忘了尘世的忧烦，洒落了欲念的纷扰，将自己的心意与眼光都投入到对象的观照之中，获得的是前所未有的审美感受。读一首境界深远、意兴遄飞的诗，看一幅墨色迷离、山高水长的画，我们如同涤荡了心胸，而“行于山阴道上”。闻一多先生读唐代诗人张若虚的《春江花月夜》而有如斯的赞叹：“更琼绝的宇宙意识！一个更寥廓更宁静的境界！在神奇的永恒前面，作者只有错愕，没有憧憬，没有悲伤。”[①] 海德格尔这样描述作为艺术作品的希腊神庙：“这个建筑作品阒然无声地屹立于岩石上。作品的这一屹立道出了岩石那种笨拙而无所逼迫的承受的幽秘。建筑作品阒然无声地承受着席

① 闻一多：《宫体诗的自赎》，载闻一多《唐诗杂论》，古籍出版社1956年版，第20页。

卷而来的猛烈风暴，因此才证明了风暴本身的强力。岩石璀璨光芒看来只是太阳的恩赐，然而它却使得白昼的光明、天空的辽阔、夜晚的幽暗显露出来。神庙的坚固的耸立使得不可见的大气空间昭然可睹了。作品的坚固性遥遥面对海潮的波涛起伏，由于它的泰然宁静才显出了海潮的凶猛。树木和草地，兀鹰和公牛，蛇和蟋蟀才进入它们突出鲜明的形象中，从而显示为它们所是的东西。"[①] 这也正是审美主体面对美的事物静观的感受！

审美静观，这是中西美学史上一个非常重要的命题。而对这个命题的阐释与分析，在今天的美学研究中仍有着重大的理论意义。

二

审美静观，是西方关于审美态度理论的最核心的命题。静观说的实质是审美的无功利性。对于对象是否采取不关涉功利的静观态度，在康德等学家看来，是区分审美与非审美的一个根本的分水岭。审美的非功利性，是审美静观的一个根本前提，同时，审美主体的静观所面对的是对象的无目的而合目的性的形式。静观是不经由概念的，而是以知觉的形式把握对象的表象。

最深刻、最系统地论述审美静观的是康德。在《判断力批判》中，康德把审美无功利作为其美学体系的第一个契机也是最重要

---

① 海德格尔：《艺术作品的本源》，载海德格尔著、孙周兴译《林中路》，上海译文出版社 1997 年版，第 26 页。

的契机加以规定："鉴赏是凭借完全无利害的快感和不快感对某一对象或其表现方法的一种判断力。"① 所谓"鉴赏判断"，也即审美判断，康德说："鉴赏判断因此不是知识判断，从而不是逻辑的，而是审美的。"② 康德以"审美无利害"作为审美与非审美的根本区别。在他看来，"一个关于美的判断，只要夹杂着极少的利害感在里面，就会有偏爱而不是纯粹的欣赏判断了"。③ 康德正是在"审美无利害"的前提下来论述审美静观的。康德把鉴赏判断的快感与"快适"及"善"加以区别。"快适"指的是感官的满足，"在感觉里使诸官能满意，这就是快适"。④ 善则是实践的愉快，"依着理性通过单纯的概念使人满意的"。⑤ 快适和善当然有很大区别，但它们都是与利害感结合着的。康德明确指出："不管快适和善中间的这一切的区别，双方在一点上却是相一致的：那就是它们时时总是和一个对于它们的对象的利害结合着，不仅是那快适和那间接的善（有益的），它是作为达到任何一个快适的手段而令人满意的，并且还有那根本的在任何目标里的善，这就是那道德的善，它在自身里面带着最高的利害关系。因为善是意欲的对象（这就是通过理性规定着的欲求能力的对象）。欲求一个事物和对于它的存在怀着愉快之情，就是说，对它感着利害兴趣，这两者是一回事。"⑥ 在指出快适与善的共同之处是主体与对象之间的利害关系之后，康德

---

① 康德著、宗白华译：《判断力批判》，商务印书馆1964年版，第47页。
② 同上，第39页。
③ 同上，第41页。
④ 同上，第44页。
⑤ 同上，第43页。
⑥ 同上，第45页。

着重论及了鉴赏判断的快感与快适、善的区别:“快适和善二者对于欲求能力都有关系,并且前者本身就带着一种受感性制约(因刺激而生的)愉快,后者带着一种纯粹的实践的愉快,而这不单是受事物的表象,而同时是受主体和对象存在的表象关系所决定。不单是这对象而也是它的存在能令人满意。与此相反,鉴赏判断仅仅是静观的,这就是这样的一种判断:它对一对象的存在是淡漠的,只把它的性质和快感及不快感结合起来。然而,静观不是对着概念的,因为鉴赏判断并不是知识判断(既不是理论的,也不是实践的),因此既不是以概念为其基础也不是以概念为其目的”。[①] 在康德这里,鉴赏判断就是静观,静观的快感与对象的内在存在没什么关系,也不是面对概念,那么,静观所面对的是什么呢?那就是对象的表象,或云形式。形式是对对象的存在而言,表象则是对概念而言。

依我的理解,康德至少在这样几点上规定了审美静观的性质:一是静观是审美主体以一种无利害的、无偏爱的态度对于对象所作的观照;二是它不关乎欲念,亦不关乎概念;三是静观所获致的快感不同于快适和善;四是它所面对的是事物的表象或云形式。这对于近代美学的发展有着非同小可的影响作用。

叔本华从他的唯意志论哲学出发,非常重视“静观”在美学中的地位。从人生哲学来说,叔本华所主张的是悲观主义哲学,他认为生命意志的本质就是痛苦。因为生命意志就是盲目的无止境的欲望,而欲求本身的高度激烈性就已经是痛苦的永久根源。在代

---

① 康德著、宗白华译:《判断力批判》,商务印书馆1964年版,第46页。

表作《作为意志和表象的世界》中,叔本华这样说:"意志被阻挠比畅遂的机会要多得多。于是激烈和大量的欲求也会由此带来激烈和大量的痛苦。原来一切痛苦始终不是别的什么,而是未曾满足的和被阻挠了的欲求。"① 人生面临着永恒无边的痛苦,人可以通过理性来认识痛苦,却无法借助理性来消除痛苦。能够帮助人们暂时解脱痛苦的,则是审美的静观(或按通常译本所译之"观审")在静观时,主体已是不带意志了,而对象则从与其他事物的各种关系中孤立出来,呈现在主体面前。叔本华说:"由于主体已不再仅仅是个体的,而已是认识的纯粹而不带意志的主体了。这种主体已不再按根据律来推敲那些关系了,而是栖息于、浸沉于眼前对象的亲切观审中,超然于该对象和任何其他对象的关系之外。"② 在这种静观(即"观审")状态下,主体忘怀了现实的痛苦忧烦,与客体交融为一,用叔本华的话来说,就是"自失":"人们在事物上考察的已不再是'何处'、'何时'、'何以'、'何用',而仅仅只是'什么';也不让抽象的思维、理性的概念盘踞着意识,而代替这一切的却是把人的全副精神能力献给直观,浸沉于直观,并使全部意识为宁静地观审恰在眼前的自然对象所充满,不管这对象是风景,是树木,是岩石,是建筑物或其他什么。人在这时,按一句有意味的德国成语来说,就是人们自失于对象之中了,也即是说人们忘记了他的个体,忘记了他的意志;他已仅仅只是作为纯粹的主体,作为客体的镜子而存在;好像仅仅只有对象的存在而没有觉知这对象的人了,

① 叔本华著、石冲白译:《作为意志和表象的世界》,商务印书馆1982年版,第497页。

② 同上,第249页。

所以人们也不能再把直观者(其人)和直观(本身)分开来了,而是两者已经合一了;这同时即是整个意识完全为一个单一的直观景象所充满,所占据”。[①] 叔本华的审美静观说有这样几个特点:一是强调了审美的非功利性,他继承了康德关于“鉴赏判断的快感是没有任何利害关系”的观点,把审美看成是主体完全摆脱了生命意志、个人目的等利害关系的束缚的状态下对理念的直观,由此产生的愉快才是纯粹的美感;二是主张审美的非理性,他所说的“观审”,也是排除抽象理性活动的纯粹直观;三是强化了审美中的主体因素,叔本华的“观审”的关键不在客体,而在主体,是主体挣脱意志和理性束缚,达到无利害境界才导致全部主客体关系的变化。对象从现实的各种关系中孤立出来。客体能否成为审美对象,取决于主体特定的审美态度。

在西方的“审美态度”学说的发展中,叔本华是承上启下的重要人物,他的“观审”说直接继承了康德“审美无利害”的基本命题,而又在很大程度上开示了西方美学由客观论转向主观论的方向。

“审美静观”说在英国19世纪的著名美学家鲍桑葵那里有了重要的发展。鲍桑葵的美学名著《美学三讲》虽然只是一本薄薄的小册子,却是美学史上关于审美态度理论的一部非常重要的著作。鲍桑葵把静观作为审美态度的首要基本性质,因此,“三讲”中的第一讲就是《审美态度的一般性质——静观与创造》。鲍桑葵这样概括审美态度:“到目前为止,审美态度好像是这样的:贯注在一个愉快的情感上,体现在一个可以静观的对象上,因而遵守一个对象的

① 叔本华著、石冲白译:《作为意志和表象的世界》,第250页。

那些规律；而所谓对象，是通过感受或想象而呈现在我们面前的表象。”[①] 他又说：“审美态度是一种我们在想象上用以静观一个对象的态度，这样我们就能生活在这个体现我们情感的对象里。”[②] 从上面的论述中，我们可以看到鲍桑葵把静观作为审美态度最重要的因素，而对于静观，鲍桑葵认为它必须是一种对象化的行为。也就是说，静观必须面对一个对象，这个对象又是被主体的情感所贯注。在这方面，鲍桑葵作了如下的论述：“这三种性质——稳定性、关涉性、共同性——都意味着审美态度有一个对象。我们说，情感是对某些事物具有情感……审美态度是这样一种态度，它使我们具有一种完全体现在某个对象里面的情感，因而经得起人去看它，而且原则上经得起任何人去看它。”[③] 再就是鲍桑葵提出审美静观的对象必须是表象化的东西，而不能是概念。这在《美学三讲》中得到了充分的阐扬：“因为审美情感的体现，只能在我们感受它或想象它时才成为一个对象。任何实际存在的事物，在我们感受不到或想象不到时，在领会我们的情感上就没有帮助。因此我们对一个实际存在的事物，可以知道一大堆东西——它的历史、它的组成、它的市场价值、它的原因或者效果；然而对于审美态度说来，这一切的存在或不存在都是一样的。这全是顺带的东西，不包含在审美对象里。除掉那些可以让我们看的东西外，什么都对我们没有用处，而我们所感受或者想象的只能是那些能成为直接外

---

① 鲍桑葵著、周煦良译：《美学三讲》，上海译文出版社 1983 年版，第 56 页。

② 同上，第 15 页。

③ 同上，第 3 页。

表或表象的东西。这就是审美表象的基本学说。”[①] 审美静观对象必须是表象化的东西,这也是鲍桑葵对审美的一个基本规定。他又说:“凡是不能呈现为表象的东西,对审美态度说来是无用的。”[②] “审美态度的对象只能是表象。”[③] 这个观点在《美学三讲》中是得到突出张扬的。在这一点上,鲍桑葵也是继承并推阐了康德“美是那不凭借概念而普遍令人愉快的”[④] 重要命题的。康德认为审美是不经由概念而系于表象的,他说:“如果人只依概念来判断对象,那么美的一切表象都消失了。”[⑤] 这在康德美学中是个极为重要的命题,被作为鉴赏判断四大契机中的第二个。鲍桑葵又进一步强化了表象在审美中的重要地位,对其作了更为深入的论述,并且为之确立为“审美表象的基本学说”。

鲍桑葵在审美静观的理论建树上,还在于他揭明了静观及其表象的情感因素。情感在审美态度中是不可或缺的,而且是对象化的。这在上面引述的审美态度“使我们具有一种完全体现在某个对象里面的情感”等论述中,得到了明确的规定。鲍桑葵把静观的对象即审美表象与主体的情感结合起来,在《美学三讲》中,他作了很多阐述,比如他说:“而我们的情感所要附着的,所要找到形式的,就是这个表象……我们经常谈情感与对象或表象的交融,尤其是与形式或联系的和渗透的各种关系的交融——这就是我们简略

---

① 鲍桑葵著、周煦良译:《美学三讲》,上海译文出版社 1983 年版,第 5 页。
② 同上,第 6 页。
③ 同上,第 9 页。
④ 同上,第 57 页。
⑤ 康德著、宗白华译:《判断力批判》,第 53 页。

地概括为事物的生命或灵魂的东西……在静观对象时，尤是在静观线条和形状体系时，你总是经验到与你所领会的形式有关的身体张力和冲动，经验到形状的升沉、冲激、撞击、相互抵制等等。而这些，是和你自己领会这些形状的活动联系着的；的确，对象的形式或者对象的联系规律，据他们说，在被领会上，恰恰就是因你这方面的'身—心'活动而定的。而这种活动的情感和联想，包括其一切连带的意义，就是你自动地用来组成你眼中的关于对象的情感，或作为情感体现的对象。这个学说很生动地说明了情感和对象是怎样被看成一个东西的。"① 鲍桑葵从表象的形式与主体的情感联系中具体地论述了情感与表象的关系，甚至把它们视为一个东西，这当然是就其密切关系而言，却说明了情感与表象的深刻关系。鲍桑葵的审美静观理论的一个更值得注意的是他发掘出"静观"中的创造因素来。在一般性的理解中，所谓"静观"，即应是客观地、静止地观照对象，在前此的美学家的有关论述中，人们都是从"审美无利害"的前提出发来谈静观的，而鲍桑葵在他的《美学三讲》中，则很明确地揭示了审美静观的创造因素，令人不能不钦佩这位美学家的独具慧眼。他这样说："我觉得这里的审美态度显然必须是想象性质的。这就是说，这里的审美态度必须是这样一种心灵态度，即为了一种特殊的满足而自由地探索和追求经验的各个细节——那种满足并不是完整和自圆理论的满足，而是所谓情感完整体现的自动满足。在我看，这里的重要一点好像是，'静观'一词不应当意味着'静止'或'迟钝'，而是始终含有一种创造因

---

① 鲍桑葵著、周煦良译:《美学三讲》，第53页。

素在内。”① 那么,这里所说的“创造”指的又是什么呢?它指的是情感的不断充盈与生成,也指表象通过主体的想象而得以充实与活跃。故此鲍桑葵说:“一句话,想象表现在创造情感的体现时,也创造了情感,而这样创造出来的情感不但不能用其他的方式表现,而且也不能以其他的方式存在;它只能在想象替它找到的体现里,以及通过这种体现,方才存在。所以当我们说审美态度是静观时,我们仅仅意味着这种态度里总有一个表象摆在我们面前,而我们从体现情感上所得的满足就来自这个表象的特性与细节上。我们并没有意思要否认想象始终是活跃的、创造的;是从头到尾,从詹姆士的例子起到更高、更上层的例子都是这样;换言之,心灵是在按照实现最大的‘形式’的方向,把感受提供给它的东西自由地加以改造和塑造。”② 这正是鲍桑葵所说的“静观”的创造因素的内涵。布洛的“心理距离”说与闵斯特堡的“孤立”说实质上都是一种审美静观理论。瑞士美学家布洛(1880—1934)主张在审美活动中应与对象保持一定的距离,这种距离不是空间上的,也不是时间上的,而是一种心理上的距离。布洛说:“距离是通过把客体及其吸引力与人的本身分离开来而取得的,也是通过使客体摆脱了人本身的实际需要与目的而取得的。”③ 其实,他所说的“心理距离”指的便是人与对象的实际利害关系的分离。心理距离着重的是事物的形式或云表象的观赏,对于客体来说,心理距离意味着孤立,也

① 鲍桑葵著、周煦良译:《美学三讲》,第17页。

② 同上,第17—18页。

③ 布洛:《作为艺术因素与审美原则的“心理距离”说》,载朱立元主编《二十世纪西方美学经典文本》卷一,复旦大学出版社2000年版,第352页。

就是把它的形象与其他方面区别开来；而对审美主体来说，它又意味着“静观”，也即超越实际利害的审美观照。

19世纪德国美学家闵斯特堡在其美学著作《艺术教育原理》提出了“孤立”说，正是与审美静观理论血脉一致的。他认为，“事物的最高知识应该是事物本身的知识，而不是它的原因和结果，应该是人的理智对事物本身的丰富内容和全部意义的认识，而不是对于学者为了说明继起的现象而提出的它的替代物的认识。”① 那么，分析而得的知识，就不再是对象本身了。为了获得“事物的最高知识”，闵斯特堡认为最好的方法就是“孤立”，把经验和其他事物分开，使之孤立于原因与结果之外。这样，就会导致美的事物和审美活动的产生。他说：“对于客体来说，这是完全的孤立，对于主体来说，这是在客体中的完全静止，而归根到底，这不过是美的享受的别名而已。孤立客体，对于理智来说意味着使它成为美的，因为它完全地占有了理智，在理智中已没有其他任何思想的地位，结果就是印象本身吸引着我们的兴趣，无需乎再依据它以外的任何存在于时空中的东西。客观印象在其中成为最终目的本身的这种完全的静止是美的真正体验的唯一可能的内容。”② 闵斯特堡在这里高度强调了孤立的作用认为孤立在客体造成了美，在主体形成了审美活动。这种“孤立”其实也就是排除一切现实的利害的审美静观。美国当代的美学家斯托尔尼兹对“审美无利害关系”这个重要命题的起源予以系统的论述，他的两篇重要论文《“审美无

① 蒋孔阳、朱立元主编：《西方美学通史》卷六，上海文艺出版社1999年版，第106页。

② 同上，第106页。

利害关系"的起源》与《论夏夫兹博里在近代美学理论中的重要性》把这个命题的起源追溯到夏夫兹博里等英国经验主义美学家,并把这个概念的重要性提到了整个现代美学"出发点"的地位,他也用静观来规定审美态度。他对审美态度的定义就是"以一种无利害关系的(即没有隐藏在背后的目的)和同情的注意力去对任何一种对象所进行的静观,这种静观仅仅由于对象本身的缘故而不涉及其他。"①

三

在中国古代哲学与美学中,几乎找不到与西方的"审美静观"说这样有着明确的理论规定性相一致的论述,但却存在着许多与之相近的思想资料。这些资料有着与西方的"审美静观"说不同的哲学背景与文化传统背景,但与西方的有关论述相参照,却能够给我们以非常丰富的或深刻的启示。

《老子》中提出了"涤除玄鉴"的命题,对中国美学思想中关于审美心胸、审美态度的观念有着重大的影响。《老子》十章云:"涤除玄鉴,能无疵乎?""玄鉴",通行本作"览",陈鼓应先生据帛书乙本及高亨先生之说改。② "玄"形容人心的深邃灵妙。"玄鉴",比喻心灵深处明澈如镜。高亨先生释云:"玄鉴者,内心之光明,为形而上之镜,能照察事物,故谓之玄鉴。"所谓"涤除",即清除内心的

---

① 朱狄:《当代西方美学》,人民出版社1984年版,第270页。

② 陈鼓应:《老子注译与评介》,中华书局1984年版,第98页。

杂念与世俗妄见。陈鼓应先生阐释说："'涤除玄鉴'，即是洗清杂念，摒除妄见，而返自内心的本明。"[①] 以我的理解，"涤除玄鉴"，是要求主体有一个摒除各种欲念的空明澄静的心灵，这当然也就可以看作是"无利害"的。"玄鉴"把心灵比喻为幽深的镜子，那么，应该是对象化的，也就是要有观照的对象。但老子显然不是以具体事物形象作为观照对象的，倒毋宁说是"返照内心的本明"。"玄鉴"而观的对象便是对"道"的观照。道是道家哲学的本体论范畴，它并非具体的事物却是万事万物的本根。《老子》十六章中的这样一段话可说是对"涤除玄鉴"的发挥："致虚极，守静笃。万物并作，吾以观复。""致虚极，守静笃"的意思是与"涤除玄鉴"一样的，陈鼓应先生释云："'虚'、'静'形容心境原本是空明宁静的状态，只因私欲的活动与外界的扰动，而使得心灵蔽塞不安，所以必须时时做'致虚'、'守静'的工夫，以恢复心灵的清明。"[②] 虚静以观的对象是什么呢？是"复"。复即往复循环。这其实正是"道"的一个重要属性。道除了指万物之本根，还指事物运动之规律。老子说"反者道之动。"(《老子》四十章)"反"即"复"。庄子哲学中有明显的"静观"思想。首先，是《庄子》中提出的"心斋"和"坐忘"的命题，都是指主体内心世界的摒除欲念、空明虚静。《人间世》中借孔子与颜回的问答以论"心斋"："回曰：'敢问心斋。'仲尼曰：'若一志，无听之耳而听之以心，无听之心而听之以气！耳止于听，心止于符。气也者，虚而待物者也。唯道集虚。虚者，心斋也。"庄子说心斋即

① 陈鼓应：《老子注译与评介》，中华书局1984年版，第101页。

② 同上，第124页。

虚,这与老子的“涤除玄鉴”是非常相近的,都是指空明澄静的心灵状态,它排除了世俗的欲念与理性的概念活动。庄子这里进一步提出了对象化的问题。“虚而待物”是说心灵对事物的观照。至于“坐忘”,《庄子》里还是借孔子与颜回的对话来说:“颜回曰:回益矣。仲尼曰:何谓也?曰:回坐忘矣。仲尼蹴然曰:何谓坐忘?颜回曰:堕肢体,黜聪明,离形去知,同于大通,此谓坐忘。”(《大宗师》)徐复观先生认为“心斋”、“坐忘”即是一种审美观照,他说:“庄子的‘堕肢体’、‘离形’,实指的是摆脱由生理而来的欲望。‘黜聪明’、‘去知’,实指的是摆脱普通所谓的知识活动。二者同时摆脱,此即所谓‘虚’,所谓‘静’,所谓‘坐忘’”。①

庄子在《天道》篇中又说:“圣人之静也,非曰静也善,故静也;万物无足以铙心者,故静也。水静明烛须眉,平中准,大匠取法焉。”《德充符》篇中有“况官天地,府万物,直寓六骸,象耳目,一知之所知,而心未尝死者乎”之语,“一知”就是静一专注之知。《刻意》篇中说:“一而不变,静之至也。”“一知”也即“静知”。徐复观先生认为,“所谓静知,是在没有被任何欲望扰动的精神状态下发生的孤立性的知觉。”② 这与西方美学中的“静观”说是非常相似的。

老子、庄子的“虚静”说指的是主体内心世界的空静澄明,排除外物干扰,而非指外在感官的“观”,这一点是与西方的静观说有相当差异的。西方的“静观”说要求无利害的、排除欲念的,但又同时是以感官直接观照对象的。《周易·系辞传》提出的“观物取象”的

---

① 徐复观:《中国艺术精神》,春风文艺出版社 1987 年版,第 63 页。
② 同上,第 71 页。

命题,则更多地是侧重于感官的观照。《系辞传》云:“古者庖牺氏之王天下也,仰则观象于天,俯则观法于地,观鸟兽之文与地之宜,近取诸身,远取诸物,于是始作八卦,以通神明之德,以类万物之情。”此即“观物取象”的概括性论述,对中国古代的审美意象论的发展有重要的影响,有不可低估的美学价值。《易》对世界的把握方式,从根本的一点来说,就是“象”。通过卦象,“以通神明之德,以类万物之情”。把世界万物的变化规律予以象征性的表现。那么,这些“象”是如何得来的呢?是圣人“观物”的结果。仰观天象,俯察地理,从对宇宙天地物象的直接观察与感受中,提取出一些范型(即卦象)。这些范型既是对客体的观照摹仿的产物,同时也是主体心灵创造的结果。“观”是易象产生的关键所在。

南北朝时期的著名画家宗炳在其画论名著《画山水序》中提出的“澄怀味象”的命题,是最与西方的“审美静观”说精神相通的。他说:“圣人含道映物,贤者澄怀味象,至于山水,质有而趣灵。”(见唐张彦远《历代名画记》卷六)宗炳是南北朝时期著名的山水画家,这篇《画山水序》,也是中国画论史上最早的山水画论。“含道映物”与“澄怀味象”都是体验山水之美所必须的审美态度。尤其是“澄怀味象”,更是非常完整的美学命题。“澄怀”,是审美主体方面的条件,它要求主体在审美过程中,排除外物的纷扰,尤其是功利关系的眩惑,而保持虚静澄明的精神状态。“味象”明确提出了审美对象问题。“象”即是主体所面对的事物(山水)之表象,“味”本是“玩味”之意,但这里首先是对具体的对象之“象”的感性直击,也即观照。“澄怀”与老子的“涤除玄鉴”,庄子的“心斋”、“坐忘”是同一种精神状态,但老、庄还主要是讲对天道的体验,虽可做美学角度的阐释,而就其本身而言,却是一种哲学主体论;宗炳的“澄怀味象”,则是对审美观照过程的完整而明晰的表述,它既规定了主体的非功利的虚静空澄明的形态,又指出了其对象的表象化特征。

刘勰在《文心雕龙》中从创作构思的角度相当深刻地论述了创作中的“静观”问题。《文心雕龙·神思》篇中的这样一段话是为人所熟知的:“陶钧文思,贵在虚静,疏瀹五脏,澡雪精神。积学以储宝,酌理以富才,研阅以穷照,驯致以怿辞;然后使玄解之宰,寻声律而定墨;独照之匠,窥意象而运斤:此盖驭文之首术,谋篇之大端。”这段论述谈的是创作构思中的虚静心态。在“陶钧文思”的过程中,排除杂念、“澡雪精神”是孕育审美意象的前提条件。而这种虚静的心胸也是有着观照的对象的,值得加意指出的是,这里“静观”的对象并非外在的事物形象,而是内在的审美意象。“独照之匠,窥意象而运斤”,在中国美学史上是具有非常重要的理论首创意义的命题。“独照”之意,应是专注精一的观照,它的对象不是外在事物的表象,而是内在于审美创造主体的意象。刘勰第一次在美学史上提出了“意象”这样一个极为重要的审美范畴,这是中国古代美学的意象论发展的一个里程碑。刘勰对“静观”说的贡献,是为静观的主体提供了内视的对象。这也许正是中国的“静观”说的一个突出特点。

苏轼在中国的“静观”说的发展中提出了自己的理论创见。他在《送参寥师》一诗中说:“欲令诗语妙,无厌空且静。静故了群动,空故纳万境。阅世走人间,观身卧云岭。咸酸杂众好,中有至味永。诗法不相妨,此语当更请。”苏轼此诗生动而诗意地阐发了“静观”的创造性价值。苏轼认为诗人“诗语妙”的前提是“空静”的审美心胸。"空静"是对"虚静"说的发展。这是以佛教哲学的"空"置换了道家的"虚",却有着可以发掘的内蕴所在。"空"是佛教的基本概念之一,指的是万事万物的存在,但又指其为幻影。所以说:"色即是空,空即是色。色不异空,空不异色。"(《般若波罗蜜心经》)苏轼将其纳入诗歌美学的轨道,使之有了不同以往的美学理论价值。静与动是一种辩证的关系,大乘佛学便持这种观点。南北朝时期的著名佛学理论家僧肇在其佛学名著《肇论》中说:"寻夫不动之作,岂释动以求静?必求静于诸动,虽动而常静。"[①] 意谓动中含静。苏轼的"静故了群动"则是认为空静的心胸可以了然洞察纷纭变幻的万象。苏轼在其他文章中也表述了这种看法,如说:"处静而观动,则万物之情毕陈于前"。[②] "居默处,而观万物之变,尽其自然之理。"[③] "空故纳万境",是说心性虚空,正可纳涵万境。佛教认为虚空之体性广大,周遍于一切处。苏轼的"空静"说指出了空静的心灵具有更大的创造性意义,同时,也是有着对象化的性质的。空也好,静也好,都是为更好地洞照世间万象,创造出更丰富、更深微的意境。

王国维在《人间词话》中也涉及到"静观"的问题。他提出"有我之境"和"无我之境"的概念:"有有我之境,有无我之境。'泪眼问花花不语,乱红飞过秋千去。''可堪孤馆闭春寒,杜鹃声里斜阳暮。'有我之境也。'采菊东篱下,悠然见南山。''寒波淡淡起,白鸟

---

① 僧肇《物不迁论》,载石峻等编《中国佛教思想资料选编》卷一,中华书局 1981 年版,第 142—144 页。

② 苏轼:《朝辞赴定州论事状》,载《苏轼文集》卷三十六,中华书局 1986 年版。

③ 苏轼:《上曾丞相书》,载《苏轼文集》卷四十八。

悠悠下。'无我之境也。有我之境,以我观物,故物皆著我之色彩。无我之境,以物观物,故不知何者为我,何者为物。古人为词,写有我之境者为多,然未始不能写无我之境,此在豪杰之士能自树立耳。"又说:"无我之境,人惟于静中得之。有我之静,于由动之静时得之,故一优美,一宏壮也。"王国维认为"境界"是最高的审美标准,在《人间词话》中说:"词以境界为上。有境界则自成高格,自有名句。"所谓"有我之境"和"无我之境",其实很难有明确的疆界,"有我之境"是主体的主观情感因素更为浓烈、更为明显,而"无我之境"无非是主观的情感因素在作品意境中体现得较少、较淡而已。而在王国维看来,"无我之境"是"静观"的产物。"以物观物"意谓排除主体欲念而以淡泊之心胸以观物象,故王国维称为"静中得之"。王国维深受康德、叔本华美学思想的影响,康德、叔本华都认为美在于事物的形式,坚持审美无利害的观点。审美静观,是康德、叔本华关于审美学说的基本观念。王国维认为美在形式,他说:"一切之美,皆形式之美也。就美之自身言之,则一切优美皆存于形式之对称、变化及调和。至宏壮之对象,汗德(即康德——作者注)虽谓之无形式,然以此种无形式之形式,能唤起宏壮之情,故谓之形式之一种,无不可也。"[①] 王国维的"无我之境",其实质无非是对事物表象的静观而已。

---

① 王国维:《古雅之在美学上之位置》,载《王国维文学美学论著集》,北岳文艺出版社1987年版。

四

静观是西方美学史上非常重要的基本命题,也正是审美态度的核心。对一个对象是否采取审美态度,关键就看主体是否能对事物作摒除利害关系的静观。这是康德、叔本华、鲍桑葵们的审美学说的基本点,也是近代美学与古典美学的分水岭。审美静观这个命题的基本要义我以为有这样几点:一是无利害关系,主体对于对象排除欲念,远离利害关系;二是主体以视觉感官直观对象的形式或表象,而不经由概念的途径,亦不涉及对象的实存在;三是由此引起的快感不同于一般的感官满足的快适与道德的善的概念。

中国古代美学中的"静观"说很少有在完整的、系统的理论层面上的论述,但其思想资料却不能说不丰富。本文所及,可说只是有代表性意义的一小部分,但却体现了中国美学观念的民族化特色。中国的"静观",很少是对具体外物的直观,而更多的是内在的视象;再是更多由静观而得的形而上的意义视域,如宗炳所说:"至于山水,质有而趣灵"。(《画山水序》)三是对主体世界的返照。庄子的"心斋"、"坐忘",苏轼的"观身卧云岭",都不无这种含义。

对西方美学史上的审美静观说做一点梳理与分析,可以见出它的发展与变化的轨迹所在;对中国美学史上的有关资料从静观说的角度进行重新认识与发掘,以前并未见过。二者之间的参照比较、互为发明,更未见及。本文对中西美学中的有关审美静观的思想资料做了一点相当粗疏的排比缕析,并在二者之间初步找到了互相参究的着眼点,做为一种尝试,奉献于理论界。

审美化境论

在中国古典美学中,“化境”是一个时常见到却未尝得到理论提炼的范畴。当然,人们可以视之为意境的最高层次而将其置于意境论范畴中加以考察。但我以为,“化境”是有着深刻的中华美学底蕴和丰富理论价值的概念,通过对“化境”的研究,可以使我们更亲切地体会中华美学的特殊魅力。

一

从西方美学发展史来看,并没有一个与“化境”相同或相类的美学范畴。西方关于审美价值的范畴如崇高、优美、丑、荒诞、滑稽等,都与“化境”含义相去甚远。但在中国艺术领域,“化境”却是最高品级的审美范畴。在中国艺术品评中,说一个作品“臻于化境”,无疑是对其审美价值的最高度肯定和对作者至高无上的褒奖。而“化境”既包含又超越了形式因素,有着深刻的中国哲学思想背景;“天人合一”、“与万物一体”是它的哲学基因,但“化境”又是美学含量非常之高的范畴,是人们对艺术美的最根本体认。

试举几例以“化境”论艺者。明代著名诗论家谢榛云:“诗有不立意造句，以兴为主，漫然成篇，此诗之入化也。”① 贺贻孙云：“诗有画境焉，有化境焉，兼之为难。”② 纪昀云：“风水沦涟，波折天然，此文章之化境，吾闻之于老泉。”③ 以“化境”论艺者虽不算很多，但我们完全有理由说它是作为对艺术品最高审美价值的认定而出现的。这一点，无须多加论证即可以得到人们的首肯。

那么，“臻于化境”是一种怎样的境界？按照中国人思维习惯和美学观念，其应是不可言说、也无法言说的，如老子所谓“天地有大美而不言”。不过，本文作为一篇学术论文，不得不“强为之说”。

于是，如果一定要用语言对“化境”加以表述的话，大致可以“超越众美而浑化无迹的审美境界”拟议之，其内涵有这样几点：一是艺术手法或形式非常高妙，但却浑化无迹，如一片天籁，使人并不注意作品的形式要素；二是具有以小见大、与造化自然脉息相通的氤氲感；三是自然生成，其发生缘于审美主体与客体的偶然遇合、物我为一。这当然仍是极为笨拙的说法，但略微可以表达出一点意思来。

化境之“境”，当然是指艺术境界。在中国美学中，意境或云境界是一个非常重要的范畴，以至于王国维以“境界”为其美学思想的最高范畴，并以此为“探其本”。④而我们对“化”字也当做些索解，才好更深入地认识这个范畴的意义。“化”的本义，一是指变

① 谢榛：《四溟诗话》卷一，见《历代诗话续编》下册，中华书局 1983 年版，第 1152 页。

② 贺贻孙：《诗筏》，见《清诗话续编》上册，上海古籍出版社 1983 年版。

③ 纪昀：《水波砚铭》，《纪文达公遗集》卷十三，清嘉庆刊本。

④ 王国维在《人间词话》中说：“然沧浪所谓兴趣，阮亭所谓神韵，犹不过道其面目；不若鄙人拈出‘境界’二字，为探其本也。”

化、改变之意；二是指造化，指自然界生成万物的功能。而从哲学角度看，“化”更多是指万物之变迁流转。庄子常说的“万物之化”（《庄子·人间世》），“万化而未始有极也”（《庄子·大宗师》），都是认为一切皆在变动之中。宋代理学家谈宇宙规律时多以“化”论之，如周敦颐云：“二气交感，化生万物，万物生生，而变化无穷焉”，[①]意谓阴阳交感而化生万物；万物生生不已，变化乃无止息。“化”在理学家这里除了变迁流转之意外，还有宇宙生机的意味，如程颐云：“天地之化，自然生生不穷。”[②]“化”虽是变迁流转，却并非痕迹显露的有形之变，而是不露圭角的无形渐变。张载《正蒙》有《神化》篇，以化为“天道”，“气有阴阳，推行有渐为化，合一不测为神”，[③]意谓细微无形之变为“化”，因而又说“变则化，由粗入精也，化而裁之谓之变，以著显微也”，[④]即以“化”为精微之至的变化。清代著名思想家王夫之从而阐释道：“变者，自我变之，有迹为粗；化者，推行有渐而物自化，不可知为精”。[⑤]此可谓的论。在中国哲学中，“化”还指宇宙造化的自然生成之创造力，这在魏晋玄学中郭象一派的“独化”论中最为明确。所谓“独化”，乃是玄学中于“贵无”、“崇有”之外一种主要的观点，认为万物之生成非以任何外力为原因，而是以自身为原因，自然而然地生成的结果。如汤一介先生所说：“郭象在《庄子注》中常用‘自尔’这一概念，而‘自尔’这

---

① 周敦颐：《太极图说》，见《中国历代哲学文选》，中华书局1963年版，第34页。

② 程颢、程颐：《二程遗书》卷十五，上海古籍出版社导读本2000年版。

③ 张载：《张子正蒙》，上海古籍出版社2000年版，第116页。

④ 同上。

⑤ 《张子正蒙注》，见同上书。

一概念往往是和'自生'的涵义是相同的,如他说:'万物皆造于自尔','物各自生,而无所生焉,'都是'有物之自造'的意思。"① 著名国学大师汤用彤先生早在20世纪三四十年代写的哲学史名著《魏晋玄学论稿》中,曾专门论及郭象哲学中"化"的概念:"《庄子注》说'化'大概指'变化',此所谓'化'非宋人所说仿佛有物的化(如大化流转),此言'化'者如《齐物论注》所言:'日夜相代,代故以新也。夫天地万物变化日新,与时俱往,何物萌之哉,自然而然耳。'又如《大宗师注》所说:"夫无力之力,莫大于变化者也。故乃揭天地以趋新,负山岳以舍故。故不暂停,忽已涉新,则天地万物无时不移也。世皆新矣,而目以为故。舟日易矣,而视之若旧。山日更矣,而视之若前。今交一臂而失之,皆在冥中去矣。''变化'人们不能知觉;'夜半有力者',不可见之力也;'无力之力'即'无力',此与下文'不神之神'、'不生之生'同意。'交臂失之'谓快也;'冥中'即'玄冥之中'。先述向郭'化'之意,以便明其'独化'学说也。"② 郭象所谓"化",是说宇宙造化无以察觉的伟力所在。

二

艺术创作中的"化境",首先指其如同宇宙造化所生的天工自然之态,其境界蕴含无限生机而又浑然天成。严羽在评盛唐诗的境界时,颇得其仿佛:"所谓不涉理路,不落言筌者,上也。诗者,吟

① 汤一介:《郭象与魏晋玄学》,湖北人民出版社1983年版,第298页。

② 汤用彤:《魏晋玄学论稿》,上海古籍出版社2001年版,第181页。

咏情性也。盛唐诸人惟在兴趣，羚羊挂角，无迹可求。故其妙处透彻玲珑，不可凑泊，如空中之音，相中之色，水中之月，镜中之象，言有尽而意无穷。”① 沧浪以“透彻之悟”为诗之高。“妙悟”是严羽论诗的基本范畴，他所谓“禅道唯在妙悟，诗道亦在妙悟”，② 成为沧浪“以禅喻诗”的核心命题。“妙悟”作为佛学基本概念之一，指在佛教修习过程中，通过主观内省而达到对于佛教“真谛”的彻底体认与把握，与真如佛性契合为一。在我看来，“悟”不仅指对“终极真理”的直觉体验过程，同时也往往指主体与终极真理融为一体时的“大彻大悟”境界，如南朝高僧竺道生所说“悟则众迷斯灭”。③ 谢灵运也说：“至夫一悟，万滞同尽耳。”④ 严羽以“悟”论诗时则说：“且孟襄阳学力远在韩退之远甚，而其诗独出退之之上者，一味妙悟而已。惟悟乃为当行，乃为本色。然悟有浅深，有分限，有透彻之悟，有但得一知半解之悟。汉魏尚矣，不假悟也。谢灵运至盛唐诸公，透彻之悟也。”⑤ 严羽最为推崇盛唐诗，所谓“透彻之悟”的表述，乃是至高的审美境界。“透彻之悟”境界大致可与“化境”相当，其突出特征就是浑融圆整，不见缀合痕迹。王国维论诗词境界，有“隔”与“不隔”之别：“问‘隔’与‘不隔’之别，曰：陶谢之诗不隔，延年则稍隔矣。东坡之诗不隔，山谷则稍隔矣。‘池塘生春草’、‘空梁落燕泥’等二句，妙处唯在不隔。词亦如是。即以一人

---

① 严羽：《沧浪诗话·诗辨》。

② 同上。

③ 竺道生：《大般涅槃经集解》，见石峻等编《中国佛教思想资料选编》卷一，中华书局 1981 年版，第 222 页。

④ 谢灵运：《与诸道人辨宗论》，同上书，第 222 页。

⑤ 严羽：《沧浪诗话·诗辨》。

一词而论,如欧阳公《少年游·咏春草》上半阙云:'阑干十二独凭春,晴碧远连云。千里万里,二月三月,行色苦愁人。'语语都在目前,便是不隔。至云:'谢家池上,江淹浦畔',则隔矣。白石《翠楼吟》:'此地。宜有词仙,拥素云黄鹤,与君游戏。玉梯凝望久,叹芳草、萋萋千里。'便是不隔。至'酒袚清愁,花消英气',则隔矣。然南宋虽不隔处,比之前人,自有浅深厚薄之别。"[①] 这里所谓"隔",当指作品境界不能形成浑然完整的整体,各个意象间有支离之感;而"不隔"则是作品各个意象间成为有机整体且透彻玲珑,毫无"雾里看花"的隔膜感。意象的生涩阻隔,"如雾里看花,终隔一层"(《人间词话》)当然不能成为"化境"。反过来,谈"化境"的起码条件也须是"不隔"之作。

"臻于化境",就是超越有形的艺术语言,不见安排之迹,直如自然之化生。元好问论杜诗之语,用来形容"化境"颇为合适:"窃尝谓子美之妙,释氏所谓学至于无学者耳。今观其诗如元气淋漓,随物赋形;如三江五湖,合而为海,浩浩瀚瀚,无有涯涘;如祥光庆云,千变万化,不可名状,固学者之所以动心而骇目。及读之熟,求之深,含咀之久,则九经、百氏,古人之精华,所以膏润其笔端者,犹可仿佛其余韵也。夫金屑、丹砂、芝术、参桂,识者自能名之,至于合而为剂,其君臣佐使之玄用,甘苦酸甜之相入,有不可复以金屑、丹砂、参桂而名之者矣。故谓杜诗无一字无来处亦可也,谓不从古人中来亦可也。前人论子美用故事,有'著盐水中'之喻,固善矣;但未知九方皋之相马,得天机于灭没存亡之间,物色牝牡、人所共

① 王国维:《人间词话》,人民文学出版社 1960 年版,第 211 页。

知者可为略耳。"[①] "化境"是没有任何痕迹可寻的"天籁",一切形迹都退居无形之中。李贽提出"化工"和"画工"两个概念,以为"画工"是"第二义"的。而所谓"画工",指艺术创作极尽艺术手法和形式之工巧,在一般的结构和笔墨方面无可挑剔,李贽曾举南戏代表作《琵琶记》为例。不过,他最推崇的却还是"化工",认为这才是艺术的至高境界,而元杂剧《拜月亭》和《西厢记》便是真正的"化工",亦即臻于化境之作。"化工"之作,是无工可寻的,其如造化生物,一切都是自然而然、无迹可求,在作品中是一片天籁、不见安排。用李卓吾的话说,就是"至觅其工,了不可得"。至于"画工"之作,虽然备极工巧,但入人心者不深,而艺术结构、手法和形式"依于理道,合乎法度",都还属于"画工"之列,不足以与语"化工"。从价值论角度看,李卓吾的价值认可显然也是在"化工",主张戏剧的最高境界即在如《拜月亭》、《西厢记》这样的"化工"之作,是"天下之至文"。

臻于"化境"的作品,充满了内在生机和灵动感,如同造化所生,灵动变化却不着任何痕迹。"含情而能达,会景而生心,体物而得神,则自有灵通之句,参化工之妙。"[②] 清代诗论家贺贻孙曾论"诗家化境"云:"诗家化境,如风雨驰骤,鬼神出没,满眼空幻,满耳飘忽,突然而来,倏然而去,不得以字句诠,不可以迹相求。如岑参《归白阁草堂》起句云:'雷声傍太白,雨在八九峰。东望白阁云,半入紫阁松。'又《登慈恩寺诗》中间云:秋色从西来,苍然满关中。五

① 元好问:《杜诗学引》,见《元好问全集》,山西人民出版社 1990 年版,第 24 页。

② 王夫之:《姜斋诗话》卷二《夕堂永日绪论内编》,见《姜斋诗话笺注》,人民文学出版社 1981 年版,第 95 页。

陵昆原上,万古青濛濛。'不惟作者至此,奇气一往,即讽者亦把捉不住,安得刻舟求剑,认影作真乎? 近见注诗者,将'雨在八九'、'云入紫阁'、'秋从西来'、'五陵'、'万古'语,强为分解,何异痴人说梦。"① 贺氏通过对岑参诗的举例,描述了"诗家化境"特质之一斑,给人的感受是很具体的。

"化境"之作的一个更为突出的特点,应是其以小见大的宇宙感。"化境"本身即有如造化所生之义,以浑成自然的艺术境界,吐纳乾坤之气,透露宇宙之机,含广大而致精微。宋人叶梦得论杜诗云:"诗人以一字为工,世固知之,惟老杜变化开阖,出奇无穷,殆不可以形迹捕。如'江山有巴蜀,栋宇自齐梁。'远近数千里,上下数百年,只在'有'与'自'两字间,而吞纳山川之气,俯仰古今之怀,皆见于言外,滕王亭子'粉墙犹竹色,虚阁自松声',若不用'犹'、'自'两字,则余八言凡亭子皆可用,不必滕王也。此皆妙至到,人力不可及,而此老独雍容闲肆,出于自然,略不见其用力处。"② 即是指出诗之化境的这种与宇宙融通的气息。而明代诗论家胡应麟论盛唐近体诗云:"近体盛唐至矣,充实辉光,种种备美,所少者曰大,曰化耳。故能事必老杜而后极。杜公诸作,真所谓正中有变,大而能化者。今其体调之正,规模之大,人所共知,惟变化二端,勘覈未彻,故自宋以来,学杜者什发失之。不知变主格,化主境,格易见,境难窥。变则标奇越险,不主故常;化则神动天随,从心所欲。如五言咏物诸篇,七言拗体诸作,所谓变也,宋以后诸人竞相袭者是,

① 贺贻孙:《诗筏》,见《清诗话续编》上册,上海古籍出版社 1983 年版。

② 叶梦得:《石林诗话》卷中,《历代诗话》,中华书局 1981 年版,第 420 页。

然化境殊不在此。”[1] 这里区分了变与化的不同，强调“变”是明显的诗格变革，其迹鲜明，而“化”是意境的浑涵汪茫、自由卷舒。宋以后诗人更多的是学杜的诗格之创变，而未能得到杜诗之“化境”。应该说，胡应麟的观点是相当精辟的。

关于诗的“化境”，胡应麟还从杜诗中引了一些例证。“老杜字法之化者，如‘吴楚东南坼，乾坤日夜浮’，‘碧知湖外草，红见海东云’，坼、浮、知、见，四字，皆盛唐所无也。然读者但见其闳大而不觉其新奇。又如‘孤嶂秦碑在，荒城鲁殿余’，‘古墙犹竹色，虚阁自松声’，四字意极精深，词极易简，前人思虑不及，后学沾溉无穷，真化不可为矣。句法之化者，‘无风云出塞，不夜月临关’、‘露从今夜白，月是故乡明’、‘江山有巴蜀，栋宇自齐梁’、‘近泪无干土，低空有断云’之类，错综震荡，不可端倪，而天造地设，尽谢斧凿。篇法之化者，《春望》、《洞房》、《江汉》、《遣兴》等作，意格皆与盛唐大异，日用不知，细味自别。”[2] 胡氏所举这些杜诗，当然是被他认定为“化境”的作品，它们与一般概念中的盛唐之诗相比，其实已大有不同，它们不露“新奇”之痕，谢去斧凿之迹，如同天造地设。从诗歌史角度看，杜诗为唐诗之一大变，而这种变却并非句法之新奇，而在于诗境之“化”。这种境界，正如庄子所谓“夫藏舟于壑，藏山于泽，谓之固矣。然而夜半有力者负之而走，昧者不知也”。[3]

---

① 胡应麟:《诗薮·内编》卷五，上海古籍出版社 1958 年版。

② 同上。

③ 《庄子·大宗师》。

三

从艺术作品的审美创造看,“化境”的创作契机,首先在于审美主体和审美客体之间的互化,亦即“物化”。所谓“物化”,是指作为审美主体的艺术家把自己全部身心都倾注到审美客体中,在意识中已是物我合一、难辨彼此。“物化”思想由庄子提出,“昔者庄周梦为胡蝶,栩栩然胡蝶也,自喻适志与!不知周也。俄然觉,则蘧蘧然周也。不知周之梦为胡蝶与,胡蝶之梦为周与?周与胡蝶,则必有分矣。此之谓‘物化’。”① 用“庄周梦蝶”的故事,庄子表述了他的“物化”观念,亦即物我界限消解,万物融化为一。在《齐物论》中,庄子还提出了“天地与我并生,万物与我为一”的命题,其与“物化”思想是一致的。在《达生》篇中,他又以“物化”为艺术创作的主客体因素,“工倕旋而盖规矩,指与物化,而不以心稽,故其灵台一而不桎。”工倕作为上古传说中的最巧之人,在《庄子》这里代表着“臻于化境”的理想,而在庄子的描述中,其创造过程就是“指与物化”。正如徐复观先生所阐释的:“指与物化,是说明表现的能力、技巧(指)已经与被表现的对象,没有中间的距离了。这表示出最高的技巧的精熟。”②

庄子“物化”思想虽并非就审美而论,但它对中国美学的影响却不可小觑。中国美学思想史上,有一些著名的语涉“物化”而论

---

① 《庄子·齐物论》。

② 徐复观:《中国艺术精神》,春风文艺出版社 1987 年版,第 111 页。

“化境”的例子。如苏轼称文同画竹：“与可画竹时，见竹不见人。岂得不见人，嗒然遗其身。其身与竹化，无穷出清新。庄周世无有，谁知此疑神。”① 文同所画墨竹，是宋代文人画的翘楚。而苏轼描述文同画竹时的状态，全然是“身与竹化”。清代著名画家邹一桂记载宋代画家曾无疑画草虫的体会时也说：“宋曾云巢无疑工画草虫，年愈迈愈业，或问其何传，无疑笑曰：此岂有法可传哉！某自少时，取草虫笼而观之，穷昼夜不厌，又恐其神之不完也。复就草间观之，于是始得其天，方其落笔之时，不知我之为草虫耶？草虫之为我耶？此与造化生物之机缄，盖无以异，岂有可传之法哉！”② 这位著名画家在画草虫时，与草虫互化，不知草虫为我，我为草虫，如此方得造化之生机，超越了笔墨畦径。

艺术作品中“化境”的创造，从构思方式上来看，基本上是审美主体和客体之间偶然触遇而产生审美感兴，而非苦思冥想的预先立意。宋人叶梦得在论谢灵运的名作时指出：“‘池塘生春草，园柳变鸣禽。’世多不解此语为工，盖欲以奇求之耳。此语之工，正在无所用意，猝然与景相遇，借以成章，不假绳削，故非常情所能到。诗家妙处，当须以此为根本，而思苦言难者，往往不悟。”③ 谢灵运《登池上楼》的名句“池塘生春草，园柳变鸣禽”，可谓“臻于化境”之作，叶梦得以为它不是“思苦言难”的苦吟，而是情与景之间的猝然

---

① 苏轼：《书晁补之所藏与可画竹三首》其一，见《苏轼诗集》卷二十九，中华书局1982年版。

② 邹一桂：《小山画谱》，见沈子丞编《历代论画名著汇编》，文物出版社1982年版，第462页。

③ 叶梦得：《石林诗话》卷中，见何文焕辑《历代诗话》，中华书局1981年版，第420页。

相遇，所以成了只可有一、不可有二的奇妙之作。这里，叶氏不是单纯地评价谢诗，而是上升到诗学的根本，因而具有了特殊的美学理论意义。

"化境"在中国古代艺术理论中是一个常见概念，存在于诗词、绘画、戏剧等艺术领域。古代艺术评论家以之评价其认为最上乘的佳构，因之，它可以说是一个审美价值论的范畴。关于它的义界，也许还相当含混，迄今仍有待进一步清理厘定。但就中国美学的特色而言，它又有着重要的意义。可以说，"化境"作为审美价值的范畴，是其他范畴所无法取代的。"化境"所指称的是艺术品的最高品级，它超越了艺术形式层面，浸沃于中国传统哲学思想渊源之中，其意蕴非常丰富，而且具有以现代美学理论眼光来阐释其价值的可能性。

中国古典美学中的“感物”说

一

在中国古典美学的发展流变中，曾有“心、物”和“情、景”等不同的成对范畴来表示审美主客体之间的关系。其中，“心、物”是相对早起的一对范畴。先秦时的有关美学资料已经用“心”和“物”的概念来说明艺术创作的动因。《礼记·乐记》是最明显的例子。在此后的相当长的一段时期里，“心”、“物”作为表示审美主客体的一对范畴，得到了不断深化的理论建构，在中国古典美学的民族化进程中成为较早成熟的重要范畴。

由于“心”与“物”之间关系的不同反映方式和趋向，在文论与其他美学资料中衍生出一个非常重要的创作论命题，那就是“感物”。“物”在中国哲学和美学中并不是某个具体物的指称，而是一个高度抽象的、具有普遍性的范畴，它的内涵是指外在于审美主体并作为对象的客观事物，它既可以是自然事物，也可以是社会事物；而且，还有着很强的动态性，显示出中国哲学、美学的“物”的范畴与西方哲学中“物质”范畴的不同特点来。“感物”说指艺术家（主体）对客观事物（客体）的变化的感受，是以“心”感“物”。“感物”说侧重于揭示艺术创作的动因。

二

首先，我们看一下“感物”说的发展。有关“感物”说的最早萌芽，可上溯到战国时代的《乐记》。《乐记》有这样一段非常有名的论述：“凡音之起，人心生也。人心之动，物使之然也。感于物而动，故形于声，声相应，故成变，变成方，谓之音。比音而乐之，及干戚羽旄，谓之乐。”“乐者，音之所由生也；其本在人心之感于物也。”《乐记》里所说的“乐”，不是单纯的音乐，而是以诗、乐、舞三位一体的综合性艺术的面貌出现的。它的乐论，不仅关乎音乐，而且涉及到一般的文艺原理。《乐记》指出，“乐”的创造原于创作主体的心灵波动，而心灵的波动则是由于受外物变化的感应而形成的。《乐记》认为，心灵“感于物而动”而形之声，声与声的呼应构成一定的变化规律，便形成了音乐。“乐”之产生的根本在于创作主体的心灵之感于物。作为发轫，《乐记》的论述对中国美学中的“感物”论的发展有着重要的影响，它以素朴的唯物主义观点解释了艺术创作的动因，同时它并未流于那种机械的反映论，即把艺术创作看作是客观外物的直接反映；《乐记》中的“物感”说强调的是创作主体的“人心之动”，“乐”是“人心之动”的产物，而“物”是使之产生波动变化的动因。可以说，《乐记》的作者是没有忽视创作主体的主导作用的。在中国古代美学思想中并不存在着机械反映论的一种潮流，都是非常重视创作主体在艺术创作中关键作用的，同时，又客观地、唯物地解释了创作主体产生创作冲动和灵感的外部因素，这既不同于西方美学中的“迷狂”说,也不同于把艺术创作视为客观世界的“镜子”式的映像的机械反映论。可以说,中国美学思想的发展,是沿着这样一条道路开拓的。而《乐记》中“乐”作为诗、乐、舞三位一体的综合概念,虽是带着原初的、浑沌的风貌,却是在相当于艺术美学的层次上提出的。

魏晋南北朝时期在文学理论范围里的“物感”说得到了充分发展。譬如,陆机在《文赋》序中说:

> 伫中区以玄览,颐情志于典坟。遵四时以叹逝,瞻万物而思纷。悲落叶于劲秋,喜柔条于芳春。心懔懔以怀霜,志眇眇而临云。

是谈作家在四季的变迁中引发纷繁的思绪。但也并不能把这里的“感物”仅仅理解为限于自然景物。作家、诗人是生活于社会生活之中的,其胸中的郁结归根到底是源自于社会,由个人的遭际生发的。所谓“叹逝”、“思纷”中包含着诸多的社会内容。

陆机论述作家受外物感发而引起创作冲动的时候,不是把“物”看作静态的,也不是把它视为浑然一体的,而是充分注意到“物”的动态变化性及其殊相性。正是从这种认识出发,陆机《文赋》的宗旨在于探讨作家的“意”如何能更好地把握“物”。他在《文赋》序中说:

> 每自属文,尤见其情。恒患意不称物,文不逮意。盖非知之难,能之难也……至于操斧伐柯,虽取则不远;若夫随手之

变,良难以辞逮。盖所能言者,具于此云。

由序文中可见,陆氏非常重视文学创作中的具体变化,即所谓"随手之变",这是超越于一般性法度规则之上的"变"。在《文赋》中陆机又说:"体有万殊,物无一量。纷纭挥霍,形难为状。""其为物也多姿,其为体也屡迁。"都是主张文章之体是随着"物"的变化而变化的。这是《文赋》中的一个值得注意的理论观点。

刘勰的《文心雕龙·物色》是将"感物"与"体物"作为一个完整的过程来论述的。其中论及"感物"时说过这样一段非常优美而又内容丰富的话:

> 春秋代序,阴阳惨舒,物色之动,心亦摇焉。盖阳气萌而玄驹步,阴律凝而丹鸟羞,微虫犹或入感,四时之动物深矣。若夫圭璋挺其蕙心,英华秀其清气,物色相召,人谁获安?是以献岁发春,悦豫之情畅;滔滔孟夏,郁陶之心凝;天高气清,阴沉之志远;霰雪无垠,矜肃之虑深。岁有其物,物有其容;情以物迁,辞以情发。一叶且或迎意,虫声有足引心。况清风与明月同夜,白日与春林共朝哉!

这里也是论述了四季物色之变异对诗人心灵的感发作用,似乎与陆机等人的说法没有多少区别,其实,刘勰对"感物"说是有着独特的贡献的。因为刘勰所云之"感物"主要是指"物"的外在样态,即所谓"物色"。"色"是借用了佛学的概念,指事物的现象。佛学以"空"为基本思想,而它的"空"并非虚无一物,而是说由于万物的

“无自性”而产生的虚幻不实。“色不异空，空不异色。色即是空，空即是色”①，是大乘佛教的基本命题。刘勰早年即入定林寺，协助僧佑翻译、整理大量佛经，对佛学颇为谙熟。“物色”的内涵，不无佛学色彩是题中应有之义。《昭明文选》卷十三系“物色”之赋，李善注“物色”云“四时所观之物色，而为之赋。又云：有物有文曰色。”由李善的话我们又可以受到这样的启示：“物色”不仅是事物的自然形态，而且还有着这样一层含义，指事物进入诗人视野的、带有审美价值的形式之美。“文”的本义是指不同的线条交错而成的一定可观的视觉形象。《说文解字》上讲：“文，错画也，象交文。”先秦时已形成了“物—无文”的审美观念。这是有助于我们对“物色”的理解的。可以这样认为。“物色”不仅指自然事物本身，而且更重在自然事物的形式样态之美。刘勰在这段文字里，重点论述物对心的感发作用，更为明确地提出了“物”作为审美客体的形式美的问题。“物色相召，人谁获安？”也就是说在自然物象的感召之下诗人心灵的涌动不安，其着眼点仍在于自然景物的外在样态。“岁有其物，物有其容”，说得就更为清楚了。“容”即事物之“容貌”，也就是物的形式美。

钟嵘在《诗品序》里则以“感物”说来阐发诗歌创作，他说：

> 气之动物，物之感人。故摇荡性情，形诸舞咏……若乃春风春鸟，秋月秋蝉，夏云暑雨，冬月祁寒，斯四候之感诸于诗

---

① 《般若波罗蜜多心经》，见任继愈选编《佛教经籍选编》，中国社会科学出版社1985年版，第15页。

> 也。嘉会寄诗以亲,离群索居以怨。至于楚臣去境,汉妾辞宫,或骨横朔野,魂逐飞蓬;或负戈外戍,杀气雄边;塞客衣单,孀闺泪尽,或有士有解佩出朝,一去忘返;女有扬蛾入宠,再盼倾国;凡斯种种,感荡心灵,非陈诗何以展其义?非长歌何以骋其情?

钟嵘在“感物”说的传统中,又注入了新的内容。诗人感于“物”而有诗的创作;“物”又非无生命的东西,而是在“气”的生化之中不断变化的。在中国哲学中,“气”是一个非常重要的元范畴,王充、张载等思想家都把“气”作为化生万物的本体。即便是如朱熹这样视“理”为世界万物本根的大理学家,也认为“理”是不能直接生成万物的,而要通过“气”的阴阳变化来完成的。王充、张载以至于朱熹哲学中的“气”,都是物质性的,与孟子所说的“吾善养吾浩然之气”之“气”不同,后者是有着精神性质的。中国古代的“气”范畴,最突出的特点是它的生命感和运动性。如在王充看来,元气之所以能产生万物和人类,就是由于其内部阴阳之气的合和运动。张载以气为宇宙之本,万物以气为最终根源。他所说的“气”,也是充满变化运动的特质。张载的理论认为,阴阳二气的相互感应和屈伸变化是客观存在,永不止息的。朱熹所说之“气”也是充满运动感的。这些都说明中国哲学、美学中的“气”范畴是以生命感和运动性为其特点的。钟嵘以“气”来说明“物”之动的本因,使之充满了一种氤氲化生的生命感。中国古代气论中有“通天下一气”的看法,《庄子·知北游》中就说:“人之生,气之聚也。聚则为生,散则为死……故曰:通天下一气耳。”通天下一气,故人与宇宙万物能够相感相通,因为同此一气。“通天下一气”在中国哲学中是一个人们普遍认同的思想。文学上的“感物”说,是建立在这种思想的基础上的。当然,二者并不等同。气说只是说明,万物一气,故能相通相感,气说是感物说的哲学基础,而感物说则是从气之相通进而为情之交流。物色引起感情的波动,从而引起创作的冲动。钟嵘正是从气说通向感物说的。再者,“感物”说中的“物”一般都是指自然事物,尤其是特指四季节物的变化。而在《诗品序》中,钟嵘除以四时自然物候的变化指称“物”之外,又将社会事物引入“物”的内涵。

唐代以还,“感物”说在理论上没有更大的拓展,但已形成一种成熟的艺术创作理论,其中也不乏颇有见地的论述在文学艺术的各种理论阐述中存在着。如唐人梁肃说:“诗人之作,感于物,动于中,发于咏歌,形于事业。事之博者其辞盛,志之大者其感深,故仲山有过墓之什,廓然其虑,粲乎其文,可以窥盘桓居贞之道,梁父闲吟之意。”[①] 论者将“感物”与所从事的事业联系起来,使之更为深入一层。苏轼则以“感物”说来阐发他“自然为文”的思想,他有过这样一段话:“夫昔之为文者,非能为之工,乃不能不为之为工也。山川之有云,草木之有华实,充满郁勃而见于外,夫虽欲无有,其可得耶? 自少闻家君之论文,以为古之圣人有所不能而作者,故轼与弟辙为文至多,而未尝敢有作文之意。”[②] 苏轼认为作文是有感有“物”而发,因此文是不可牵强为之的,而应该是自然而然的结果。这就是所谓“不能不为之为工”。大哲学家朱熹在论诗时也认为诗

① 《周公瑾墓下诗序》,引自胡经之主编:《中国古典美学丛编》中册,中华书局1988年版,第296页。

② 《南行前集叙》,载《苏轼文集》卷十,中华书局1986年版。

的创作是“感物而动”，他说：“人生而静，天之性也，感于物而动，性之欲也。夫既人欲矣，则不能无思，即有思矣，则不能无言，既有言矣，则言之所不能尽，而发于咨嗟咏叹之余者，必有自然之音响、节奏而不能已焉。此诗之所以作为。”① 朱夫子虽然还是用那种理学化的术语来表达，但其认为“诗之作”乃是“感于物而动”的产物是十分明确的。

宋代画论中也颇有“感物”而作的创作论思想。董逌在《广川画跋》中认为“遇物兴怀”才能有“自成邱壑”的佳作；郭熙也以“感物”作为画之高致的契机。

明代诗文论中都颇为重视“感物”作为创作机缘的作用，而且，更多地是以“情”作为主体方面的范畴，李梦阳则正面地突出了主体之“情”，“情者，动乎遇者也……故遇者物也，动者情也，情动则会，心会则契，神契则音，所谓随寓而发者也。梅月者，遇乎月者也；遇乎月则见之自怡，聆之耳悦，嗅之鼻安，口之为吟，物之为诗。诗不言月，月为之色。诗不言梅，梅为之馨。何也？契者会乎心者也，会由乎动，动由乎遇，然未有不情者也。故曰：情者，动乎遇者也。”② 在这里，“物”所感发的是“情”，而取代以往较为抽象的“心”。清人叶燮也颇为重视诗歌创作中“感物而兴”的发生机制。他在《原诗·内篇》中说：“原夫作诗者肇端而有事乎此也，必先有所触以兴起其意，而后措诸辞，属为句，敷之而成章。当其有所触而兴起也，其意、其辞、其句劈空而起，皆自无而有，随在取之于心，出

① 《诗集传》序。

② 《梅月先生诗序》，载蔡景康编选《明代文论选》，人民文学出版社 1993 年版，第 112 页。

而为情、为景、为事，人未尝言之，而自我始言之，故言者与闻其言者，诚可悦而永也。”叶氏指出作诗的“肇端”始乎感物，同时还看到了诗人感物而发，与诗歌的艺术独创性之间的密切关系。

中国古典美学中的“感物”说起源颇早，《礼记·乐记》中的“感物”说，可以说是艺术发生学的奠基之论。“感物”说在魏晋南北朝的诗论、文论中得到充分发展，形成了一个美学思想史上的高潮。唐宋以还，有许多这方面的论述，但在理论上并无重大的突破，但毕竟显示了“感物”说的成熟与延伸。

三

“感物”说不仅是中国美学中较为早起的重要命题，而且在某种意义上说，有着足以代表中国美学民族特色的内涵。发掘“感物”说的有关美学资料，梳理其发生发展的脉络轨迹，探索其独特的理论涵蕴，在中华美学体系的建构中是有意义的。

“感物”说唯物地、客观地阐释了艺术创作的动因，它是全然不同于柏拉图的“迷狂”说的，同时，也不同于机械唯物论的“反映”论。“感物”强调的是审美主客体之间的交感互渗。“感物”是主体之“心”受外物变化的感染而引起情感的波动，从而产生创作冲动，然后形诸于“言”(也包括其他艺术语言)。在“感物”说的框架中，主体与客体相互依存、相互交融而产生艺术作品，主体并非孤立地、无缘无故地产生创作冲动，同时也不是对客体的被动依赖。在“感物”过程中，主体之“心”是处在一个十分关键的地位，“心”的能动作用是相当明显的，如明代文论家宋濂所说的：“及夫物有所触，心有所向,则沛然发之于文。"[①] 心灵受外物之感发,形成了某种很强的意向性,成为决定艺术创作内容的关键性因素。心感于物而动并非是对客观外物的摹写,而是主客体的互相交融感通。刘勰在《文心雕龙·物色》赞语中说得非常之好:"山沓水匝,树杂云合。目既往还,心亦吐纳。春日迟迟,秋风飒飒。情往似赠,兴来如答。"非常诗意地形容出诗人感物的主客体交融关系。清人纪昀有过这样的精彩议论:"故善为诗者,其思浚发于性灵,其意陶熔于学问。凡物色之感于外,与喜怒哀乐之动于中者,两相薄而发为歌咏,如风水相遭,自然成文;如泉石相舂,自然成响……岂步步趋趋,摹拟刻画,寄人篱下者所可拟哉!"[②] 把"感物"说的独特美学内涵作了清晰的表述,否定了那种对于客体事物作亦步亦趋摹写的作法。

中国古典美学中"感物"说的"物",作为客体一方的指称,与西方哲学中的物质概念是有相当大的差异的。一则它不是指具体的物体,而是有着高度的抽象意义,泛指外在于审美主体的客观外物,有时即指整个宇宙自然;二则它主要不是指客观事物的质的方面,而更多时候是指事物的外在形式、样态,所谓"物色"是也。这一点,刘勰在其《物色》篇中说得相当清楚,"岁有其物,物有其容",揭示了"物"的形式化的性质。中国诗论、文论中的"感物",多是感触于物色的变化,恰如《文镜秘府论》中所说的"物色万象,爽然有如感会"。

---

① 《叶夷仲文集序》,载《宋文宪公全集》卷三十四,丛书集成本。

② 《清艳堂诗序》,载《纪文达公遗集》卷九,据清嘉庆刊本。

“感物”所着眼的主要在于物象的变化所带来的生命感。“感物”之“物”,在诸文论家的论述中都不是静止的、抽象的,而是时时处于变化之中的,这都是造物所赋予的生命律动,如陆机《文赋》中所说的:“遵四时以叹逝,瞻万物而思纷。悲落叶于劲秋,喜柔条于芳草”,刘勰在《文心雕龙·物色》中所说的“春秋代序,阴阳惨舒。物色之动,心亦摇焉”,萧子显所说的“若乃登高目极,临水送归,风动春朝,月明秋夜,早雁初莺,开花落叶,有来斯应,不能已也。”[①]这些有关“感物”的著名论述,都以四时迁替所带来的物色变化,其中充满了生机勃勃的生命感。

“感物”的创作契机,使作品元气淋漓,沛然而发,有着一种不得不然的自然态势,也即苏轼所云之“不能不为之为工也”。宋濂也说:“诗者,发乎情而止乎礼义也,感事触物,必形于言,有不能自已也。”[②]这就避免了那种“主题先行”的做法,而形成了有感于中、不得不发的自然风貌。

“感物”是中国古典美学中一个源远流长的重要命题,在创作论中占有突出的地位。倘能更细致地对有关文献进行探索分析,使其理论价值得到更为深刻的认识,以见出与西方美学有关命题的不同特色,可以使中国美学焕发出更为强盛的生命力。

---

① 《梁书·自序》,载郁沅、张明高编选《魏晋南北朝文论选》,人民文学出版社1996年版,第341页。

② 萧子显:《刘母贤行诗集序》,见《宋文宪公全集》卷四十一,丛书集成本。

中国古代美学中的“体物”说

“体物”是一个很有理论价值却又被忽略的重要命题。它与“感物”之说有密切的联系,却又有着相当大的差别。二者之间构成了一种互补关系,展示了审美主客体之间的不同趋向。“感物”说着眼于客观外物对创作主体心灵的触引感发,引起创作冲动。而“体物”说则侧重于艺术传达过程。它更注重的是对客观外物形貌的描绘予以摹写。而在其发展过程中,又逐渐加进了审美体验论的某些内涵。“体物”说经历了一个不断丰富、不断发展的过程,它的内涵随着时代的递嬗产生了深刻的变化。本文即对“体物”说的内涵及其发展作初步的探索。

一

“体物”说最早见于陆机的《文赋》:“诗缘情而绮靡,赋体物而浏亮。”按一般性的理解,这两句是分别指出诗与赋的不同文体特征。诗是以抒发诗人情感为主,而赋则以刻画物象为主。体物,就是铺陈描写事物的形态。这种理解自然是不错的,但还较为表层的、带有很大局限性的。通观《文赋》全篇,可以看到陆机是魏晋南北朝时期文学批评中倡言“体物”说的最为突出的代表人物,他的有关论述,集中体现了追求穷形尽相地再现客观事物形态的美学思想。这在魏晋南北朝的文论、画论中都是有相当代表性的。

其实,陆机的“体物”思想,并不仅止于对赋的文体特征的标示,而且是贯穿于其《文赋》一种整体的观念。试读《文赋》之序文:

余每观才士之所作,窃有以得其用心。夫其放言遣辞,良多变矣。妍媸好恶,可得而言。每自属文,尤见其情。恒患意不称物,文不逮意,盖非知之难,能之难也。故作《文赋》以述先士之盛藻,因论作文之利害所由,他日殆可谓曲尽其妙。至于操斧伐柯,虽取则不远,若人随手之变,良难以辞逮。盖所能言者,具于此云尔。

陆机认为为文最大的难点在于“意不称物,文不逮意”。“意不称物”指的是作者之“意”不能与作为描写对象的“物”相符合,而文章又不能很好地表达作者之“意”。这里就指出了物、意、文三者之间的关系问题。而“物”能否被准确地反映、摹写,成了作文的“利害”所在。可以看出,陆机在序文中所阐述的重心,并不在于作者如何进行自我表现,抒发个人情感,而在于如何准确地摹写“物”的形态。《文赋》在论述创作过程时候一直是以“物”为焦点的。“遵四时以叹逝,瞻万物而思纷”,是说作者看到万物变迁之象而兴发创作激情;“情曈昽而弥鲜,物昭晰而互进”,是说外在的物象在作者的头脑中纷至沓来;“笼天地于形内,挫万物于笔端。”谓广阔的天地都可概括进形象,万物之象都可以描绘于笔端。“体有万殊,物无一量。纷纭挥霍,形难为状。辞程才以效伎,意司契而为匠。

在有无而黾勉，当浅深而不让。虽离方而遁圆，期穷形而尽相。”是说由于作者才性之不同，于是观察事物也可有不同的角度，所以物象无一定之量。而作者对物象的描摹，以“穷形尽相”为标的；“其为物也多姿，其为体也屡迁。”是说物象多姿多彩，那么描写它的文章体式也要随之而变化。在《文赋》中，“物”字凡六见，所涉及的是创作过程的各个方面，但都是以能否更准确细致地描写物象为旨归。这可以说是陆机《文赋》一个总体性的思想，而非仅是某一种文体写作的特征的指谓。

“体物”之“物”，并非事物的内质，而是事物的外在形式、样态。陆机在《文赋》中虽然并未明言，但他确实又是在这种意义来用这个概念的。“瞻万物而思纷”、“其为物也多姿”等等，都表明了“物”是指物象的意思。

当然，“体物”的观念最主要的是体现在赋这种文体之中，陆机的“体物”思想也可以视为汉赋的美学观念的发挥与揭橥。“体物”在艺术手法上是以铺陈描摹为主，这是导源于汉赋的“写物图貌”的艺术特征。赋，本为诗之“六义”之一，原系一种诗歌艺术表现方法。朱熹在《诗集传》中的解释为：“赋者，敷陈其事而直言之者也。”指出了赋作为一种诗的表现手法是以铺陈描摹为主的。与铺陈描摹紧密相关的便是对艺术形象的审美价值的实现。“体物”的赋，是非常重视形象描绘的。关于这点，刘勰在《文心雕龙·诠赋》中有深刻系统的论述。他说，诗有六义，“其二曰赋。赋者，铺也；铺采摛文，体物写志也。”又在同篇的赞语中说：“赋自诗出，分歧异派。写物图貌，蔚似雕画。”将体物之赋描绘形象的特征加以概括性的总结，揭示其中的审美意义。“写物图貌，蔚似雕画”，把赋的艺术特征上升到美学的高度,在中国美学思想上很值得注意。其实,这也是“体物”说的重要内涵。刘勰非常重视文学艺术的形象描绘,如《总术》篇中提出的“视之则锦绘,听之则丝簧,味之则甘腴,佩之则芬芳。”能够把艺术形象描写得有色、有声、有气、有味,就确如刘勰所说:“断章之功,于斯盛矣。”这就是艺术创造了,只有创造这样的形象,才有文学艺术的发展可言。

“体物”说并非只是刻画描摹物象,而且还主张寓情于物,在物象描写中抒情言志。刘勰所谓“体物写志”,正是此意。刘勰还说:“原夫登高之旨,盖睹物兴情。情以物兴,故义必明雅;物以情观,故词必巧丽。丽词雅义,符采相胜。如组织之品朱紫,画绘之著玄黄;文虽新而有质,色虽糅而有本,此立赋之大体也。”(《文心雕龙·诠赋》)认为体物必须和兴情相交融。作者当是带着充沛的情感来摹写物象的,否则物象就会毫无生意。清人刘熙载也谈到赋之体物须有主体之情在其中,他说:“赋与谱录不同。谱录惟取志物,而无情可言,无采可发,则如数他家之宝,无关已事。以赋体视之,孰为亲切且尊异耶?”(《艺概·赋概》)发挥了这种思想。

二

刘勰对“体物”说有更为重要的贡献,其中之一是他揭示了“物”的概念其实是着重于事物的外在形态、样式,《文心雕龙·物色》专论审美主体与作为审美客体的自然景物之间的关系。“物色”即是自然景物的外在形貌。刘勰早年即入定林寺,协助僧佑整理佛经,对佛学颇为谙熟,《文心雕龙》体大思精的特色,在某种程度上即是受佛学经典的影响,这一点范文澜先生已有论述。“物色”的含义,不无佛学之色彩。从佛学的角度而言,“色”主要是指现象。因为“空”为佛学的最基本的范畴,则在佛教中的“空”,并非空无一物,而是说世界万物的虚幻不实。梁昭明太子萧统的《文选》卷十三系“物色”之赋,李善注“物色”为:“四时所观之物色,而为之赋。又云,有物有文曰色。”可见,“物色”并不仅指自然景物本身,更主要的是指自然景物的形式美。

刘勰在《物色》篇里系统地论述了诗人在创作中从“感物”到“体物”的过程,深刻揭示了文学创作中审美主客体互动的关系:

> 春秋代序,阴阳惨舒,物色之动,心亦摇焉。盖阳气萌而玄驹步,阴律凝而丹鸟羞,微虫犹或入感,四时之动物深矣。若夫圭璋挺其惠心,英华秀其清气,物色相召,人谁获安?是以献岁发春,悦豫之情畅;滔滔孟夏,郁陶之心凝;天高气清,阴沉之志远;霰雪无垠,矜肃之虑深。岁有其物,物有其容;情以物迁,辞以情发。一叶且或迎意,虫声有足引心;况清风与明月同夜,白日与春林共朝哉!

刘勰的论述是与以往的“体物”说颇为不同的。在他看来,体物并非是对物象的被动摹写,而同时就有着心对物的统辖观照。在“写气图貌”的过程中,就不是单纯的“随物婉转”,而且还要“与心徘徊”。刘勰对司马相如等作家的汉代体物大赋的做法是持批评态度的。他认为对物象的摹写要善于把握对象的特征,以少总多,在这方面,最好的典范当是《诗经》的一些名篇,而非汉赋。他又说:

“然物有恒姿，而思无定检。或率而造极，或精思愈疏。且《诗》《骚》所标，并据要害。故后进锐笔，怯于争锋；莫不因方以借巧，即势以会奇。善于适要，则虽旧弥新矣。是以四序纷回，而入兴贵闲；物色虽繁，而析辞尚简；使味飘飘而轻举，情晔晔而更新。”刘勰主张发挥审美主体的能动作用，在描写自然物象时把握事物的瞬间特征。这样，才能使作品产生历久弥新的艺术魅力。“物色虽繁，而析辞尚简”，提出了在“体物”过程中的“简化”原则。“简化”不等于简单。相反，正是为了使作品的无限丰富性表而出之。刘勰在《物色》篇里已经明确指出“简化”是为了表现审美对象的无限丰富性，“以少总多，情貌无遗”，正可以视为刘勰对“体物”说的新的开拓。

三

宋代诗论家朱弁在“体物”论的发展中作出了新的理论贡献。朱弁最有代表性的诗学著作是《风月堂诗话》，是书成于宋高宗绍兴十年(1140年)，时作者尚羁留于金。

朱氏论诗，发挥钟嵘《诗品》之旨，不满于以故实相夸，而倡自然浑成，他说：

诗人胜语，咸得于自然，非资博古。若“思君如流水”、“高台多悲风”、“清晨登陇首”、“明月照积雪”之类，皆一时所见，发于言辞，不必出于经史，故钟嵘评之云：“吟咏情性，亦何贵于用事？”颜、谢椎轮，虽表学问，而太始化之，浸以成俗。当时

> 所以有书钞之讥者，盖为是也，大抵句无虚辞，必假故实；语无空字，必究所认。拘挛补缀而露斧凿痕迹者，不可与论自然之妙也。

这是朱氏论诗的首要宗旨，提倡钟嵘所说的“直寻”，而反对“必假故实”，依赖书本。他在《风月堂诗话》中又倡导“体物”之说，也正是在此基础上提出来的。朱弁这样认为：

> 诗人体物之语多矣，而未有指一物为题而作诗者。晋宋以来始命操觚，而赋咏兴焉，皆仿诗人体物之语，不务以故实相夸敌。梁庾肩吾《应教咏胡床》云“传名乃外域，入用信中京。足敧形已正，文斜体自平。”是也，至杜甫咏蒹葭云：“体弱春苗早，藂长夜露多。”则亦未始求故实也。如其他咏薤云：“束比青刍色，圆齐玉箸头。”黄梁云：“味岂同金菊，香宜配绿葵。”则于体物之外又有影写之功矣。予与晁叔用论，此叔用曰：“陈无已尝举老杜咏子规云：“渺渺春风见，萧萧夜色栖。客怀那见此，故作傍人低。”如此之语，盖不从古人畦径中来，其所熔裁，又恶用故实为哉！

朱弁从“自然”的创作论出发，主张以“体物”的方法来作诗。朱弁强调诗人要有所“自得”，这是诗人的物色交融的审美体验中得到的深刻感受。在《风月堂诗话》中，“体物”不仅是指对物象的摹写，而且是指诗人描写自己亲自经历的境界，尤其是在奇崛不凡的征行经历中身心融入宇宙，使其诗作带着“大化”的脉息，用朱介的话来说，就是“夺造化”。这是“体物”的更高境界。由此，朱弁最为推崇杜甫由秦入蜀的经行诗。也是从他的“体物”观念出发的。他说：“老杜《剑阁》诗云：惟天有设险，剑门天下壮。连山抱西南，石角皆北向。宋子京知成都过之，诵此诗，谓人曰：此四句盖剑阁实录也。”他又借苏轼的议论表达自己的观点说：“东坡云：老杜自秦州越成都，所历辄作一诗，数千里山川在人目中。古今诗人殆无可拟者。独唐明皇遣吴道子传画蜀道山川，归对大同殿，索其画无有，曰‘在臣腹中，请匹素写之。’半日而毕。明皇后幸蜀，皆默识其处，惟此可比耳。”（《风月堂诗话》卷之上）朱弁对杜甫入蜀诗的高度评价，着眼点在于这些诗作的实历性质与审美体验性。杜甫避乱之蜀、于千难万险的颠沛道途中所作，诗人又无处不发其忧念苍生、系念家国的胸臆怀抱。积郁于诗人心中的深切感受与奇崛险壮的蜀山蜀水相遇合，造就了这些诗作中的独特境界。倘非诗人亲历，且有极深的体验，决难办此。

朱弁对苏轼更是推崇备至，而且尤为赞叹东坡遭贬南迁后的诗文创作，很重要的一个因素，是由于在贬谪生涯中“实历”了艰辛困苦的磨难。朱弁在《风月堂诗话》中说过这样一段话：“东坡文章，至黄州以后，人莫能及，唯黄鲁直诗可以搞抗衡。晚年过海，则鲁直亦瞠乎其后矣。或为东坡过海虽为不幸，乃鲁直之大不幸也。”朱弁对黄庭坚的诗歌成就还是相当赞赏的，认为本来鲁直的诗作可以比肩东坡，然而，东坡晚年远谪海南后的诗作达到了更为浑成完美的境界，而鲁直就只能“瞠乎其后”了。这里有“诗穷而后工”的意思，而更是由于东坡亲历了人生的风霜磨难，同时又饱览了海南的自然风光。这也是“体物”的创作方法带来的成就。朱弁的关于“体物”的论述虽然不是很多,但却是《风月堂诗话》中的主要观点。朱弁所谓“体物”,与陆机等人的有关论述有着一脉相承的关系,但又有着很大的不同。他更加注重的是审美主客体中的直接交融,而不满于以“必假故实”的方式堆砌诗歌。他的“体物”更多地是继承和发展了钟嵘《诗品》中的诗学观点,而且更加注重诗人的审美体验。

“体物”在中国美学思想史上是有重要意义的一个命题,它更加重视的是艺术创作中的艺术传达阶段对客观物象的准确摹写。同时,对艺术形象的创造理论有重要贡献。在其发展过程中,它的理论内涵有很大变化,更多的是关注审美主体的审美体验。

我们以往对“体物”这个命题缺少系统的理解与研究,以至于长时期以来对它的理论价值没有全面的认识。现在看来,“体物”说的有关材料还有待于进一点搜集整理,并进行系统性的考察,这样,有助于建设有民族特色的中国美学体系。

广远与精微

——中国古代诗学的一对辩证命题

一

在中国古代的诗学论述和创作中,不满足于描写对象本身,而是通过审美主体与客体的交融互化,使作品有着远远大于文本自身的广大气势或云宇宙精神,这是中国美学的特殊气质使然,也是为论者所熟悉的。这方面的诗学论述是普遍存在的。杜甫在其题画诗中所说的"咫尺应须论万里",虽云就画而论,却正是对其诗歌创作的"夫子自道"。而《二十四诗品》中的"雄浑"一品中所云:"大用外腓,真体内充。返虚入浑,积健为雄。备具万物,横绝太空。荒荒油云,寥寥长风。超以象外,得其环中。持之匪强,来之无穷。""豪放"品中所说:"观化匪禁,吞吐大荒;由道返气,处得易狂。天风浪浪,海山苍苍。真力弥满,万象在旁。"宋人叶梦得论杜诗时所说:"远近数千里,上下数百年,只在'有'与'自'两字,而吞吐山川之气,俯仰古今之怀,皆见于言外。"[①] 这类论述是人们所熟悉

① 叶梦得:《石林诗话》卷中,见何文焕辑《历代诗话》上册,中华书局 1981 年版,第 420 页。

的。中国诗学中的“言外之意”、“象外之象”之论，多半是与充满生命力的宇宙精神通于一体的。所谓“以小见大”、“寓无限于有限”、“言有尽而意无穷”等描述意境特征的美学命题，并非仅从诗中体味出远远大于文体的审美空间而已，而是以真气流行的生命感，获得一种往来于主体与审美对象之间的势能，亦可称之为“广远之势”。诗中的“广远之势”，既包括空间的广大，又包括时间的悠远。诗论家论及诗的“广远之势”时，往往都是将空间的广阔和时间的深远并提的。

我们更多地看到诗歌意境观的“广远”一面，而对其间与此不可分割的另一面“精微”却少有议论。而实际上，中国古代的诗歌意境，意象刻画及语言创造中的精微之处，不仅是到处存在的，而且是中国诗歌独有的美学气质。“广远”与“精微”，是诗歌意境具有普遍意义的两极。境界的阔大固然是才大气雄的诗人们所追求的，然倘若诗中缺少精微之笔，亦恐失之于廓落板滞，而不能使作品具有“生气灌注”的风神韵致。

诗中描写的“精微之笔”，往往是对所写事物的特性的精彩呈现，亦可以简言之为“物性”的“敞亮”。当然，这里所说的“物”，并非仅指客观外物之“物”，也包括社会事物，也即诗中描写的客体。“物性的敞亮”，其意便是所写对象的独特品性、规律、风貌以诗的语言表现出来。这是与中国美学中的“体物”观念深有联系的。作为一个文论范畴，“体物”远没有“缘情”那样幸运，但在诗歌创作中，对于事物特征的微妙刻画，却是非常普遍的。这种刻画，从诗学的要求而言，是应该深入腠理、得其独特神韵的，而非止于形貌描摹。王夫之提出对事物的描写，不仅应“得物态”，而且应“穷物理”，并举“桃之夭夭，其叶蓁蓁”，“灼灼其华”，“有蕡有实”为例，认为这些诗句“乃穷物理”①，即是此谓。

“精微之笔”还指诗人对所写事物的微眇之处的不同寻常的发现与艺术表现。诗人以敏锐的目光捕捉事物的机微之态，并以自己的独特感受加以表现。如叶燮所评杜甫诗中“碧瓦初寒外”、“月傍九霄多”、“晨钟云外湿”和“高城秋自落”等名句，称其为“虚实相成，有无互立，取之当前而自得，其理昭然，其事的然也。”②

二

明末清初著名的思想家、诗论家王夫之对此有相当精辟的见解，他在《姜斋诗话》和《古诗评选》、《唐诗评选》、《明诗评选》等诗评著作中多处发表了类似的观点，如他评谢灵运《登池上楼》诗时所说：“始终五转折，融成一片，天与造之，神与运之。呜呼，不可知已！‘池塘生春草’，且从上下前后左右看取，风日云物，气序怀抱，无不显者，较‘蝴蝶飞南园’之公主透脱语，尤广远而微至。”③ 又在评陶渊明《癸卯岁始春怀古田舍》说：“不知两间景物关至极者，如其涯量亦何极限。”④ 又评谢灵运《登上戍石鼓山诗》云：“情不虚情，情皆可景；景非滞景，景总含情。神理流于两间，天地供于一

① 见王夫之《姜斋诗话》卷一《诗译》。

② 叶燮：《原诗·内篇下》。

③ 王夫之：《古诗评选》卷五，载《船山全书》第十四册，岳麓书社 1996 年版，第 732 页。

④ 同上，第 719 页。

目,大无外而细无垠。"[①] 船山又评陈子昂诗为"雄大中饶有幽细"[②]。这类论述在船山诗学中是很多的,"广远"与"微至"的统一,是船山论诗的主要标准之一。

其实,在船山之前的诗学理论中,已有论者谈及广远与精微的结合,尤其是诗歌意象的精细入微,颇为论诗者所重。陆机在其文论名篇《文赋》中一方面指出文学创作的思维是涵容着广远的宇宙意识:"观古今于须臾,抚四海于一瞬……笼天地于形内,挫万物于笔端";另一方面,则主张"体物"的精微:"体有万殊,物无一量。纷纭挥霍,形难为状……虽离方而遁圆,期穷形而尽相。"陆机虽以"缘情"属诗,以"体物"属赋,但这二者在《文赋》中有互文之义,同时,从整体上看,陆机在创作上是非常重视"体物"的审美创造功能的。"穷形尽相",是说在体物方面,力求刻画精微。刘勰在其《文心雕龙》的创作论部分,一方面指出"神思"与风云并驱的广远境界:"古人云:形在江海之上,心存魏阙之下。神思之谓也。文之思也,其神远矣。故寂然凝虑,思接千载;悄焉动容,视通万里。吟咏之间,吐纳珠玉之声;眉睫之前,卷舒风云之色:其思理之致乎。"[③]。另一方面,刘勰也重视刻画的精微:"吟咏所发,志惟深远;体物之妙,功在密附。故巧言切状,如印之印泥;不加雕削,而曲写毫芥。故能瞻言而见貌,即字而知时也。"[④] "曲写毫芥",则

---

① 王夫之:《古诗评选》卷五,载《船山全书》第十四册,岳麓书社 1996 年版,第 736 页。

② 《唐诗评选》卷三。

③ 《文心雕龙·神思》。

④ 《文心雕龙·物色》。

是物象描写的深入毫芒。明代谢榛论诗云:"诗乃模写情景之具,情融乎内而深且长,景耀乎外而远且大。当知神龙变化之妙。小则入乎微罅,大则腾乎天宇。"① 这在中国诗学中,是一种值得重视的思想。

诗歌意境中的"广远",既有空间的广大无垠,又有时间的久远绵长,这也正是中国人的宇宙意识。"上下四方曰宇,往古来今曰宙。"② 先秦时尸子对"宇宙"的解释是最为赅切的。这种包含着时间与空间的宇宙意识,在中国古代诗学中是普遍的,是内化到审美观念之中的。无论是陆机的"观古今于须臾,抚四海于一瞬",还是刘勰的"思接千载"、"视通万里",都是包含了空间和时间两个维度的因素。这种"广远"的宇宙意识,有非常深厚的中国哲学的根基,即与以老庄思想为其开端的"物化"思想是密切联系在一起的,同时,也使作品的意境不是空洞的、呆板的,而是呈现出与宇宙自然的生机相涵咏、相吐纳的生命感、氤氲感。《庄子·齐物论》中提出了"天地与我并生,而万物与我为一"的命题,这对中国思想史上"天人合一"是影响深远的。人与自然的和谐,一气贯通,这也是从先秦哲学便开始的观念。正如张世英先生对庄子思想的阐发所说:"'至人'可与'天地精神相往来',这是一种与道为一,以道观物、同于天道的天人合一境界,也是一种齐死生、等贵贱、同人我、超出一切区别的逍遥境界。"③ 宋明理学家进一步发挥了"天人合一"学说,并揭示了主体与宇宙万物相参融的开放性质。"万物一

① 《四溟诗话》卷四。

② 张岱年:《中国哲学大纲》,中国社会科学出版社1982年版,第2页。

③ 张世英:《天人之际》,人民出版社1995年版,第26页。

体”是理学的一个重要哲学命题。如程颢提出“浑然与物同体”和“天地万物一体”的观点，如说“所以谓万物一体者，皆有此理，只为从那里来”(《遗书》卷三)。程颢还写诗云：“道通天地有形外，思入风云变态中”(《秋日偶成》)，最能体现出他的“万物一体”思想。理学家的“万物一体”观念固然是建立在理学的本体论上的，但是作为“万物一体”前提的“气化流行”观点，却并非理学所独有，而是从先秦以来中国思想史的一个重要脉络。“气化流行”给“万物一体”的思想充添了有机的内涵，同时，也为诗书画等艺术创造有了一种源自于自然造化的生命感。也可以说，在体现为“广远”的诗歌境界之中，有着与宇宙相通、而气象氤氲的生命感。因此，论诗者常以诗的意境和造化生命连为一气，认为自然生命感是诗中不可缺少的神韵。如皎然的《诗式》中说：“气象氤氲，由深于体势。”《二十四诗品》中的“缜密”一品中有云：“是有真迹，如不可知，意象欲生，造化已奇。”谢榛论诗云：“诗有造物，一句不工，则一篇不纯，是造物不完也。造物之妙，悟者得之。譬诸产一婴儿，形体虽具，不可无啼声也。赵王枕易曰：‘全篇工致而不流动，则神气索然。’亦造物不完也。”①

所谓“精微”，则是指诗人对所描写的对象作细微的刻画，这种刻画旨在将对象的特征的准确揭示。这种细微的刻画，与诗的意境构成一个有机的整体，同时，也集中地体现出自然的生命力量。从审美关系上讲，诗的细微之笔，尽管是对对象特征的把握，但却

---

①　《四溟诗话》卷一，见丁福保辑《历代诗话续编》，中华书局 1983 年版，第 1139 页。

并非纯客观的摹写，而是审美主体和客体“物化”的产物。“物化”是审美主客体交互感通的极致状态，是主体进入审美体验和审美创造的高峰时，在感觉和意识中与客体完全融合而为一、无法分辨物我关系的境界。庄子在《齐物论》中以“庄周梦蝶”的寓言提出了“物化”的命题：“昔者庄周梦为胡蝶，栩栩然胡蝶也，自喻适志与！不知周也。俄然觉，则蘧蘧然周也。不知周之梦为胡蝶与，胡蝶之梦为周与？周与胡蝶，则必有分矣。此之谓‘物化’”。“物化”即是指物我界限消解，主体和客体融而为一。在人与对象的审美关系中，主体与客体的和谐与融通，是形成审美关系的基本标志。在中国古代美学思想中，“感兴”、“感物”等范畴都是以主客体的共感、融通为特征的，但“物化”说与之相比，则是主客体交融的极致状态。《庄子》里对“物化”之说多有涉及，虽非对美学而言，却对中国的艺术创造有甚为深远的影响。徐复观先生对庄子的“物化”说有这样的论列：“庄子在心斋的地方所呈现的‘一’，实即艺术精神的主客两忘的境界。庄子称此一境界为‘物化’，或‘物忘’，这是由丧我、忘我而必然呈现出的境界。《齐物论》‘此之谓物忘。’《在宥》‘吐尔聪明，伦与物忘。’所谓物化，是自己随物而化——这是主客合一的极致。因主客合一，不知有我，即不知有物，而遂与物相忘。《庄子》一书，对于自我与世界的关系，皆可用物化、物忘的观念加以贯通。”[①] 作为审美关系的“物化”，给艺术创作带来的并非一般意义的“情景交融”，如果仅止于此，那么，我们就没有谈论“物化”的必要了。在我看来，“物化”是审美主体的灵性与对象的物性自由无碍的融合，或者说，是主体在与对象的交融互化中以自己的灵

---

① 徐复观：《中国艺术精神》，春风文艺出版社 1987 年版，第 76 页。

性对对象的物性的“敞亮”。在物化的创造状态中,“我”不再是“我”的单独存在,而是以自己的灵性融入了对象的物性,并且,以对象的内在状态而呈现;“物”也不再是单纯的“物”,而是以融贯了主体的灵性的物性而“敞亮”。庄子在《达生》篇中说:“工倕旋而盖规矩,指与物化,而不以心稽,故其灵台一而不桎。”“指与物化”,是说手指(创造主体一方)与物象化而为一。“灵台一而不桎”,是说心的灵性与物性化而为一,毫无滞碍。庄子在《达生》篇中所讲的“佝偻承蜩”、“吕梁丈夫”和“梓庆削鐻”这几个有名的寓言,都是讲主体的“用志不分,乃凝于神”,与对象的物性化而为一,而达到的“物化”境界。朱光潜先生以西方美学“移情”理论来解释中国的“物化”,所举的如乔治·桑和波德莱尔的描述,与“物化”的意义是一样的。如乔治·桑所说的“我有时逃开自我,俨然变成一棵植物,我觉得自己是草,是飞鸟,是树顶,是云,是流水,是天地相接的那一条水平线,觉得自己是这种颜色或是那种形体,瞬息万变,去来无碍”。波德莱尔所说的“你聚精会神地以观赏外物,便浑忘自己存在,不久你就和外物混成一体了。你注视一棵身材婷匀的树在微风中荡漾摇曳,不过顷刻,在诗人心中只是一个很自然的比喻,在你心中就变成一件事实:你开始把你的情感欲望和哀愁一齐假借给树,它的荡漾摇曳也就变成你的荡漾摇曳,你自己也就变成一棵树了”[①]。朱先生是以立普斯等人的“移情”说来阐释这种文艺现象的。在我看来,就“物我同一”这点来说,“移情”与“物化”是有相当明显的一致之处的。但我们应该指出的是,就主体对客体的

---

① 朱光潜:《文艺心理学》,安徽教育出版社1996年版,第43页。

态度而言，“物化”是不同于“移情”的。“移情”是将主体的情感、意志灌注到对象中去，是主体的对象化，其立场是主体的。“移情”说的代表、德国美学家立普斯明确地表述了这个观点，他说：“这种向我们周围的现实灌注生命的一切活动之所以发生而且能以独特的方式发生，都因为我们把亲身经历的东西，我们的力量感觉，我们的努力，起意志，主动或被动的感觉，移置到外在于我们的事件里去。”[①]在西方美学的观念中，移情是一种外射作用(projection)。“外射作用就是把我的知觉或情感外射到物的身上去，使它们成为在物的。”[②] 朱先生还把“移情”与“拟人”等同起来，他说：“移情作用有人称之为‘拟人作用’。拿我做测人的标准，拿人做测物的标准，一切知识都可以说是如此得来的。把人的生命移注于外物，于是本来只有物理的东西可具人情，本来无生气的东西可有生气。”[③] “物化”是与此颇有不同的。“物化”说的哲学基础是中国哲学中“天地与我并生，万物与我为一”、“浑然与物同体”的根本观念，而非“主客二分”为主导的西方哲学思维。“物化”是审美体验的极致状态，就其突出之点来说，并不在于主体的对象化，而灵性的物性化和物性的灵性化。以物我不分的“物化”状态进入审美体验和审美创造，对象的“物性”中最具有特征样子，以主体的灵性的融摄中被卓异地呈现出来。这也就是我们所说的“精微”之义。“精微”未必仅是细腻，而是作品以所写事物的最具本质特征、最具

---

① 立普斯：《论移情作用》，载《古典文艺理论译丛》第八辑，人民文学出版社 1964 年版，第 40 页

② 朱光潜：《文艺心理学》，第 38 页。

③ 同上，第 40 页。

独特的生命状态给人以深刻的审美感受。

且看在"物化"状态下的艺术创造。苏轼题写文同所画墨竹云:"与可画竹时,见竹不见人。岂独不见人,嗒然遗其身。其身与竹化,无穷出清新。庄周世无有,谁知此疑神。"[①] 文同是宋代文人画的代表,于墨竹最见神采精神,画史上对其所画墨竹评价甚高。苏轼谈文同画竹时说:"与可之于竹石枯木,真可谓得其理者矣。如是而生,如是而死,如是而挛拳瘠蹙,如是而条达遂茂。根茎节叶,牙角脉缕,千变万化,未始相袭而各当其处,合于天造,厌于人意,盖达士之所寓也欤!"[②] 而苏轼诗中所说"与可画竹时"正是"身与竹化"的物化状态。所谓"得其理",是说文同画竹,得竹之神髓。而唐代著名画家张璪以画松石著称于世,他所说的"外师造化,中得心源",是非常富有美学理论价值的命题。张璪作画,也是以"物化"状态进行创作的。唐人符载记述张璪的创作情况时说:"员外(指张璪)居中,箕坐鼓气,神机始发。其骇人也,若流电激空,惊飙戾天。摧挫斡掣,㧑掌如裂,离合惝恍,忽生怪状。及其终也,则松鳞皴,石巉岩,水湛湛,云窈眇。投笔而起,为之四顾,若雷雨之澄霁,见万物之情性。观张公之艺非画也,真道也。当其有事,已知夫遗去机巧,意冥玄化,而物在灵府,不在耳目。故得于心,应于手,孤姿绝状,触毫而出,气交冲漠,与神为徒。"[③] 张璪的

---

① 苏轼:《书晁补之所藏与可画竹》,载王水照选注《苏轼选集》,上海古籍出版社1984年版,第186页。

② 《净因院画记》,载《苏轼文集》卷十一。

③ 符载:《观张员外画松石序》,载俞剑华编《中国古代画论类编》,人民美术出版社2000年第2版,第20页。

创作，全然进入一种“物化”的状态，而所画松石极尽“物”之特性。作品之精微，是与作者创作时的“物化”境界直接相关的。

“物化”是主体的灵性与对象的物性的互化，在这种特定的情境的主体感觉中，物我完全融而为一，主体甚至以对对象的“物性”的充分体验而存在，如清人邹一桂论画草虫时记述宋代画家曾无疑的体会：“某自少时，取草虫笼而观之，穷昼夜不厌，又恐其神之不完也。复就其间观之，于是始得其天。方其落笔之时，不知我之为草虫耶？草虫之为我耶？”诗的“精微之笔”，必达这种“物化”之境而后出。它不是单纯的对象的物性的揭示，而是诗人的灵性与物性的互化。

“物化”不仅仅是主体与对象之间一对一的互化，从中国哲学的观念而言，“物化”在根本上是人与天地万物融为一体，即庄子所说的“道通为一”（《齐物论》）、“天地与我并生，而万物与我为一”（同上）、后世理学家所讲的“浑然与物同体”。而诗学思想中“广远之势”和“精微之笔”，都与这种“物化”观念有深刻的内在联系。中国的诗论从不止于单纯的、一对一的物象摹写，而是以诗作为主体与宇宙、造化相通互化的象征，其间的媒介在于“气化流行”。诗的产生在于“气之动物，物之感人，故摇荡性情，形诸舞咏”（钟嵘《诗品序》）。诗的功能除“兴观群怨”的社会调节作用之外，还在于“照烛三才，辉丽万有；灵祇待之以致飨，幽微籍之以昭告；动天地，感鬼神，莫近于诗”（同上）。刘勰亦以文学为天地之大德：“文之为德也大矣，与天地并生者何哉”。“德”是“道”的分有，是“道”的外显，所谓“原道”之“道”，非纯指儒家之道，而是类于道家的天地万物本根之道。刘勰此处所谓之“文”，当然并非指纯文学，但无疑纯文学是包括在内的。刘勰又谓:“故知道沿圣以垂文,圣因文而明道,旁通而无滞,日用而不匮。易曰:鼓天下之动者存乎辞。辞之所以鼓天下者,乃道之文也。”从对刘勰“原道”的认识出发,可以认为刘勰的文学观是对天地万物之道的外显与辉丽。以诗而论,诗人将诗作为与天地万物、宇宙造化相通互化之物,此种观念是相当普遍的。而所谓“广远之势”,正是以此为背景的。

通于元气,侔于造化,这是论诗者的价值标准之一。如金代诗论家王若虚评白居易诗云:“乐天之诗,情致曲折,入人肝脾,随物赋形,所在充满,殆与元气相侔。”① 明代者名思想家和诗人陈献章论诗云:“气蕴春风之和,心游太古之面,其自得之乐无涯矣。”可见一斑。

诗中精微之笔,仍是与宇宙造化息息相通。对“物性”之深微的呈现,亦是与鸢飞鱼跃的灵动感和生于造化的天然感不可分开的。叶梦得评杜诗精微之笔云:“诗语固忌用巧太过,然缘情体物,自有天然工妙,虽巧而不见刻削之痕。老杜‘细雨鱼儿出,微风燕子斜’,此十字殆无一字虚设。雨细著水面为沤,鱼常上浮而淰者,若大雨则伏而不出矣。燕体轻弱,风猛则不能胜,唯微风乃受以为势,故又有‘轻燕受风斜’之语。至‘穿花蛱蝶深深见,点水蜻蜓款款飞’,‘深深’字若无‘穿’字,‘款款’字若无‘点’字,皆无以见其精微如此。然读之浑然,全似未尝用力,此所以不碍其气格超胜。”② 这里所举的杜诗名句,都是“精微如此”的例子,但又是浑然天成

① 王若虚:《滹南诗话》卷上。

② 叶梦得:《石林诗话》卷下。

的。宋人朱弁论诗主"体物"之说，他尤为赞赏杜甫诗的"体物"之精微云："至唐杜甫咏蒹葭云：'体弱春苗早，丛长夜露多。'则未始求故实也。如其他咏薤云：'束比青刍色，圆齐玉箸头。'黄梁云：'味岂同金菊，香宜配绿葵。'则于体物之外又有景写之功矣。予与晁叔用论，此叔用曰：陈无己尝举老杜咏子规云：'渺渺春风见，萧萧夜色栖。客怀那见此，故作傍人低。'如此等语，盖不从古人笔墨畦径中来，其所熔裁，殆别有造化也。"[①] 都认为诗中"精微之笔"是与自然生成、与造化相侔的。

三

中国古代的诗歌创作中，融广远之势和精微之笔为一炉者方为上乘。如前所言，"精微"未必是刻画细腻，穷形尽相，而是将事物最富有特征、最见生机之处描写出来。在一篇好的诗歌之中，通于大道、冶于自然的广远之势应是与灵性与物性互化、最见事物神采的精微之笔融为一个整体的。如《读山海经十三首》其一云："孟夏草木长，绕屋树扶疏。众鸟欣有托，吾亦爱吾庐。既耕亦已种，时还读我书。穷巷隔深辙，颇回故人车。欢然酌春酒，摘我园中蔬。微雨从东来，好风与之俱。泛览周王传，流观山海图。俯仰终宇宙，不乐复何如？"陶诗多自然之态，与造化相通，诗中大有广远之势。王夫之评之曰："此篇之佳，在尺幅平远，故托体大。"[②] 而

① 朱弁：《风月堂诗话》卷上。

② 王夫之：《古诗评选》卷四。

其中的“微雨从东来，好风与之俱”这两句，又是何等精微，将微雨好风的春风景象，写得如此惟妙惟肖。船山评之曰：“不但兴会佳绝，安顿亦好。”[①] 再如谢朓《晚登三山还望京邑》诗云：“灞涘望长安，河阳视京县。白日丽飞甍，参差皆可见。余霞散成绮，澄江静如练。喧鸟覆春洲，杂英满芳甸。去矣方滞淫，怀哉罢欢宴。佳期怅何许，泪下如流霰。有情知望乡，谁能鬒不变？”此诗颇具广远之势，而“余霞”二句，又将金陵近畿的长江晚霞写得何其美好！

唐诗中名篇佳什，多是以广远之势与精微之笔完美融合之作。初唐陈子昂以其雄阔悲慨之《登幽州台歌》而为千古绝唱。其诗恰是上下千年、纵横万里的时空感而产生强大的震撼力的，而“独怆然而涕下”，则是其精微之笔。王维诗的妙处，也在于雄浑开阖的气象而具远大之势的，但其中多有精微刻写的。如《终南山》最为典型：“太乙近天都，连山到海隅。白云回望合，青霭入看无。分野中峰变，阴晴众壑殊。欲投人处宿，隔水问樵夫。”其诗动荡开阖，气象万千。而“白云”、“青霭”句则将山间的氤氲变化，写得宛在目前。“分野”、“阴晴”二句，也将山的分野写得极为精彩。李杜诗中的篇什最具广远之势与精微之笔融为一体的特征。诚如宋人严羽所评，“李杜数公，如金翅擘海，香象渡河”[②]，乃言其气势格局之大。然李杜诗中精微之笔正多，略举一二例以见其一斑。如杜甫之《旅夜书怀》一诗云：“细草微风岸，危樯独夜舟。星垂平野阔，月涌大江流。名岂文章著，官应老病休。飘飘何所似？天地一沙

① 王夫之：《古诗评选》卷四。
② 严羽：《沧浪诗话·诗译》。

鸥。”诗人写月夜之景，极为广远，“星垂平野阔，月涌大江流”两句，境界雄阔，而“细草”、“危樯”，又是颇为精微的意象。李白诗更有这种特点，其诗什的时空感有很大的审美张力，而其中却又以造语精微的意象成就了许多名篇。如《庐山谣寄卢侍御虚舟》诗境何其雄阔壮伟，至如“黄云万里动风色，白波九道流雪山”，则将庐山瀑布的特征写得十分生动。

诗中的“精微”之笔，不必是细腻纤巧的，但应是鲜明生动、“蔚似雕画”（刘勰语）的。用笔的精微，正是诗歌形象刻画成功的标志，用梅尧臣的话说就是“必能状难写之景，如在目前”①。谢榛论杜甫《暮春题西新赁草屋五首》中名句云：“子美曰：‘细雨荷锄立，江猿入画屏。’此语宛然入画，情景适会，与造物同其妙，非沉思苦索而得之也。”当为显例。柳宗元的《渔翁》一诗，大有言外之意，而“烟销日出不见人，欸乃一声山水绿”，是其精微之笔，构成了色彩与声音和谐一体的鲜明画面。

无论是广远之势，还是精微之笔，源自于造化生机的生命感，都是重要的因素。这在许多篇什中的精微之外尤可见出。陶渊明《时运》诗中的“有风自南，翼彼新苗”、谢灵运的《登池上楼》一诗中的“池塘生春草，园柳变鸣禽”这样的名句，正是因了大自然的生机化育而有了万古常新的魅力。韩愈《早春呈水部张十八员外》中的“天街小雨润如酥，草色遥看近却无”，亦是如此。

所谓“精微”，还在于诗人能以形象的刻画，道出人人心中所有而笔下所无的道理，或者是人们所难思及的见识。如苏轼的《和子

---

① 见欧阳修《六一诗话》所引。

由渑池怀旧》所云:“人生到处知何似?应是飞鸿踏雪泥。泥上偶然留指爪,鸿飞那复计东西。”即是将人生如梦的感怀,通过雪泥鸿爪的意象表述得鲜明深刻。

作为诗歌意境中的两个方面,“广远之势”与“精微之笔”并非是分割着的,而是互相支撑着构成一个整体。“广远之势”烘衬着“精微之笔”,使之有着更为深远的指向,从而也显得精彩而突出;“精微之笔”也使“广远之势”有了灵魂和“亮点”,更加充实,更有韵味。有些诗中的意象,就既是精微的刻画,又是形成“广远之势”的重要因素。如刘禹锡《石头城》:“山围故国周遭在,潮打空城寂寞回。淮水东边旧时月,夜深还过女墙来。”《乌衣巷》云:“朱雀桥边野草花,乌衣巷口夕阳斜。旧时王谢堂前燕,飞入寻常百姓家。”这两首诗中的“旧时月”和“堂前燕”,都是诗中最为关键的意象,也是刻画精微的笔致。正是这两个意象,使历史与今天叠合起来,寥寥28个字的七言绝句,却有着苍茫深迥的时间感和历史感。黄庭坚的《寄黄几复》:“我居北海君南海,寄雁传书谢不能。桃李春风一杯酒,江湖夜雨十年灯。持家但有四立壁,治病不蕲三折肱。想得读书头已白,隔溪猿哭瘴溪藤。”其中“桃李”二句,忆及当年同学情形,明明如画,可谓精微之笔,因其是回忆的“镜头”,而增添了沧桑之感。

“广远之势”与“精微之笔”似乎在诗学研究中并未得到更多的注意,但其实是广泛存在的。在诗歌创作中作为一种美学观念很深地影响着诗人,探之求之,有颇为丰富的理论价值。

入 兴 贵 闲

——关于审美创造心态的一个重要命题

一

“入兴贵闲”这样一个说法并未受到古代文论界的重视，但在我看来，却是一个关于审美心理的重要命题。它与“虚静”说有密切关联，十分相近，而又有着深刻的差异。如果说“虚静”是一种自觉进入的空明澄静的精神世界，那么，“入兴贵闲”则是指无意为之的闲适心态进入审美感兴。

“入兴贵闲”一语出于刘勰《文心雕龙》的《物色》篇，其云：“然物有恒姿，而思无定检，或率而造极，或精思愈疏。且诗骚所标，并据要害，故后进锐笔，怯于争锋。莫不因方以借巧，即势以会奇，善于适要，则虽旧弥新矣。是以四序纷回，而入兴贵闲，物色虽繁，而析辞尚简，使味飘飘而轻举，情晔晔而更新。”这段话的主要意思是说作家应该把握描写对象的特征，使作品产生历久弥新的审美情味。而“入兴贵闲”则是主张在一种闲适优游的心态下才能产生创作上的感兴。有的论者以规矩法度训释“闲”字，这样译解“四序纷回，而入兴贵闲”：“因此，一年四季的景色虽然多变，但写到文章中去要有规则。"[①] 释"闲"为"法度"固然并非全无依据,但通观《文心雕龙》的整体来看,这种解释却是扞格不通的。

"闲"在这里无须曲为之释,就是闲适心态。纪昀的评价颇为中肯,他说:"四序纷回四语尤精。凡流传佳句都是有意无意之中,偶然得一二语,无累牍连篇苦心力造之事。"[②] 纪昀显然是认为此中之"闲"即闲适无意的心态。联系《文心雕龙》的其他篇章,可以看到纪昀的阐发是符合刘勰原意的。

刘勰在《文心雕龙》有关创作论的一些篇章的论述中,提倡作家平素的陶养文气,以优游闲适的心境获致诗文创作的灵机,而不主张临纸苦吟,强刮硬搜。较为集中地表达这种思想的是《养气》篇,其中的论述颇为值得我们注意:"昔王充著述,制养气之篇,验己而作,岂虚造哉!夫耳目鼻口,生之役也;心虑言辞,神之用也。率志委和,则理融而情畅;钻砺过分,则神疲而气衰,此性情之数也……夫学业在勤,功庸弗怠,故有锥股自厉,和熊以苦之人。志于文也,则申写郁滞,故宜从容率情,优柔适会。若销铄精胆,蹙迫和气,秉牍以驱龄,洒翰以伐性,岂圣贤之素心,会文之直理哉?且夫思有利钝,时有通塞,沐则心覆,且或反常,神之方昏,再三愈黩。是以吐纳文艺,务在节宣,清和其心,调畅其气,烦而即舍,勿使壅滞;意得则舒怀以命笔,理伏则投笔以卷怀,逍遥以针劳,谈笑以药倦,常弄闲于才锋,贾余于文勇,使刃发如新,凑理无滞,虽非胎息之迈,斯亦卫气之一方也。"《养气》通篇都可以视为"入兴贵闲"这

① 陆侃如、牟世金:《文心雕龙选译》,山东人民出版社 1963 年版,第 119—120 页。

② 范文澜:《文心雕龙注》,人民文学出版社 1978 年版,第 697 页。

个理论命题的系统阐释，而刘勰是从“养气”的角度来谈创作心态之“闲”的，易言之，“闲”的含义就是指作者“清和其心，调畅其气”的身心状态。黄侃《文心雕龙札记》中认为：“此篇之作，所以补《神思篇》之未备，而求文思之常利也。”这样来看此篇之旨是对的。《养气》所论，与《神思》篇中“陶钧文思，贵在虚静”联系非常密切，但又是“虚静”说所不能全然包括的。刘勰主张，为了更好地进行诗文创作，不能过于劳累，以至于气衰神疲，即所谓“销铄精胆，蹙迫和气”，而应该颐养精气，使自己神完气足，“从容率情，优柔适会”。“弄闲”也就是“率志委和”，其反面则是“钻砺过分”。范文澜先生这样阐述“养气”之旨：“彦和论文以循自然为原则，本篇大意，即基于此。盖精神寓于形体之中，用思过剧，则心神昏迷。故必逍遥针劳，谈笑药倦，使形与神常有余闲，始能用之不竭，发之常新，所谓游刃有余者是也。”[①] 此言极是。也正是回答了什么是“入兴贵闲”的问题，把“养气”与“闲”的关系揭示得非常清晰。刘勰最早把“养气”概念引进艺术理论之中，并作专章论述，把养气同感兴、神思等相联系起来，强调养气对于艺术构思的重要作用。而且，在刘勰这里，“养气”是使作家呈现身心闲逸状态的根本途径。

二

为了更准确地理解“入兴贵闲”这个命题，我们不能不对刘勰的“养气”说的理论意义作一点必要的探讨。“气”的概念，在中国

---

① 范文澜：《文心雕龙注》，人民文学出版社 1978 年版，第 648 页。

哲学发展中有这样几个主要含义:一是指自然万物的本原或本体;二是指客观存在的质料或元素;三是指具有动态功能的客观实体;四是指人生性命;五是指道德境界。可以说,气是一个有着多重内涵的范畴。“养气”也是中国哲学中的一个重要命题。最早提出的便是孟子所说的“我善养吾浩然之气”(《孟子·公孙丑上》)。而孟子所说的“浩然之气”,并非自然界的天地之气,也不是人体中的阴阳之气,而是一种道德精神。孟子回答什么是“浩然之气”时说:“难言也。其为气也,至大至刚,以直养而无害,则塞于天地之间。其为气也,配义与道,无是,馁也。是集义所生者,非义袭而取之也。”(同上)孟子所说的“养气”,是纳入其主体心性之中的。荀子也提出“治气养心”的理论,他说:“治气养心之术;血气刚强,则柔之以调和;知虑渐深,则一之以易良;勇毅猛戾,则辅之以道顺;齐给便利,则节之以动止;狭隘偏小,则廓之以广大;卑湿、重迟、贪利,则抗之以高志;庸众驽散,则劫之以师友;怠慢僄弃,则炤之以祸灾;愚款端悫,则合之以礼乐,通之以思索。凡治气养之术,莫径由礼,莫要得师,莫神一好。夫是之谓治气养心之术也。”(《荀子·修身》)“治气”与“养心”,其实是互文见义。可以认为,荀子所谓“治气养心”,是以气质涵养为主的。孟、荀的“养气”,更多的是一种道德境界和气质涵养,属于主体心性的范畴,这与刘勰所说的“养气”,还是有很大差别的。刘勰的“养气”,是为了更好地进行文学创作,而颐养自己体内的“精气”或云“元气”,在这一点上,刘勰主要是发挥了《管子》、《白虎通》、王充和葛洪关于“气”的思想,并引入到文学创作论中的。

中国气论哲学中关于“气”的一种重要阐释是人秉受天地阴阳

之气而充于体内和精神中的“精气”。《管子》把气规定为精气，即指不断运动变化的精微的气。精气是形成天地万物和人类的精微物质，赋予人以生命和智慧，又赋予人的形体，这比《易传》“精气为物”的命题更为明确深刻。汉代思想家王允以元气为天地万物之本源，构建元气自然论的哲学体系。他认为天地万物都是禀受元气而生，随元气运动而发展变化。元气是天地万物的本原，同时，也是智慧生灵的本原。在王充看来，人是最有灵性、最高级的有智慧的生命，构成人体及其道德精神的气是最精的。“人之所以生者，精气也。”(《论衡·论死》)刘勰作《养气》，是颇受王充影响的，其在开篇即云：“昔王充著述，制养气之篇，验已而作，岂虚造哉?”这里所说王充的“养气之篇”，是指其《养性》一书。王充在《论衡·自纪》中说：“章和二年(88 年)，罢州家居，年渐七十，时可悬舆。仕路隔绝，志穷无如。事有否然，身有利害，发白齿落，日月逾迈，俦伦弥索，鲜所恃赖，贫无供养，志不娱快，历数冉冉，庚辛域际，虽惧终徂，愚犹沛沛，乃作养性之书，凡十六篇。养气自守，适食则酒，闭明塞聪，爱精自保，适辅服药，引导庶冀，性命可延，斯须不老。”《养性》一书已佚，但从这篇《自纪》中可以得知这是作者晚年所作的一部关于“养气自守”、“爱精自保”的书。东晋道教大师葛洪从道教养生之学的角度论气，提出“人与气互涵”的思想。他说：“夫人在气中，气在人中，自天地至于万物，无不须气以生者也。”(《抱朴子·内篇·至理》)葛洪把气作为生命的本原，所以他论气与命说：“夫有因无而生焉，形须神而立焉。有者，无之宫也。形者，神之宅也。故譬之于之堤，堤坏则水不留矣。方之于烛，烛糜则火不居矣。身劳则神散，气竭则命终。根竭枝繁，则青青去木矣。气疲欲胜，则精灵离身矣。”(同上)葛洪主张养性保命，其中关键在于养气。命受气的制约，气决定生命力的盛衰。气盈则精力充沛，气竭则生命终结。

应该说，刘勰所谓的“养气”，更多的是沿用王充—葛洪“养气”说的含义，颐养体内精气，保持旺盛的生命力。但刘勰最先把它引入到文学创作论中，指出作家在创作时不宜“钻砺过分”，那样不但不能创作出艺术精品，反而会“神疲气衰”，而如果能“率志委和”，则会使作品“理融而情畅”。通过养气而使自己精力充沛，在一种闲逸充盈的心境中进行创作，方可使文思灵动，如新发之刃，无往不利。刘勰从葛洪的“宝精行气”之说受到深刻启示，移之以说明作家创作时所应具有的充盈闲逸的心态。这就不仅具有创作心理学的意义，而且是将生理和心理联系在一起来揭示审美创造的奥秘。“闲”的创作心态，是“清和其心，调畅其气”的结果。

三

如果说刘勰的“入兴贵闲”说还是在诗文创作的范围内提出来的命题，那么，无独有偶的是，著名的画论家宗炳也在其山水画论的开山之作《画山水序》中论及“闲”的心态在审美过程中的重要作用，他说：“夫以应目会心为理者，类之以成巧，早目亦同应，心亦俱会，应会感神，神超理得。虽复虚求幽岩，何以加焉。又神本亡端，栖形感类，理入影迹，诚能妙写，亦诚尽矣。于是闲居理气，拂觞鸣琴，披图幽对，坐究四荒，不远天励之丛，独无应人之野，峰岫峣嶷，云林森渺，圣贤映于绝代，万趣融于神思。余复何为哉？畅神而已。神之所畅,孰有先焉?”这段话当然不如刘勰的“入兴贵闲”那样具有高度概括的理论价值,但在绘画领域中提出了以“闲居理气”而进入审美过程的观点,反映出当时的理论家对于“闲”的审美心态的共同认识。“畅神”是宗炳在《画山水序》中提出的一种理想的审美境界,而欲得“畅神”的体验,则必以“闲居理气”为其心理前提。

这种闲逸的心态对于艺术创作来说,可以使创作主体在面对最普通的日常事物时进入感兴状态,以一种浓厚的审美兴趣来观照生活,从而使再平凡不过的景物或生活场景闪烁着美的光辉。不妨举人们非常熟悉的大诗人陶渊明的诗歌创作来说明这种情形。像大家都相当谙熟的《归园田居》(少无适俗韵)、《移居》(春秋多佳日)、《饮酒》(结庐在人境)这几首名诗,都是诗人辞官归田以后不久所作。诗人的心境闲适恬淡,脱离官场污浊,忘却世事营营,也就是诗人所说的“心远”。在这种心境中,本来是非常普通的乡村景色与农家风物,进入诗人笔下,则变成了十分优美的诗意境界,成为中国文学宝库中的艺术精品。诗人所谓“虚室有余闲”,并非仅是身体之休闲,更主要的则是从官场中抽身时的心境之闲。没有这种“余闲”、“心远”,就不会写出如此富有审美韵味的诗境。用德国大哲学家海德格尔的话来说,这是一种“敞开”。海德格尔这样来表述艺术的真理:“真理从来不是现存和一般对象的聚集,不如说,它是敞开的敞开,是所是的澄明。是作为投射描画出的敞开的发生。这使它在投射中出现。真理,作为所是的澄明和遮蔽,在被创造中产生,如同一诗人创造诗歌。所有艺术作为让所是的真理出现的产生,在本质上是诗意的。艺术的本性,艺术品和艺术家所依靠的,是真理的自身投入作品。这由于艺术的诗意本性。在所是之中,万物是不同于日常的另外之物。……诗作为澄明的投射,在敞开性中所相互重叠和在形态的间隙中所预先投下的,正是敞开。诗意让敞开发生,并且以这种方式,现在敞开在存在物中间才使存在物发光和鸣响。"[①] 这段看上去颇为晦涩的论述,却深刻地道出了"存在物"与艺术品或诗之间的关系。正如海德格尔在同一篇文章所举的凡高所画的农鞋的例子,作为具体存在物的农妇劳动时穿的鞋子,是一种被遮蔽的存在,而当它进入了凡高的画中,就得到了"敞开"。"一个存在者,一双农鞋,进入作品,处于其存在的光亮之中,存在者的存在的显现恒定下来。"[②] 这对于我们理解日常的、普遍的景物与事物何以在进入真正的艺术品中时,具有了浓郁的审美韵味,是颇富启示意义的。而中国美学中的这个"入兴贵闲",正说明了在审美创造主体方面的重要条件。"闲"其实也正是一种"澄明"。在无意的闲逸心态之中,世俗的功利杂念都已消遁了,隐逝了,充盈调畅的精神气息,使诗人在观照日常的、普通的景物和事物时都感受到了充沛的诗意,而使其笔下创造出的意象或意境焕发出美的光彩,甚至具有一种审美"乌托邦"的性质。

---

① 海德格尔著、彭富春译:《诗·语言·思》,文化艺术出版社 1991 年版,第 67—68 页。

② 同上,第 37 页。

四

我们再来看一下唐宋时期一些诗人、艺术家在这种“闲”的心态下所创造的诗歌意境有着怎样的特点。

在唐宋一些著名诗人那里,“闲”的心态也许潜藏着颇为丰富的内蕴,大概可以说是一种饱谙人生况味而后的心灵恬适。“闲”主要不是指身体的休闲,而是安恬的心境。这又多半是与诗人们的禅学濡染很有关系的。王维、孟浩然、裴迪、白居易、柳宗元、苏轼、王安石等,都是与佛禅有很深的因缘、而又在其诗歌创作中流露出“闲”的心态的。禅学中所说的“不应住色生心”(《金刚经》),“无心之心”,“于一切上,念念不住,即无缚也”(《坛经》)等,对唐宋时期的诗人们的人生观是有很大影响的。值得注意的是,唐宋诗人大多是在经历了仕途的失意、政治上的打击以及人生的磨难之后,对禅理有了更深的体悟,进入一种萧散闲淡的心境的。这种心境又使其诗歌创作在从容纡徐之中有着更为渊深的含蕴。

在这方面,王维是相当典型的。王维经历了“安史之乱”的磨难后,虽然仍在朝中挂职,却更为栖心释梵。他中年以后卜居辋川,游心禅悦,心境闲淡,如他在诗中写到的:“终南有茅屋,前对终南山。终年无客长闭关,终日无心长自闲。不妨饮酒复垂钓,君但能来相往还。”(《答张五弟》)“端居不出户,满目望云山。落日鸟边下,秋原人外闲。遥知远林际,不见此檐间。好客多乘月,应门莫上关。”(《登裴迪秀才小台作》)“井邑傅岩上,客亭云雾间。高城眺落日,极浦映苍山。岸火孤舟宿,渔家夕鸟还。寂寥天地暮,心与广川闲。”(《登河北城楼作》)“寒更传晓箭,清镜览衰颜。隔牖风惊竹,开门雪满山。洒空深巷静,积素广川闲。借问袁安舍,悠然尚闭关。”(《冬晚对雪胡居士家》)这些篇什,意境空明玲珑,神韵悠远天然,而且,很明显都是出自于“闲”的创作心态的。裴迪是王维的“法侣”(禅友)与诗友,在辋川时常与王维唱和,也在诗中不断表露出这种“闲”的心态:“不远灞陵边,安居向十年,入门穿竹径,留客听山泉。鸟啭深林里,心闲落照前。浮名竟何益,从此愿栖禅。”(《同王维过感化寺昙兴上人山院》)其诗中的心境、风格,与上述摩诘诗可谓同调。白居易晚居洛阳、分司东都之后,最典型的心态便是“闲”。“闲适诗”是其为自己诗集编类的重要一类。白居易的后期诗歌创作,就多有以“闲”为题者,如《闲乐》、《夏日闲放》、《闲坐》、《闲咏》、《闲居》、《春池闲泛》、《闲卧,寄刘同州》、《闲园独赏》、《唤起闲行》、《晓上天津桥闲望》、《初夏闲吟》、《喜闲》、《池上闲吟二首》、《闲出》等等,约有数十首之多。这种情形并非偶然。饱经宦海浮沉后的闲逸中潜藏着很深的感慨,这种感慨遇到外物的触发便转而为诗之感兴。可以举白居易的《闲咏》一诗以见其一斑:“步月怜清景,眠松爱绿荫。早年诗思苦,晚岁道情深。夜学禅多坐,秋牵兴暂吟。悠然两事外,无处更留心。”从这首诗中可以看出,白居易晚年的闲逸之情与其佛学濡染是颇有关系的,而这又牵动着诗兴。柳宗元在政治斗争失败之后被贬永州,在永州期间,他也是以一种“闲安”的态度来面对自然出水,从而写出了许多著名的诗文佳篇。柳宗元对佛教的态度与韩愈不同,韩愈排佛甚力,而柳宗元则颇为嗜佛,但他在很大程度上是推崇“为其道者”那种不入名利场中、“乐山水而嗜闲安”的人生态度,他在《送僧浩初序》中说:"且凡为其道者,不爱官,不争能,乐山水而嗜闲安者为多。吾病世之逐逐然唯印组为务以相轧也,则舍是其焉从?吾之好与浮图游以此。"他认为这些佛徒禅僧远离政治斗争的漩涡,不争权位,有着"乐山水而嗜闲安"的恬淡超脱,这正是他所向往的,如他称许僧浩初所说:"今浩初闲其性,安其情,读其书,通《易》、《论语》,唯山水之乐,有文而文之,又父子咸为其道,以养而居,泊焉而无求,则其贤于为庄、墨、申、韩之言,而逐逐然唯印组为务以相轧者,其亦远矣。"(同上)这也正是他所说的"忘机"。在其诗歌创作之中,诗人一再抒写"忘机"的体验:"发地结青茅,团团抱虚白。山光落幽户,中有忘机客。涉有本非取,照空不待析。万籁俱缘生,窅然喧中寂。心境本同如,鸟飞无遗迹。"(《禅堂》)"自谐尘外意,况与幽人行。霞散众山迥,天高数雁鸣。机心付当路,聊适羲皇情。"(《旦携谢山人至愚池》)诗人在其中忘却了朋党倾轧的险恶,在"忘机"的闲逸中得到心灵的宁静与愉悦。王安石晚居钟山,诗人的心态也是一种摆脱政争纷扰的闲适,其诗作多有一种闲适之趣与宁静之美。如他在诗中写道:"屋绕湾溪竹绕山,溪山却在白云间。临溪放杖依山坐,溪鸟山花共我闲。"(《定林所居》)"乌石冈边缭绕山,柴荆细路水云间。吹花嚼蕊长来往,只有春风似我闲。"(《乌石》)这类诗的风格与其表现出的诗人心境都不脱一个"闲"字。由上面所举的几位诗人可以看出,唐宋诗人创作中的"闲",又大都是与禅学有关的,易言之,唐宋时期诗中的"闲",多有佛禅因素在其中。禅家以心为本体,而其所谓"心",乃是一种"无心之心"。也就是不造作,不染著,无拘无缚。这种观念对唐宋诗人们是有很深影响的。

"入兴贵闲"是关于审美创造心理的一个有价值的命题,它与"虚静"说有密切联系,但又有着独特的内涵。对于诗歌创作来说,"闲"这种创作心态给诗作带来的是徐纾从容的气度和悠远空灵的意境。我们在对中国古典美学的探赜中,应该充分认识"入兴贵闲"作为理论命题的意义。

“神不灭”论与魏晋南北朝文艺美学中的重“神”思想

从汉朝到魏晋南北朝，关于“形神”关系的论述，关于“神灭”与“神不灭”的论争，是当时思想史上的一个焦点。而在某种意义上来说，这实际上是一个问题。从原初的含义而言，“形”即人的形体、肉体；“神”即人的灵魂、精神，形神关系也就是形体与灵魂或精神的关系。先秦时期的思想家就已经开始探讨“形神”问题。魏晋南北朝时期由于佛教的介入，“神灭”与“神不灭”这两种针锋相对的观点进一步衍为思想界的轩然大波，同时，也使“形神”成为中国哲学史和美学史的非常重要的范畴。范缜、何承天等唯物主义思想家鲜明主张“神灭”论，而佛教思想家慧远等人则大力宣扬“神不灭”论，双方展开了激烈的论战。这场论战在我们所能见到的哲学史著作中都是着力揭载的。从哲学基本问题的角度，“神灭”论(即“形尽神灭”)属于唯物主义的观点，“神不灭”论属于唯心主义的观点，已成定论。而从美学的角度来看，这场论争的意义就远不止于此。在笔者看来，这场论争大大提高了当时论坛的思辨水平，深化了人们对精神现象的超越性、丰富性和广延性的认识，并且以一种直接的助力，强化了魏晋南北朝时期文艺美学中重“神”的倾向，并从哲学角度为文艺创作的“神”的范畴提供了理论的动力。魏晋南北朝的著名文论家、画论家如宗炳、刘勰、谢灵运、沈约等，大都与此时期佛教哲学中的“神不灭”论的背景有深刻的联系。本文从美学价值论的角度加以发掘，似乎可以认为，以佛教理论为基点的“神不灭”论，却给中华美学的“重神”观念，添注了具有丰富价值的内涵。

一

魏晋南北朝时期的“神不灭”论，虽然有其先秦思想的渊源，但是佛教宣扬“因果报应”的需要和轮回主体的学说，却是其现实的理论动力。南北朝时期“神不灭”论的主张者都是以佛学理论作为其理论根据的。其中最有代表性的如慧远，即是当时的著名高僧和佛教思想家，而宗炳虽未出家，但他是慧远的高足，而且其阐述“神不灭”论的经典文章《明佛论》(亦称《“神不灭”论》)更是以佛学为出发点的。其他倡导“神不灭”论者如梁武帝萧衍，更是著名的佛教徒。著名文学家沈约也是佛教的虔诚信奉者。他们以先秦和两汉主张“神不灭”论者为前源，又以佛学理论为其主要的理论支撑，提出更为明确、缜密的“神不灭”命题，他们与辩难的对方主张“神灭”论者如范缜、何承天等思想家一道，使关于“形神”关系的哲学思维向前大大推进了一步，成为中国哲学的一个非常重要的问题。

在这场论争中，“神不灭”论在对精神现象的重视与论析方面，却是使六朝美学中重“神”的思想有了更为丰富而深邃的内涵的主要因素。

慧远(334—416年)是东晋时期的著名佛教领袖,是当时佛教般若学的代表人物道安的高足。慧远对佛学的精思与敏悟,受到道安的高度评价与赞赏。他长住江西庐山东林寺30余年,广泛从事佛教理论的宣传和佛教实践活动,是佛教学者中倡导"神不灭"论的最为突出的代表。慧远著《沙门不敬王者论》五篇,主要是继承了道安的思想,着重发挥了佛教三世报应和"神不灭"理论。他从道安的"本无"说出发,进一步阐述了佛教所谓的最高实体和最高精神境界的关系,他在《法性论》(残篇)中说:"至极以不变为性,得性以体极为宗。"这就是说,佛教的最高实体和最高精神境界实际上是合二为一的。由此观点出发,慧远系统地阐述了他的"神不灭"理论。《沙门不敬王者论》中即有《形尽神不灭》专章,其论"神"的含义云:"夫神者何耶?精极而为灵者也。精极则非卦象之所图,故圣人以妙物而为言。虽有上智,犹不能定其体状,穷其幽致。"① 慧远认为,"神"是一种非常精灵的东西,是超越于物质形态的。它是无形象的,也无法以形象来表示,圣人也只能说它是一种非常微妙的东西。

倡导"神不灭"论主要人物还有晋宋之交的宗炳(375—443年)。宗炳既是当时的一位著名的画家,又是一位精于佛理的佛教徒。他曾师从慧远"考寻文义"。宗炳是一个执着的"神不灭"论者,他曾写长文《明佛论》,盛赞佛教,大力阐扬"神不灭"。宗炳在《明佛论》中说:"佛国之伟,精神不灭,人可成佛,心作万有,诸法皆

① 慧远:《沙门不敬王者论》,见石峻等编《中国佛教思想资料选编》第一卷,中华书局1983年版,第85页。

空，宿缘绵邈，亿劫乃报乎?”概括了佛教的宏旨，并以“精神不灭”为佛教的主要精义。宗炳不仅笃情佛教，而且也尊儒家、道家，但他认为佛学可以包容儒、道的精髓，并在对精神层面的洞察上高于儒道。他认为：“中国君子明于知礼义而暗于知人心，宁知佛心乎?今世业近事谋之不臧犹兴丧及之，况精神我也?”[①] 他又说：“彼佛经也，包五典之德，深加远大之实；含老庄之虚，而重增皆空之尽。高言实理，肃焉感神，其映如日，其清如风，非圣谁说乎?”[②] 认为佛经可以包括儒家经典和道家学说的精华。关于形神关系，宗炳是明确反对“形生则神生，形死则神死”的“神灭”论的。他认为“神非形作”，可以超越形体而独存，这自然是很荒谬的。但他对“神”作为精神现象的功能的描述，却是颇有意味的。他说：“神也者，妙万物而为言矣。若资形以造，随形以灭，则以形为本，何妙以言乎?夫精神四达，并流无极，上际于天，下盘于地，圣之穷机，贤之研微。”[③] 认为“神”是“万物”中最为奇妙的。它可以超越时间、空间的局限而流布四方，上天入地。宗炳突出地强调了“神”的这种奇妙功能：“夫以法身之极灵，感妙众而化见，照神功以朗物，复何奇不肆，何变可限? 岂直仰陵九天，龙行九泉，吸风绝粒而已哉? 凡厥光仪，符瑞之伟，分身涌出，移转世界，巨海入毛之类，方之黄、虞、姬、孔，神化无方。”[④] 这里是将精神现象的作用夸大到无所不

① 宗炳：《明佛论》，见石峻等编《中国佛教思想资料选编》第一卷，中华书局 1983 年版，第 228 页。

② 同上，第 229 页。

③ 同上，第 230 页。

④ 同上，第 232 页。

能的地步。宗炳还强调心灵的本体地位,认为心是可以派生万物的,一切都可以从心生出。这对后来禅宗和心学的"心本体"哲学是有相当影响的。他说:"夫洪范庶征休咎之应,皆由心来。逮白虹贯日,太白入昴,寒谷生黍,崩城陨霜之类,皆发自人情而远形天事,固相为形影矣。夫形无无影,声无无响,亦情无无报矣,岂直贯日陨霜之类哉?皆莫不随情曲应。物无遁形,但或结于身,或播于事,交赊纷纶,显昧渺漫,孰睹其际哉?众变盈世,群象满目,皆万世已来精感之所集矣。故佛经云:'一切诸法,从意生形。'又云:'心为法本,心作天堂,心作地狱。'义由此也。是以清心洁情,必妙生英灵之境;浊清滓行,永悖于三涂之域。何斯唱之迢递,微明有实理,而直疏魂洒沐想,飞诚悚志者哉?"① 将"心"作为万物产生的基因,认为一切诸法皆是由心而生,当然是典型的宗教唯心主义,也并非独家创造,而是佛教理论的基本观念。宗炳又从因果业报的角度加以论述,更是将慧远的因果报应说和"神不灭"论融而为一。但宗炳对情感业报的论述以及"清心洁情"以生妙境的看法,也是别具美学意味的。

"神不灭"论的这些文章,都是以佛教的因果报应说为理论依据,亦以业报轮回为理论归宿,从哲学基本问题的角度看,这自然是相当荒谬的。这一点,无须多加论证辩驳;但从思想史的进程来看,关于"形神"的论争对魏晋南北朝的美学观念影响却是巨大的、十分深刻的,"神不灭"论者在其间所起的作用是颇为独特的。这些论著中,关于"神"的含义除了与形体相对应的灵魂,在很多地方

① 宗炳:《明佛论》,见《中国佛教思想资料选编》第一卷,第232页。

是谈人的精神境界。而“神不灭”论者对“神”的论述是关于人的精神的，这一点已经跨越了作为三世轮回主体的承担者的灵魂的内涵。如论及“神”的奇妙性、超越性：如宗炳所说的“夫精神四达，并流无极，上际于天，下盘于地”，精妙地概括了精神超越时空的特质。论及“神”的“感物而动”的特点，如慧远所说的“神也者，圆应无生，妙尽无名，感物而动，假数而行”等等，这些在某种程度上都越出了原有的宗教含义而对六朝的美学思想起了很大的建构性作用。

二

魏晋南北朝的文艺美学思想中有突出的重“神”思想，这在顾恺之、宗炳、萧子显等人的论著中体现得颇为鲜明，构成了六朝美学的一个特色，同时，也深刻地影响了此后中国艺术理论的走向，使“形神”成为带有浓郁民族特色的重要审美范畴。

顾恺之（约346—407年）字长康，小字虎头，是东晋时期的杰出画家，其画深受世人推尊，谢安曾称赞其画云：“卿画自生人以来未有也。”其绘画思想以“传神”著称。他在绘画理论上提出了著名的“传神写照”、“以形写神”等命题。《世说新语》载：“顾长康画人，或数年不点目睛，人问其故。顾曰：‘四体妍媸，本无关于妙处，传神写照，正在阿堵中。’”① “顾长康道，画‘手挥五弦’易，‘目送归

① 刘义庆：《世说新语·巧艺》。

鸿'难。"[①] "顾长康画裴叔则,颊上益三毛。人问其故。顾曰:'裴楷俊朗有识具,正此有识具。'看画者寻之,定觉益三毛如有神明,殊胜未安时。"[②] 顾恺之将眼睛视为传神的关键,而在他看来,人物画的价值取向主要不在于形似,而在于"传神写照"。"传神"即是传达出所画人物的特有的神韵;而"写照"也并非一般的外形摹写,而是一种对人物内心世界的直觉洞照。"照"是佛学的术语,指以佛教的般若智慧来直觉地观照事物,这里引出一段李泽厚、刘纲纪先生的有关论述:"在佛学中,所谓'照'指的是心的一种神妙无方的直觉认知的能力,它是和人的精神分不开的。慧远说:'鉴明则内照交映,而万象生焉。'僧肇说:'智有穷幽之鉴,而无知焉;神有应会之用,而无虑焉。神无虑,故能独王于世表;智无知,故能玄于事外。''照'既是一种神妙的感知能力,是主体的有'穷幽之鉴'的智慧(佛学所谓'般若')的表现,因而它也就和玄学常讲的'神明'联系到一起了。所以'写照'就不是一般所说的画像的意思,而是要写出人的神妙的精神、智慧、心灵的活动。"[③] 在绘画艺术中,顾恺之所讲的"传神写照",是说要表现出人物的内在神韵、精神气质。

关于形神关系,顾恺之虽然非常重视"传神",但他并不认为"神"可以离开形而独立,认为传神离不开写形。因而,他提出了"以形写神"论。他说:"人有长短,今既定远近以瞩其对,则不可改

① 刘义庆:《世说新语·巧艺》。

② 同上。

③ 李泽厚、刘纲纪:《中国美学史》卷二,中国社会科学出版社1987年版,第478页。

易阔促,错置高下也。凡生人亡有手揖眼视而前亡所对者,以形写神而空其实对,荃生之用乖,传神之趋失矣。空其实对则大失,对而不正则小失,不可不察也。一象之明昧,不若晤对之通神也。"[1]"晤对通神"的命题,我以为是有重要的美学理论意义的,它说明,顾恺之所谓的"神",在其绘画思想中,是一个最主要的审美价值范畴,绘画的目的不在"形似",而在于"传神","形似"不过是手段、途径而已。"神"的获得,则是艺术创造的主体与客体相晤对而产生的。主体移情于客体之中,在你中有我、我中有你的"自失"之中,"神"便油然而生了。

顾恺之辩证地处理绘画艺术中的形神关系,并不是脱离形似而单纯强调神似,而是将形似与神似辩证地统一起来。形似只是手段,而"写神"才是目的。"以形写神",并非现实形象的机械模仿,而是以艺术想象加以补充,所以顾恺之又提出了一个重要的命题,即"迁想妙得"。顾氏云:"凡画,人最难,次山水,次狗马;台榭一定器耳,难成而易好,不待迁想妙得也。此以巧历不能差其品也。"[2]"迁想"就是将画家的艺术想象投射到所画的对象中去。"妙得"即是达到传神的目的。顾恺之的"传神写照"和"以形写神"的命题,在中国美学史上的影响是极为深远的,在文人画的审美观念中尤其是带有主导倾向的。

宗炳所作的《画山水序》,是中国绘画理论史上第一篇山水画论,在中国美学史上,《画山水序》有着独特的价值。

---

① 顾恺之:《魏晋胜流画赞》,载张彦远《历代名画记》卷五。
② 同上。

《画山水序》原载于晚唐张彦远的《历代名画记》,宗炳在文中提出了"澄杯味象"、"应会感神"、"畅神"等命题,具有丰富而深刻的美学内涵,这些命题的提出,与他的佛学思想有很深的关系。《画山水序》中首先提出"澄怀味象"的命题:"圣人含道映物,贤者澄怀味象。至于山水,质有而趣灵,是以轩辕、尧、孔、广成、大隗、许由、孤竹之流,必有崆峒、具茨、藐姑、箕、首、大蒙之游焉。又称仁智之乐焉。夫圣人以神法道,而贤者通;山水以形媚道,而仁者乐。不亦几乎?"[①] 我以为"澄怀味象"是在中国美学史上第一次完整地表述了主客体审美关系的命题。"澄怀"要求审美主体在审美过程中,排除外物的纷扰,尤其是功利关系的眩惑,而保持虚静空明的心胸以应外物。"味"是特定的审美过程,而"象"则是指观照对象的形象。而"山水质有而趣灵",是谓山水是物质性的存在,但其中有着整体性的灵趣所在。"澄怀味象"与老子所说的"涤除玄览",庄子所说的"心斋"、"坐忘"、"虚而待物",是同一种精神境界,但老庄是讲对天道的体验,虽然可做美学角度的阐释,就其本身而言,则是哲学主体论的,而宗炳的"澄怀味象",是就山水审美而发的议论,是地道的审美主体论。

"山水质有而趣灵"的美学思想与其《明佛论》中的佛学论述是相互关联的。《明佛论》阐述其"神不灭"的思想即举山川为例,其云:"若必神生于形,本非缘合,今请远取诸物,然后近求诸身。夫五岳四渎,谓无灵也,则未可断矣。若许其神,则岳唯积土之多,渎唯积水而已矣。得一之灵,何生水土之粗哉?而感托岩流,肃成一

① 宗炳:《画山水序》,载沈子丞编《历代论画名著汇编》,第14页。

体，设使山崩川竭，必不与水土俱亡矣。神非形作，合而不灭，人亦然矣。”[①] 宗炳认为，“五岳四渎”这些山山水水，也是因为有了神灵而成一整体，而有各自的风貌。设使无神，不过是积土、积水而已。这种说法当然是唯心主义的，而从山水审美中所发现的灵趣，则并不能全然归之于唯物与唯心的范畴，而是审美主体与审美客体在相互感应中所产生的。宗炳在《画山水序》中所说的山水之神（趣灵），绝非客体本身可以独立存在的，而只能是在主体观照的过程中方能产生。作为审美对象，山水是特殊的客观存在。“质有”，不仅是对山水形质的肯定，而且还意味着它的不同的形态差异。“趣灵”是指审美在晤对山水时所感受到的灵趣。这并非存在于主体方面的，也并非是单纯存在于客体方面的，而是在审美主体与客体的晤对感应中呈现出来的。“山水质有而趣灵”，是一个很纯粹的美学命题，早已逸出了宗教有神论的范围。

要体验山水之神，主体方面必须“澄怀”，这与宗炳的佛学思想是息息相通的。宗炳画论中的“澄怀味象”，强调审美主体的虚静的审美态度，一方面通于老庄的“虚静”说，另一方面则是以其佛学思想中的“练神”说为其渊源的。在宗炳的佛学思想中，“神”是一种虚空抽象的精神实体，“神”存在主体之中，而就客观来说，还有“道”的根本性存在。宗炳说：“今称‘一阴阳谓之道’，‘阴阳不测之谓神’者，盖谓至无为道，阴阳两浑，故曰‘一阴一阳’也；自道而降，便为精神，常有于阴阳之表，非二仪所究，故曰‘阴阳不测’耳。”[②]

① 宗炳：《明佛论》，载《中国佛教思想资料选编》第一卷，第230页。
② 宗炳：《明佛论》，载《中国佛教思想资料选编》第一卷，第230页。

这是宗炳所谈的神与道之关系。悟道必须练神,“道在练神,不由存形”。宗炳认为,练神就是空诸一切,“心与物绝”,这又是与道家“虚静”说一致的。他说:“夫圣神玄照而无思营之识者,由心与物绝,唯神而已。故虚明之本终始常住,不可凋也。今心与物交,不一于神。虽以颜子之微微,而必乾乾钻仰,好仁乐山,庶乎屡空。皆心用乃识,必用用妙接,识识妙续,如火之炎炎相即而成焰耳。今以悟空息心,心用止而情识歇,则神明全矣。”空明澄澈的主体心胸,是练神的必要条件。这与《画山水序》中提出的“澄怀味象”是一致的。

宗炳在《画山水序》中提出“应会感神”、“畅神”等命题,也是生自于《明佛论》中的“练神”思想的。他说:“夫以应目会心为理者,类之成巧,则目亦同应,心亦俱会,应会感神,神超理得。虽复虚求幽岩,何以加焉?又,神本无端,栖形感类,理入影迹。诚能妙写,亦诚尽矣。于是闲居理气,拂觞鸣琴,披图幽对,坐究四荒,不违天励之丛,独应无人之野,峰岫峣嶷,云林森眇。圣贤映于绝代,万趣融其神思。余复何为哉,畅神而已。神之所畅,孰有先焉。”① 这段内容重在山水之神的获得。山水之神如何获得?是在于审美主体以澄静之心与山水感应的产物。“应目会心”是指审美主体通过眼睛观照对象而会心感通,悟得其神,从而升华为“理”。李泽厚、刘纲纪先生阐释道:“这是说山水是以‘应目会心’为‘理’的,只要能把山水巧妙地描绘出来,那么观者目接于形时,心就会领会其‘理’。即使是亲身游于山水之间,求山水之神理,所得也不过如此

① 《画山水序》,载《历代论画名著汇篇》,第14页。

了。"[1]所论大致不差。而我以为"应会感神",是主体与山水之形的晤对,在瞬间交融的审美体验中,主体感悟了山水之"神"。宗炳又指出"神"与山水形质的关系,"神"是精神性的,不体现在具体的存在形态中,而是寄寓于山水之形中的。《明佛论》中说:"夫钟律感类,尤心玄会,况夫灵圣,以神理为类乎?"山水是主体感应的对象,可以使人在"应目会心"中悟得"神理"。当人以眼睛来观照对象之时,心灵也在主客相通中获得了山水之神。

"畅神"则是在观赏山水画时的审美过程中所体验到的高度自由、高度兴奋的境界。宗炳以"畅神"为山水画最为重要的审美功能。"畅神而已",言下之意是"岂有他哉"!"神之所畅,孰有先焉"是说没有比欣赏山水画更能令人"畅神"的了。"畅"是一种超越于现实缧绁而使精神舒展、飘逸的高度自由的状态。著名诗人孙绰已在《天台山赋》中写道,"释域吕之常恋,畅超然之高情",在《庐山诸道人游石门诗序》中又提到了山水之赏可以使人"神以之畅"。宗炳的说法可能是由此而出,但他将其凝炼为"畅神"的命题,同时,又以之作为山水画审美功能的最高价值体现,这就突出了山水审美"令人解放"的性质。

在魏晋南北朝的文学理论中,刘勰(约465—520年)提出了"神思"的美学命题。《神思》是《文心雕龙》创作论中的首章,也是刘勰所提出的关于艺术创作思维的核心范畴。"神思"范畴的提出,也与当时的"形神"关系的论争有内在的联系。刘勰二十四五岁时入上定林寺依僧佑。在《文心雕龙》创作论中,"神思"是艺术

---

① 李泽厚、刘纲纪:《中国美学史》卷二,第515页。

创造思维的核心范畴。《神思》篇中云:“古人云:形在江海之上,心存魏阙之下。神思之谓也。文之思也,其神远矣。故寂然凝虑,思接千载;悄焉动容,视通万里。吟咏之间,吐纳风云之色,其思理之致乎?故思理为妙,神与物游。神居胸臆,而志气统其关键;物沿耳目,而辞令管其枢机。枢机方通,则物无隐貌;关键将塞,则神有遁心。是以陶钧文思,贵在虚静,疏瀹五藏,澡雪精神。”神思,我以为可以包括狭义和广义两个层面:狭义是指创造出达于出神入化之境的艺术杰作的思维特征、思维规律和心意状态;广义则是在普遍意义上揭示了艺术创造的思维特征、思维过程和心理状态。它包含了审美感兴、艺术构思、创作灵感、意象形成乃至于审美物化这样的重要艺术创造思维的要素,同时,它是对于艺术创造思维过程的动态描述。

“神思”体现了创作主体的自由本质,突破时间与空间的限制,使想象的翅膀冲破客观时空的云层,上可达天,下可入地;可以回溯于千载之前,可以驰骋于百代之后,刘勰对“神思”的界定明确指出了艺术思维的这种特点。这与慧远、宗炳等人所阐述的“神”的特征是相通的。

慧远、宗炳所倡“神不灭”论,除了“灵魂不死”的含义之外,还相当多地谈到“神”作为精神现象的性质、形态和功能,也即逸出了有神论的范围而具有了心灵哲学的意义。以对精神现象的功能和价值的阐述而言,慧远们所论还是有一定的合理性和建设性意义的。精神现象是无形无相的,却又有无可限量的创造能量。“不能定其体状,穷其幽致”,可以超越形质、时间、空间的限制而“神机自运”。正是说精神的可以突破时空限制的特点。

刘勰的“神思”在这方面明显是吸取了慧远、宗炳等的思想养料，却以之作为文学创作思维的理论支撑，使之具有了纯粹的美学意味。刘勰在《神思》篇中所说的都是“文之思”，而非泛泛的精神现象的描述。这一点，是吸融了陆机《文赋》中对文学创作思维的描述：“其始也，皆收视反听，耽思傍讯，精骛八极，心游万仞。其致也，情曈昽而弥鲜，物昭晰而互进。倾群言之沥液，漱六艺之芳润。浮天渊以安流，濯下泉而潜浸。”而刘勰的论述则因吸取了慧远、宗炳等人的“神不灭”论对精神现象的论述，更有了哲学的高度。

“神思”的自由性质还在于不拘于成法，变化万端，进入一种自然灵妙的境界。“神”的含义所指的一是神灵和精神的作用，二是指微妙的变化。这也是“神不灭”论所描述的“神”的奇妙特性。慧远说：“夫神者何耶？精极而为灵者也。精极则非卦象之所图，故圣人以妙物而为言，虽有上智犹不能定其体状，穷其幽致。”① 张岱年先生也指出“神”这个概念的微妙变化的内涵，他说：“以‘神’表示微妙的变化，始于《周易大传》。《系辞上传》云：‘阴阳不测之谓神。’又云：‘神无方而易无体。’又云：‘知变化之道者，其知神之所为乎！’《说卦》云：‘神也者，妙万物而为言者也。’这就是说：‘神’是表示阴阳变化的‘不测’，表示万物变化的‘妙’。”② 刘勰所谓“神思”的“神”，首先是微妙变化之意，而“神思”则是变化莫测的运思。稍晚于刘勰的萧子显谈及“神思”时强调的也是这种性质，他说：“属文之道，事出神思，感召无象，变化无穷。俱五声之音响，而

---

① 慧远：《沙门不敬王者论·形尽神不灭》，载《中国佛教思想资料选编》第一卷，第85页。

② 张岱年：《中国古典哲学概念要论》，中国社会科学出版社1987年版，第97页。

出言异句;等万物之情状,而下笔殊形。”① 萧子显认为,神思是一种特殊的文学创作思维方式,可以将各种大自然中的情状召至笔下,创造出各具形态的美文。这里揭示了“神思”对文学创作个性化的根本作用。

魏晋南北朝时期形神关系的论战,在中国哲学史上是一个重大问题,有关哲学史的著作已有许多论述,但多从哲学基本问题的角度,对“神灭”论和“神不灭”论作唯物主义和唯心主义的判定。这是正确的,没有什么疑问的。可是如果联系魏晋南北朝时期的美学思想来看,重神的思想是非常突出的现象,而且对后世的文艺思想的发展,起了很大的引导作用。后世文论中对于“神”或“神似”的推尊,成为中国古代美学的一个源远流长的思潮。美学思想中的“神”,当然和佛学中的“神”并非有全然相同的内涵,但却是有相当密切的关系的。“神不灭”论认为精神可以脱离形体而独立存在,可以转生于其他形体,这自然是荒谬绝伦的;但他们对精神现象的高度重视和深刻的阐析,却是文艺美学中的“重神”的思想的哲学渊源与土壤。

---

① 萧子显:《南齐书·文学传论》。

刘勰的审美意象论

一、从“易象”到意象的转换

意象论在中国古典美学史上有非常重要的地位,非常丰富的内容,在很大程度上体现着中国美学的特色,并对西方美学、文艺学发生了深刻影响。

很显然,中国古典美学中的意象理论上溯的渊源乃在于《周易》。《周易》对世界的把握方式,从根本一点来说,就是“象”。通过卦象,“以通神明之德,以类万物之情”(《系辞》),把世界万物的变化规律予以象征性的表现。这在以后的文学理论中得以突出的发展,遂形成了意象论的绵远源流,也使意象论有了坚实深厚的哲学根基。应该说,意象论是中国古典美学中最为典型地体现着中国人独特思维方式的精华部分。

但是,《周易》之“象”,还是对世界的一般性的把握,它包含了审美意象的萌芽,但绝不能说它已经具备了审美理论的特殊性,自然也不能认为《周易》的“象”论就是一种美学或文学理论。文论或美学意义上的“意象论”,乃是日后的理论家以《周易》“象”论为根基加以生发创造而逐渐丰富成熟起来的。这中间有一个转化的过程。这种转化当然并非仅是某个思想家、理论家的一人之功，而是随着中国美学思想史的发展、升华，因了诸多理论家、文学艺术家的不断探索，而臻于成熟，并形成一个独特的体系的。然而这诸多理论家中，刘勰乃是起了关键性作用的一位。从《周易》“象”论脱胎出具有独立美学意义的、颇为完整的审美意象理论，最早、也最集中地体现在体大思精的文论名著《文心雕龙》中。

乍看起来，刘勰在《文心雕龙》中直接论述“意象”的地方并不多，甚至使人怀疑本文大谈“刘勰的审美意象论”是不是牵强附会，夸大其辞？但是，如果融通起来理解《文心雕龙》全书的文学本体论与创作论，再联系《周易》的哲学思想，我们会发现：《文心雕龙》中所包含的意象论思想，虽然是初具美学性质，却是相当丰富的、广泛的，有些潜藏着的内蕴甚至是在很大程度上逸出我们今天对意象论内涵的理解的。

刘勰最直接、最集中地谈论“意象”问题的，是《神思》篇中的这段名言：

> 是以陶钧文思，贵在虚静，疏瀹五藏，澡雪精神，积学以储宝，酌理以富才，研阅以穷照，驯致以怪辞；然后使玄解之宰，寻声律而定墨，独照之匠，窥意象而运斤；此盖驭文之首术，谋篇之大端。

刘勰第一次把“意象”合成为一个稳定的审美范畴，而且指出意象的创造乃是“驭文之首术，谋篇之大端”，即文学创作的关键。这在中国美学思想史上是有首创之功的。“意象”正式作为审美范畴出现,便在于此。

刘勰把"意象"作为文学创作的关键提出来,从而首创了具有真正美学意义的意象论,是以《周易》象论为基础的,我们考察刘勰意象论,不能脱离这个背景。刘勰在《原道》篇中关于"人文"的论述,乃是他对文学本体价值的系统认识,其间明显地表现出刘勰的文学本体论与《周易》哲学思想的非同寻常的密切关系,而二者关系最关键的乃在于"象"。

试看有关论述。刘勰在《文心雕龙》首篇《原道》中开篇便论"文"的本体性意义:"文之为德也大矣,与天地并生者何哉?夫玄黄色杂,方圆体分,日月叠璧,以垂丽天之象;山川焕绮,以铺理地之形;此盖道之文也。仰观吐曜,俯察含章,高卑定位,故两仪既生矣。惟人参之,性灵所钟,是谓三才。为五行之秀,实天地之心。心生而言立,言立而文明,自然之道也。傍及万品,动植皆文:龙凤以藻绘呈瑞,虎豹以炳蔚凝姿;云霞雕色,有逾画工之妙;草木贲华,无待锦匠之奇;夫岂外饰?盖自然耳。至于林籁结响,调如竽瑟;泉石激韵,和若球锽;故形立则章成矣,声发则文生矣。夫以无识之物,郁然有彩;有心之器,其无文欤!"这段《文心雕龙》的开篇之论,十分重要,是刘勰文学观念的根本所在,切不可随便放过或囫囵吞枣式地妄断。而这段文字的内涵又相当深微复杂,有待于剖明。这里面有几个关键之点必须搞清楚:一是"文之为德"的"文"的含义;二是"道"的含义及"道德"之关系;三是"人文"与"象"、与"辞"的关系,这几点又是密切相关的。

首先应明确指出:"文之为德"的"文"是特指"人文",它包含了文学,但并不等同。"人文"在这里是与"天文"、"地理"相对应的概念,人文与天文、地理都是“德”——德是不能单独存在的,是与“道”相对的概念。没有“道”,无所谓“德”。“道”与“德”的关系,是体用关系。道是本体,德为功用、为表现。在这里,刘勰讲“道德”关系是沿着老子—王弼的思路来立论的。老子云:“道生之,德畜之,长之育之,亭之毒之,盖之覆之,生而不有,为而不恃,长而不宰,是为玄德。”(《老子》五十一章)老子的“德”是形而上的道在天地万物和社会人生中的具体化。王弼以“体用一如”的思想来解释“道德”这对范畴,训“德”为“得”。王弼在解释《老子》五十一章中“道生之,德畜之,物形之,势成之”时说:“物生而后畜,畜而后形,形而后成。何由而生?道也。何得而畜?德也。”又解释“是以万物莫不尊道而贵德”说:“道者,物之所由也;德者,物之所得也。”都是说,道是形而上的万物本根,而德,是万物分有“道”之“所得”,即道的具体化。

刘勰所谓“文之为德”是道之德,这个“道”,绝非有些论者所断定的“儒家之道”,而基本是老子哲学意义上的宇宙本根之“道”。在这段话里,人文、天文、地理,都是“道”之“德”,因此,刘勰所“原”之“道”,绝非后来道学家“文以载道”、“文以明道”之“道”。不过刘勰并不排斥儒家圣贤,而且主张“征圣”,他认为“道沿圣而垂文,圣因文而明道”,圣坚乃是人文的代表者,但他们并不仅是体现儒家之道的化身。

“日月叠璧”、“山川焕绮”是天文、地理,也即“道之文”。天、地、人并列为“三才”,其中人又是万物的灵长,“天地之心”,在天文、地理、人文中,人文又是超越于天文、地理之上的。天文、地理也包括“动植皆文”,都是自然生成的,而人文则是有赖于人类的语言文字得以彰明的。“心生而言立，言立而文明”，乃是此意。因而，人文与天文、地理相比较，就有了自为与自在的分野。

刘勰受《周易》的启示，认为天文、地理、人文作为“道之文”的标志都在于“象”。日、月是附丽于天的“象”。“日月叠璧，以垂丽天之象”，便是生发于《周易·离卦》。《离卦》辞云：“离，丽也。日月丽乎天，百谷草木丽乎土。”日月、百谷草木乃是代表天文、地理的象，它们是自然生成的，并非人类自觉意识的结果。

然而“人文”则不同。刘勰说：“人文之元，肇自太极，幽赞神明，易象惟先。”(《原道》)认为易象乃是人文的突出代表，易象并非是纯粹的自然之象，是人类观物取象的产物。《周易·系辞下》有一段为人们所熟知的话：“古者庖牺氏之王天下也，仰则观象于天，俯则观法于地，观鸟兽之文，舆地之宜，近取诸身，远取诸物，于是始作八卦，以通神明之德，以类万物之情。”“八卦”这里说卦象，也即易象，可见易象是人一面观察、模拟客观事物之象(远取诸物)，一面加以自身的认识(近取诸身)而创造出来的。反过来说，易象一方面是天地万物之象的模写，一方面表现了人对客观事物变化规律的认识与概括。易象既通于客体，又表现了主体自为自觉的意识。

《周易》已经提出了象与意的关系问题。《系辞》上中说：“子曰‘书不尽言，言不尽意。’然则圣人之意其不可见乎？子曰：‘圣人立象以尽意，设卦以尽情伪。’”对于“子曰”究竟是否为孔子之语不必坐实以论，它是《周易》的哲学思想则并无疑问。这里的意思是明确的：语言不能完全表达人的思想，但象却可以表达、象征人的思想。易象一方面有具象性，另一方面又有一定的抽象性，可以象征颇为渊深广漠的意蕴。《系辞》上又说:“是故夫象,圣人有以见天下之赜,而拟诸其形容,象其物宜,是故谓之象。”赜,是幽深难见之意。“圣人”作《易》之初,发现事理有幽深难见之理,取常见的形象来象征之。因此,象有言所不能完成的功能。

刘勰所谓“意象”,与易象有深刻联系,但经过了审美化的改造过程。他在《神思》篇里说的“窥意象而运斤”,这个“意象”,显然是“意中之象”,即想象中的艺术形象,它尚未经过审美物化,是一种内视象,十分活跃,变化多端,“登山则情满于山,观海则意溢于海”,它是在情感的驱动下产生与变化的。“神用象通,情变所孕”,诗(以之为代表的文学创作)的神思是以意象为基元贯通联属的。

诗的意象,是诗人“神与物游”的结果。一方面受“物色”感召,摹写自然之象;一方面运以主体之思,所创造的意象中渗透了心的观照、统摄作用。章学诚谈易象时说:“有天地自然之象,有人心营构之象”(《文史通义·易教》下),并认为这两者是会通的。诗之意象也是“天地自然之象”与“人心营构之象”的重合。刘勰在《物色》一篇中有精彩之论:

> 是以诗人感物,联类不穷,流连万象之际,沉吟视听之区;写气图貌,既随物以宛转;属采附声,亦与心而徘徊。

诗人在外界事物的物象触发之下,兴发了无尽的联想,产生了许许多多鲜明而活跃的意象,它们既是对外在物象的反映、摹写(“随物宛转”),又是心灵的运化与投射(“心与徘徊”)。刘勰所论的“意象”,既非单纯的“天地自然之象”,也非单纯的“人心营构之象”,这与易象又是相通的。刘勰在《比兴》篇中提出"拟容取心"的命题，扼要而深刻地表述了意象的这两方面内涵。

二、意象的形、声二维性质及其审美物化

刘勰对意象理论的贡献更多的是在意象的审美物化过程。《文心雕龙》中有许多篇章是围绕着这个问题展开的。

仅仅是头脑中、想象中的意象，而没有以文字、声律等物质外壳使之凝定在艺术品中，那么，意象再好、再美也是毫无用处的。从这点上看，克罗齐的"直觉即表现"的美学命题无论怎么说，都是不符合艺术创作规律的。把审美直觉与表现等同起来，实际是取消了艺术创作的表现过程、物化过程，也就谈不到艺术品的存在和各艺术门类的分野。

刘勰则不然。他十分重视创作主体内在的意象的审美物化过程，从各个角度论述了这个问题。他明确指出了意象的内视性物质，把它看作创作初始环节，而意象的定型则必须通过艺术传达媒介使之物化。"寻声律而定墨"，是说寻求恰当的韵律以形诸于文字，写成光英朗练的作品。"窥意象而运斤"，是说根据想象中的意象进行艺术加工。"夫神思方运，万途竞萌，规矩虚位，刻镂无形"，是说创作处于艺术想象、构思阶段时，各种意象在头脑中竞相萌生，十分活跃，但又是模糊而不确定的。接下来便是使这些"虚位"、"无形"的东西"刻镂"出来，这便是意象在艺术传达、物化过程。

刘勰在《文心雕龙》中重点谈文学创作。意象物化过程，而文

学的意象传媒是文字。在文学作品(以诗为代表)中,文字的功能很重要的一个是构写意象,尤其是诗歌创作,文字的功能主要是显象,就是用文字来描绘出一幅幅“图画”,也即意象,在整体上不是说理或叙述,而意象得以传达、定型,是以文字为传媒的。

意象的外化、物化,是一个很复杂的过程,由内视到外视、由模糊到确定,都在这个过程中实现。而且,意象的审美化,也是在这个过程中实现的。诗人心中的意象,还很难说具有审美的性质,审美性质对意象来说是有待于艺术传达的。刘勰多方面地论及这个问题。

刘勰认为意象的物化(也可以说就是审美化)包含着形、声等不同维度的要素,并不仅在某一个层次,这对我们颇有启发作用。刘勰这样说:

> 若乃综述性灵,敷写器象,镂心乌迹之中,织辞鱼网之上,其为彪炳,缛采名矣。故立文之道,其理有三:一曰形文,五色是也;二曰声文,五音是也;三曰情文,五性是也。

“形文”、“声文”都可以视为意象物化中的物质性审美要素。“形文”主要构成视觉美感,“声文”主要构成听觉美感,“情文”乃是指交织着喜怒哀乐等情感变化的精神性机理。

在刘勰看来,意象的物化(或云“审美化”)不仅在于以文字构形,将心中的图像传写出来,同时,还应该有和谐悦耳的声律,这是意象审美化的一个重要内容。易言之,刘勰认为意象的审美要素不是一维的,至少是形、声二维的。“流连万象之际,沉吟视听之区”,正是指出意象的视、听二维性质。在意象的物化中,刘勰要求同时在这两方面予以美的表现,“属采附声”,即为此意。

意象在尚未物化之时(即存在于创作主体心灵中的时候),就已经同时有了形、声两种要素,不过是非常隐微、模糊而已。我们不妨可以推度诗人创作时的内在心理活动。贾岛在构思“僧敲月下门”的诗句时,心中一定是响着僧人在宁静的月夜里清脆的敲门声。可以肯定,诗人在心中构想意象时便包含了内在的声音,刘勰称之为“内听”。而由“内听”转化为“声文”,还是一个很复杂的过程。《文心雕龙》中专有《声律》一篇探讨了这个问题。《声律》篇集中体现出了刘勰对“声文”的重视。刘勰说“内听难为聪”,即是指诗人在酝酿意象时的内在声音与外在的听觉美感尚有很大距离。而从“内听”要转化为和谐悦耳的“外聪”,必须在推敲词语时考虑听觉美感,“是以声画妍媸,寄在吟咏,吟咏滋味,流于字句”。“声画”义同“声文”,把声音之美与视觉之美看得同等重要。刘勰谈到用文辞来传写“内听”的难度:“内听之难,声与人纷,可以数求,难以辞逐”。指出以文辞表达“内听”是相当难的。

虽然是难的,但并非不可能,相反,正是在由“内听”到“外聪”的过程中,诗人表现了创造听觉美感(“声文”)的艺术才能。这里,刘勰吸收、运用了当时新兴的声韵学理论来指示解决这个问题的途径,他说:

> 凡声有飞沉,响有双叠;双叠隔字而每舛,叠韵杂句而必睽;沉则响发而断,飞则声飏不还;并辘轳交往,逆鳞相比;迂其际会,则往蹇来连,其为疾病,亦文家之吃也。夫吃文为患,

生于好诡，逐新趣异，故喉唇纠纷，将欲解结，务在刚断。左碍而寻右，末滞而讨前，则声转于吻，玲玲如振玉，辞靡于耳，累累如贯珠矣。(《声律》)

此处涉及到许多具体声韵知识。通过飞沉变化，双声叠韵的参差互用。使诗的“声画”和谐悦耳，给人以“玲玲如振玉”、“累累如贯珠”的听觉美感。

《声律》篇主要探讨诗的声律问题，而刘勰思考这个问题是把它和意象传写、物化紧紧联系在一起的。他认为意象的艺术传达既要传写其形，同时也要有美好悦耳的声音效果，他举了《诗经》中的几个例子：“故灼灼状桃花之鲜，依依尽杨柳之貌，杲杲为出日之容，瀌瀌拟雨雪之状，喈喈逐黄鸟之声，喓喓学草虫之韵。”这里列举的诗句都是用两个叠字来表现意象的形、色、声、状，其中有些诗句都是视觉、听觉两种美感效果兼具的意象，并非仅状其形，同时也传其声。而意象自身的声音则更增添了意象的审美力度。其实，这类意象给人印象更强烈的乃是意象的声音要素。

其实，刘勰所探讨的意象的“声文”维度包含了内外两重含义，不过他自己没有加以自觉的区分。就“声文”的内在含义而言，指诗人所创造的意象自身就包含着听觉美感，甚至以此为主，也就是事物本身发出的声音。又如后来诗词中“莫听穿林打叶声”(苏轼《定风波》)、“五十弦翻塞外声”(辛弃疾《破阵子》)等等，都是意象自身所包含的声音，诗人把它们写入诗句之中。就“声文”的外在含义而言，乃是表现意象所用的文辞本身所具有的声韵之美。所谓“声画妍媸，寄在吟咏，吟咏滋味，流于字句”，主要是指这种表现意象的文辞的声韵之美,“桃之夭夭,灼灼其华”,“昔我往矣,杨柳依依”等等,都给人以声情摇曳的美感。

意象的审美化,包含着形、声两个维度,是视觉听觉美感的综合表现。这是刘勰意象论的独特之处。注重意象的“声文”维度,这在意象理论的发展中是值得高度重视的。

三、比、兴:不同的意象创造方法

作家所创造的意象,既是对天地万物、社会人生之象的摄写,又是创作主体“意”的表达。一方面是具象的,一方面又有着普遍性。人们通过对作品的欣赏,将作家创造的意象加以还原,体验到一种具体可感的美,同时,又感受到其中渊深浩茫的“意”。易言之,读者对意象中“意”的接受,主要的不是逻辑思维的理解方式,而是一种体验、一种感受。“此中有真意,欲辨已忘言”,陶公这两句诗,最适合用来形容人们在欣赏中接受意象的情形。从诗人来说,意象的创造与“比兴”手法是密切相关的,作为诗的艺术手法,比兴都是以具体的意象来比拟或兴发诗人之“意”,但比、兴二者是很有不同的。比是比较直接地用某个意象比拟一种观念,意象所寓托的“意”较为明显;兴则是以某个意象渲染情景、气氛,使人受到感染。当然,这种感染的情感是定向化的,诗人的“意”是溶化在这种渲染中的。如《诗·硕鼠》中“硕鼠硕鼠,无食我黍”,以硕鼠比拟不劳而食的剥削者。意象中所包含的诗人之“意”是较明显的。兴往往是在篇首或一章的开头,以某种意象来渲染情景。如《诗·蒹葭》中的“蒹葭苍苍,白露为霜”是也。兴所体现的诗人之意不那么明显,然而却是弥散性的。

刘勰在《文心雕龙》中专有《比兴》一篇,对比兴的性质作了很细致的分析,可以说是他的意象论的重要部分。他讲的"比显而兴隐",概括得相当准确。"显"是指"意"之显明。因为"比"是以此物来比拟彼物,比与被比之物的联系即是诗人之"意"。"隐"自然是指诗人之"意"在"兴"象中是隐微的。刘勰进而说明比兴二者的不同:"故比者,附也;兴者,起也。附理者切类以指事,起情者依微以拟议。起情故兴体以立,附理故比例以生。比则畜愤以斥言,兴则环譬以记讽。"这里揭示了比兴两法作为意象创造方式的不同之处。附,比附,依附。刘勰认为比是以象附理,即先有了立意,然后以象表现之。"起"是触物以起情。诗人在现实生活、自然景物的变化中,有所触发,有动于心,与己意冥然契合,遂摭其物象入己诗中,以笼罩全诗。在兴象中,诗人之意是隐幽微妙的。"附理者切类以指事,起情者依微以拟议"。"附理者"即比,"切类"是说比与被比两种事物之间的某种共同性,比是通过这种共同性来说明事物的,自然筋脉清晰;"起情者"即兴,"依微"是依据事物的微妙之处,"拟议",是寄托诗人之意。这"微妙"处是用语言所难说清楚的,是溶化于兴象之中的。

在《比兴》篇里,刘勰对"比"论述颇详,却似乎更重视"兴"的功能。他说:"观夫兴之托谕,婉而成章;称名也小,取类也大。"认为比兴的手法创造的意象更为委婉含蓄,更符合"主文而谲谏"的讽谕原则,而且所取意象虽小,但其寓托的含义却颇为广大。《周易·系辞下》说爻辞所称物象"其称名也小,其取类也大",刘勰引申而称兴象的功用有更大的包容性。

在《比兴》篇中，刘勰举了辞赋中比的例子进行分析，指出比的不同情形："夫比之为义，取类不常：或喻于声，或方于貌，或拟于心，或譬于事。宋玉《高唐》云：'纤条悲鸣，声似竽籁。'此比声之类也。枚乘《菟园》云：'猋猋纷纷，若尘埃之间白云。'此则比貌之类也。贾生《鹏鸟赋》云：'祸之于福，何异纠纆。'此以物比理者也。王褒《洞箫》云'优柔温润，如慈父之畜子也。'此以声比心者也。马融《长笛》云：'繁缛络绎，范蔡之说也。'此以响比辩者也。张衡《南都》云：'起郑舞，茧曳绪。'此以容比物者也。"刘勰所举这些"比象"之例，说明了比在意象创造中的发达与丰富。而在辞赋中，用比者多，用兴者少，致使南朝的文学，兴的意象创造方法远不及比那么发达。刘勰于此颇有看法，他说："若斯之类，辞赋所先，日用乎比，月忘乎兴；习小而弃大，所以文谢于周人也。"由此可见，对比兴两义，刘勰是更重视兴的意象创造方法及其审美功能的。

四、意象的发生、提炼及其开放性

文学创作的意象，可以说是"外师造化，中得心源"的结果。意象的物化过程，是诗人剪裁物象、进行艺术加工的过程，这个过程用刘勰的话来说，就是"沿隐以至显，因内而符外"(《文心雕龙·体性》)。

刘勰论述了意象的发生以及对萌于心中变幻纷纭的意象提炼凝定的方法问题，从而也揭示了作品意象物化后所应具有的开放性。

诗人能够获得具有生命力和审美潜能的意象，其发生端赖"感

物”,刘勰在《物色》篇中有一段名言:

> 春秋代序,阴阳惨舒,物色之动,心亦摇焉,盖阳气萌而玄驹步,阴律凝而丹鸟羞,微虫犹或入感,四时之动物深矣。若夫珪璋挺其惠心,英华秀其清气,物色相召,人谁获安?是以献岁发春,悦豫之情畅;滔滔孟夏,郁陶之心凝;天高气清,阴沉之志远:霰雪无垠,矜肃之虑深,岁有其物,物有其容;情以物迁,辞以情发。一叶且或迎意,虫声有足引心;况清风与明月同夜,白日与春林共朝哉!

诗人心中要产生意象,首先是这样的“感物”。“物色”即指自然物象。“色”本身是佛学概念,指现象界。刘勰的“物色”不是一般地指自然界,而主要是指自然物的“象”,即外在的形式美,“岁有其物,物有其容”,说得更清楚。“容”即“象”,物色也即物象。

诗人感于物象的变化,“流连万象之际”,在心目中产生了意象的“胚胎”,它们是十分模糊而又易变的,却是一些鲜活而富有生命力的表象。怎样把它们提炼成意象“成品”呢?刘勰这样说:“且诗骚所标,并据要害,故后进锐笔,怯于争锋。莫不因方以借巧,即势以会奇,善于适要,则虽旧弥新矣。是以四序纷回,而入兴贵闲;物色虽繁,而析辞尚简;使味飘飘而轻举,情晔晔而更新。”(《物色》)他认为“善于适要”是其中关键,即将最为精要的特征表现出来,而对纷纭变化的“物色”,语言表达一定要简练,所谓“析辞尚简”。再就是对于林林总总的物象,要拉开一定的心理距离,“入兴贵闲”,方能予以冷静的观照与准确的把握,刘勰在这里强调意象的开放性,有着“虽旧弥新”的艺术魅力。“情晔晔而更新”,“物色尽而情有余”,要求意象包含有超逸言外的情感容量,“以少总多,情貌无遗”。同时,又能在不同的欣赏者那里,不断产生新的审美感受。意象的这种开放性质,是刘勰所相当重视的。

在意象理论的发展中,刘勰在《文心雕龙》里表述的一些有关意象的思想是相当重要的,值得深入探讨。上承《周易》的“象”论,而将“意象”凝为一个稳定的审美范畴,并使之进入文论体系,具有美学理论的性质,首推刘勰。关于意象的发生、意象的物化等重要问题,刘勰都有较深刻的论述。尤其值得珍视的,他从“形文”、“声文”两个维度来规定意象的审美性质,这是人所未及的。

刘勰的审美情感论

重情，是魏晋南北朝审美思潮中的一个主要趋向。相对于“诗言志”的命题而言，西晋陆机《文赋》中提出的“诗缘情而绮靡”的命题，无疑是昭示着审美意识发展史上一个新的时代。诚然，汉魏以降，“情”与“志”这两个概念经常混杂使用，“缘情”未必一定与“言志”相对立，但“缘情”说毕竟是有着强烈的时代色彩的。“情”作为新的审美范畴成为魏晋南北朝美学思潮的主角，不仅演示着审美范畴的递嬗迁变，同时也说明该时代人们对于主体价值的深入发现与确证。“晋人向外发现了自然，向内发现了自已的深情。”“所谓‘情之所钟，正在我辈’！是哀乐过人，不同流俗。”[①] 大而化之，这也是整个魏晋南北朝时代人的精神世界的重要特点。

从美学思想发展史的角度来看，仅仅提出一个美学命题恐怕还是显得远远不够，真正使这个命题在理论和实践上产生更为深远的影响，还有待于逻辑性的展开与系统性的建构。如果说陆机的“诗缘情而绮靡”以命题的形式使魏晋时期的主“情”的审美归趋定型化、经典化，那么，真正将这个命题系统化为一种理论的乃是

---

① 宗白华：《论〈世说新语〉和晋人的美》，载宗白华《美学散步》，上海人民出版社 1981 年版，第 217 页。

刘勰。在《文心雕龙》中，有 120 多处谈到“情”字，并有《情采》等专章论述情感在文学创作中的重要作用，从某种意义上来说，是构成了以“情”为网结的理论之网。这些看似零散的论述，其实有着颇为深刻的内在联系，构成了具有多层次内涵的审美情感理论。不错，《文心雕龙》中许多有关“情”的论述，在前此的典籍中都出现过，但是，刘勰在多方继承吸收的同时，又构成了一个有机的体系。正可以见出刘勰情感论的集大成的品格。本文试从几个侧面对刘勰的情感论进行拆解、分析，再综观其情感论体系的内部结构。

一

“情”在刘勰美学思想中有特殊的地位及其审美性质。

“情”的概念，在《文心雕龙》中出现的频率极高，几乎所有关于创作的重要问题都与之密切相联。但仅于此还不足以说明“情”在《文心雕龙》思想体系中的特殊地位，必须从刘勰对“文”的根本看法上进行切入。

在《原道》篇里，刘勰首先阐述了他对“文”的本体性界定：

> 文之为德也大矣，与天地并生者何哉！夫玄黄色杂，方圆体分，日月叠璧，以垂丽天之象；山川焕绮，以铺理地之形，此盖道之文也。仰观吐曜，俯察含章，高卑定位，故两仪既生矣，惟人参之，性灵所钟，是谓三才。为五行之秀，实天地之心，心生而言立，言立而文明，自然之道也。

关于“道”与“文”的关系，刘勰并非站在纯粹儒家的立场上来立论的。在《文心雕龙》的思想体系中，“道”并非指规律，也并非指自然，而是具有天地万物之本根的本体意义。这里需要特殊指出的是，上文所引的“心生而言立，言立而文明，自然之道也”的“道”，与“原道”之“道”音同而义殊。前者指运动规律，后者指宇宙本体。也就是文中所说“人文之元，肇自太极”的“太极”。在这点上，笔者赞同敏泽先生的看法：“‘道’即宇宙本体之谓。‘原道’就是要追本溯源于宇宙本体。”①

《文心雕龙》的思想方法、理论模式受《周易》影响甚深，而《易》学中汉儒的象数派与魏晋玄学的代表人物王弼的义理派易学思想在南朝后期呈现出融合的势态，这在《文心雕龙》中留下了很深刻的烙印。刘勰演化宇宙生成模式显然取汉《易》象数派的路数，如“乾坤两位、独制文言”、“河图孕乎八卦，洛书韫乎九畴”，分明是象数《易》学的思路与话头，而在整体上谈论道与文的关系，又以王弼的义理《易》学的观点与方法为根据。《原道》篇中将“文”作为“德”，即是采用了玄学对“道德”的阐释。王弼用“位用一如”的思想来阐释“道德”。在老子哲学中，“道”与“德”是一对基本的范畴，如《老子》五十一章云：“道生之，德畜之，物形之，势成之。是以万物莫不遵道而贵德。道之尊，德之贵，夫莫之命而常自然。故道生之，德畜之，长之育之，亭之毒之，养之覆之。”对于老子哲学中“道”、“德”的解释，我以为张岱年先生所说较为简明而确切，他说：“道是万物由以生成的究竟所以，而德则是一物由以生成之所以，

---

① 敏泽：《〈文心雕龙〉与〈周易〉》，载《文心雕龙研究荟萃》，上海书店 1992 年版。

一物之所以为一物者，即德。”[①] 也就是说，“道”是万物生成的依据，“德”是一物的规定性。王弼则由他的玄学思想体系出发，对“道德”这对范畴进一步加以引申，形成其玄学体系中表现其整体观的一对重要范畴。

我们理解刘勰在《文心雕龙》中所“原”之“道”，不能离开与之对待的“德”的概念。“文之为德”的“德”，可以说是沿着老子—王弼“道德”说而来的含义。“文”作为“德”是非常之大的，“与天地并生”，天地也是由道而生的“德”。这里的“文”，既泛指一切“文”，同时也特指“人文”。“日月叠璧，以垂丽天之象”，指天之“文”；“山川焕绮，以铺理地之形”，则指地之“文”，天地之“文”，亦道之文也。下面刘勰重点论述“人文”，天、地、人，是谓“三才”。刘勰不是将“天、地、人”并列齐观，而是以人为宇宙天地的灵长。“为五行之秀，实天地之心”，乃是对人的价值的高度评价。“心生而言立，言立而文明，自然之道也。”这里主要是揭示了语言包括文字与人文的密切关系。有了语言，也就有了人文，人文是与语言并生共存的。在刘勰看来，这是自然而然的规律，可以说，这就是刘勰的语言哲学观。这是值得我们高度重视的。刘勰以“人文”为“道”之“大德”，亦即道的表现，并且根源乎道。“人文之元，肇自太极”，“太极”用《易》的本体范畴，相当于道。刘勰进而把语言作为人文的集中体现，视为天地的“心灵”。“言之文也，天地之心哉！”这里把语言之为“人文”提到了最高的地位。这不由得使我们想起存在主义哲学大师海德格尔对语言的看法。他认为思维是通过语言指

① 张岱年：《中国哲学大纲》，中国社会科学出版社 1982 年版，第 23 页。

向“在”,语言是“在”的直接呈现。“语言是在的家”,这个著名的命题充分说明了语言在海德格尔哲学中的重要地位。海德格尔曾不止一次地申说这种语言观。如他讲:“人说,人靠本性而拥有语言,这把握了人与动植物的区别,人是能言说的生命存在。”“无论如何,语言属于人之存在最亲密的邻居。”① 如果除去其中的存在主义色彩,来看刘勰和海德格尔的语言观,不是有某种相似之处吗!

再来看“文”的本来意义及其在《原道》篇中的内涵。“文”作为审美范畴来说,在春秋时期已经出现。“文”本指纹饰图案,《说文解字》释曰:“文,错画也,象交文。”错即交错之意,指不同的线条交错而成一定可观的视觉形象。于民先生曾对春秋之前从写实的图绘到非写实的几何文的历程做过具体深入的分析,并进而指出:“在此基础上,人们就有可能进一步将雕刻、图绘、编织等某种共同的特征,概括成具有普遍含义的‘错杂成文’的观念。……这样,从具体之‘文’到初步抽象为‘错杂成文’的观念,又经过阴阳五行思想的加工和提高,文的内容不仅空前深刻,也格外充实和广阔了。它既包括着视觉的彩绘之文,也包括着听觉的音声相和之文,人的言声动作的外观之文,以及社会制度和自然现象之文。”② 这种分析清晰而具体地揭示了“文”作为审美范畴的发生过程。进一步从美学角度考虑的话,“文”这个概念,在其本文而言,是指不同色彩的有规律的交织的视觉审美形象。器物之文的观念,进一步扩展到人与社会及自然,就出现人的文、社会现象之文以及自然之文。

① 海德格尔著、彭富春译:《诗·语言·思》,文化艺术出版社1991年版,第165页。

② 于民:《春秋前审美观念的发展》,中华书局1984年版,第133页。

器物之文是在器物的表面上进行一定的雕绘，即以不同的色彩线条，通过有规律的交错，形成一定的形式之美，人的文则通过人体的一定言、声动作的有规律的交错形成一种美化了的外观声色形容仪态之美。① 有了文的观念，虎豹的华丽皮纹以至天空的日、月、星在人们心目中才有了审美价值，形成了动、植物之文和天地之文。

刘勰在《文心雕龙·原道》中所说的"日月叠璧，以垂丽天之象；山川焕绮，以铺理地之形"——天地之文；"龙凤以藻绘呈端，虎豹以炳蔚凝姿；云霞雕色，有逾画工之妙；草本贲华，无待锦匠之奇"——动、植物之文，正是从"不同色彩的有规律交织"的文之本义而言的。而他所说的"人文"，内涵却颇为丰富，包含了多个层次。我们不妨以刘勰在《文心雕龙·情采》篇中的说法作为参照："故立文之道，其理有三：一曰形文，五色是也；二曰声文，五音是也；三曰情文，五性是也。五色杂而成黼黻，五音比而成韶夏，五情发而为辞章，神理之数也。"把"文"分为"形文"、"声文"、"情文"三种。再看《原道》中对"人文"的论述：

> 人文之元，肇自太极。幽赞神明，易象惟先。庖牺画其始，仲尼翼其终。而乾坤两位，独制文言。言之文也，天地之心哉！若乃河图孕乎八卦，洛书韫乎九畴，玉版金镂之宝，丹文绿牒之华，谁其尸之，亦神理而已。自鸟迹代绳，文字始炳；炎皓遗事，纪在三坟，而年世渺邈，声采靡追。唐虞文章，则焕

① 于民：《春秋前审美观念的发展》，中华书局1984年版，第133页。

> 乎始盛。元首载歌，既发吟咏之声；益稷陈谟，亦垂敷奏之风。夏后氏兴，业峻鸿绩；九序惟歌，勋德弥缛。逮及商周，文胜其质；雅颂所被，英华日新。文王患忧，繇辞炳曜。符采复隐，精义坚深。重以公旦多材，振其徽烈，剬诗缉颂，斧藻群言。至夫子继圣，独秀前哲；熔钧六经，必金声而玉振；雕琢情性，组织辞令，木铎起而千里应，席珍流而万世响；写天地之辉光，晓生民之耳目矣。

这段文字颇为重要，乃是一篇刘勰的“人文发展论”。刘勰以易象为人文之始，这也便是“形文”，易象本身便是对“天地之文”的摹仿与摄写。所谓“仰则观象于天，俯则观法于地，观鸟兽之文与地之宜，近取诸身，远取诸物，于是始作八卦，以通神明之德，以类万物之情。”分明是指观天地事物之形象，而制卦象。《系辞上》说得更清楚：“圣人有以见天下之赜，而拟诸其形容，象其物宜，是故谓之象。”足见易象乃是一种可观之象。而刘勰又把易象与文字联系起来，认为以文字为代表的人文方是“天地之心”，也即是说文字是人文中最为精华的部分。

对于文字，刘勰着眼于其中的象形性质。“自鸟迹代绳，文安始炳”，则重在表现文字的象形美感。而对于上古文章，刘勰指出其声韵谐和朗练的特点，这其实是人文的进一步发展。也便是“声文”的层次。文字的发展必然会愈加趋向于声韵的谐婉。如刘勰所称赞的“元首载歌”，“帝乃歌曰，股肱喜哉！元首起哉！百工熙哉！”真可谓典型的“声文”，音声谐畅，光英朗练。人文的最高层次是“情文”，它包含了前两个层次，也是人文迥秀于“天文”、“地文”

的所在。“情文”乃是“五情发而为辞章”，也便是以文学作品为主的各种辞章。“情文”必以人之情感为内涵，而情感要得以真正的表现，必须发而为美文。“情”与“文”是无法离析的。

二

重新认识到了刘勰的“人文”观之后，我们便顺理成章地看到了刘勰情感论的审美性质。刘勰专列《情采》一篇，颇有深义。将“情”与“采”融为一个概念，本身便具有重要的美学史意义。刘勰认为，作品的文采必须以情感为根基，而情感也必须通过文采得以外现。我以为用现代一点的话来说，就是情感的审美形式化和审美形式的情感化。刘勰对作品的形式美感相当重视，在《情采》篇中劈头就说“圣贤书辞，总称文章，非采而何？”“采”无非是错杂成文的形式美感。接着刘勰又精辟地论述了文与质的关系：“夫水性虚而沦漪结，本体实而花萼振，文附质也。虎豹无文，则鞹同犬羊，犀兕有皮，而色资丹漆，质待文也。”这样认识关系是相当辩证的。文与质作为一对彼此对待的审美范畴出现较早，孔子早已有“质胜文则野，文胜质则史。文质彬彬，然后君子”的说法，强调文质统一。然而孔子主要是就人的修养而言，王充进一步就文学创作来谈文质相副，他说：“文由胸中而出，心以文为表。观见其文，奇伟倜傥，可谓得论也。由此言之，繁文之人，人之杰也。有根株于下，有荣叶于上；有实核于内，有皮壳于外。文墨辞说，士之荣叶，皮壳也。实诚在胸臆，文墨著竹帛，外内表里，自相副称。意奋而笔纵，故文见情而实露也。人之有文也，犹禽之有毛也。毛有五色，皆生于体。苟有文无实，是则五色之禽，毛妄生也。”[①] 进而从文章角度阐述了文质相副的观点。但王充的侧重点乃在于“实”、“质”，这是由他的“疾虚妄，尚真美”的美学思想体系决定的。刘勰则于文、质之间决无偏欹。文必须附丽于质，质必须由文体现，这是一而二，二而一的关系，密切到不能离析的地步。

仅从“文质相副”的观点而论，也许很难说刘勰在美学思想史上有什么重大突破。而刘勰用“情”的概念来与文相对待，就有了非同寻常的意义。如果仅从内容与形式的概念来阐释刘勰的“情文”之说，实际上是又从刘勰所达到的高度滑了下去，或者说还并未真正理解刘勰的美学思想，如果说“文质说”尚可用内容与形式来“格义”的话，那么，“情文”说则从人的情感作为“文”的内在规定，构成了一对新的审美范畴，在很大程度上刷新了当时的审美观念，达到了时代的高度。

“情文”与“文质”有何不同？恐怕不能仅从字面上理解。本文前面曾不惮其烦地论述了刘勰对“文”的地位之高度重视，在文中又突出了“人文”的价值，在“人文”中刘勰又以“情文”为最高层次，“情文”既可拆开来作为一对概念、范畴，也可以是与“形文”、“声文”相对应的、具有特定含义的名词，这恰恰可以看作是“情文”的双重内涵。就后者而言，“情”是“文’的内在规定，根据，“文”的构成、升华，必以“情”为根基，为材质。按着“文”的本义——“错杂成文”来理解，“文”自然是审美形式，诉诸于视觉、听觉等感知的艺术形象。“五情发而为辞章”，各种情感的有规律的交织表现，构成了

① 王充:《论衡·超奇》。

文学作品;反之,情感要得以表现,必须外显为文采。“情文”说将文学创作的表现对象转到了作者的主体情感世界,突出了情感在文学中的动力机制,这比一般地谈论“文质”,向前大大推进了一步。在文学理论上,对于主体情感世界的价值体认,不宜简单地用“唯物”、“唯心”来划定是非,而应历史地看到它的新贡献所在。比起陆机的“诗缘情而绮靡”的命题来,刘勰显然是继承之而又有了系统发展,他是在其“人文”观的系统思想中来揭橥“情文”范畴的。刘勰在《情采》篇中系统论述了“情”作为文章“本源”的重要作用。“文采所以饰言,而辩丽本于情性。故情者,文之径;辞者,理之纬;径正而后纬成,理定而后辞畅,此立文之本源也。”这段话,虽很简单,却是《情采》篇的核心思想所在,大而言之,也是刘勰文学创作论的基本观点。

刘勰“情文”说的另一面美学意义在于情感的审美形式化。“情”要得以表现,必须在作品中外化为审美形式。“文辞尽情”(《定势》)意谓文辞可以使情感得以充分表现。“圣人之情,见乎文辞”(《征圣》)意谓“圣人之情”也是通过文辞而表现的。刘勰所谓“圣人之情”的说法,明显是缘于王弼的“圣人有情”说。正始玄学人物中何晏主“圣人无情”论,而王弼则认为圣人是有情的。

王弼认为圣人之所以卓于常人在其“神明”,而非在“无情”。圣人与常人一样都是有“五情”(喜怒哀乐惧)的。王弼的“圣人有情”说在魏晋南北朝思想界影响十分深远。刘勰所说“圣人之情”也即同于常人的“五情”。

《文心雕龙》中所说的“情”,究竟是个人的原始情感呢?还是经过规范的人类共同情感呢?刘勰在书中用了那么多“情”字,各种含义都有，但他本人并未加以区别，依笔者看来，《文心雕龙》中的“情感”论，包含了情的原初发动到转化为审美形式的过程。“人禀七情，应物斯感，感物吟志，莫非自然。”（《明诗》）这种“应物斯感”的“七情”，初起时乃是诗人的原始情感；而当诗人以此为创作动力而将情感组织进作品时，情感本身便得到了升华，它在转化为审美形式的同时，也获得了能唤起欣赏者共鸣的普遍意义。《文心雕龙》中经常是“情”、“性”并用，“情”、“志”互文，如“吐纳英华，莫非情性”（《体性》），“文质附乎性情”（《情采》），“志足而言文，情信则辞巧”（《征圣》）等等，而“性”、“志”在魏晋南北朝时期都无那种与“情”相对立的内涵，更多地靠近于“情”的含义。但“情性”、“情志”的并用，也脱略了情感的原始色彩，而具有了人类共同情感的意味。在这里我们不能不联想到美国著名的符号论美学家苏珊·朗格的观点：“艺术品也就是情感的形式或是能够将内在情感系统地呈现出来以供我们认识的形式。”[①] 可以帮助我们加深对刘勰的审美情感论的理解。朗格还把作品中所表现的“人类情感”和“个人情感”的直接流露作了严格的区别，认为“发泄情感的规律是自身的规律而不是艺术的规律”。“纯粹的自我表现不需要艺术形式。”[②] 这种区别也是有益的，可以深化我们对审美情感的认识。但朗格又把二者加以绝对的对立，她断言：“艺术家表现的决不是他的真实情感，而是他认识到的人类情感。一旦艺术家掌握了操

---

① 苏珊·朗格著，滕守尧、朱疆源译：《艺术问题》，中国社会科学出版社1983年版，第24页。

② 《哲学新解》，引自苏珊·朗格著、刘大基等译：《情感与形式》，中国社会科学出版社1986年版，第9页。

纵符号的本领，他所掌握的知识就大大超出了他全部个人经验的总和，艺术品表现的是关于生命、情感和内在现实的概念，它既不是一种自我吐露，又不是一种凝固的'个性'。"[①] 这就未免走向了极端，流于片面和形而上学。正是个人的真实情感经过了升华和审美形式化，才上升为人类情感，如果排除了个人的真实情感，就没有作品中的"人类情感"可言。《文心雕龙》论情感，没有就个人的"真实情感"和"人类情感"加以理论上、逻辑上的区别，但综观全书可以看到，刘勰是以作者个人的真实情感作为动因和起点来分析文学创作的。"人禀七情，应物斯感"，这分明是感物而动的原始情感。"情欲信，辞欲巧"，强调情感的真实无妄。而刘勰又主张情感必须转化为"文采"，即审美形式，"五情发而为辞章"是也。这不是一般的文辞，而应是按艺术规律、审美规律结撰而成的华章。《情采》赞曰："言以文远，诚哉斯验。心术既形，英华乃赡。"正是强调了情感必须转化为审美形式，方为佳篇锦什。

在《情采》篇中，刘勰区别了"为情造文"与"为文造情"两种创作倾向，这是一个十分重要的观点，他说：

> 昔诗人什篇，为情而造文；辞人赋颂，为文而造情，何以明其然？盖风雅之兴，志思蓄愤，而吟咏情性，以讽其上，此为情而造文也。诸子之徒，心非郁陶，苟驰夸饰，鬻声钓世，此为文而造情也。故为情者要约而写真，为文者淫丽而烦滥。而后之作者，采滥忽真，远弃风雅，近师辞赋，故体情之制日疏，逐

① 《艺术问题》，第25页。

文之篇愈盛。故有志深轩冕，而泛咏皋壤；心缠几务，而虚述人外；真宰弗存，翩其反矣。夫桃李不言而成蹊，有实存也；男子树兰而不芳，无其情也。夫以草木之微，依情待实；况乎文章，述志为本；言与志反，文岂是征！

很显然，刘勰大力倡导的是"为情而造文"，反对的是"为文而造情"。所谓"为情造文"，举《诗经》中"风、雅"为例，诗人心中"志思蓄愤"，而"吟咏情性"，不得不发，发而为诗，此乃"为情造文"；而所谓"为文造情"，则是心中并无郁积之情，而故为无病呻吟，矫揉造作。刘勰在此处所言是有强烈针对性的。所谓"而后之作者"，正是指南朝那种以淫靡虚夸、无真情实感有造作之态的文风。黄侃《札记》论本文之旨颇为精辟："舍人处齐梁之世，其时文体方趋于缛丽，以藻饰相高，文胜质衰，是以不得无救正之术。此篇旨归，即在挽尔日之颓风，令循其本，故所讥独在采溢于情，而于浅露朴陋之文未遑多责，益揉曲木者未有不过其直者也。虽然，彦和之言文质之宜，亦甚明了矣。首推文章之称，缘于采绘，次论文质相待，本于神理，上举经子以证文之未尝质，文之不弃美，其重视文采如此，曷尝有偏畸之论乎！"刘勰主张"为情造文"、"况乎文章，述志为本"，正是为了针贬齐梁淫丽寡情之文风。但他绝不主张文章的浅露朴陋，相反，却力主文采焕然，关键在于是否以情感为本。情感的审美形式化，是他的文学观的必然结论。

三

在《文心雕龙》中，“情”并非是单一的范畴，而是具有普遍性、根本性的意义。如前所述，“情文”是其人文观—审美观中的最高层次，甚至具有文学本体论的意义。而在论述文学创作的各个问题时都贯穿了“情”字。

《物色》篇集中论述了诗人审美情感之发生机制。刘勰基本上是继承了我国美学中传统的“物感”说而加以发挥的。

诗人的情感是由于“物色相召”，缘自于从《札记·乐说》开始的“物感”说。然而刘勰这里论述四季物候变化所引起诗人的几种情感类型：“悦豫”、“郁陶”、“阴沉”、“矜肃”，说明了人的内在审美心理结构与自然宇宙的某种同构对应。同时，“情以物迁，辞以情发”，唯物地、客观地说明了诗人审美情感的来源，并没有使他的“情感”论流入神秘化与不可知论。“感物”而“联类”，已由情感的发动而进入审美想象的活跃阶段，这已经同《神思》中的论述互相交错了；“属采附声”，就进一步描述了情感的审美形式化过程，涉及到艺术传达问题了。而《物色》篇最主要的还是系统分析了审美情感的发生机制问题。

《神思》篇主要是谈文学创作的艺术构思与想象问题。然而，刘勰在其中也谈到了情感在构思和想象中的作用，尤其论及情感孕育审美意象，其精见独识，更是美学思想史上不可缺少的一笔。刘勰描述构思过程所云：“夫神思方运，万涂竞萌，规矩虚位，刻镂无形，登山则情满于山，观海则意溢于海，我才之多少，将与风云而并驱矣。"这里把情感作为艺术构思与想象的驱动力，可谓深解其中三昧之言。刘勰在《神思》篇中首次把"意象"凝定为一个审美范畴，在意象意境理论发展史上功莫大焉。"独照之匠，窥意象而运斤"，并指出意象的创造乃是"驭文之首术，谋篇之大端"，意义十分重大。刘勰在《神思》赞语中首先指出"神用象通，情变所孕"，尤为值得注意。"神"即神思，这两句意谓：诗的"神思"是以意象为基元来连结贯通的，而意象的诞生乃是以审美情感为孕育的母体。回头再看"登山"、"观海"两句，其实并非指真的登山临海，而是说在艺术想象时的"视通万里"、"思接千载"，是想象中的审美意象。这种审美意象是一直饱含着诗人之情的。

《风骨》篇旨在树立、倡导慷慨高朗的风格。"风骨"的产生，与"情"须臾不可分离。刘勰论曰："诗总六义，风冠其首，斯乃化感之本源，意气之符契也。是以怊怅述情，必始乎风，沈吟铺辞，莫先乎骨。故辞之待骨，如体之树骸；情之含风，犹形之包气。"这里，"风"是与"情"紧密相关的。诗能表现怊怅之情者即为"风"。"情之含风"二句指作品中思想感情所呈现的风貌，犹如人体之含神气。《风骨》篇中又说："故练于骨者，析辞必精；深乎风者，述情必显。"后两句指长于风神者，表现思想感情必然显豁明朗。由此而见，"风骨"必须是以表现情感为特质的。

《熔裁》篇专用文章内容的提炼与结构安排剪裁的。刘勰于此篇标准创作过程的"三准"之说："是以草创鸿笔，先标三准：履端于始，则设情以位体；举正于中，则酌事以取类；归余于终，则撮辞以举要。""准"即"准则"，"三准"即三项准则。这第一条便是"设情以位体"，即根据情感抒写的需要来决定结构安排。刘勰不是就结构论结构,而是把结构安排置于写情基础之上的。“情者,文之经”(《情采》)的说法是与此一致的。

《体性》篇专论作家的气质才性与作品风格之关系,说明作家的不同创作个性形成了作品风格的差异,刘勰进而揭示不同作品风格与作家“情性”的内在联系:“夫情动而言形,理发而文见,盖沿隐以至显,因内而符外者也。然才有庸隽,气有刚柔,学有浅深,习有雅郑,并情性所铄,陶染所凝,是以笔区云谲,文苑波诡者矣。……若八体屡迁,功以学成,才力居中,肇自血气,气以实志,志以定言,吐纳英华,莫非情性。”指出不同的作品风格之所以产生,一个重要根源便是作家的“情性”。

《知音》是《文心雕龙》中论文学鉴赏最集中的专章,提出了有关鉴赏的若干重要问题。其中涉及鉴赏者通过对文本的阅读吟味来了解作者情感的问题:“夫缀文者情动而辞发,观文者披文以入情,沿波讨源,虽幽必显。”这几句话在审美鉴赏中颇有价值。刘勰从其“情文”说的体系出发,指出作家是因情感动而发为文辞,形成文本,而读者则逆而行之,通过文本内溯,捕捉、把握作者之情。这虽然可以视为与孟子的“以意逆志”说是一脉相承的,但他强调的是在鉴赏中把握作者的情感,可以看出情感在刘勰的文学思想体系中所具有的普遍性品格。“情”字在《文心雕龙》中几乎是可以俯拾即是的,本节所涉及的几处不过是摭取数例而已。

刘勰对于文学创作及鉴赏中的情感问题是高度重视的,所论遍及各个专章,形成了一个互相联系的情感论整体。而他的情感论文是其美学思想体系中的一个核心问题,不能孤立地看待。本文侧重于对其“情文”概念的解析,以披解在《文心雕龙》中情感与审美形式的密切关系。而他的“情文”说亦不能单独来看,乃是刘勰整个人文思想系统中的最高层次。

“澄怀味象”与形神之争

在绘画理论史上，南朝刘宋时期的宗炳是一位颇有地位的理论家。宗炳所撰的《画山水序》，被认为是最早的、独立的山水画理论。它在绘画美学上，提出了一些重要的命题。在已有的研究著述中，已有人指出其绘画理论与道家哲学的瓜葛，这是非常有见地的，然而倘仅止于此，还嫌不够。宗炳又是一位虔诚的佛教信徒，他的佛学思想在中国佛学发展史上也是有一席地位的。那么，他的绘画美学思想与其佛学理论之间，是了无关涉，还是有所联系？我认为，宗炳在《画山水序》中提出的重要美学命题如“澄怀味象”、“畅神”等，都与他的佛学理论有深刻的联系。宗炳虽是佛徒，但他并不排斥儒、道，而力求会通儒、道、释。他把一些儒家、道家的学说，纳入其佛学思想体系之中。他的绘画理论，不时可见儒家、道家思想的灵光，但主要是以佛学思想为哲学基础的。宗炳的绘画美学思想与其佛学理论之间，有深刻联系，也有很大差异。本文试图在二者之间找到通道，以便更深刻地理解其绘画理论。

一

首先，宗炳最早在山水画论中提出“形中寓神”的思想。这对中国山水画在日后的发展中走着一条弘扬神韵的独特道路,有很深的影响。而这个美学观念,又是与他在《明佛论》等文中论证的"神不灭"论有直接联系的。

形神既是一对哲学范畴,又是一对美学范畴。作为美学范畴的形神概念,是作为哲学范畴的形神概念中生发出来,在美学领域里的衍化。二者有密切关联,同时又有很大区别。汉代以来,形神关系一直是哲学论争的一个中心问题。在哲学论争中,王充、范缜、何承天等人,都坚持形神相即、形消神灭的唯物主义观点,而僧慧远、宗炳、沈约等人,都从佛教唯心主义的轮回观念出发,力主灵魂不朽的"神不灭"论。在魏晋南北朝时期的思想界,形神关系的论争一直是很激烈的。"神不灭"论是唯心主义性质的,但是,论争本身大大促进了中古时期人们思辨水平的提高,引起人们对精神现象的高度重视,同时,也是人的主体性意识的一种表现。

形神作为美学范畴的确立,也是在魏晋南北朝时期。在艺术作品中,神便是充满着生气的内在意蕴,形则是内在意蕴的外在表现。无形则无以寓神,无神则形无生气,无非如土木死灰。这是一对对立统一的范畴。最先把形神范畴引入绘画理论中的,是魏晋时期的大画家顾恺之。顾恺之提出"以形写神"论。他画人物最重传写人的神态,据说"画人尝数年不点目睛,人问其故,答曰:'四体妍媸本无关于妙处,传神写照,正在阿堵中'。"[①] 这便是有名的"传神阿堵"说。唐代美术史家张彦远评价说:"象人之美,张(僧

---

① 见张彦远《历代名画记》卷五,人民美术出版社校点本1963年版。

繇)得其肉,陆(探微)得其骨,顾得其神。神妙无方,以顾为最。”①顾恺之的“传神”是指人物画。魏晋时期人物品藻特重风神,《世说新语》中多有记载:“王戎云太尉神姿高彻如瑶林琼树,自然是风尘外物。”(《赏誉》)“嵇叔夜之为人也,岩岩若孤松之独立,其醉也,傀俄若玉山之将崩。”(《容止》)这类描述不一而足。顾恺之画人物重在传神,正是这种审美思潮在绘画中的反映。把形神关系问题引入山水画论,宗炳确乎是头一个。

宗炳认为山水虽是大自然之造物,而在形貌中,寓有神灵意趣。而作山水之画,虽然要“以形写形,以色貌色”,而最终是为了“应会感神”。在《画山水序》的开端,宗炳便写道:“圣人含道应物,贤者澄怀味象。至于山水,质有而趣灵。”质有,是说山水之形质乃是形而下的具体所见,而在山水之形中,又有神灵寓于其间。宗炳在这一段中,实际上会通了儒、道、释,提出了自己的审美理论:“夫圣人以神法道,而贤者通,山水以形媚道,而仁者乐。”道在这里,即是老子哲学中作为派生万物的本体之道,而具体事物中所蕴含的神灵,则是道在万物中派驻的主宰。道与神的关系,有点像宋代大儒朱熹所说的宇宙之理与万物之理的关系。这便是所谓“理一分殊”。朱熹说:“本只一个太极(理),而万物各有秉受,又各自全具一太极系。如月在天,只一而已,及散在江湖,则随处而见。”②“山水以形媚道”,是说山水以形寓神,又因其神而体现了本体之道。宗炳由此而将儒家的“仁智之乐”纳入审美的轨道,同时,也使

① 《历代名画记》卷五。

② 《朱子语类》卷九十四,中华书局1986年版。

作为万物本体的"道",带有了儒家伦理色彩。

要深入理解宗炳在山水画论中提出的这种形神观,倘不联系他的佛学思想,就很难达到目的。宗炳作为一个佛教徒,倾服于当时的佛教大师慧远,在佛学思想上也与慧远一脉相承。他隐逸林泉,高卧松石。宋武帝征辟而数辞不就,却"入庐山就释慧远考寻文义"①。慧远树帜于佛坛,倡风于南朝,最有影响的便是他的"因果报应"与"神不灭"的理论,而后者又是前者的根据所在。慧远所谓"神不灭",就是说人的精神(灵魂)可以独立于形体而存在。形体消亡,神灵可以轮转寄寓于其他形体之中。他阐述这种理论说:"夫神者何耶？精极而为灵者也。……神也者,圆应无生,妙尽无名,感物而动,假数而行。感物而非物,故物化而不灭;假数而非数,故数尽而不穷。"慧远又以薪火关系喻形神:"火之传于薪,犹神之传于形;火之传异薪,犹神之传异形。"② 慧远这种典型的唯心主义说教,旨在证明他的轮回报应说的"真理性"。宗炳写下长篇论文《明佛论》(一名《神不灭论》)和《答何衡阳书》两篇,与何承天所坚持的"神灭论"反复辩难,详细论证了"神不灭论"。在哲学领域中,他的这些论述是典型的宗教唯心主义,而在美学领域里,却又提出了有重要意义的命题。

在形神关系上,范缜、何承天等唯物论者都坚持"神灭论",认为形神相即,"形者神之质,神者形之用","形之与神,不得相异",

---

① 《南史》卷七十五《隐逸上》。

② 《沙门不敬王者论·形尽神不灭》,引自石峻等编《中国佛教思想资料选编》第一卷,中华书局1981年版,第81页。

形与神乃“名殊而体一”[①]。这里坚持了物质第一性，精神第二性的唯物主义的基本立场，但我以为忽视了精神现象的特殊性。宗炳是个执拗的“神不灭”论者，他认为在形神关系中，神是形之主宰，形是神的寓处。神以生形，形赖神生。《明佛论》中说：“今神妙形粗，而相与为用。以妙缘粗，则知以虚缘有矣。”在这里，神是虚灵的，是第一性的，形是质实的，是第二性的，所谓“以妙缘粗”、“以虚缘有”，就是由神派生出形，也就是说精神产生形体。“缘”是特定的佛学术语，表明二者的因果关系，“以妙缘粗”与“十二因缘”中“无明缘行，行缘识”的因果链条一样，前者是后者的原因。神是虚灵的，形是质实的，较之“神灭论”者，更能揭示出精神现象的特殊性。“以虚缘有”，实际上是以玄学“贵无派”的思想方法来解释形神关系。“贵无派”的代表人物王弼提出“以无为本”的论点，认为具体事物都以“有”为存在，而任何“有”的产生，都以“无”为本源。宗炳的“神”，虽然不能等同于“无”，但它的抽象虚空状态，与玄学之“无”是相近的。宗炳主张以神驭形，形由神生，因而融会了玄学本体论的观点。“神灭论”者强调形神是实体与作用的关系：范缜曾用刀刃与锋利来比喻形神关系：“神之于质，犹利之于刃，形之于用，犹刃之于利……未闻刃没而利存，岂容形亡而神在?”[②] 明确主张神是依赖于形而存在的。宗炳则反复论证形对神的依赖关系，认为形随神生，神则可以脱离形而单独存在。他说：“神非形之所作。意有精粗，感而得，形随之；精神极，则超形而独存。无形而

---

① 范缜：《神灭论》，见《中国哲学史教学资料选辑》上册，中华书局 1981 年版，第 471 页。

② 范缜：《神灭论》。

神存,法身常住之谓也。"[1] 在哲学上,硬说精神是造作物质的本源,灵魂可以脱离形体而存在,这无疑是荒谬的。但这种荒谬也并非毫无根据,它的背景是魏晋时期人文主义思潮的泛起,人们自我意识的发现。哲学上的形神之辩,反映着人的主体意识的建立。说形体是灵魂的派生物,这当然是头足倒立,但汉魏晋南北朝时期连篇累牍的"神不灭论"的著述,曲折地反映出人们对精神现象的高度重视,人们对自己内心世界的认同。正是在这种背景下,中国古典美学这时确立了"神"的地位,而且,把"神"的意义弘扬到前所未有的高度,尽管它的哲学基础,可能与唯心主义的"神不灭论"有不解之缘。但在美学发展史上,它无疑是一个重大进步。宗炳便是从"神不灭论"的宗教唯心主义出发,在绘画美学上提出了"山水质有而趣灵"的命题,认为山水也是"形中寓神",这是对山水画发展的一个重要贡献。山水画不以形似为尚,强调精神气韵的倾向,愈来愈占主流,成为文人画的根本特征。苏东坡的"论画以形似,见与儿童邻",倪云林所谓"逸笔草草,不求形似","聊以写胸中逸气",董其昌"为山水传神",成为山水画发展的主导思想。溯其源头,不能不说肇始于宗炳,滥觞于《画山水序》。

二

宗炳在《画山水序》中提出"澄怀味象"、"应会感神"的美学命

---

① 宗炳:《又答何衡阳书》,引自《中国佛教思想资料选编》第一卷,中华书局 1981 年版,第 249 页。

题,要求在艺术创造时达到“畅神”的审美境界,确立了审美主客体相互感通的关系。这与他的佛老思想有深刻的内在联系。

宗炳说山水也是“形中寓神”、“质有而趣灵”,那么,这种神灵是山水本身固有的吗?宗炳没有这样说。相反,宗炳一开始便把山水之神的发现,放在审美主客体的交互感通关系中来认识。“圣人含道应物,贤者澄怀味象”,然后方有“山水质有而趣灵”的审美体验,应该指出的是,宗炳在《画山水序》中提出的“神”这个概念,不同于他在《明佛论》中力倡的“神不灭”之“神”,很明显,后者是指灵魂、意识,而前者则带有十足的美学意味,主要指山水所蕴含着的精神气韵,差近于后来刘熙载所说的“山之精神写不出,以烟霞写之”[①] 中的“山之精神”。“含道应物”、“澄怀味象”,都是体验山水之神所必须的审美态度。宗炳这里所说的“道”,绝非单纯的儒家圣人之道,而是有着会通儒道释三家的复杂内涵。宗炳是虔诚至笃的佛徒,但又绝不排斥儒、道,因此,他的理论中有以佛理融汇儒、道的倾向。《明佛论》中“彼佛经也,包五典之德,深加远大之实;含老庄之虚,而重增皆空之尽”,就明显地表现出这种倾向。他又认为,作为儒家学说核心的“仁”,与老子哲学中的“无为”,都可以纳于佛教“真理”之中。他说:“仁之至也,亦佛经说菩萨之行矣。老子明无为,无为之至也,即泥洹(也就是‘涅槃’)之极矣……是以孔、老、如来虽三训殊路,而习善共辙也。”会通儒、道、释三家的意思,说得再清楚不过了。而宗炳在《画山水序》里所说的“圣人含道应物”的“道”,融汇了儒家“仁义之道”的伦理内核,道家“天地之

① 《艺概·诗概》,上海古籍出版社1978年版,第82页。

始"、万物本体之"道"的宇宙精神,当然也包含着宗炳所憧憬的"泥洹之极"的理想境界。但无论怎样,"含道应物"与"山水趣灵"之发现,是限定在一种审美主体与审美客体的关系中,也就是说,"道"在这里有着审美的特性。主体自身有了崇高的道德修养和"与天地为一"的审美解放要求,才能在山水徜徉中发现山水的神灵之美。"贤者澄怀味象",宗炳在这里提出审美态度问题。审美主体必须有澄明虚静的心胸以应外物,才能体验到山水之神。"圣人"、"贤者",不可看死,只能作互文观。"含道应物"、"澄怀味象",同是审美主体方面的条件,"澄怀"要求主体在审美过程中,排除外物的纷扰,尤其是功利关系的眩惑,而保持虚静空明的精神状态。这与老子所说的"涤除玄览"[①],庄子的"心斋"、"坐忘"、"虚而待物"[②]是同一种精神状态。但关键在于,老、庄还都是在讲对天道的体验,虽然可作美学角度的阐释,就其本身而言,是一种哲学主体论,宗炳的"澄怀味象"是地地道道的审美主体。

这种审美主体论与道家哲学的血缘姻亲早有揭示,然而,它与宗炳的佛学思想有无联系是有待探寻的问题。笔者认为,宗炳"澄怀味象"的审美主体论,与他的佛学思想有深微细密的关系,须剔抉而出。

宗炳主张"神不灭论",比起慧远和其他佛教学者来,目的更多的在于对人的内心宇宙的洞照,对人的精神世界的高扬。这也许是他既笃信佛教又熟谙儒家坟典、深知儒家文化的缺憾吧!他不

① 《老子》十章。
② 《庄子·人间世》。

满于“中国君子明于礼义而暗于知人心”[①]，认为儒士只重外在伦理、礼仪，而忽视主体精神世界，这样便不能体悟到至上之道，终极真理。他批评儒士云：“学者唯守救粗之阙文以《书》《礼》为限断，闻穷神积劫之远化，炫目前而永忽，不亦悲夫！呜呼！有似行乎层云之下，而不信日月者也。”[②] 宗炳高倡精神之不朽，突出心的主体地位：“群生皆以精神为主，故于玄极之灵，咸有理以感。”“天地有灵，精神不灭”（《明佛论》），但他弘扬精神的理论根基却是不折不扣的宗教唯心主义，由精神派生物质，心生万法。他引佛经作为他的根据云：“一切诸法，从意生形。”又云：“心为法本，心作天堂，心作地狱。”

“神”乃是虚空抽象的，必须练神以悟道，才能实现“涅槃”境界。“道在练神，不由存形。”由佛教一切皆空的理论基础决定，宗炳强调练神要看空万法，“灭除心患”，“澄不灭之本”，也就是强调主体的空明虚静，在这点上，与老庄哲学的“玄览”、“心斋”是相通的。他说：“夫圣神玄照而无思营之识者，由心与物绝，唯神而已。故虚明之本终始常住，不可凋也。”心与物绝，就是排除世俗之念的纷扰，保持空明状态。在宗炳的佛学思想中，“神”固然指人的灵魂、意识，但似乎又不是与生俱来的，要靠后天的修养——“玄照”、“玄览”、“心与物绝”，才能造万物之妙，达于不朽，进入不生不死的“涅槃”境界，因而，神“有待于”“练”。宗炳说：“是以清新洁情，必妙生于英丽之境；浊情滓行，永悖于三途之域。”[③] 在他看来，要练

① 《明佛论》，见《中国佛教思想资料选编》第一卷，第228页。

② 同上，第229页。

③ 《明佛论》。

成常住不凋之"神",必须使心灵保持"心与物绝"的虚静空明。

宗炳在《画山水序》中所说的山水之神韵(趣灵),绝非客体本身可以独立存在的,而只能是在主体观照客体("圣贤"之于山水)的过程中方能产生。而要体验山水之神,主体方面必须"澄怀"。这与前面所分析的宗炳佛学思想是息息相通的。人要得万物灵妙之神,必须"心与物绝",要感应山水之"神",也必须"澄怀"。从他的佛学思想到审美理论,确乎有这样一条通道。实际上,宗炳所说的山水之神,乃是山水作为审美客体引发了主体的感兴,主体将心中之神投射于客体所产生的审美感受。宗炳在《画山水序》中又说:"夫以应目会心为理者,类之成巧,则目亦同应,心亦俱会。应会感神,神超理得。"这又进一步明确指出,山水之神产生于审美主客体相互会通的特性。

老子的"玄览"、庄子的"心斋",因为并非审美理论,也就未涉及对象。宗炳恰恰是明确提出了审美对象问题,而标志着独立的审美理论的形成。"澄怀味象"这个命题,决不可等闲视之,应该说,它翻开了中国美学史上新的一页,或者说,是一个新的里程碑。宗炳在这里告诉我们,山水之神乃是抽象虚灵的,要体验其神,必须观照蕴含"神"的"形"。"象"是作为审美客体的必要条件的形象。抽象的精神、意识或概念,不能构成审美的对象。换言之,如果你所面对的不是表象化的东西,你就不能与之构成审美的关系。这里面,"象"主要是区别于抽象的概念。正如康德所说,鉴赏的原型"不能经由概念,只能在个别的表现里被表象着。"[①] 康德认为

① 康德著、宗白华译:《判断力批判》,商务印书馆 1964 年版,第 71 页。

鉴赏判断(即审美判断)的媒体必须是表象,因而断言:"凭借概念来判定什么是美的客观的鉴赏法则是不能有的。"英国美学家鲍桑葵从对象上规定审美态度的特征:"所谓对象,是指通过感受或想象而呈现在我们面前的表象。凡是不能呈现为表象的东西,对审美态度说来是无用的。""我们所感受或者想象的只能是那些能成为直接外表或表象的东西。这就是审美表象的基本学说。"① 反言之,如果不是面对表象化的东西,就谈不到审美态度。宗炳所说的"象",当然不能等同于康德与鲍桑葵的"表象",但它是可以直接引起主体心灵产生表象的直观形象,而神则是抽象的,不能直接成为审美对象,必须通过"味象"而体验其"神"。宗炳认为形为神宅,神为形本,得神心先观照其形。他一再强调形作为审美对象寓含其神的作用,说"山水以形媚道,而仁者乐"。"仁者乐山,智者乐水",是在山水美的形态中有所悟道。"是以轩辕、尧、孔、广成、大隗、许由、孤竹之流,必有崆峒、具茨、藐姑、箕、首、大蒙之游焉。又称仁智之乐焉。"② 这些"圣贤"正是徜徉于山水之美中,精神得到了升华。"得神""悟道"虽是目的,山水之"形"的接引作用亦是不可轻忽的。宗炳又提出这样的重要命题:"神本无端,栖形感类,理入影迹",说精神灵气本无具体可感的形态,抽象虚幻,但它栖居寄寓于形之中,表现于画面之上。"影迹"指出水画的作品。反之,要得山水画之神,也只有观照玩味其"影迹",方能有所感通。

宗炳在佛论中力倡"神不灭",强调神为形本,可以超形独存,

---

① 鲍桑葵著、周煦良译:《美学三讲》,上海译文出版社1983年版,第5—6页。

② 宗炳:《画山水序》,见沈子丞编《中国历代论画名著汇编》,文物出版社1982年版,第14页。

法身常住。抑形而扬神,这是为了证明佛教轮回报应之说的“真理性”与往生“净土”的可信,使形神分殊,反复论述形灭而神存的谬理。而在《画山水序》中,他旨在说明,山水画的创造与赏鉴,都要“应会感神”,得其灵趣,因而,更强调形神相与为用。神韵乃山水画的灵魂,但“形”是万万忽略不得的,舍形无以得神。从中给我们的启示是,宗炳的美学思想与其哲学思想,在这里即指他的佛学思想,既有深刻联系,又分张异途。神为形本,形为神宅,是他的基本观念。论佛中高唱“神妙形粗”,“道在练神,不由存形”,论画则强调“澄怀味象”、“栖形感类”,这说明宗炳不以其哲学思想来取代审美。恰恰相反,却利用形神这对范畴,建立了独具特色的审美理论。“澄怀味象”在中国美学史上最早揭示了审美主客体的本质规定性,极为精赅地概括了审美过程。

三

宗炳在《画山水序》中指出艺术创造以有限传达无限的美学品格,这与他的佛学思想也存在着有机联系。宗炳不仅谈到山水之“神”,即“趣灵”,同时,还强调艺术品应体现出的至上境界——“道”。所谓“道”的含义,会通了儒、道、释三家对“道”的不同理解,但主要是一种至高无上、弥漫天地的宇宙精神,是无限与永恒的一个代名词。山水之形是有限的。但通过有限的山水之形,可以亲近、会通无限的道。神是寄寓在形中的精神气韵,它是抽象虚灵的,它本身并不是道,却可以与道感通。所以,观道、悟道,要通过对山水形貌中之神的体验,因此,宗炳说“山水以形媚道”,观道的途径在于"以神法道"。

宗炳论佛也谈到神道关系,"自道而降,便入精神","神与道为二,二故有照以通化"[①]。这种说法,与他在《画山水序》所说的一致,是后者的基础。我们可以从本体论的角度来理解宗炳所说的道,它是构成世界的实体,是创造宇宙的动力,"渊兮似万物之宗",它遍在于万物之中,是主宰万物的法则,它当然是形而上的、抽象的,也是无限与永恒的。神是属于具体事物的,它虽然可以"超形独存",从一个形体轮转到另一个形体,如同人从一座宅院迁移到另一座,但它不是普遍,不是万物本体。然而,神是抽象虚灵的,由此又可以与道感通。这便是宗炳在《明佛论》等文中阐述的神道关系。

《画山水序》谈到山水画可以小中见大,以有限传写无限:"今张绡素以远映,则昆、阆之形,可围于方寸之内。竖划三寸,当千仞之高;横墨数尺,体百里之迥。是以观图画者徒患类之不朽,不以制小而累其似,其自然之势。如是,则嵩、华之秀,玄牝之灵,皆可得之于一图矣。"尺幅虽小,却可以使大自然的崇山大川、朝晖夕阴展现在人们面前。"玄牝",是道家所称的大自然孳生万物的本源,《老子》云:"谷神不死,是谓玄牝,玄牝之门,是谓天地根。"(六章)这里即指天地宇宙。通过有限的山水之形,可以通达于无限,与宇宙精神相感应。以有限表现无限,这是艺术的一个功能。"一花一世界,一沙一天国",一切生灭变化在艺术的天地里都象征着永恒。宗炳的绘画理论明确提出了这样的美学要求,这对后世绘画的发

① 《明佛论》,《中国佛教思想资料选编》第一卷,第237页。

展是有很深影响的。以有限传写无限的美学思想，与他在《明佛论》里所论述的形—神—道关系是一脉相通的。

宗炳一生做隐逸之士，刘宋王朝曾多次征召他入朝为官，他都坚辞不就。他的兴趣在山水之间，“好山水，爱远游”，[①] 他认为在山水之间可以悟道，山水画也同样可以表现宇宙精神。晚年多病，复回江陵故宅，“叹曰：‘老病俱至，名山恐难遍睹，唯当澄怀观道，卧以游之。’凡所游履，皆图之于室”。“卧以游之”便是观山水画而体验“道”。宗炳认为观赏山水画的审美过程，可以使精神得到高度的自由。这便是“畅神”。《画山水序》观赏山水画卷的目的，只在于“畅神”，使精神驰骋遨游，进入一个极为自由的天地。而宗炳在《明佛论》中，也把“神”说成超越形体，自由往来，“夫精神四达，并流无极，上际于天，下盘于地。”审美上“畅神”的自由境界，同样有其佛学思想基因。

宗炳在中国美学史上留下了他的异彩。他提出的“澄怀味象”、“应会感神”、“山水以形媚道”等审美命题，都有重要的理论价值。这些又都是与释道精神有着这样或那样的联系的。尤其是宗炳作为一个有很深理论修养的佛教徒，对佛学理论有他自己的建树，用精致的思辨来完善“神不灭”理论，宣扬那套轮回观念。但在具体论述形神关系时，又高扬人的主体精神，强调精神的主动性与能动作用，这一点，又比慧远的佛学思想更富有世俗味，他在佛学里建立的“形神”关系理论，又深刻地渗透在其绘画美学思想中。后者的基本命题，大都可以在前者中找到哲学基础。但不能将宗

① 《南史》卷七十五《隐逸上》。

炳的佛学思想与美学思想等同起来,二者既有联系又有区别。在佛学里宣扬灵魂不灭的宗教唯心主义,其形神关系论是主要框架。而当宗炳把这对范畴引入审美领域时,对于揭示审美的特性,确立审美主客体交互感通的关系,却起了不可忽视的积极作用。这种美学思想与哲学思想的联系与差异,对我们的理论"探矿"工作,难道不是很富启迪吗?

透彻之悟：审美境界论
——严羽《沧浪诗话》新探

一

所谓“透彻之悟”，是宋代诗论家严羽提出的“妙悟”说的一个主要层面。严羽“借禅以为喻”来阐发诗歌创作的独特艺术规律，在《沧浪诗话》里，“妙悟”是沟通诗学和禅学的津梁。在思维方式上，禅学与诗学确有极相类似之处。然而，禅学与诗学在根本性质上又是极不相同的。禅学认为只要“心体无滞”，即可“顿悟真如”；而诗歌创作却非如此，它虽然有一个万象腾踔、豁然开朗的灵感爆发过程，但这种灵感心态的背后，却是以长期的艺术陶养作为土壤，以孜孜不倦的艺术渴求为催生剂，以蓬蓬然的生命欲望作为内驱力的。从这个角度来看，诗与禅，不可混一而言。

严羽虽然以禅喻诗，用禅道“妙悟”来比喻诗道“妙悟”，但他并未将二者完全混同。细绎《沧浪诗话》，严羽的“诗道妙悟”包括了由学诗到创作以及成诗后的境界这样一个诗学的整体历程。其“妙悟说”实际上包含着两个主要层面：一是所谓“第一义之悟”——主要是指学诗者在长期的艺术陶养过程中，不断地取法、参悟最上乘的艺术作品，“酝酿胸中，久之自然悟入”，在涵咏艺术佳品的过程中，逐渐领悟诗歌创作的独特艺术规律；另一个主要层面就是“透彻之悟”，其内涵很丰富，但主要是指那种优秀诗作所应具有的浑融圆整的审美境界。“妙悟说”正是包括了从“悟第一义”到“透彻之悟”这样一个从学诗到作诗以及好诗所应具有的审美境界的整体过程。而《沧浪诗话》在中国古典美学中的独到价值，又主要在于对诗歌审美境界的建设性阐发。因此，要真正探得《沧浪诗话》的“骊珠”，就必须对“透彻之悟”的审美内涵加以科学的揭示。只有把“透彻之悟”说得“透彻”，才能认识到《沧浪诗话》的独特美学价值，整个《沧浪诗话》所蕴含着的严羽的诗学思想体系，也就以其清晰的独特面貌和有机的完整形态呈现于我们面前了。

二

对于“透彻之悟”理解的关键，我以为在于下面这段引起学术界众说纷纭的话：

> 夫诗有别材，非关书也；诗有别趣，非关理也。然非多读书，多穷理，则不能极其至。所谓不涉理路，不落言筌，上也。诗者，吟咏情性也。盛唐诸人惟在兴趣，羚羊挂角，无迹可求。故其妙处透彻玲珑，不可凑泊。如空中之音，相中之色，水中之月，镜中之象，言有尽而意无穷。（《沧浪诗话·诗辨》）

关于“别材”、“别趣”，论者们提出了各自不同的解释，我觉得

“别材”、“别趣”与下面的“盛唐诸人惟在兴趣”一段描述,是理论上的有机整体,只有把后者谈清楚,前者才有扎实的依据。

“盛唐诸人惟在兴趣”以下这段话,很多论者都从风格学的角度来进行阐释。一般都认为,严羽在这里是极度推尊王、孟一派淡远空灵的风格,美学趣味偏嗜于王、孟,而不在李、杜。另有一些论者同样从风格学角度来反驳前种观点,认为严羽推崇李、杜,以李、杜为标准。我则以为严羽并不是在强调哪一家、哪一派的风格、家数,而是在标举、呈示好诗所应具有的境界。换言之,如果从中国古典诗歌意境论的角度来透视《沧浪诗话》,可能会产生一些新的认识。

这也就是“透彻之悟”的审美境界。这种审美境界的首要特点在于它是浑融圆整、毫无缀合痕迹的。每首诗由许多词、句构成,创造出若干个意象,但每首诗作为基本的艺术单元,应该有一个完整的审美境界,这个审美境界中的各个意象之间,应该浑融圆整,没有隔阂,没有缀合痕迹。“羚羊挂角,无迹可求。故其妙处透彻玲珑,不可凑泊”,正是上述之意。“羚羊挂角”是禅宗语录中常以作为佛理有待于“妙悟”、不能寻章摘句的比喻,如《五灯会元》“雪峰义存禅师”条云:“师谓众曰:吾若东道西道,汝则寻言逐句;吾若羚羊挂角,汝向什么处扪摸。”禅宗主张“以心传心,不立文字”,反对拘执于名言概念,“寻言逐句”是禅家所不屑于为的。而“羚羊挂角”则是“言语道绝”、返照自心的禅悟方式。禅宗在理论上的先驱人物南朝宋名僧竺道生即主“顿悟”之说,其根据便在于“佛理”的终极一体性。因为“佛理”是完整不可割裂的,对“佛理”的领悟,也只能是顿然的、一次性的。“夫称顿者,明理不可分,悟语极照。以不二之悟，符不分之理。”[①] 这种“顿悟”，当然是不能支离凑合的，而应该是浑然一体、不着痕迹的。严羽以此来比喻好诗的审美境界浑融圆整，没有雕琢、缀合的痕迹，因此，接着又补充道：“故其妙处透彻玲珑，不可凑泊”。所谓“凑泊”也是禅家话头，即聚合、聚结之意。《续传灯录》中“湛堂智深禅师”条云：“盖地水风火，因缘和合，暂时凑泊，不可错认为己有。”佛学认为现象界都是由缘起生成，临时聚合（凑泊），因而也是虚幻不实的。严羽则借此话头说明诗作要有一种超越各要素之上的整体美，而不应是诗中各要素的机械拼凑。严羽是十分强调这种整体美的，他所说的“气象”、“兴趣”、“意兴”，大体上都是指这种浑融圆整的审美境界所产生的整体美。从所谓“汉魏古诗，气象混沌，难以句摘”，“建安之作，全在气象，不可寻枝摘叶”，“胡笳十八拍混然天成，绝无痕迹，如蔡文姬肺肝间流出”[②] 之类，即可看出严羽用以铨评诗作的尺度。

这种浑融圆整的审美境界既不能等同于诗歌中严整的语言形式，这只是它的载体，也不能看作是诗中各种意象的相加，这只是构成它的一些要素。它是一种生发于、却又超越于诗歌的物质形态的全新的美质。如果用完形心理学的术语来表述，可以说是一种“格式塔质”。完形心理学最基本、也是最经典的原理是整体不等于其部分相加之和。所谓“格式塔”亦即“完形”，十分值得注意的特性在于：作为一个整体，它并不是客体本身就有的，而是完全独立于构成这个客体的要素的全新的整体。诗歌境界正是借助于

---

① 慧达：《肇论疏》，引自汤用彤著《汉魏两晋南北朝佛教史》下册，中华书局 1983 年版，第 471 页。

② 均见《沧浪诗话·诗评》。

审美主体对审美客体的观照,才显示出其整体的构成。它由诗歌的语言形式生发而出,但不等同于诗歌的语言形式,而是出现于审美主体的知觉经验中的情境。它以诗歌的语言形式为物质载体,却又游离于、超越于这个载体,这也就导致了诗歌审美境界的另一个特点:"幻象"式的不确定性或多义性。

严羽所用来形容好诗的审美境界这几个喻象:"空中之音,相中之色,水中之月,镜中之象",正极为形象地呈示出这种审美境界生发于诗的语言形式,而又超越于语言形式的"幻象"性质。但是,正如一个天上的月亮映在水里不止是一个月亮(所谓"月印万川")一样,一首诗作为本体所产生的"幻象"也并非一个。因为这种幻象并不是与审美主体无涉的客观性质,而是有赖于审美主体对客体的知觉经验。这种知觉不是对客体的纯客观的消极反映,而是一种知觉的积极建构。由于审美主体在个性气质、生活阅历、文化修养等方面的差异,其感知图式也就各不相同。这是作品的多义性所产生的主要原因,也是"有尽之言"表现于不同的审美主体的知觉经验中的"无穷之意"。而即使是同一个审美主体,在不同时期、不同情境下所感知的意蕴也不是完全一样的,所产生的幻象也是会有差异的。因此,"无穷之意"一方面指诗歌在不同的审美主体的特殊体验中所形成的不同的审美境界;另一方面,则是指特定的审美主体在不同情境下所形成的不尽相同的审美境界。

对于这种生发于而又超越于诗歌的语言形式的审美境界的认识与追求,并不自严羽始,而是中国古典诗歌美学的一个独特的传统。刘勰《文心雕龙》有《隐秀》篇,所谓"隐",就是"文外之重旨","夫隐之为体,义生文外,秘响傍通,伏采潜发,譬爻象之变互体,川渎之韫珠玉也”，正是说语言形式外的“余味曲包”的境界；钟嵘《诗品》鄙视“文繁而意少”，而推崇“文已尽而意有余”，认为最好的诗，应该能使欣赏者产生“味之者无极，闻之者动心”的审美体验；皎然则称许“两重意以上”的“文外重旨”（《诗式》）；司空图则以“韵外之致”（《与李生论诗书》）论诗；梅尧臣认为诗之高致应是“必能状难写之景，如在目前；含不尽之意，见于言外”（欧阳修《六一诗话》引述）；姜夔以“句中有余味，篇中有余意”为诗之“善之善也”（见《白石道人诗说》）。可见，好的诗歌应该是在有限的语言形式中蕴含极为丰富的“言外之意”、“文外重旨”，是大多诗论家共同的看法，也是中国古典诗歌美学的突出特点。这是意境理论形成的一条脉络，是一个逐渐发展成熟的过程。严羽的意义，在于将“言外之意”这条理论线索纳入意境理论的轨道，成为意境理论（境界说）不可或缺的美学内容。前述那些“言外之意”、“文外重旨”的说法，并不是意境理论，而只是以后形成意境理论的要素。严羽虽未标榜“境界”，但却主要是在谈论“境界”的美学特征。他把“言有尽而意无穷”作为好诗的审美境界的一个基本特征，为中国古典诗歌美学中意境理论的建设，作出了不可忽视的贡献。“空中之音，相中之色，水中之月，镜中之象”与“言有尽而意无穷”放在一起，适足说明，严羽是以“言外之意”作为基本要素来规定诗歌审美境界的特质的。钱钟书先生独具慧眼地看到沧浪这里所论不是哪一派的风格，而是境界，他说：“沧浪别开生面，如骊珠之先探，等犀角之独觉，在学诗时工夫之外，另拈出成诗后之境界，妙悟而外，尚有神韵。不仅以学诗之事，比诸学禅之事，并以诗成有神，言尽而味无穷之妙，比于禅理之超绝文字。”[①] 如果仔细读这段文字，就可发现，钱先生明确指出沧浪是论述“成诗后之境界”，而且揭示了“言尽而味无穷”与境界的关系。这是颇有启示于《沧浪诗话》中“透彻之悟”的研究的。

审美境界一方面有待于主体的审美知觉经验，另一方面，又有赖于客体的自身形式。天上倘无明月，水中之月何由而来？片面强调主体，而忽视客体，审美境界也成了无源之水、无本之木，同时，也就取消了诗歌优劣的差异。事实上，审美境界的产生，在于审美客体自身与审美主体的感知图式的遇合之中。这就对诗歌创作提出了独特要求。换言之，怎样的诗才能产生“言有尽而意无穷”的艺术效果呢？对诗歌来说，一方面是前面所谈到过的（不过角度微有差异）浑融圆整，意象之间没有支离、槎枒之痕，没有缀合之迹；另一方面，要求所创造出的诗歌“艺术幻象”，不应该有过于狭窄、过于明确的意向，过于固定的含义，而应该有一定的“模糊感”即不确定性。这样，审美主体在观照诗歌，形成审美境界的过程中，才能发挥艺术知觉积极建构的功能，投射进独特的审美经验，形成独特的审美境界，才能收到“言有尽而意无穷”的效果。反之，诗歌语言意向过于明确、狭窄，几乎不给审美主体投射的机会，等于把欣赏者的审美联想都钉死在诗歌的语言形式之上，势必造成“言尽意穷”、毫无“曲味”可言的状况。严羽的“透彻玲珑，不可凑泊”，“空中之音，相中之色，镜中之象”，除了前面的分析而外，又都有着恍惚惝惘、模糊幻化、扑朔迷离的意思。钱钟书先生引西人

---

① 钱钟书：《谈艺录》（补订本），中华书局 1984 年版，第 258 页。

诗境之论以证沧浪:“魏尔伦比诗境于‘蝉翼纱幕之后,明眸流睇’,言其似隐如显,望之宛在,即之忽稀,正沧浪所谓‘不可凑泊’也。”[①]“镜花水月”的喻象,佛学常以比喻万法之虚幻。如“一切法性皆虚妄见,如梦如焰,所起影象,如水中月,如镜只象”[②],“菩萨观诸有情,如幻师观所幻事,如观水中月,观镜中象,观芭蕉心”[③],都是比喻虚幻难以捉摸。严羽以“镜花水月”喻诗,正是要表征这种生发于、而又超越于诗歌语言形式的审美境界的不确定性、模糊性;同时,也是要求欣赏者对诗的欣赏理解,不能拘执其迹。正如明人谢榛所说:“诗有可解、不可解、不必解,若水月镜花,勿泥其迹可也。”[④]

三

诗与禅之间,最突出的相似点在于:非逻辑思维的思维方式。禅宗最根本的信条之一便是“不立文字”,这并不是说完全不要语言文字,而是要排除以概念、判断、推理构成的逻辑思维方式,强调“无念为宗”,因此在禅宗典籍中的确极难看到逻辑思辨的东西。但禅宗并不反对形象直觉的认识方式,“世尊拈花,迦叶微笑”成为禅宗奉为经典的悟解模式。禅宗公案中大量的是用感性事物的符号来作为悟道的钥匙。“如何是佛?师曰:嘶马木马缘无绊,背角

① 《谈艺录》(补订本),中华书局 1984 年版,第 276 页。
② 《说无诟称经·声闻品》。
③ 《说无诟称经·观有情品》。
④ 谢榛:《四溟诗话》卷一,见《历代诗话续编》中华书局排印本 1983 年版。

泥牛痛下鞭","如何是祖师西来意?师曰:三尺杖子破瓦盆","如何是西来意?师曰:四溟无窟宅,一滴润乾坤","如何是道?师曰:石头频吐三春雾,木马嘶声满道途"①,尽管所答非其所问,但毕竟是用一种感性直观的符号作为契机,震开悟道者闭锁着的心灵门窗。也正是在这里,诗与禅相通了。诗歌要创造出浑融圆整的审美境界,绝不能用逻辑思维的方式,也就是不能按照判断、推理的程序进行思维,而应该是以意象作为元素来进行思维。值得充分注意的是,严羽第一次明确地揭橥了诗歌创作的思维方式的特征:"诗有别趣,非关理也","所谓不涉理路,不落言筌,上也"。诗歌创作在思维方式上的独特之处就是直觉的、意象化的思维方式,与逻辑思维别具一格。指出这一点,就阐明了诗之所以为诗的关键特征所在,这不能不说是严羽在中国古代诗歌美学理论发展中的卓越建树。可惜的是,严羽此意一直被研究者所误解,认为是否认理性的神秘主义、不可知论。其实,严羽只是说在诗歌创作的思维方式、思维程序上不同于逻辑思维,却并没有排除诗歌创作中的理性因素。他甚至认为"非多读书、多穷理,则不能极其至"。要达到诗歌的最高境界,读书、穷理是学诗过程中必经的修养途径。在这里,也就是诗与禅的根本不同之处。其所谓"诗有词理意兴",就已指出了理性是构成诗歌的几个要素之一。他所不满的只是"南朝人尚词而病于理;本朝人尚理而病于意兴"。只有漂亮词采而缺乏义理、格调卑微,或者宣教义理而缺乏意兴,使诗歌堕于理窟,同样为严羽所不屑。他推崇的是"唐人尚意兴而理在其中,汉魏之诗,

---

① 均见普济《五灯会元》,中华书局1984年版。

词理意兴,无迹可求”的诗歌境界。具有好的义理,却又是融化于意兴之中,这才是严羽所首肯的好诗。

我们不妨以苏珊·朗格的符号论美学的某些观点来观照一下严羽的理论。朗格认为,一件艺术品就是一个艺术符号,这种艺术符号区别于艺术中的符号,“不是由一整套符号系统构成的,”[①]“本身就是一个独特的符号[②]”,并且“是一种单一的和不可分割的符号,它的意味又不是它的各个部分的意味之和”[③]。创造这种“艺术符号”的洞察力是一种艺术知觉——直觉。但朗格所理解的直觉绝不是与理性对立的非理性的直觉,而是合乎理性的思维活动。它的特点只在于不同于推理,不借助于概念。“它包括着对各式各样的形式的洞察,或者说它包括着对诸种形式特征、关系、意味、抽象形式和具体实例的洞察和认识”,但它“是永远也不能通过推理性的语言表达出来的”[④]。朗格对直觉与理性关系的看法是深刻的,她不是把二者对立起来,而是联系起来。这里是不是能够把严羽对诗歌思维方式的特征的认识与朗格的理论沟通一下呢?严羽主张达到“透彻之悟”这种审美境界的好诗应该是浑融圆整、没有缀合痕迹的,而创作诗歌时要“不涉理路”——不同于逻辑思维的方式、程序,但又要求“理在其中”,这与朗格的符号论美学很有一点相似之处。严羽在七八百年之前对诗歌艺术规律就有这样

---

① 苏珊·朗格著、滕守尧等译:《艺术问题》,中国社会科学出版社 1983 年版,第 63 页。

② 同上,第 64 页。

③ 同上,第 130 页。

④ 同上,第 62 页。

的深刻认识,不能不说是有着卓越的理论眼光的。

对"透彻之悟"的审美境界作了上述阐发,"别材"、"别趣"之说也就可以得到水到渠成的解释。联系下面"透彻之悟"所表征的审美境界,似乎可以大胆地提出这样的认识:"诗有别材,非关书也",别材,是指诗中应该具有的完整不可分割的审美境界,也可以说是一种"完形",它不同于书本材料的缀合,因此说"非关书也";"诗有别趣,非关理也",所谓"别趣"是指诗歌不同于理论文字(甚至也不同于其他文学体裁)的特殊的"艺术意味",这种"艺术意味"绝非逻辑思维可以产生诞育的。

四

很多论者将"妙悟"等同于审美直觉、灵感,这是不全面的。我把"妙悟"析为"第一义之悟"和"透彻之悟"这样两个主要层面:前者是学诗工夫,后者是"诗成后境界";前者是途径,后者是目标。这其间还有一个中介的环节,那就是"悟入"。前面,已经重点论述了"透彻之悟"的审美境界,这里,将要准备着重探讨"透彻之悟"这个目标是如何达到的。

严羽谈"妙悟",主张达到"透彻之悟"的审美境界,绝不是忽视学力,相反地,他极为重视为了达到"透彻之悟"所要进行的长期学习、陶养。他明确地说:"然非多读书、多穷理,则不能极其至。""读书"、"穷理"非但与"透彻之悟"不相背谬,而且是达到后者的必经之路,并不是可有可无的东西。因此,他强调学诗者要"悟第一义","入门须正,立志须高",要反复熟读那些上乘之作,甚至要"枕藉观之”。熟读之外,尚须“熟参”:“试取汉魏之诗而熟参之,次取晋宋之诗而熟参之,次取南北朝之诗而熟参之,次取沈宋王杨卢骆陈拾遗之诗而熟参之,次取开元天宝诸家之诗而熟参之,次独取李杜二公之诗而熟参之,又取大历十才子之诗而熟参之,又尽取晚唐诸家之诗而熟参之,又取本朝苏黄以下诸家之诗而熟参之,其真是非自有不能隐者。”① 通过“熟读”与“熟参”,才能逐渐认识诗歌创作的艺术规律。但是,熟读熟参诸家之诗,还只是书本材料的吸收、掌握,这些材料必须经过陶钧、熔化,变为学诗者自己的创造力。这个过程,严羽称为“悟入”,“酝酿胸中,久之自然悟入”。“悟入”的过程,就是从学诗到逐渐掌握诗歌创作的艺术规律,进而能够创作出达到“透彻之悟”那种境界的诗歌的过程。钱钟书先生说:“夫‘悟’而曰‘妙’,未必一蹴而至也;乃博采而有所通,力索而有所入也。学道学诗,非悟不进。……人性中皆有悟,必工夫不断,悟头始出。”② 这就较全面地揭示出“妙悟”的内涵。“悟”必以长时期的学习、陶养为基础、为前提;长时期的学习、陶养则有待于“悟入”——上升到对诗歌创作规律顿见天光、豁然开朗、了然于心的全新境界。也只有这样,才能在创作中诗思如泉、万象在旁又能精汰陶炼而深合诗歌创作规律,达到“透彻之悟”的审美境界。这是一个由“必然王国”进入“自由王国”的过程。严羽在《诗法》篇里这样描述学诗过程:“学诗有三节:其初不识好恶,连篇累牍,肆笔而成;既识羞愧,始生畏缩,成之极难;及其透彻,则七纵八横,信手

① 《沧浪诗话·诗辨》,见郭绍虞《沧浪诗话校释》第12页,人民文学出版社1961年版。

② 《谈艺录》(补订本),中华书局1984年版,第99页。

拈来，头头是道矣。"这段话的重要意义在于，严羽所标举的"妙悟"，并非是仅指"宛如神助"的灵感状态，也不是什么"神赐的迷狂"，而是体现出在艺术实践过程中由不断提高而逐渐摆脱"必然王国"的约束，从而进入纵横驰骋却无不中矩的"自由王国"这样一个过程。从学诗的工夫到诗成后的境界，是离不开这样的中介环节的。严羽虽然对"气象浑沌"、"不可寻枝摘叶"的汉魏古诗颇为称赏，但在根本上，他最为提倡的还是盛唐诗人的"透彻之悟"。汉魏古诗虽然浑朴，但却没有经过"悟"这样的诗学过程，只是一种原初状态的浑朴自然，所谓"不假悟也"。许学夷说："汉魏天成，本不假悟，六朝刻雕绮靡，又不可以言悟。"① 胡应麟也认为："汉人直写胸臆，斫削无施，严氏所云，庶几实录。"② 都有助我们理解严氏之意。汉魏古诗虽好，但是很原始，未经"悟入"，六朝诗歌雕琢绮靡，算不得"悟"，只有盛唐诗人的"透彻之悟"，经过了否定之否定的环节，达到了"至矣，尽矣"的最佳审美境界。严羽最终"以盛唐为法"，归根到底，还是对经过了长期的艺术陶养，掌握了诗歌创作的艺术规律的"透彻之悟"的推崇与提倡。

---

① 许学夷：《诗源辩体》卷三，人民文学出版社 1987 年版。

② 胡应麟：《诗薮·外编》卷三，上海古籍出版社 1958 年版。

禅与诗三题

禅是宗教,也是一种心灵哲学,它与文学艺术却有着不解之缘。禅是超越的,有着如许的神秘;禅又是遍在于一切有情乃至于无情的。“如何是祖师西来意?”“庭前柏树子。”因为有了禅,诗才开始有了动人的风韵。在禅学盛行的唐宋时期,由于禅的渗入,诗歌创作有了非常的进境与独特的风貌。本文从以下三个角度探讨诗与禅之间的联系。

一、空静的诗心与灵幻的境界

作为创作主体的诗人,在进入创作时应该有着一种怎样的心境?诗的本质在于审美创造,诗人在创作之时,首先是处在审美情境之中,有一个高度集中的审美态度。所谓审美态度,主要是指审美主体的心理倾向,侧重于强调审美主体诸种因素的浑融统一与外射方向。创造过程中的审美态度,则是诗人暂时切断主体与尘世的日常功利关系,进入一个完满自足的审美世界,孕化审美意象,并且进而构成一个浑然完整的审美境界。

中国传统诗学中的审美态度理论是“虚静”说。“虚静”说主要是出于道家学说。老子讲“涤除玄览”,就是要摒除心中的妄念,以返照内心的清明,达到与“道”融而为一的境界。魏晋南北朝最为杰出的文艺理论家刘勰,在《文心雕龙·神思》篇中进一步将“虚静”作为审美创造的命题加以明确的阐释,真正将“虚静”纳入到艺术创作或者说是美学的轨道上,并作为美学的命题固定下来。刘勰所说的“虚静”,本身并非目的,而是为了使作者更好地投入艺术构思、审美创造中。刘勰的“虚静”说作为审美态度学说的重要意义是相当值得重视的。禅宗理论盛行之后,对于审美态度理论进行渗透,使中国古代的“虚静”说得到了一个很值得注意的发展。它使审美创造的心境得到了更好的呈示,同时也使诗歌创作具备了更为空灵的神韵。用禅理来说明诗人的审美创造心理的,苏轼的《送参寥师》一诗可为代表,诗云:

上人学苦空,百念已灰冷。剑头惟一吷,焦谷无新颖。胡为逐吾辈,文字争蔚炳?新诗如玉屑,出语便清警。退之论草书,万事未尝屏。忧愁不平气,一寓笔所骋。颇怪浮屠人,视身如邱井。颓然寄淡泊,谁与发豪猛?细思乃不然,真巧非幻影。欲令诗语妙,无厌空且静。静故了群动,空故纳万境。阅世走人间,观身卧云岭。咸酸杂众好,中有至味永。诗法不相妨,此语当更请。

这首诗从题目上看,这似乎是一首送别诗,实际上却是从禅僧参寥子的诗谈起,来揭示诗禅相济的道理的。

佛门以“苦空”观人生,宣扬对尘世的厌弃。在佛教看来,人生到世上,便处在苦海的煎熬之中。要真正脱离苦海,就要把一切看空。既要破"我执",又要破"法执",那么,出家的僧人更应该是万念俱灰、心如止水了。"百念已灰冷"、"焦谷无新颖",就是说禅僧应有的空寂之心。然而,苏轼的意思却是在赞誉参寥子的诗写得非常之好,意境脱俗。禅宗虽提倡"不立文字",却并不以诗僧为异端,反倒是引为禅门的骄傲。"胡为逐吾辈,文字争蔚炳?"看似诧异,实际是对参寥子诗的称赏,接下来的"新诗如玉屑,出语更清警"两句,此意便更为显豁了。

"欲令诗语妙,无厌空且静",这并非是指诗的意境,而分明是指诗人的审美创造心态。这里提出的"空静"说一方面继承了"虚静"说的美学步武,另一方面,显然又用佛教禅宗的思想为主要参照系,改造、发展了中国诗学的审美态度理论。

"空"是佛教的重要观念。按大乘般若学的理解,"空"并非空无所有,而是存在于现象中的空性。禅宗继承和发展了这种思想,被禅门推崇备至的《金刚经》说:"凡所有相,皆是虚妄。""若见诸相非相,即见如来。"又说:"如来所说身相,即非身相。"黄檗禅师注云:"夫学道人,若得知要诀,但莫于心上著一物。佛真法身,犹若虚空,此谓法身即虚空,虚空即法身。常人谓法身遍虚空处,虚空中含容法身。不知法身即虚空,虚空即法身也。"① 从"法身"与"虚空"的关系将禅宗对"空"的认识论述得相当清楚。

南宗禅的创始人慧能以心为"空",一方面将"心"置于本体地位,一方面使"空"的内涵有了进一步的丰富与转换。在慧能的禅学理论中,"心"成为可以派生万物、无所不包的本源,而这种"派

---

① 《金刚经集注》,上海古籍出版社影印本 1984 年版,第 24 页。

生”并非是实体意义的，而是一种精神的功能。正是在这里，“心”与“空”便对应起来了。因其“虚空”，所以才能生成万物，才有了最大的涵容性和创造性。南宗禅的这种心本体论，极为深刻地影响了由陆九渊到陈献章、王阳明的心学学统。陆九渊的“宇宙便是吾心，吾心便即是宇宙”(《陆象山全集》卷二十二《杂著》)，“万物森然于方寸之间，满心而发，充塞宇宙，无非此理”(同上)。这样一些心学观念，是与禅宗有着不解之缘的。禅宗的心本体论，还揭明了“空”的生成性与创造性。这对诗歌创作和理论来说，影响是积极的。“空故纳万境”，在苏轼的诗论中，“空”是“纳万境”的前提。只有心灵呈现出虚空澄明的状态，方能在诗歌创作的构思中，涵容无限丰富的境象，从而形成生动的、活跃的审美意象。

禅宗的“空”，与其“无念为宗，无相为体，无住为本”的基本命题有深切有关联，在某种程度上，也可以把这三句“真言”视为“空”的内涵。禅宗并不否定现象，另外去追求作为精神实体的“佛性”，而是在生灭不已的感觉现象中体认“实相”“成一切相即佛”。由相而入，再由相而出以“相”作为媒介而又超越于“相”，此谓“无相”。“无念”并非是排空意念，而是说不可执著于某种意念。这些观点，都可以视为禅宗“空”观的内涵所在。“静”是佛学术语，也是中国哲学的范畴之一。佛家重静，并且以之为宗教修习的根本要求。佛门之“静”，往往就是“定”，要求习佛者心如止水，不起妄念，于一切法不染不著。

大乘般若学于动静范畴亦取“不落二边”的态度，主张动静互即。早在印度佛教中的“中观”学派主张圆融“真”、“俗”二谛，破除边见，也即破除极端，而取“中道正见”。“中观”派的代表人物龙树提出著名的“八不中道”：“不生亦不灭，不常亦不断，不一亦不异，不来亦不去。”[①]“生灭”、“常断”、“一异”、“来去”，是一切存在的四对范畴。其中的“不常亦不断”，是讲事物的连续性与中断性的统一，“不一亦不异”，正是同一性与差异性的统一。东晋著名的佛教思想家僧肇大师在其《肇论》中进一步系统阐发了中观思想，其中有《物不迁论》，专论“动中寓静”的观点。所谓“不迁”，也就是在变动不居中看到其中的静止因素。“是以言常而不住，称去而不迁。不迁，故虽往而常静；不住，故虽静而常往。常往，故往而弗迁；虽往而常静，故静而弗留矣。”[②] 苏轼对事物的认识，是深受佛教“中观”说的影响的。在他的辞赋名篇《前赤壁赋》中，他借水与月为喻，指出了动与静的兼容互即的关系，他说：“客亦知夫水与月乎？逝者如斯，而未尝往也；盈虚者如彼，而卒莫消长也。盖将自其变者而观之，则天曾不能以一瞬；自其不变者而观之，则物与我皆无尽也，而又何羡乎！”这其实是以中观论的“动静”观来认识事物的。这种颇有哲理意味的看法，是以典型的中观论来看世界的产物。由此可见，苏轼的“静故了群动，空故纳万境”的佛学理论基因，是可以不言自明的。苏轼是借用了佛教的空观和动静观来谈诗歌创作的。“空”与“静”是“了群动”、“纳万境”的必要条件。只有先具备了空明澄静的审美心胸，才有可能更积极地观察生活之纷纭，使“万境”腾踔于胸中。

---

① 《中论·观因缘品第一》，见任继愈《佛教经籍选编》，中国社会科学出版社 1985 年版，第 22 页。

② 同上书，第 82 页。

禅宗的空观还对唐宋诗歌(尤其是盛唐之诗)中的那种空明灵幻的境界有非常深刻的影响。魏晋南北朝诗歌在诗的艺术形式上有了明显的进步,诗人以相当自觉的审美观念来缘情体物,使诗作有了更多的审美价值。玄言、游仙、山水等成为诗歌创作的主要种类,都得到了长足的发展,但与后来的唐诗相比,还是比较质实的,而唐诗则在整体上达到一种空明灵幻的境界。“质实”在这里借以指魏晋南北朝诗歌写景与抒情、说理分列拼合的样态,而缺少具有空灵感的浑然完整的境界。

从质实到空明,这是中国古典诗歌艺术的一个跃迁,这个跃迁的实现,主要是在盛唐时期,其典型的体现是王孟山水诗派的创作。李、杜之诗也多有此种境界。以王维的诗作为例,如《终南山》:“太乙近天都,连山到海隅。白云回望合,青霭入看无。分野中峰变,阴晴众壑殊。欲投人处宿,隔水问樵夫。”此诗写终南山的雄浑气势,同时在这种描绘中抒写了诗人博大而广远的情怀。诗的意境阔大雄浑,又有一种空明变幻的灵动之感。山水田园诗派的其他诗人也大多有这样的创作特色。孟浩然的诗作也都有淡远空明的意境,如《宿建德江》:“移舟泊烟渚,日暮客愁新。野旷天低树,江清月近人。”还有常建的《题破山寺后禅院》:“清晨入古寺,初日照高林。曲径通幽处,禅房花木深。山光悦鸟性,潭影空人心。万籁此俱寂,但余钟磬音。”这类诗作都有着空明澄澹的诗境,而诗人们与禅的关系,则是形成这种诗境的因素。王维之笃于佛,染于禅,与禅宗关系深契,曾为慧能与净觉禅师作过碑铭。在一些文章中,王维表述了他以佛禅的中观思想方法来看事物的认识,如说:“心舍于有无,眼界于色空,皆幻也,离亦幻也。至人者不舍幻,而过于色空有无之际。故目可尘也，而心未始同，心不世也。”[①]在有无、色空之间，王维不取边见，而是亦有亦无、即空即色，视万物如幻如梦。王维即是以这种眼光来进行诗的创作的。这种思想方法渗透在诗的艺术思维中，产生了空明为幻、似有若无的审美境界。

宋代著名诗论家严羽论诗以盛唐为法，在《沧浪诗话》中最为推崇的是盛唐诗人那种透彻玲珑、空明圆融的境界。严羽谓：“诗者，吟咏情性也。盛唐诸人惟在兴趣，羚羊挂角，无迹可求。故其妙处透彻玲珑，不可凑泊，如空中之音，相中之色，水中之月，镜中之象，言有尽而意无穷。”（《沧浪诗话·诗辨》）这是严羽诗学审美标准的描述。严羽用来形容盛唐诸人的“透彻之悟”的几个喻象：“空中之音，相中之色，水中之月，镜中之象”，所呈示的正是诗歌审美境界的“幻象”性质。它们都是禅学中常见的譬喻。禅宗最为推尊的经典《维摩诘经》中为说明世界的虚幻不实，用了不少诸如此类的譬喻，如说：“如幻如电，诸法不相待，乃至一念不住。”“诸法皆虚妄见，如梦如焰，如水中月，如镜中象，以妄想生。”（《注维摩诘所说经》卷三《弟子品》）这些话头，正是为严羽论诗所本。而盛唐诗人们所创造的空明灵幻的境界，是与禅学中的这种即色即空、非有非无的观念，有着不解之缘的。

---

① 王维：《荐福寺光师房花药诗序》，见《王右丞集笺注》卷十九。

二、禅宗的返照自我与诗的超越谛视

禅宗的“悟”,是对主体内在的佛性的“返照”。在神宗思想中,一切众生悉有佛性,而对于佛性的实现,主要是在于返观自我的“顿悟”。所谓“明心见性”,就是认识自我之心,发现白身之佛性。《坛经》中反复申说的便是这种返照自我的开悟。慧能认为自性本是清净的,佛性即在自性之中。一念悟时,众生即佛;迷时则佛即众生。自性中即蕴含佛性。欲使之得以实现,须是自己运用般若智慧,进行“返照”。要将自身蕴含的佛性,转化为成佛的现实性,必须是自性的开悟,而不应舍弃自心,向外觅求。《坛经》中一再说:“本性是佛,离性无别佛。”“佛性自性,莫向身外求。”如果孜孜向外觅求佛法,那便与其目的背道而驰。禅宗的“顿悟”,即是通过对自心的“返照”,使自在的佛性得以发显,如同指去云雾而见日月之明。

“返照”不是逻辑解析,而是一种直观的洞察。禅师们对学道者并不授予知识,一切公案都不是知识传授,大多数公案,甚至得不到逻辑思维的解释。但是,公案不是无谓的。禅师的机锋也好,棒喝也好,都不过是为学道者提供了个“自悟”的契机。不假外求,是禅宗悟道的一个基本点。禅宗的“返照”,又不是脱离日常生活的烦琐修行方式,而从诗歌创作的角度是“随机应照,泠泠自用”,在日常生活中的即物超越,一种“现身情态”中的领悟。禅就在日常生活之中。“平常心是道”,禅宗填平了世间与出世间的沟壑,在尘世间得到心灵的超越。“烦恼即菩提”,禅的超越是不脱离世间的超越。“返照”的工夫,作为禅学对士大夫的普遍性影响,成为他们看待世界、处理人生的重要思想方法之一,随之也进入了士大夫们的审美心态。在唐诗中,那种幽静、淡远而有某种距离感的意境,往往是诗人对于审美客体取一种“返照”的视角所产生的审美效果。最为典型的要属王维的《辋川集》二十首中的一些篇什及同类作品。《鹿柴》:“空山不见人,但闻人语响。返景入深林,复照青苔上。”这首诗是诗人以“返照”的视角来创造的诗境。清人李锳评此诗说:“人语响是有声也,返景照是有色也。写空山不从无声无色处写,偏从有声有色处写而愈见其空,严沧浪所谓玲珑剔透者,应推此种。”[①]《辛夷坞》:“木末芙蓉花,山中发红萼。涧户寂无人,纷纷开且落。”这是以返照的眼光写出了自然中特有的超然与静谧。再如中唐诗人柳宗元,染禅甚深,与禅师往还颇为密切。韩愈以排佛为己务,指责柳宗元笃信佛教,与禅憎过从甚密,柳宗元在《送僧浩初序》中公然申明自己对佛教的信仰态度。他被贬到永州以后,对佛教的体会益发深切。柳宗元的诗歌创作也以“返照”为其审美观照的方式,最典型的是他的名作《渔翁》:“渔翁夜傍西岩宿,晓汲清湘燃楚竹。烟消日出不见人,欸乃一声山水绿。回看天际下中流,岩上无心云相逐。”诗人借“返照”的视角来看“渔翁”,呈现了“岩上无心云相逐”的自由境界。

在宋代诗人中,“返照”成为更为普遍的审美视角。这在一些濡染禅学较深的诗人中就更为明显。苏轼在贬谪黄州后,更多地是以禅宗的思想方法来消解其人生苦难,借返照的视角来对自我

① 引自陶文鹏《王维诗歌选析》,广西教育出版社 1991 年版,第 125 页。

进行谛视,形成了独特的审美韵味。他在黄州有《东坡》一诗:“雨洗东坡月色清,市人行尽野人行。莫嫌荦确坡头路,自爱铿然曳杖声。”诗人于此领略的人生状味,别是一番天地。他踽踽独行,吟味、欣赏着自己的曳杖之声。诗人是将自我作为观照对象的,从而使其在黄州的艰难生活在诗人那种“寓身物中,超然物外”的心理中,有了悠然的审美情韵。在黄州,他还写过:“回头自笑风波地,闭眼聊观梦幻身。”(《次韵王迁老退居见寄》)在儋耳,他写道:“谁道茅檐劣容膝,海天风雨看纷披。”(《东亭》)在《饮酒》中,他借题发挥:“我观人间世,无如醉中真。虚空为销殒,况乃自忧身。”在诗人的冷眼谛视和自我返照中,尘世的一切奔波争斗,都如蝼蚁之忧扰,如梦幻之虚空。再看《百步洪》一诗:

> 长洪斗落生跳波,轻舟南下如投梭。水师绝叫凫雁起,乱石一线争磋磨。有如兔走鹰隼落,骏马下注千丈坡。断弦离柱箭离手,飞电过隙珠翻荷。四山眩转风掠耳,但见流沫生千涡。险中得乐虽一快,何异水伯夸秋河。我生乘化日夜逝,坐觉一念逾新罗。纷纷争夺醉梦里,岂信荆棘埋铜驼。觉来俯仰失千劫。回视此水殊委蛇!君看岸边苍石上,古来篙眼如蜂窠。但应此心无所住,造物虽驶如吾何!回船上马各归去,多言哓哓师所呵!

此诗的主旨是借流水之速来呈示世界之无常。“坐觉一念逾新罗”,谓一念之间已过新罗国。“纷纷争夺醉梦里”这四句,正是从超然谛视的角度来返观世界的迁化。俯仰之间已过千劫,那么,人生更不过是须臾一瞬了。“此心无住”，更是禅的基本观念。对于万物无所住于心，无所拘执，当然也就没有人生的焦虑了。诗人借《百步洪》的飞流直下，来写禅观宇宙的感受，仍然是“心游物外”所得的观照。

在宋代著名诗人黄庭坚的诗中，也经常可以读到这种以返观谛视的角度来摄写的意象。黄庭坚思想深受禅学影响，他本身就被纳入禅宗黄龙派的谱系，其诗多有阅世的态度，如：“主人心安乐，花竹有和气。时从物外赏，自益酒中味。”（《次韵答斌老病起独游东园二首》）这是以一种“物外之赏”的态度，平心静气地观照事物，实际上也就是观照自己的内心。山谷（黄庭坚号“山谷道人”）多以“禅心”观照事物，写出一种“幽赏”的情境。如《又答斌老病愈遣闷二首》其一云：“百痾从中来，悟罢本谁病。西风将小雨，凉入居士径。苦竹绕莲塘，自悦鱼鸟性。红装倚翠盖，不点禅心静。”对于莲塘的“幽赏”，深得物外之趣。诗人的心境是超脱而渊静的，一切都是淡淡的，飘溢着一种禅意。

在诗人的返观谛视下，无限时空的迁流都被摄化到诗人笔下，而主体非但没有被泯灭，反而得到了突出。宇宙、时空是变动不居的，主体却得以强化，似乎可以与无穷变化的宇宙相融汇，充满了一种力度感。如山谷诗：“松柏生涧壑，坐阅草木秋。金石在波中，仰看万物流。肮脏自肮脏，伊优自伊优。但观百世后，传者非王侯。”（《杨明叔从子学问甚有成，当路无知音》）“黄叶山川知晚秋，小虫催女献功裘。老松阅世卧云壑，挽著苍江地无万牛。”（《秋思寄子由》）在这些诗中，诗人对宇宙、世界持“阅世”的态度。

不仅苏、黄诗有这种冷静谛视的特点，宋代其他诗人也多对宇宙人生取一种超然的、带有距离感的观照态度，这便形成了宋诗的某种超越精神。这种超越精神，是与禅风有密切关系的，更多地出现于浸淫于禅悦的诗人的创作之中。如沈辽是北宋一位有名的诗人，中年以后，“一洗年少之习，从事禅悦”。（《宋诗选·云巢诗钞》）他有诗云：“已恨初年不学仙，老来何处更参禅？西风摇落岁事晚，卧对高岩看落泉。”（《游瑞泉》）这也是对世事的冷眼谛视。江西诗派的重要作家韩驹，颇有禅学修养，与禅僧过从甚密，唱和之作不少。韩驹诗中有些以禅论诗之作，也是广为人知的，如《赠赵伯鱼》诗云：“学诗当如学参禅，未悟且遍参诸方。一朝悟罢正法眼，信手拈出皆成章。”韩驹有些诗作是取超然谛视的角度来写人世的纷扰，其间是借助了禅观的，如《次韵参寥》其二：“且向家山一笑欢，从来烈士直如弦。君今振锡归千顷，我亦收身向两川。短世惊人如掣电，浮云过眼亦飞烟！何当与子超尘域，下视纷纷蚁磨旋。”这正是禅宗的“返照”。

禅宗的“返照”，对于士大夫的心态产生了较为深远的影响，渗透于诗歌创作中，造成了静谧而超然的境界，使作品有了更多的审美韵味。

三、自然：禅与诗的栖息

禅宗爱自然，禅便栖息在大自然之中。在禅的公案中，处处都有自然的意象，作为禅机的启悟。“如何是和尚家风？”“满目青山起白云。”“如何是灵泉境？”“枯椿花烂漫。”“如何是清静法身？”“红日照青山。”自然，在禅宗的眼中，是何等的亲切！李泽厚先生于此有较精当的论述"禅宗喜欢讲大自然，喜欢与大自然打交道。它追求的那种淡远心境和瞬刻永恒，经常假借大自然来使人感受或领悟。其实，如果剔去那种附加的宗教的内容，这种感受或领悟接近一种审美愉快。审美愉快有许多层次和种类。其中有'悦志悦神'一大类。禅宗宣扬的神秘感受，脱掉那些包裹着的神学衣束，也就接近于悦神类的审美经验了。不仅主客观混然一致，超功利，无思虑；而且似乎有某种对整个世界与自己合为一体的感受。特别是在欣赏大自然风景时，不仅感到大自然与自己合为一体，而且还似乎感到整个宇宙的某种合目的性的存在。这是一种非常复杂的高级审美感受。"① 李泽厚先生把禅与大自然的关系给予明确的揭示，并且将禅在大自然中所领悟的宗教感受与审美愉悦沟通起来，但缺少一些具体的分析与说明，况且还有些泛美学化了。其实，禅之喜爱大自然，是可以得到较为切实的解释的。

禅并不在外在于众生，而且就在众生的"自然"之中。佛性是遍在于一切"有情"的，这在南朝高僧竺道生高倡的"一阐提人悉有佛性"的命题中已经有了理论根基。禅宗进而揭橥出"无情有性"的响亮口号，进而使大自然一切都闪烁出禅的光彩。"无情有性"就是说不但"有情众生"悉有佛性，而且一切山河大地、草木土石等无情物也都有佛性，"青青翠竹，总是法身；郁郁黄花，无非般若。"

禅宗融摄了天台的"一念三千"和华严宗的"理事无碍"，把山河大地、草木瓦石，看做佛性的荷载。"一切声色，是佛之慧目……诸佛体圆，更无增减，流入六道，处处皆圆，万类之中，个个是佛。

① 李泽厚：《中国古代思想史论》，人民出版社 1986 年版，第 210 页。

譬如一团水银,分散诸处,颗颗皆圆,若不分时,只是一块。此一即一切,一切即一。"[①] 这里集中体现了后期禅宗"无情有性"的思想,"万类之中,个个是佛",更多的是将佛性放进大自然中加以体验妙悟。

这与斯宾诺莎的泛神论甚是投契,不能不引起我们进一步的思考。斯宾诺莎哲学把自然与神等同起来。在他看来,"实体只有一个,就是'神即自然',任何有限的事物不独立自存"[②]。斯宾诺莎认为,大自然之所以是统一的,就是因为神作为统一的实体在大自然中存在着。斯宾诺沙认为,在自然中只有一个实体,一个无限的实体,而不会有另一个实体,因而,自然的本身也就是神。在任何自然物中,都具有无限的圆满性[③]。这种观点与中国佛教华严宗的"理事无碍"观,颇有相通之处。华严经典云:"一一事中,理皆全遍,非是分遍。何以故?彼真理不可分故。是故一一纤尘,皆摄无边真理,无不圆足。"[④] 这与斯宾诺莎的"泛神论"几无二致。禅宗的"万类之中,个个是佛",很明显是融合了华严宗的思想的。在有限中包容无限,在片刻中寓含永恒,在任何的"事法界"中都包含着"理法界",本体也就在生灭变化的现象界之中。禅宗对这些是说得了了分明的:"所以一切色是佛色,一切声是佛声。举着一理,一切理皆然。见一事,见一切事,见一心,见一切心,见一道,见一

---

① 《黄檗断际禅师宛陵录》,《中国佛教思想资料选编》第二卷第四册,中华书局1983年版,第221页。

② 罗素著,何兆武、李约瑟译:《西方哲学史》下卷,商务印书馆1963年版,第95页。

③ 参斯宾诺莎著:《神、人及其幸福简论》,商务印书馆1987年版,第139页。

④ 《华严法界观门·理事无碍观》,载任继愈编:《佛教经籍选编》,第199页。

切道;一切处无不是道;见一尘,十方世界山河大地皆然。见一滴水,即见十方世界一切性水。"①

诗人爱自然,因为大自然比朝廷、比市井都纯净得多。越是政治昏昧、世风日下之时,诗人们越是渴望投入大自然的怀抱,以净化自己的灵魂。真爱自然的诗人,是把自己的灵魂投入自然、与自然融为一体的。耽禅的诗人爱山水,亲自然,王维、孟浩然如此,刘长卿、韦应物、柳宗元也如此。禅是一种人生哲学,一种心灵的存在方式。当他们在仕途上受到挫折后,或在精神上、心灵上饱经忧患之后,往往会顿悟禅机。"人生如梦"的观念就会变为亲在的体验。尚有一份正义感、正直心的士大夫在饱谙了官场龌龊后,就会更钟爱于自然。王维在经历了"安史之乱"的磨难后,虽然仍在朝廷任职,却更为栖心释梵。在辋川别业写下了那么多脍炙人口的山水诗。孟浩然在长安求宦不成,再返江南,"山水寻吴越",在山水诗中所表现的心情,十分清远恬淡。白居易在饱谙朝市争夺、官场倾轧之后,晚年一心向佛,澄心静气,在他眼中的自然是清悠闲远的。当诗人以禅的眼光来看自然时,自然物象进入诗中,也就有一种若有若无的禅味。受禅风熏陶的诗人,写出的山水诗,都有着渊静的氛围。禅宗喜爱自然,是把自然作为"佛性"的寓含。染禅的诗人们,有禅的意识,禅的眼光,他们面对自然,往往借物象来品悟、咀嚼禅理,自觉不自觉地在诗中道出参禅的心得。如白居易的《闲咏》:"步月怜清景,眠松爱绿荫。早年诗思苦,晚年道情深。夜学禅多坐,秋牵兴暂吟。悠然两事外,无处更留心。"再如苏轼的

---

① 《黄檗断际禅师宛陵录》,《中国佛教思想资料选编》第二卷第四册,第229页。

《吉祥寺僧求阁名》:“过眼荣枯电与风,久长哪得似花红。上人宴坐观空阁,观色观空色即空。”都是在诗中表述出自己的宗教情感体验。禅的意识在这种情境中,转换为在有限中见无限的审美能力。大自然的一切都是千差万别、各具形态的,又都是千变万化、生灭不已的。禅宗善于即色谈空,在万法的殊相中品味真如。诗人则善于捕捉活生生的物象,剪裁下大自然鲜活的一草一木,摄入诗中,使它传写出宇宙的脉息,留住美的永恒。

禅宗把自然作为“真如”的表象,认为一花一叶,都含有佛性。因此,一切都有了灵光;诗人,真正意义上的诗人,是将自然作为诗的渊薮,作为逃离世俗丑恶的精神绿洲的。杜甫即云:“我生性放诞,雅欲逃自然。”(《寄题江外草堂》)而禅的介入,使那些山水诗,又多了些奇妙的氤氲!

墨 戏 论

纵观中国古典绘画美学的源流可知，“墨戏”不是一个一般性的绘画名词，而是一个能够代表文人画艺术精神的独特美学范畴。在某种意义上，它甚至表征着中国画创作论的鲜明特色。因此，探索“墨戏”的内在机制、发生发展情况、审美内涵是有很重要的理论价值的。

一

什么是“墨戏”？《中文大辞典》云：“墨戏，谓绘事也。”这个界定显然是失之宽泛了。“墨戏”只是“绘事”的一种，而不能等同于全部“绘事”。“绘事”中的工笔画，显然不是“墨戏”。经过精心构思、着意布置的大型画作，如李思训的《嘉陵江山水图》、张择端《清明上河图》等，都非“墨戏”。所谓“墨戏”，是文人画中那些即兴点染的写意之作。元人吴镇论画云：“墨戏之作，盖士大夫词翰之余，适一时之兴趣。”[①] 这倒是颇为确切的。“墨戏”也就是游戏笔墨。画家并非是郑重其事地预先构思，而是以一种游戏的创作态度即

① 见沈子丞编：《历代论画名著汇编》，文物出版社 1982 年版，第 206 页。

兴挥毫。在创作主体方面,这种态度,是产生“墨戏”的必要条件。而作“墨戏”画的画家,基本上都是文人(士大夫),似与专业画师无干。因此,“墨戏”是属于文人画的范畴的。

关于创作主体的游戏态度,前人在画论中多有论及。苏轼在《题文与可墨竹》中说:“斯人定何人,游戏得自在。诗鸣草圣余,兼入竹三昧。”说明了文同在画墨竹时是以“游戏”态度出之的。文同以墨竹名世,在文人画的发展史上有重要地位。但他作画“初不自贵重”,看见“精缣良纸”便“愤笔挥洒,不能自已”,完全是一种游戏的态度。明代著名画家徐渭,在诗中谈及自己的创作体验:“世间无事无三昧,老来戏谑涂花卉。”[①]《明画录》谓其“中岁始学花卉,初不经意,涉笔潇洒,天趣灿发,可称散僧入圣”。“墨戏”之“戏”,首先就是创作主体的游戏态度。

创作主体的游戏态度,并非是毫无社会内容的形式冲动感,而是一种自由地、即兴地抒写主体情志的创作欲求。这也便是“写意”。中国传统绘画中的“写意”,虽是一种创作手法,但又是与画家实现自我价值、高扬主体精神的文人画本质特征紧密联系在一起的。“墨戏”之作必然是“写意”的,工笔画不能称为“墨戏”。在这点上,《辞源》的解释“写意画,随兴成画”,是符合实际的。突出主体的意趣,随意所适,是“墨戏”在创作主体方面的特征。既然以“适意”为其旨归,就必然打破那种酷肖客观物象的摹仿式画法,而以画家的主体意趣恣意挥洒。离客观而趋主观,不要求笔下形象

① 徐渭:《画百花卷与史甥,题曰漱老谑墨》,载《徐渭集·徐文长三集》卷五,中华书局 1983 年版。

的逼似物态，而是要在形象中寄托生发主体的意趣，“写意不求形似”是“墨戏”技法上的特点。元人汤垕在《画鉴》中指出：“游戏笔墨，高人胜士寄兴写意者，慎不可以形似求之。先观天真，次观意趣，相对忘笔墨之迹，方为得之。”① 适足以说明“墨戏”画的艺术精神，同时也从审美鉴赏的角度揭示了“墨戏”的内涵所在。元代“四大家”之一的吴镇，在论“墨戏”时又说：“尝观陈简斋墨梅诗云：‘意足不求颜色似，前身相马九方皋。’此真知画也。”② 在对陈与义在诗中所表现的审美态度的认同中，表达了自已对“墨戏”画的这种看法。其实，这并非是某一位画论家的观念，而是宋元以来文人的一种普遍的审美价值观。苏轼“论画以形似，见与儿童邻”的著名论点，引起历代文人的长期争议。实际上，联系苏轼美学思想的整体以及文人画美学思潮的发展历程，就会看到，苏轼轻形重神的审美观是十分清楚的。苏轼是宋元文人画美学思潮的代表人物，他们的看法与当时画坛上文同、米芾这样一些文人画家的绘画实践有密切联系，同时，苏轼本人也是著名的文人画家，他所画的墨竹等题材，也都有着“墨戏”画的特点。元代著名画家倪瓒“仆人所谓画者，不过逸笔草草，不求形似，聊以自娱耳”③，其中“自娱”也正说明了“墨戏”画抛离形似的特点，也是“墨戏”的创作心态。

“墨戏”画的题材也有大致的范围。正因为是“适一时之兴趣”，即兴为之，所以不宜于作那种规模宏阔、结构谨严的画，而多半是花木松石等小景。文人画中常见的题材，墨梅、墨竹、墨兰、墨

① 汤垕：《画鉴》，载《历代论画名著汇编》，第197页。

② 同上，第206页。

③ 倪瓒：《清闷阁集》卷四《答张仲藻书》。

菊、枯木、松石、人物等等，基本都属于“墨戏”的画材。潘天寿先生论元代墨戏时说：“以其画材言，则以四君子(竹、梅、兰、菊)为最盛，墨戏花鸟次之，枯木窠石又次之。”[①] 清人王时敏评画云：“宣和主人于万几之暇，游戏丹青，山水树石外，间作花鸟虫鱼，用以写生适兴。”[②] 潘天寿论明人墨戏说：“亦以墨竹墨梅为最盛。”[③] 明代名画家文徵明也说：“古人高人逸士，往往喜弄笔，作山水以自娱。”[④] 都可看出“墨戏”画的题材领域。

“墨戏”画之所以多取上述题材，是由于这些形象适于寄寓士大夫的情志意趣。竹、梅、兰、菊是高洁品格、君子之风的象征，而枯木窠石或山水，也往往能表现出画家的那种狂狷傲世的精神世界。当然并非所有以这些题材入画的都是墨戏，只有那些以游戏态度创作的即兴点染之作，才可称作墨戏。

二

“墨戏”是历史的产物。文人画的崛起，才带来了“墨戏”的产生与发展。而“墨戏”的日益繁盛，却显示了中国画的发展趋向。

宋代以前，没有自觉的文人画观念，也没有纯粹的“墨戏”。但王维等人的水墨画，可目为“墨戏”之滥觞。到了宋代，文人画(当时也称“士人画”)成为画坛上越来越强的劲旅，自觉的文人画审美

① 潘天寿：《中国绘画史》，上海人民美术出版社 1983 年版，第 177 页。

② 王时敏：《西庐画跋》，载《历代论画名著汇编》，第 287 页。

③ 潘天寿：《中国绘画史》，第 217 页。

④ 文徵明：《论画》，载《历代论画名著汇编》，第 225 页。

观念已经在画论中表现得颇为充分。苏轼、黄庭坚等人在其审美鉴赏中大力阐扬文人画的审美价值观,对书画界产生了深刻影响。墨戏在这种文艺思潮中大显身手。潘天寿先生在《中国绘画史》中对墨戏的发生发展有着颇为清晰的揭示,他说:

> 吾国绘画,虽自晋顾恺之之白描人物,宋陆探微之一笔画,唐王维之破墨,王洽之泼墨,从事水墨与简笔以来,已开文人墨戏之先绪;尚未独立墨戏画之一科,至宋初,吾国绘画文学化达于高潮 ,向为画史画工之绘画,已转入文人手中而为文人之余事;兼以当时禅理学之因缘,士夫禅僧等,多倾向于幽微简远之情趣,大适合于水墨简笔绘画以为消遣。故神宗、哲宗间,文同、苏轼、米芾等出以游戏之态度,草草之笔墨,纯任天真,不假修饰,以发其所向,取其意气神韵之所到,而成所谓墨戏画者。其画材多为简笔水墨之林木窠石,梅兰竹菊,以及简笔水墨之山水等,已开明清写意派之先声。

唐代大诗人兼画家王维,开水墨画之先河,打破时空关系,而以跳跃幅度极大的审美意象创造画面,如沈括在《梦溪笔谈》中所举的“雪里芭蕉”图,就颇有“戏笔”味道,清人王士祯赞曰:“世谓王右丞画雪里芭蕉,其诗亦然……大抵古人诗画只取兴会神到。”[①] 王维在唐代画坛上地位并不很高,而到了宋代,地位却直线上升。从文

① 王士祯:《池北偶谈》。

人画审美观出发来评画的苏轼置王维于吴道子之上,[①] 王维的水墨简笔画被大加推崇。苏轼本人也是著名的文人画家,以画墨竹著名于当世。苏轼墨竹虽出于文同的湖州画派,但更具有自家的独创风格。在题李龙眠所画《憩寂图》诗中,苏轼说得很清楚:"东坡虽然湖州派,竹石风流各一时。"苏轼的画多墨戏之作,"所作枯木,枝干虬屈无端倪,石皴亦奇怪,如其胸中盘郁也。作墨竹,从地一直起到顶,或问何不逐节分?曰竹生时何尝逐节生耶![②] 黄庭坚评苏轼所画枯木:"恢诡谲怪,滑稽于秋毫之颖。"[③] 又题苏轼所画竹石云:"东坡老人翰林公,醉时吐出胸中墨。"[④] 邓椿评苏轼作画说:"先生非乘酣以发真兴,则不为也。"[⑤] 都可见出苏轼以戏笔发真兴的情形。汤垕也称:"东坡先生文章翰墨照耀千古,复能留心墨戏,作墨竹师与可,枯木奇石,时出新意。"[⑥] 而苏轼的好友黄庭坚在当时就有《东坡居士墨戏赋》一文,足以说明苏轼作墨戏画的成就已为人们认识了。著名画家米芾以墨戏著称,宋人赵希鹄记载道:"米南宫多游江浙间,每卜居,必择山水明秀处,其初本不能作画,后以目所见,日渐摹仿之,遂得天趣,不专用笔,或以纸筋,或以蔗滓,或以莲房,皆可为画。"[⑦] 从这段记载中可以看出,米芾

---

① 见苏轼诗作《王维吴道子画》,载《苏轼选集》。

② 邓椿:《画继》卷三,人民美术出版社校点本1964年版。

③ 黄庭坚:《苏李画枯木道士赋》,载《黄庭坚全集》第一册,四川大学出版社2001年版,第299页。

④ 黄庭坚:《题子瞻画竹石》,《黄庭坚全集》第一册,第225页。

⑤ 邓椿:《画继》卷三,人民美术出版社1964年版。

⑥ 汤垕:《画鉴》,载《历代论画名著汇编》,第192页。

⑦ 赵希鹄:《洞天清录》,载陈高华编《宋辽金画家史料》,文物出版社1984年版,第574页。

以墨戏为其特长,信笔点染,不为绳墨法度所拘,而且米氏的作画工具不只是笔,而是信手拈来,用什么都可以作画,这自然是一种游戏态度了。米芾的儿子米友仁,作画继承、发展了乃父的"墨戏"画风,并以"墨戏"自许。米友仁有《云山墨戏图卷》,其上款书道:"余墨戏气韵不凡,他日未易量也。"在《云山得意图卷》自志中也说是"实余儿戏得意作也"。可见他是有意识发展"墨戏"画风的。邓椿评米友仁画云:"天机超逸,不事绳墨,其所作山水,点滴烟云,草草而成,而不失天真,其风气尚乃翁也。每自题其画曰墨戏。"①可见,宋代在文人画审美思潮的背景下,墨戏在画坛上地位更加重要。

元代是文人画高度发达的时期。由于元代统治者不葺文治,汉族士大夫如欲仕进,是十分不易的,于是不少人便飘散于江湖,野逸自放,心里有一种勃郁不平的情绪。发之于绘画,多为"逸笔草草"的墨戏。潘天寿先生述云:

> 元代墨戏画作者,济济多士,可谓空前绝后。其专长一科之专门作者,固甚多;实则元人以能画名者,几无不兼工墨戏画,以其画材言,则以四君子为最盛,墨戏花鸟次之,枯木窠石又次之。四君子,以墨竹为最盛,墨梅次之,墨兰、墨菊为下。专长墨戏花鸟及枯木窠石者,有班惟志、边武、边鲁、南宫文信等。兼长者,有郭畀、张中等。

---

① 邓椿:《画继》卷三。

大略叙述了元代墨戏画发展的概况。元继宋后，文人画的审美思潮更盛，墨戏画也更为普遍，文人画家无不染指。元代大画家赵孟頫"善墨戏，于水仙尤得意，晚作梅，自成一家。"(《癸辛杂志》)元"四大家"更以墨戏画闻名于世。"四大家"作画以寄兴适趣为宗旨，以求神韵所寓而不屑于形似。他们不仅在艺术实践上多"墨戏"之作，在理论上也揭示了"墨戏"的内涵。前面所引倪瓒及吴镇的有关论述，都接触到了"墨戏"的根本性质。潘天寿先生概括说：

> 盖吾国绘画，至元全入于文人余事之范围，纯入士大夫词翰之余，消遣自娱之具，故墨戏中梅兰竹菊，孤姿清致，殊有契于士大夫之怀抱，尤见兴盛。[①]

正可说明元人墨戏的性质及对宋代墨戏的继承和发展。

明、清两代，墨戏画更盛，尤其是清代写意派发展之后，该派画家都以游戏态度，作简笔水墨花卉，以及梅兰竹菊等。墨戏画归入写意之潮流。明代画家如徐渭、文徵明、夏昶等，都以墨戏著称。徐渭以一种大刀阔斧、纵横睥睨的写意画法来表现形象，抒写胸中郁闷之气，石涛、八大山人等兀傲怪诞的写意花鸟，莫不受到他的影响。清代墨戏画亦极普遍，上述八大山人、石涛，还有郑板桥等画家的写意花鸟，墨竹墨兰等，都是墨戏中的佳品。明清时期画论著述十分丰富，关于墨戏的理论文字也多见于这时期的画论之中，如明董其昌的《画禅意随笔》、清吴历的《墨井画跋》、恽格的《南田

---

① 潘天寿:《中国绘画史》,第184页。

画跋》等,都有许多关于墨戏的论述。

总之,墨戏滥觞于唐代,成熟于宋代,而在元明清则典型地体现着文人画的审美意识。研究中国绘画史,不能不注意到墨戏的美学价值,认识它在中国古典美学中的独到意义,而不应再将它"尘封土埋"了。

三

现在让我们进一步认识"墨戏"在审美创造上的意义。

我们已经说过,"墨戏"就是游戏笔墨,就是以一种游戏的态度进行即兴的创作,这是"墨戏"在创作主体方面的必要条件。这种游戏的创作态度,使创作主体得到一种精神世界中的自由。画家不是为了某种直接的功利目的作画,而主要是使主体的内在情趣得以抒发,内心世界得到一种新的平衡。作画的目的在于"自娱",而不在于博取某种功利与效益。正如吴历所说:"古人能文,不求荐举,善画,不求知赏,曰文以达吾心,画以适吾意。"[①] 那么,这种作画的游戏态度绝非是无所谓的。这是一种主体的内在需要,而不是为了满足外在的功利性需求,用康定斯基的话来说,就是"内在需要的冲动"。这是一种自由的创造,在这种创造中所诞生的是真美而非赝品。庄子借宋元君之口赞誉的那个"解衣盘礴"的画史是"真画者",这是中国古代美学中最早对不受束缚的创作态度的表述与认同。然而,这位画史还算不上有游戏的创作态度,因为他

---

① 吴历:《墨井画跋》,载《历代论画名著汇编》,第324页。

的作画还是奉宋元君之命而行,恐怕是由宋元君定下画的主题的。而“墨戏”的游戏态度,是“适一时之兴趣”,不会是“主题先行”的。

德国美学家席勒在他的美学著述中特别强调“游戏冲动”的意义。当然,席勒的“游戏”不是“现实生活中进行的、通常只是以非常物质性的对象为目标的那些游戏”①,而是有着哲学层次上的特定内涵,与在康德术语里一样,是与“自由活动”同义而与“强迫”对立的那种游戏。感性冲动使人感到自然要求的强迫,而理性冲动又使人感到理性要求的强迫,游戏冲动既脱离了前者又脱离了后者,“扬弃了一切偶然性,因而也就扬弃了强制,使人在精神方面和物质方面都得到自由。”② “游戏冲动”即审美的自由。席勒这样高度评价游戏冲动的意义:“正是游戏而且只有游戏才使人成为完全的人,”“只有当人是完全意义上的人,他才游戏;只有当人在游戏时,他才完全是人。”③ 我们并不是站在斯宾塞式的立场上来欢迎“游戏说”的,但席勒的“游戏说”确实可以说明审美的自由。我以为“墨戏”要求创作主体的游戏态度,是要摆脱直接的功利性欲求和外在的主题律令,进行自由的审美创造,以席勒的“游戏冲动”所具有理论内涵来阐释“墨戏”,是可以得其仿佛的。

“墨戏”既然要求创作主体取一种脱略直接的功利目的与外在的主题律令的游戏态度,那么,它的创作契机是什么呢? 那便是“随兴作画”。这个“兴”,可以从诗歌创作的比兴之“兴”得到审美

① 席勒著,冯至、范大灿译:《审美教育书简》,北京大学出版社 1985 年版,第 79 页。

② 同上,第 74 页。

③ 同上,第 80 页。

关系的理解。在中国古典美学中,对“兴”有许多界说,这里无须胪列,然而我以为从物我关系的角度进行界说,较中肯綮。宋人李仲蒙所说的“触物以起情谓之兴,物动情者也”①,最能说明“兴”的特质,“兴”是客观物象对主体的偶然的触发,主体和客体在一种邂逅相遇式的感发中形成审美关系,形成创作冲动。中国古典美学十分重视这样的审美创造方式。宋人叶梦得评谢灵运“池塘生春草”这名句时说:“世多不解此语为工,盖欲以奇求之耳。此语之工,正在无所用意,猝然与景相遇,借以成章,不假绳削,故非常情所能到。诗家妙处,当须以此为根本。”② 明人谢榛云:“诗有天机,触物而成,虽幽寻苦索,不易得也。”③ ……还可以举出许多,古典诗论中倡扬这种偶然感发的审美创造方式者不乏其人。“墨戏”也是以这种偶然感发的审美创造方式来作画的。诗与画表现形式、媒介手段固然不同,但创作灵感的发动确是相通的。吴历说:“兴来画竹,要得其风雨流韵,霜雪洒然,乃得竹君之品格”,又说,“绘学有得,然后见山见水,触物生趣,胸胸了了,方可下笔。”④ 李日华则谓:“点墨落纸,大非细事;必须胸中廓然无一物,然后烟云秀色,与天地生生之气,自然凑泊笔下,幻出奇诡。”⑤ 恽南田说:“随意涉趣,不必古人有此。”⑥ 都透露出文人画中这种灵机触发的审美创造方式。而“墨戏”画不以直接的功利目的和外在的主题律令相

① 见胡寅《与李叔易书》,载《斐然集》卷十八。
② 叶梦得:《石林诗话》卷中。
③ 谢榛:《四溟诗话》卷二。
④ 吴历:《墨井画跋》,载《历代论画名著汇编》,第325页。
⑤ 李日华:《论画》,同上,第228页。
⑥ 恽格:《南田画跋》,同上,第362页。

约束,那么,“随兴作画”更成为创作契机,这种随境偶发的审美创造方式,可以使诗、画所创造的审美境界自然入妙,不露痕迹,“透彻玲珑,不可凑泊,如羚羊挂角,无迹可求。”(严羽《沧浪诗话》)所谓“曾不经意,而皆得神妙。”① 也可以说是“神来之笔。”

以“墨戏”为画者“不求形似”,而以高扬主体情趣为归依,此点已见前述。与“不求形似”紧密联系的是对于技法的超越。“墨戏”画要摆脱前人的甜熟途径,不拘于成法,而发挥更大的创造力。一般来说,“墨戏”似乎与程式法度相背谬的。汤垕在《画鉴》中说:“画马最难。盖一主于变化出没,必流于戏墨,于画法甚亏;若拘于画法,则又乏变化之意。”由此看来,墨戏主于变化,而不墨守一般的画法。清人秦祖永论杨龙友画云:“余见尺幅数种,均系一时兴到之作,不为蹊径所拘。”② 王时敏论画云:“宣和主人于万几之暇,游戏丹青,山水树石外,间作花鸟虫鱼,用以写生适趣。其措意用笔处,迥出天机,超然尘表,非寻常畦径可及。”③ “游戏丹青”就要“脱略畦径”,这其间是有必然联系的。推崇“墨戏”的恽南田也说:“作画须有解衣盘礴旁若无人意,然后化机在手,元气狼藉,不为先匠所拘,而游于法度之外矣。”④ 看来“墨戏”画者都是倡言不拘法度的。

然而,“不拘法度”,“不落畦径”,并不等于是抛弃法度,进入一种“出神入化”的境界,王时敏又说:“寓法度于纵放之中,得奇趣于

---

① 汤垕:《画鉴》,载沈子丞编《历代论画名著汇编》,第187页。

② 秦祖永:《桐荫论画》,同上,第620页。

③ 王时敏:《西庐画跋》,同上,第288页。

④ 恽格:《南田画跋》,同上,第334页。

笔墨之外，”恽南田也说：“作画须化入古人法度中，纵横恣肆，方能脱略畦径，洗发新趣也。”“脱略畦径”是出于“古人法度”的。在高度熟练地掌握法度而后加以变化，并且有意识地突破传统画法程式，给人以新奇狂怪之感。苏东坡“出新意于法度之中，寄妙理于豪放之外”，此其谓也。实际上，宋代诗论中所谓“活法”与“墨戏”的此种品格是同一机杼的。“活法”说所谓“规矩备而能出于规矩之外，变化不测而亦不背于规矩也。”“盖有定法而无定法，无定法而有定法。”[①] 用来说明“墨戏”对“规矩法度”的态度，颇能语其三昧。李日华评苏轼、米芾的墨戏画说：“苏玉局、米南宫辈，以才豪挥霍，借翰墨为戏具，故于酒边谈次率意为之而无不妙。”[②] 汤垕亦论苏画云：“枯木奇石，时出新意。”“墨戏”画法奇特，时出新怪，变化多端，给鉴赏者以“陌生化”的审美感受，引发了鉴赏者的审美兴趣。

墨戏画不屑于规摹物像，不拘于画法，不求形似，甚至以否定、超越形似来突出主体情趣，因而在笔法上尚“简”。所谓“逸笔草草”，正是说画面简率。董其昌在《画禅室随笔》中评米元晖的《潇湘白云图》时说：“一望空阔，长天云物，怪怪奇奇，一幅米家墨戏也”，说明董其昌所见之“米家墨戏”乃是简率怪奇的。潘天寿论明代墨戏画时说：“例如青藤道士（徐渭）等之简写诸作，着笔草草，实系一有力之墨戏画家。”[③] 尚“简”，是宋元以还文人墨戏的共同特点。

---

① 吕本中：《夏均文集序》，载吴曾《能改斋漫录》卷十。

② 李日华：《书画谱》，载俞剑华编《中国古代画论类编》，人民美术出版社2000年第2版，第130页。

③ 潘天寿：《中国绘画史》，第217页。

作为文人画的审美意识,尚“简”的内涵是颇为丰富的。“简”并非一般意义上的“简”,而是包含了更大容量的“简”。简削形迹当然不是为了画起来省事,而恰恰是为了增加意境的深广程度。正如伍蠡甫先生所指出的:“绘画虽然不能像禅宗那样不立文字而废除形象,但是要求笔墨尽量从简,方能突出意境,寄寓深遥。”[①]简率使画面有更多的虚白,可以使画境在有限中融会无限。《南田画跋》云:“平远数笔,烟波万状,所谓愈简愈难。”恽南田是深知其中奥理方能道出此种甘苦之言的。宋人黄庭坚作《东坡居士墨戏赋》云:“东坡先生游戏于管城子、楮先生之间,作枯槎寿木,丛篠断山,笔力跌宕于风烟无人之境,盖道人之所易,而画工之所难。”都是说墨戏画在简率的画面中“吐纳风云之色”、“与天地精神相往来”的艺术精神的。

“墨戏”作为中国古典绘画美学的独特范畴,有着很高的审美价值,可以发掘出更为丰富的意蕴。它非常突出地表现着文人画的审美价值取向,理所当然地应该得到更为深入、系统的理论研究。而就目前情形来看,却显得很不相称,本文作为发轫,期待着更多的研究成果的出现。

---

① 伍蠡甫:《中国画论研究》,北京大学出版社 1983 年版,第 113 页。

远:超然之美

“远”是中国古典美学中最能体现民族艺术精神的审美意识之一。“超越有限,追求无限”是它的核心内涵。“远”观念自萌芽、形成、发展直至成熟,几乎经历了中国古典美学史的全部。在这漫长的嬗变过程中,“远”以其独特的“超然之美”行迹于各种审美领域,显示出极高的美学价值。然而,目前对“远”的研究存在着许多局限,论家往往将“远”归结为山水画的意境之一,这显然没有全面而深入地揭示出“远”的审美精神及哲学底蕴。因此,打破这一理论局限,重新阐释“远”的深广内涵,重新树立“远”的美学地位,具有十分重要的理论意义。

“远”作为审美意识的出现

从辞源学上考察,“远”的最初含义有三种。一是近之反,《庄子·天道》:“吾固不辞远道而来愿见。”《吕氏春秋·大乐》:“音乐之所由来者远矣。”《战国策·齐一》:“窥镜而自视,又弗如远甚。”二是深奥,《易·系辞下》:“其旨远,其辞文,其言曲而中。”三是疏远、离去,《论语·雍也》:“敬鬼神而远之,不谓知矣。”又《颜渊》:“舜有天下,还于众,举皋陶,不仁者远矣。”这三种含义在先秦两汉典籍中广泛应用,却并不具有明显的美学意味。

然而,在这一时期的文学作品中,“远”却流露了最初的审美意味。《诗经·小雅·渐渐之石》中出现了这样的诗句:“渐渐之石,维其高矣。山川悠远,维其劳矣。”(《广韵·尤韵》:“悠,远。”《毛传》:“悠,远。”)这里的“悠远”一词,表面看用的是“远”的第一种本意,形容山川之于抒情主人公距离的遥远。可全诗特定的审美语境却赋予了“悠远”更加丰富的含义。山川之悠远,使主体在与客体的距离中捕捉到某种主客契合的情绪,“悠远”成为一种因距离而萌生的原始美感。

秦汉时期的“远”概念虽然有了审美意味的流露,但它还没有完全脱离语义学内涵,其存在也必须依附于特定的审美语境。因此,这一时期“远”还只是处于萌芽状态。真正具有美学意义的“远”观念当始于审美自觉的魏晋时代。宗白华先生说:“中国美学竟是出发于‘人物品藻’之美学。美的概念、范畴、形容词,发源于人格美的评赏。”[①] “远”观念正是在这种品藻人物的世风之下成长起来,以超凡脱俗的人格美和人生美走进了中华美学。翻开刘义庆的《世说新语》,以“远”品人、以“远”立志的辑录实在不少,比如:“晋文王称阮嗣宗至慎,每与之言,言皆玄远,未尝臧否人物。”[②] 王戎云:“太保居在正始中,不在能言之流。及与之言,理

① 宗白华:《论〈世说新语〉和晋人的美》,载《美学散步》,上海人民出版社1981年版,第210页。

② 刘义庆:《世说新语·德行》。

中清远,将无以德掩其言。”[①]“安弘粹通远,温雅融畅。”[②]“会稽贺生,体识清远,言行以礼,不徒东南之美,实为海内之秀。”[③]“祖东海太守承,清淡平远。”[④]“傅嘏善言虚胜,荀粲谈尚玄远。”[⑤]“桓惮其旷远,乃趣解兵。”[⑥]“见山巨源,如登山临下,幽然深远。”[⑦]“康子绍,清远雅正。”[⑧]“王夷甫雅尚玄远,常嫉其妇贪浊,口未尝言钱字。”[⑨]“雅素恢达,度量弘远,心存事外,而与时俯仰。”[⑩]……从这些辑录中我们可以看出,“远”在内涵上已经完全走出语义学范围,而成为晋人心目中高尚的人格品性和理想的人生境界。它既是风度仪容、才情思理的清雅洒脱,又是生存空间、精神领域的自由放达。那原始的空间距离之美,在这时已经演变成精神对于现实的逃离,心灵对于世俗的隐遁。

魏晋时代的这种人格审美、人生审美,反映出士人对现实的不满和对自由个性的渴望。沉寂了几百年的庄子美学此时重又受到士人的青睐。庄子美学实际上就是一种人生美学,其核心思想就是以“乘云气、御飞龙,而游乎四海之外”的逍遥游来摆脱现实的痛

① 刘义庆:《世说新语·德行》。
② 刘义庆:《世说新语·德行》。
③ 刘义庆:《世说新语·言语》。
④ 同上。
⑤ 《世说新语·文学》。
⑥ 《世说新语·雅量》。
⑦ 《世说新语·赏誉》。
⑧ 同上。
⑨ 《世说新语·规箴》。
⑩ 《世说新语·贤媛》。

苦,超越世俗的羁绊。那种超越了有限束缚而飞向无限自由的精神状态便是人生的最高境界即“道”。庄子的艺术精神在魏晋玄学时代得到了最充分的继承与发扬,从而促成了“远”观念的形成。《晋书》七十五《王坦之传》载有《废庄论》,其中说:“孔父非不体远,以体远故用近。”在这里,王坦之直接就以“远”来称谓庄子的思想,“体远”就是“体道”,就是体悟那逍遥超然的人生至美。

可见,“远”作为审美意识的出现,是我们民族哲学、艺术发展的必然结果。它既是审美手段,又是审美目的,更是一种独具民族特色的审美思维。自魏晋始,“远”以其“超然”本色独步于中国艺术的核心领域,从而树立起它不可替代的美学地位。

“远”的哲学意蕴

直接培育了“远”观念的土壤是魏晋时期的玄学思潮,它赋予“远”更加深厚的哲学内蕴,为“远”发展成诗书画论中纯粹的美学范畴打下了坚实的哲学基础。魏晋玄学派别众多,思想繁杂,但其中的“以无为本”、“得意忘言”、“越名任心”三个命题对“远”之审美精神的形成与发展影响颇深。

1.“以无为本”的本体论培育了“远”观念中“超越有限,追求无限”的审美思维

“以无为本”是何晏、王弼玄学的核心论点。何晏说:“天地万

物皆以无为本。”[①] 王弼说：“天下之物，皆以有为生。有之所始，以无为本。将欲全有，必反于无也。”[②] 玄学的主要渊源是老庄学说，因此王弼又说：“道者，无之称也，无不通也，无不由也；况之曰道，寂然无体，不可为象。”[③] 可见，“道”就是无，它没有形象，没有声音，是超越一切形质之上的最高精神实体，它规定一切事物的形质，一切有形之物皆由它派生而成。这种“以无为本”的本体论，改变了魏晋士人的思维方式，人们要超越感性、具体、有限、相对、偶然等现象界，而去追寻、把握那理性、抽象、无限、绝对、必然的本体。同时“因为魏晋玄学的关键和兴趣并不在于去重新探索宇宙的本源、自然的规则，而在于如何从变动纷乱的当时人世中去抓住根本和要害，这个根本和要害归根结蒂是要树立一个最高统治者的‘本体’形象。”因此，“以无为本”与其说是宇宙本体论，倒不如说是人格本体论。而诞生于人物品藻中的“远”观念恰恰印证了这一哲学，于是就在“超越有限，追求无限”这一思维方式上，玄学与美学找到了连接点。

2.“得意忘言”的认识论树立了“远”观念中“言有尽而意无穷”的审美理想

“以无为本”的本体论促成了自《易》以来的“言不尽意”的认识论。王弼根据庄子“得鱼忘筌”的说法，在《周易略例·明象》中说：

---

① 《晋书·王衍传》。

② 王弼：《老子道德经注》第四十章，载《王弼集校释》，中华书局 1980 年版，第 110 页。

③ 王弼：《论语释疑》，载《王弼集校释》，第 624 页。

"夫象者,出意者也;言者明象者也。尽意莫若象,尽象莫若言。言生于象,故可寻言以观象;象生于意,故可寻象以观意。意以象尽,象以言著。故言者所以明象,得象而忘言;象者所以存意,得意而忘象。犹蹄者所以在兔,得兔而忘蹄;筌者所以在鱼,得鱼而忘筌也。"在这里,王弼讨论了言、象、意三者的关系,联系其"以无为本"的本体论,我们便可以得出,"意"与"无"一样是超越于"言""象"的。既然得意在于忘象忘言,所以要能够得到本体的"无"就必须不停留在言语表达上,而必须超越"言"之外。对此,汤用彤的阐释极为透彻:"盖文并为虚无、寂寞(宇宙本体)之表现,而人善为文(善用此媒介),则方可成就笼天地之至文。至文不能限于'有'(万有),不可囿于音,即'有'而超出'有',于音而超出'音',方可得'弦外之音'、'言外之意'。文之最上乘,乃'虚无之有'、'寂寞之声',非能此则无以为至文。"王弼的"得意忘言"说,给予当时以及尔后的中国文学艺术思想以极大的影响,诗书画论中所极力标榜的"远意"便是以此为其哲学根源的。

3."越名任心"的方法论滋养了"远"观念中"澄怀虚静"的审美心态

怎样才能达到"俯仰自得,得意忘言"的艺术境界和"超越有限,以至无限"的人生境界呢?嵇康提出了"越名任心"的主张,他在《与山巨源绝交书》中写道:"夫称君子者,心无措乎是非,而行不违乎道也。何以言之?夫气静神虚者,心不存乎矜尚;体亮心达者,情不系于所欲。矜尚不存乎心,故能越名教而任自然;情不系于所欲,故能审贵贱而通物情。物情通顺,故大道无违;越名任心,故是非无措也。是故言君子，则以无措为主，以通物为美；言小人，则以匿情为非，以违道为阙。匿情矜吝，小人之至恶；虚心无措，君子之笃行也。”在嵇康看来，要“不违道”，主体必须“无措”、“通物”，必须超越“名教”的外在桎梏，突破荣华富贵的羁绊，走向逍遥的人生至美。正所谓“外荣华，去滋味，游心于寂寞，以无为贵”①，“浊酒一杯，弹琴一曲，志愿毕矣”②。这种超越功利以达绝美的心理渴望驱使士人们希心高远，游心方外，寄情山水之间。“远”观念之所以在山水画论中尤为成熟，其原因正在于此。

简言之，“远”的哲学意蕴在于“超越”，超越世俗，超越形质，超越语言，超越有限，只有实现了“超越”的人生才是高尚的，只有实现了“超越”的艺术才是至美的。

“远”的审美精神

“远”的哲学内蕴铸就了“远”的审美精神。哲学上对世俗、形质、语言、有限的“超越”，形成了“远”在审美上的“超然”姿态。它是距离之美，却又超越距离，追求物我合一的澄怀虚静；它是形象之美，却又超越形象，追求简约冲淡的神妙意境；它是言语之美，却又超越言语，追求意在言外的无穷韵味。无论于画于书于诗，“远”都是“超越有限，以至无限”的终极审美。

---

①　嵇康：《与山巨源绝交书》，载北京大学编《魏晋南北朝文学史参考资料》，中华书局1962年版，第210页。

②　同上。

1.超越距离的观照方式和物我合一的澄怀虚境

中国古典美学中,“远”是极为重要的观照方式。它暂时拉开审美主体与审美客体的空间距离,尽可能使主体对客体形质与态势的把握全面而深入。尤其是中国的山水画,无不是“登高远望”所得之景。南朝宗炳在《画山水序》中说:“且夫昆仑山之大,瞳子之小,迫目以寸,则其形莫睹,迥以数里,则可围于寸眸。”[①] 王微《叙画》中说:“目有所极,故所见不周。”[②] 宋人郭熙说得更好:“山水大物也,人之看者须远而观之,方见得一障山川之形势气象。”“真山水之川谷,远望之以取其势,近看之以取其质。”“真山水之风雨,远望可得,而近者玩习不能究错纵起止之势。真山水之阴晴,远望可尽,而近者拘挟不能得明晦隐见之迹。”[③] 正是这种“远望取势”的观照方式,使山之重叠水之悠长罗列胸中跃然纸上。所以宋人沈括评斥说:“又李成画山上亭馆及楼塔之类,皆仰画飞檐。其说以谓‘自下望上,如人平地望塔檐间,见其榱桷’。此论非也。大都山水之法,盖以大观小,如人观假山耳。若同真山之法,以下望上,只合见一重山。岂可重重悉见?不应见其溪谷间事。又如屋舍,亦不应见中庭及后巷中事……李君盖不知以大观小之法。其间折高折远,自有妙理。岂在掀屋角耶?”[④] 这“以大观小”、“折

① 宗炳:《画山水序》,载沈子丞编《历代论画名著汇编》,文物出版社 1982 年版,第 14 页。

② 王微:《叙画》,载沈子丞编《历代论画名著汇编》,第 16 页。

③ 郭熙:《林泉高致》,载潘运生主编:《宋人画论》,湖南美术出版社 2000 年版,第 6 页。

④ 沈括:《梦溪笔谈》卷十七。

高折远”的妙理便在于“远望取势”的审美观照。

然而，“远望”的观照方式并非要造成审美主客体之间的对立。因为它不是定位、定向的观照，而是“忽反顾以游目兮，将往观乎四荒”的“流观”。郭熙说：“山近看如此，远数里看又如此，远十数里看又如此，每远每异，所谓山形步步移也。山正面如此，侧面又如此，背面又如此，每看每异，所谓山形面面看也。”① 因此，“远望”不是居于山水之外，而是“身所盘桓，目所绸缪”；不是直线式的“焦点透视”，而是曲线式的“散点透视”，每一观每一意均有待另一角度另一位置的补充。于是，一幅山水画中找不到主体的站位，看不出物我的距离。主体虚化了，距离消解了，尺幅之间仿佛包容着全整的宇宙，正所谓“以一管之笔，拟太虚之体”②。这种对距离的超越是“远”观照的精义所在，它实现了主客化一，物我交融的澄怀虚境，实现了在有限的山水形质之间、有限的咫尺画幅之中，体悟到自然的无穷律动、精神的无限自由。

2.超越形象的创作理法与简约冲淡的神妙意境

“远”观照使自然形象充满了灵动之气，精神也在自然之美中获得了升腾。于是“远”径直成为一种目的，它无边无际的延展，超越视线，超越形质，它是虚空，它是无限。因此，“远”景的描画不可拘泥于形象，必须以“超越形象”的创作理法方能达到无限之境。唐王维《山水论》中说：“远人无目，远树无枝。远山无石，隐隐如

① 郭熙：《林泉高致》，载《宋人画论》，第 14 页。

② 王微：《叙画》，载沈子丞编《历代论画名著汇编》，第 16 页。

眉;远水无波,高与云齐。”这是远景创作的笔法原则,也是“离形得似”的创作理论。沈括《梦溪笔谈》有《论画山水》,其中写道:“江南中主时,有北苑使董源善画,尤工秋岚远景,多写江南真山,不为奇峭之笔。其后建业僧巨然祖述源法,皆臻妙理。大体源及巨然画笔,皆宜远观,其用笔甚草草,近视之几不类物象,远观则景物粲然。幽情远思,如睹异境。如源画《落照图》,近视无功,远观村落杳然深远,悉是晚景,远峰之顶,宛有返照之色,此妙处也。”以简约之笔创造出似又非似的形象,这景致必定缥缈冲淡,蕴含着无限神妙。于是宋人郭熙提出“三远”之说:“山有三远。自山下而仰山颠,谓之高远;自山前而窥山后,谓之深远,自近山而望远山,谓之平远。高远之色清明,深远之色重晦,平远之色有明有晦。高远之势突兀,深远之意重叠,平远之意冲融而缥缥缈缈。其人物之在三远也,高远者明了,深远者细碎,平远者冲淡。”[①]三远中,“平远”之境最能体现“超然之美”的内在精神。“高远”、“深远”有太多的刚性与进取,只有“自近山而望远山”的“平远”有着更多的柔性与放任,它冲融平淡的意境正是精神无所牵挂、超脱自由的虚空之境,也是庄子美学、魏晋玄学所追求的人生至美。《林泉高致·画诀》中多言“平远”,如“夏山松石平远”、“秋山晚照,秋晚平远”、“雪溪平远”、“风雪平远”等等。《林泉高致·画格拾遗》中,郭思记其父画迹时也说:“烟生乱山,生绢六幅,皆作平远,亦人之所难。一障乱山,几数百里……令人看之意兴无穷,此图乃平远之物也。”[②]

---

① 郭熙:《林泉高致》,载《宋人画论》,第24页。

② 《宋人画论》,第45页。

这些都说明郭熙于三远之中是尤趋“平远”的。自郭熙之后，画者皆以“平远”为佳境。

不仅山水画推崇平淡简约、冲融缥缈的“远”美，中国的书法艺术也同样如此。苏轼最善以“远”论书，如“褚河南书，清远萧散，微杂隶体”①、“今长安犹有长史真书《郎官石柱记》，作字简远如晋宋间人”②、“予尝论书，以谓钟王之迹，萧散简远，妙在画笔之外”③、“颜鲁公平生写碑，唯《东方朔画赞》为清雄，字间栉比而不失清远”④ 等等。宋代书法以“尚意”为特征，在书法艺术的形与神、法与意的关系上，更加重视和突出神与意的审美地位和意义，因此表现出轻形似卑法度的创作思理，追求笔简意丰、率真自然的艺术境界。苏轼所说的“简远”之风，便是在形式上笔法简约不求工丽，在内涵上襟怀冲淡寓意高远。只有这样，才能“自言其中有至乐，适意无异逍遥游”⑤。

3. 超越语言的体悟思维和意在言外的无穷韵味

哲学上，“远”就是“道”，它不可名状、不可穷尽。一切语言都是“道”依附的形质却不是“道”本身。得道需要超越语言，体悟言外之意、弦外之音。所以，对诗歌艺术来说，“远”便是诗句之外的无穷韵味，它只可意会不可言传。严羽说：“羚羊挂角，无迹可求”、

---

① 苏轼：《书唐氏六家书后》，载《苏轼文集》，中华书局 1986 年版，第 2206 页。
② 同上。
③ 苏轼：《书黄子思诗集后》，载《苏轼文集》，第 2124 页。
④ 苏轼：《题颜公书画赞》，载《苏轼文集》，第 2177 页。
⑤ 苏轼：《石苍舒醉墨堂》，载《苏轼诗集》，中华书局 1982 年版，第 235 页。

"空中之音，相中之色，水中之月，镜中之象"，司空图"不著一字，尽得风流"之说，皆是诗中之"远"的审美精神。"远"是对诗中语言形质的超越，它与"意"紧密相联。自唐以后，文人开始以"远意"论诗。唐皎然《诗式·辨体有一十九字》中说："非如渺渺望水，杳杳看山，乃谓意中之远。"唐遍照金刚《文镜秘府论》中说："诗有意阔心远，以大纳小为体。"白居易《文苑诗格》也说："为诗须精搜，不得语剩而智穷，须令语尽而意远。"唐景淳《诗评》则说："远不言远，意中含其远。"宋叶梦得《石林诗话》中说："七言难于气象雄浑，句中有力，而纡徐不失言外之意。……语远而体大也。"其后《李希声诗话》说："古人作诗正以风调高古为主，虽意远语疏皆为佳作。"范希文《对床夜语》也说："诗在意远，固不以词语丰约为拘。"可见，"远意"即"意在言外"已是唐宋评诗论诗的重要标准了。

"超然之美"在诗歌美学中的发展与"韵味说"密不可分。实际上，在魏晋时期"韵"便是指人的清远风神，如葛洪《抱朴子·刺骄》中说"若夫伟人巨器，最逸韵远"。后世品画品书也多将"远"与"韵"相联，在基本精神上，二者几无差别，都是指在平淡中含有意到而笔不到的深度。直至晚唐司空图将"远韵"带进了诗歌领域。他在《与极浦书》中说："戴容州云：'诗家之景，如兰田日暖，良玉生烟，可望而不可置于眉睫之前也。象外之象，景外之景，岂容易可谈哉！"又于《与李生论诗书》中说："近而不浮，远而不尽，然后可以言韵外之致耳！"这"韵外之致"便是"超以象外"的诗之"远意"。"远"是对有限语言的超越，在体悟中追寻无限的言外之意，在品味中获得无穷的乐趣。如此看来，"韵"不就是"远"，"远"不就是"韵"

吗？所以宋人范温说“有余意之谓韵”“妙在法度之外，其韵自远。”[①]直至明清两代，文人依然以“远”释“韵”。神韵说的标举者王士祯说：“汾阳孔文谷（天胤）云：诗以达性，然须清远为尚。薛细原论诗，独取谢康乐、王摩诘、孟浩然、韦应物，言‘白云抱幽石，绿筱媚清涟’，清也；‘表灵物莫赏，蕴真谁为传’，远也；‘何必丝与竹，山水有清音’，‘景昃鸣禽集，水不湛清华’，清远兼之也。总其妙在神韵矣。”[②] 所以说，在审美精神上，“远”与“韵”皆为“超然之美”。然而“远”更具深厚的哲学内蕴，其审美精神乃是哲学之“道”在艺术上的延伸。如此丰富的审美精神，如此深厚的哲学内蕴，使“远”成为中国古典美学中最具美学价值的审美意识之一。它不仅仅属于山水画，而几乎属于全部中国艺术；它不仅仅是审美理想，也是审美心态与审美方法；它不仅仅具有平淡简约冲融缥缈的风采，而更具超越一切有限的腾然骨力。“远”是超然之美，是我们民族最深刻的艺术精神。

（本文与刘洁同志合作）

---

① 范温：《潜溪诗眼》，引自郭绍虞辑《宋诗话辑佚》，中华书局1980年版，第372页。

② 王士祯：《池北偶谈》卷十八。

现量说:从佛学到美学

“现量”是中国古典美学的一个重要范畴。作为美学范畴,它的母体在于佛教哲学之中。这个范畴本身就经历了由佛学而美学的演变过程。把“现量”作为美学范畴正式提出的是明末清初思想家、文学家王夫之。“现量”说是王夫之美学思想体系中非常重要的部分。综观王夫之的有关文学评论著作,就会发现,“现量”说是一个根本的概括,可以代表王夫之美学思想的特征。而且,它的意义并不局限于此。虽然王夫之首倡“现量”,但它所代表的美学思想却是源远流长的,形成了中国美学的一个独特传统。在中西美学的比较考察中,“现量”这个中国美学的范畴,显得独具光彩。

一

王夫之又称船山。船山著书百余种,收入后人所辑《船山遗书》中的有七十余种。王夫之的诗学思想主要包含在他的《姜斋诗话》、《古诗评选》、《唐诗评选》、《明诗评选》、《诗广传》等著作中。“现量”说则是贯穿其诗学思想整体的一个基本范畴。王夫之指出:

> “僧敲月下门”，只是妄想揣摩，如说他人梦，纵令形容酷似，何尝毫发关心？知然者，以其沉吟“推”“敲”二字，就他作想也。若即景会心，则或推或敲，必居其一，因景因情，自然灵妙，何劳拟议哉？“长河落日圆”，初无定景；“隔水问樵夫”，初非想得：则禅家所谓现量也。[①]

王夫之论述诗歌的创作构思方式，力倡“现量”式的直接审美观照，而不满于“妄想揣摩”，这是其诗学思想的一个重要内容。“长河落日圆”，是王维《使至塞上》中的名句，“隔水问樵夫”是王维《终南山》中结句，显然，这类诗句所荷载的审美意象，是诗人“即景会心”的产物，审美主客体邂逅相遇而触发的审美意象，具有不可重复的个性特征，而王夫之最为赞赏、推崇的便是这种“初无定景”、“初非想得”的创作构思方式。王夫之从佛学中借用了“现量”这个术语加以概括。说是“禅家”，其实不够准确，只因唐宋以后禅宗大盛，成为佛学的主流，多有以禅代佛的说法，此处即指佛家。

“现量”是印度佛教中因明学的主要范畴之一，与之相对的是“比量”。古印度大乘佛教瑜珈行派的大师陈那特别注重逻辑和认识论的研究，所谓“因明学”也即佛家逻辑。陈那曾撰有《因明正理门论》、《集量论》等因明经典，他的弟子商羯罗主也有《因明入正理论》，是阐释陈那的因明理论的。我国唐代佛教大师玄奘在印度留学期间，主要是学习这派的唯识论思想，归国后建立了我国的唯识学派——慈恩宗(即法相宗)。玄奘同时弘扬了因明学，翻译了《因

---

① 王夫之:《姜斋诗话》卷二《夕堂永日绪论内编》。

明正理门论》和《因明入正理论》,使之得以留传。

在佛学中,“现量”、“比量”是一对基本的范畴。印度学者认为,思维是用一定工具来求得知识的过程,这称之为“量”(Pramāna)。量分现量、比量。现量是明显的、现前的,一般指人们的感知觉。由感知觉而得到的知识是从现量得来的,这种知识本身也叫现量。以现量为起点,思维进一步展开活动就到了比量。以看到、听到的为基础,而推及未看到未听到的,叫比量,比量也即推理、类推。现量的认识对象是“自相”,即事物的本来的、独特的形象,而比量的认识对象则是“共相”,是事物经过抽象后的类的特性。渥德尔的《印度佛教史》对此说得较为清楚、准确,他说:

> 现量是没有分别的知识。这里解释为无分别,未通过分类或假立名言等的转换比喻,更严格说是转换)的知识,它是在五官感觉的各个方面直接缘境如色境等等,而显现的。
>
> 比量是通过中词得来的知识,它认识一个主体是属于某一类别的,属于具有某种特殊性质(中词)事物的一类。主体也可以属于其他类别,如果选定了其他特性。但是比量只认识类别的特性(共相),而现量认识对象自身的特性(自相),是无类别的。[①]

现量、比量在认识论的意义上,是印度哲学的普遍性范畴,婆罗门教系统的诸派哲学也都以现量和比量作为主要的认识论范畴。如

---

① 渥德尔著、王世安译:《印度佛教史》,商务印书馆 1987 年版,第 420—421 页。

数论派哲学即以现量为知觉，定义为“对于外界对象的心理了解，”“对于和感官相接触的外界物体的确定。”数论派哲学把现量分为“无分别现量”与“有分别现量”二种。前者是指外界对象和外部作用器官接触所引起的认识；后者是在前者的认识基础上再通过内部作用器官的加工——分别、确定和给予名称以后所得的认识。这种认识实际上已加上概念作用，属于理性认识范围了。数论派哲学认为“比量”是在知觉的基础上（“以证为先”）从已知推知未知的，也便是推理。其他如弥曼差派哲学、胜论派哲学在谈认识论问题时，都以现量、比量为基本范畴，内涵也是大体一致的。在佛教哲学中，主要是因为大乘有宗即瑜珈行派的陈那等人，把因明学与认识论结合起来，又经过唐玄奘的传播，在中国建立了慈恩宗，使唯识论哲学得以发扬光大，“现量”这个范畴，经过王夫之之手而进入美学领域。

王夫之不信佛，对佛教采取批判的态度。但他善于借鉴佛学的分析方法，辨析名理，把自己的学说阐述得明确而有条理。他曾著有《相宗络索》一书，对于唯识哲学有深入研究。该书有“三量”一节，是理解“现量”说美学内涵的重要线索。他说：

> “现量”，“现”者有“现在”义，有“现成”义，有“显现真实”义。“现在”不缘过去作影，“现成”一触即觉，不假思量计较；“显现真实”，乃彼之体性本自如此，显现无疑，不参虚妄。前五根于尘境与根合时，即时如实觉。知是现在本等色法，不待忖度，更无疑妄。

这是“现量”说从佛学到美学的转折关键。它包含着王夫之对佛学中“现量”范畴的深刻理解与辨析,同时,也是其诗歌理论中“现量”说的直接渊源、哲学基础。王夫之指出“现量”的三层含义:其一是“现在”义,就是指它的当下性,“现量”是当下的直接感知而获得的知识,而非以往留下的后象,其二是“现成”义,“一触即觉,不假思量计较”,是说“现量”是瞬间的直觉而获得的知识,不需要比较推理等抽象思维方式的参与,其三是“显现真实”义,是说“现量”是显现客观对象的真实存在,“实相”,而非虚妄的或抽象的。在这一点上,王夫之发挥了佛教大乘有宗的某些合理因素,对佛教唯识论哲学进行了唯物主义的改造。

二

王夫之诗歌理论中的“现量”说,要求诗人在创作构思时要以主体所直接感知过的事物为创造审美意象的素材,他说:

> 身之所历,目之所见,是铁门限。即极写大景,如“阴晴众壑殊”、“乾坤日夜浮”,亦必不逾此限。非按舆地图便可云“平野入青徐”也,抑登楼所得见者耳。隔垣听演杂剧,可闻其歌,不见其舞;更远则但鼓声,而可云所演何齣乎?前有齐梁,后有晚唐及宋人,皆欺心以炫巧。[①]

“身之所历,目之所见”,是诗人亲自经历、体验的情境,王夫之以之

① 王夫之:《姜斋诗话》卷二《夕堂永日绪论内编》。

作为创作的“铁门限”，即便是十分宏阔的“大景”，也应出自诗人的亲自体验。这要求诗歌意象的直接经验性，否定了创造性审美想象的作用，这是对那些远远脱离社会生活、脱离诗人亲切体验的诗歌构思方式的针砭。王夫之要求诗人直接亲近生活，拆除审美主客体之间的障蔽。王夫之又说：

> “欲投人处宿，隔水问樵夫”，则山之辽廓荒远可知，与上六句初无异致，且得宾主分明，非独头意识悬相描摹也。“亲朋无一字，老病有孤舟”，自然是登岳阳楼诗。尝试设身作杜陵，凭轩远望观，则心目中二语，居然出现，此亦情中景也。孟浩然以“舟楫”、“垂钓”钩锁合题，却自全无干涉。①

王夫之在这里举王维《终南山》的尾联和杜甫《登岳阳楼》的颈联，来说明诗歌的意境必须是诗人的亲身感受，方才是不可取代的独造之境。所谓“独头意识”，是佛学术语，此处喻指没有真实感觉、强行揣度的意识。《百法问答钞》卷二谓此曰：“四种意识之一：一独头意识，不与他之五识俱起，独起而泛缘十八界（六根、六点、六识）之意识也。此在散心，于三量中必为比、非二量。”独头意识是与现量不相容的，而只能是比量、非量所获得的意识。王夫之明确指出，好诗是绝非这种不属于主体亲自体验的“独头意识”所“悬相描摹”的。王夫之在诗论中所强调的这种直接体验，正是他在《相宗络索》中的“显现真实”所生发的。“显现无疑，不参虚妄”，真实

---

① 王夫之：《姜斋诗话》卷二《夕堂永日绪论内编》。

地显现诗人所亲历的情境。充分表现出其唯物主义美学观的基本特质。

“现量”说要求诗人的创作构思是审美主客体之间的随机遇合、感兴,“即景会心”,心目相触,而反对那种预设主题、窠臼拘挛、苦吟力索的创作方式。《相宗络索》中所谓“现在”、“现成”二义,都直接生发出这种诗学思想。“一触即觉”,主客体之间的触遇,使主体获得瞬间“妙悟”,没有概念化的东西梗塞其间、“不缘过去作影”,从诗学角度来理解,是捕捉当下的、随机的情境。王夫之说:

> 只于心目相取处得景得句,乃为朝气,乃为神笔。景尽意止,意尽言息,必不强括狂搜,舍有而寻无。在章成章,在句成句,文章之道,音乐之理,尽于斯矣。①

所谓“心目相取”,是诗人之心与目中所见偶然的相遇,也即是“即景会心”,是一种随机的审美创造。这种审美创造方式没有固定的规矩法度可以依循,而是根据当下的情境所创化的。王夫之的“现量”说,由此必然是反对“死于法下”。王夫之对唐代以后,“诗法”、“诗式”、“诗格”的盛行十分反感,他指出:“诗之有皎然、虞伯生,经义之有茅鹿门、汤宾尹、袁了凡,皆画地成牢以陷人者:有死法也。死法之立,总缘识量狭小。如演杂剧,在方丈台上,故有花样步位,稍移一步则错乱。若驰骋康庄,取涂千里,而用此步法,虽至愚者

① 王夫之:《唐诗评选》卷三,载《船山全书》第十四册,岳麓书社 1996 年版。

不为也。”[①] 这是对于“死法”的批评，强调审美主客体随机感兴的创造方式，反对“死于法下”，是“现量”说的重要内容之一。

“现量”在佛家哲学中指主体对于对象的直接感知，不包括抽象、概括、推理的成分。这一点，在进入王夫之的诗学后，保留而且凸现了“现量”的这种基本特质。所谓“不假思量计较”，就是指现量认识中，不掺有抽象的、概念化的成分。诗歌要表现主体所亲自体验的直观的审美境象。

王夫之诗论的“现量”说，大大超越了佛学“现量”范畴的含义，实现了由佛学到美学的飞跃。在佛学中，“现量”仅是指一般的直接感知，属于认识的“初级阶段”；而在诗论中，王夫之把它改造为诗歌创作那种独特的、成熟的审美创造形态。它不再是一般的感知觉，也并非是空诸理性的普通直觉，而是融贯着“神理”的高级审美直觉。王夫之论“现量”，指诗歌创作不能取“比量”那种推求、论理的思维方式，而是在亲自体验的情境中采撷审美表象，并未排除诗作的理性内涵。他说得十分明确：“王敬美谓：‘诗有妙悟，非关理也。’非谓无理有诗，正不得以名言之理相求耳。”(《古诗评选》卷四)所谓“名言之理”，即概念化的抽象思维方式。王夫之论诗特重“神理”，他说：“以神理相取，在远近之间。才着手便煞，一放手又飘忽去，如‘物在人亡无见期’，捉煞了也……‘青青河畔草’与‘绵绵思远道’，何以相因依，相含吐？神理凑合时，自然恰得。”[②]“神理相取”，是王夫之的美学要求。诗人创作之际，情景之间必须有

① 王夫之：《姜斋诗话》卷二。

② 同上。

思理和意象上的投合、融汇,毫无勉强凑合之迹。他又主张作诗“以意为主”:

> 无论诗歌与长行文字,俱以意为主。意犹帅也,无帅之兵,谓之乌合。李杜所以称大家者,无意之诗十不得一二也。烟云泉石,花鸟苔林,金铺锦帐,寓意则灵。①

这个“意”,当然不是感知所获的表象,而是诗人的主体意向,是理性的东西,但它必须是寓于意象之中。

由此可见,王夫之所谓“现量”,绝不是完全摈弃了理性的纯粹感知,而是建立在主客体随机感兴基础上的审美直觉。这种审美直觉是融汇着独特的理性要素在内,但它又必须是以审美表象的形态显现的。

三

人们对王夫之诗论中大量的情景关系论相当的重视,但又都把它与“现量”说分割开来,作为一个独立的问题来探讨。其实,情景关系论是王夫之“现量”说的一个极为重要的部分,也是“现量”说美学化的突出标志。

在佛学中,“现量”只是一般的感知觉活动,认识主体通过现量所获得的是事物的本来性状。而在王夫之诗论中,“现量”说所揭

① 《姜斋诗话》卷二。

示的乃是审美主客体的关系，王夫之以“情景”这对概念来表示，并把它们纳入“现量”说的体系之中，给予了细致的辨析。

在诗歌创作构思过程中，诗人接触现实生活、客观外物，不再是一般的认识主体，而是带有强烈的情感色彩的审美体验与投射，而客体进入诗人的视界之后，也不再是一般的认识对象，而是以鲜明生动的表象吸濡、荷载诗人的情感。审美主客体之间水乳交融，你中有我，我中有你，是一种互动关系。“现量”说包含着情景交融互即、妙合无垠的意思。王夫之有一段话最能道出个中三昧：

> 情景名为二，而实不可离。神于诗者，妙合无垠。巧者则有情中景，景中情。景中情者，如“长安一片月”，自然是孤栖忆远之情；“影静千官里”，自然是喜达行在之情。情中景尤难曲写，如“诗成珠玉在挥毫”，写出才人翰墨淋漓，自心欣赏之景。凡此类，知者遇之；非然，亦鹘突看过，作等闲语耳。①

王夫之认为优秀的诗人在创作中应使情景之间“妙合无垠”，水乳交融，情与景之间实不可分，当然，情景之间未必均衡，“情中景”和“景中情”都是一种审美倾斜，前者是艺术表现中的再现，后者是艺术再现中的表现。王夫之又说：“景中生情，情中含景，故曰：景者情之景，情者景之情也。”（《唐诗评选》卷四）“景以情合，情以景生，初不相离，唯意所适。截分两橛，则情不足兴，而景非其景。”（《姜斋诗话》卷二）在王夫之看来，诗中之景，是饱含着诗人之情的；诗

---

① 《姜斋诗话》卷二《夕堂永日绪论内编》。

人之情,又是由景而触发的,二者是不能分开的。王夫之又举例说:“不能作景语,又何能作情语邪?古人绝唱句多景语,如‘高台多悲风’、‘胡蝶飞南园’、‘池塘生春草’、‘亭皋木叶下’、‘芙蓉露下落’,皆是也,而情寓其中矣。”(《姜斋诗话》卷二)这些名句都是写景,但又都浸透着诗人的浓郁情感,情语正借景语托出。

王夫之的情景关系论不应脱离“现量”说来单独谈论。它们含有王夫之所说的“现在”“现成”与“显现真实”之义,又使“现量”说真正具有了美学性质。“景”是进入诗人体验的审美物象,“情”是由感知而触发的审美情感,二者之间插不得任何屏蔽,是审美主客体之间最直接的交融。诗人的感兴、体验,呈现出浸满诗人之情的审美意象。

四

“现量”说还揭示了由此种审美创造方式而产生的诗歌审美效应。首先是诗的审美意象充盈着一种生气贯注的整体性与生命感。王夫之举例言此:“‘池塘生春草’、‘胡蝶飞南园’、‘明月照积雪’,皆心中目中与相融浃,一出语时,即得珠圆玉润,要亦各视其所怀来,而与景相迎者也。”(《姜斋诗话》卷二)“珠圆玉润”,指诗歌意象的完整、美好,且具有内在的生命感,由此可见,王夫之的“现量”说,并非粗糙的感知印象,而是达到高度完美的审美意象。王夫之十分重视意象的整体美感,他评诗云:“无端无委,如全匹成熟锦,首末一色。唯此故令读者可以其所感之端委为端委,而兴观群怨生焉。”(《古诗评选》卷五)“全匹成熟锦”,比喻诗作成为完美的、成熟的艺术佳品,有着鲜明的整体性。美国著名美学家苏珊·朗格从符号学的角度高度重视艺术品的整体性,她说:"艺术品作为一个整体来说,就是情感的意象,对于这种意象,我们可以称之为艺术符号,这种艺术符号是一种单一的有机结构体,其中的每一个成分都不能离开这个结构体而独立地存在,所以单个的成分就不能单独地表现某种情感。"① 王夫之以诗化的语言所表述出的对整体美的要求,不妨可以视为与之相通。在这种"现量"的创作方式中所形成的完整的审美形式,在王夫之看来,是蕴含着很强的生命感、灵动感的。"乃为朝气,乃为神笔。"正谓此矣。王夫之还说过:"含情而能达,会景而生心,体物而得神,则自有灵通之句,参化工之妙。若但于句求巧,而性情先为外荡,生意索然矣。"(《姜斋诗话》卷二)这里集中地阐述了"现量"说所具有的诗歌生命感、灵动感的含义。黑格尔十分强调"一种灌注生气于外在形状的意蕴","要显现出一种内在的生气"②,王夫之"现量"说十分明确地包含着这方面内容,而这正是好的艺术品所应具备的。王夫之对诗歌生命感、灵动感的论述,超越了以往的诗论家,是中国古典美学中极有价值的部分,认识"现量"说,不应忽略于此。

王夫之"现量"说还指出,以"现量"的方式作诗,尤能发挥诗歌以有限传无限的审美势能。他说:

> ……可兴、可观、可群、可怨,是以有取于诗。然因此而

---

① 苏珊·朗格著、滕守尧等译:《艺术问题》,中国社会科学出版社 1983 年版,第 129 页。

② 黑格尔著、朱光潜译:《美学》第一卷,商务印书馆 1979 年版,第 24—25 页。

诗,则又往往缘景、缘事,缘以往,一缘未来,终年苦吟而不能自道。以追光蹑影之笔,写通天尽人之怀,是诗家正法眼藏。(《古诗评选》卷四)

“追光蹑影之笔”是典型的“现量”,即捕捉当下的、瞬间的感受,而写出“通天尽人之怀,”这既是主体的,又是客体的,体现着“天人合一”的中国哲学精髓,使主体与宇宙相通为一,在有限中表现无限。王夫之举“柳叶开时任好风”、“花覆千官淑景移”及“风正一帆悬”、“青霭入看无”,为例,说这都是“以小景传大景之神。”(《姜斋诗话》卷二)又着重强调“势”的艺术力量:

论画者曰:“咫尺有万里之势。”一“势”字宜着眼。若不论势,则缩万里于咫尺,直是《广舆记》前一天下图耳。五言绝句,以此为落想时第一义。唯盛唐人能得其妙,如“君家住何处?妾住在横塘。停船暂借问,或恐是同乡。”墨气所射,四表无穷,无字处皆其意也。[①]

这种审美势能论,是中国古典美学中“言有尽而意无穷”这脉传统的继承与发展,然而,王夫之以“势”字概括,便使之进入一个新的阶段。王夫之的诗论中多处论及这种审美势能。所谓“参化工之妙”,“超然玄远”,盖谓此也。他又说:“自五言古诗来者,就一意中圆净成章,字外含远神,以使人思;自歌行来者,就一气中骀宕灵

① 《姜斋诗话》卷二。

通，句中有余韵，以感人情。”① 都重在论“势”。这是“现量”说中所包括的审美效应论。

五

王夫之“现量”说是对中国古典美学的多方继承，又是一个侧面上的概括总结，开启了中国近代美学的先河。从王夫之开始，中国美学理论进入一个新的阶段。因之，挽住了“现量”说，就抓住了中国近古时期美学发展承前启后的枢机所在。

“现量”说所包容的美学内涵，在王夫之之前的诗论中大都古已有之。比如主体的直接感知这一思想，就是源远流长的。南朝诗论家钟嵘在《诗品序》中已经指出：“至乎吟咏情性，亦何贵于用事？‘思君如流水’，即是即目；‘高台多悲风’，亦惟所见；‘清晨登陇首’，羌无故实，‘明月照积雪’讵出经史。观古今胜语，多非补假，皆由直寻。”在宋人叶石林、杨万里的诗论中也多倡此义。而主张诗歌构思的随机创造，审美主客体之间的偶然遇合，在“感兴论”传统中也随处可见，如叶石林所谓“随物应机，不主故常”，(《石林诗话》卷上)王世贞所谓“偶得其境，以接吾意”，(《皇甫百泉三州集序》)谢榛所谓：“诗有天机，诗时而发，触物而成，虽幽寻苦索，不易得也。”(《四溟诗话》)等等，都是主张在审美主客体的随机偶合中触发诗思的。至于说“字外含远神”的审美势能思想，正是中国古典美学中最具特色的“言不尽意”这类命题及其传统的继承与概

① 《姜斋诗话》卷二。

括,当然说不到是独创之论。

那么,王夫之"现量"说对中国古典美学的新贡献何在呢?我以为是,王夫之创造性地改造了佛学大乘有宗"现量"这个具有唯物主义要素的范畴,使之成为王夫之美学的认识论基石。在进入王夫之思想体系后,"现量"已经成为其唯物论的认识论的重要成分,即要求主体意识必须建立在对客观事物的感知基础之上。王夫之将中国古典美学中极有民族特色的内容,纳入"现量"说的范围之中,使原来散乱着的一些诗论瑰宝,在"现量"说的框架里构成了有机的体系。王夫之对"现量"范畴的阐释"现在"义、"现成"义、"显现真实"义,既是对佛学"现量"概念的理解与改造,也是涵盖其美学"现量"说的三条主线。"现量"说的丰富内蕴都是以此三条主线提挈的构成了一个有机的体系。

经过王夫之的改造,"现量"正式进入了中国古典美学的殿堂,具有了足够的美学特质与色彩。它将许多内容纳入于这个范畴内涵之中,凝聚成具有相当深度和力度的美学理论命题,在某种意义上,它具有"集大成"的地位。

"现量"说又可以说是中国近代美学的曙光。尽管王夫之是明末清初的人物,他的美学思想却有着重要的近代意义。可以不夸张地说,"现量"说包含了西方近现代美学大师康德、克罗齐、鲍桑葵的一些重要命题。康德美学的一个主要命题是:"美是那不凭借概念而普遍令人愉快的。"① 康德认为美是不以概念为媒介的,他

---

① 康德著、宗白华译:《判断力批判》上卷第九节、第八节,商务印书馆 1964 年版。

又说:“如果人只依概念来判断对象,那么美的一切表象都消失了。”① 在这一点上,王夫之提出了完全同样的思想。王夫之借用了佛家哲学的概念“现量”来表述自己的观点。“现量”正是没有推理与归类抽象的感知,而“比量”正是概念推理的思维方式。王夫之论诗的审美创造只重“现量”而摒除“比量”,正是与康德美学不谋而合的。在中西美学之间,王夫之的“现量”说,与康德美学形成了一个联结八方通衢的交汇点。康德美学对于西方现代美学有至为深广的影响。而其“非概念”的美学思想正是其中一个重要源头,与康德美学对应来看,我们就不能不佩服王夫之的睿智了。须知,王夫之比康德要早一个多世纪哩!

西方现代著名美学家克罗齐以他的“直觉”说著称。克罗齐最有名的命题便是“直觉即表现。”在这一点上,克氏的“直觉”与王夫之的“现量”既有相通之处也有迥异之别。克罗齐把知识分为两种形式:“不是直觉的,就是逻辑的;不是从想象得来的,就是从理智得来的;不是关于个体的,就是关于共相的;不是关于诸个别事物的,就是关于它们中间关系的;总之,知识所产生的不是意象,就是概念。”② 这种区别同“现量、比量”的区别是相似的。“现量”把握个体的表象,而不依靠推理、抽象,从这个角度说,“现量”是一种直觉。但是,克罗齐的“直觉”说不谈直觉的客观基础,属于唯心主义范畴;王夫之的“现量”是依赖于客观外界的生活体验的,属唯物主义美学体系。再则,克罗齐强调“直觉知识可离理性知识而独立”,

① 康德著、宗白华译:《判断力批判》上卷第九节、第八节,商务印书馆1964年版。
② 克罗齐著、朱光潜译:《美学原理·美学纲要》,外国文学出版社1983年版。

这就给人造成很大的误解,认为他所说的“直觉”便只是剥离了理性认识的纯粹感受,但是实际上克氏并没有把概念全从艺术品中排挤出去,只是说艺术品的完整效果仍是直觉形式。而王夫之的“现量”说则主张在诗的审美意象中以“神理”、“意”为其整合的灵魂。克罗齐把直觉和表现重合在一起,主张“每一个真直觉或表象同时也是表现……心灵只有借造作、赋形、表现才能直觉。若把直觉与表现分开,就永没有办法把它们再联合起来。”① 那么,克氏把直觉提高到完美的审美意象的高度,而有意否定艺术传达这个过程的。王夫之所说“心中目中与相融浃,一出语时,而得珠圆玉润”,与克罗齐的说法极为相似,但王夫之的“现量”说主要是谈诗歌创作的构思方式的,极少涉及艺术传达问题,而不是有意的否定。

再如像鲍桑葵所提出的“审美表象的基本学说”,认为“审美态度的对象只能是表象”,“凡是不能呈现为表象的东西,对审美态度来说是无用的。”与王夫之的“现量”说也是可以互相沟通的。“现量”的根本之处便是主体直接感知表象,王夫之把它纳入美学轨道,有非常重要的意义。

由此可见,“现量”说的美学内涵,是西方美学在康德以后陆续得以彰明的。当然,中西美学形态不同,语汇不同,尽管王夫之提出这些思想远远早于西方美学家诸人,但是缺少西方美学体系中那么科学化的明晰界定,以及美学上“欧洲中心论”的作祟,“现量”说的影响没有康德、克罗齐那么广泛。

---

① 克罗齐著、朱光潜译:《美学原理·美学纲要》,第15页。

“现量”说的弱点表现在王夫之过分强调感性体验的决定作用，以至于由此而否定了审美想象的功能，违背了美学规律。这种见解暴露出素朴的、机械的唯物论，一进入美学领域的致命弱点。比起刘勰所说的“思接千载”、“视通万里”的“神思”来，在理论上是倒退了许多的。王夫之本人在具体评论诗歌时，也时常突破这个局限。在中国美学的发展中，“现量”说较之以往的美学命题贡献了许多新的东西，又体现出一种内在的严密体系，是一座很惹人注目的里程碑。

宋诗的“活法”与禅宗的思维方式

一

诗乃艺术,禅乃宗教。而在中国的文化土壤中,二者交融互渗,结出了奇特之花。诗与禅之间的影响是双向的,诗的禅化与禅的诗化是并存的。而禅对于诗的渗透,除了那种渊静空寂的禅味、禅境外,更多的是禅的思维方式对诗歌创作及诗歌理论的浸渗。

倘若我们稍加留意,就不难发现,宋诗的状貌及其发展嬗变的轨迹,都与禅有着密不可分的联系。如果说,唐诗中禅的影响还止于王维《辋川集》、常建《题破山寺后禅院》、柳宗元《渔翁》等诗中那种空寂而富有生命感的禅境,那么,宋诗中禅的渗透,则通过诗论的中介,深刻地影响了宋诗发展的进程。从北宋而南宋,诗坛总的流向可以说是由必然走向自由。在这个转机中,禅发挥了绝大的助力。

二

对于唐以前的诗史,宋诗是一个新的螺旋,这个螺旋更多地凝聚着宋代诗人们偏于思辨的理性思维素质。对于诗歌创作本身,宋代的诗人及诗论家们有着更多的自省意识。唐代的诗学著述多止于诗格法式一类,如皎然《诗式》、徐衍《风骚要式》、旧题白居易《金针诗格》等。宋代的诗论一方面继承了唐人关于诗歌形式要素的丰富遗产,另一方面更多地探赜诗歌的内在艺术规律以及审美特质。一方面礼拜前贤,对杜甫等大诗人极尽倾服,奉为祖师;另一方面,又要有所超越,破除窠臼,自成面目。这些都构成了宋诗的二重性及宋代诗论在整体上的悖论性质。然而,总的趋势是由必然走向新的自由,这是一个动态的过程。在这个不断的动态建构中,宋诗形成了独特的风貌。恰如清人吴之振所言:"宋人之诗,变化于唐,而出其所自得,皮毛落尽,精神独存。"①

在由必然走向自由的诗学进程中,理论上代表这种转折的,可以拈出"活法"。"活法"由江西派诗人吕本中提出,它概括了宋诗发展中决定性的转机及流变之趋势。"活法"这个范畴本身也许在诗论实践上并没有那样举足轻重的地位。但我认为,宋代诗论中的许多现象都可以归结到"活法"的理论概括之下,而呈现其有机的内在联系,举此一纲,可挈众目,挽住"活法",可以洞悉宋诗转变

① 吴之振:《宋诗钞序》,载吴之振、吕留良、吴自牧选《宋诗钞》,中华书局 1986 年版,第 3 页。

之大势，又可观照宋代诗论中许多说法的共同基质。因此，本文所论的“活法”，乃是展开于一个更为广阔的背景之下的，议论禅宗的思维方式对“活法”的影响，也主要是揭示禅对于宋诗由必然走向自由这个转机的深刻作用。

吕本中在《夏均父集序》中正面提出“活法”，他说：

> 学诗当识活法。所谓活法者，规矩备而能出于规矩之外，变化不测而亦不背于规矩也。是道也，盖有定法而无定法，无定法而有定法。知是者，则可以与语活法矣。①

所谓“活法”，并非对法的抛弃，而是在自由地驾驭法的基础上超越于法。因而首先要“规矩备”，要全面地、熟练地掌握诗歌创作的规矩法度。然而，“活法”又强调一个“活”字，也就是不能死于法下。只有十分纯熟地驾驭了法，才能从心所欲不逾矩，变化莫测，游刃有余，从而进入一种艺术创造的自由境界。这是一种认识了必然以后的自由。黑格尔认为自由是对必然的认识，恩格斯非常赞许这种自由观，他推崇黑格尔第一个正确地论述了自由与必然之间的关系，又从而论述道：“自由不在于梦想中摆脱自然规律而独立，而在于认识这些规律，从而可能有计划地利用自然规律为一定的目的服务。”② 吕本中所倡“活法”，实际上正是这样一种认识了规律的自由。

---

① 引自顾易生、蒋凡、刘明今：《宋金元文学批评史》，上海古籍出版社 1996 年版，第 237 页。

② 《马克思恩格斯选集》第三卷，人民出版社 1966 年版，第 229 页。

“活法”是江西诗派诗学理论摆脱其自身僵局、谋求生路的产物。倡导“活法”或以“活法”作诗而著称的人，恰恰是江西派圈子里或与江西派关系甚深的人。吕本中、杨万里等都是如此。吕本中作《江西诗社宗派图》，他虽然未将自己列入江西诗社之中，而实际上他是江西诗派的重要人物。吕氏诗论中有足够的“江西味”，如说“文章无警策则不以传世，盖不能竦动世人，如老杜及唐人诸诗，无不如此”，“诗词高深要从学问中来”。[①] 这些都是典型的“江西腔儿”。以“活法”作诗而著称的杨诚斋，亦是从江西派入手学诗，曾自言“予之诗，始学江西诸君子”。[②] 正是他们在理论与实践上对江西派的超越，才使宋诗的主流由风靡诗坛的江西诗风所带来的萎顿走向新的生机。

以黄庭坚为代表的江西诗论，集中继承了唐代诗论中艺术技巧方面的遗产，总的精神是重绳墨法度，以门径示人。“句法”、“诗眼”成为江西诗人们的追求目标。江西派奉杜甫为祖，主要是从规矩法度上取径于杜甫。山谷诲人学杜：“但熟观杜子美到夔州后古律诗便得句法。”[③] 所谓“夺胎换骨”、“点铁成金”，也都有一定的套路。如山谷所举以示人的范例。郑谷《十日菊》有“自缘今日人心别，未必秋香一夜衰”之句，“此意甚佳，而病在气不长”。王安石借鉴其诗意，写出“千花万卉凋零后，始见闲人把一枝”，充实进峭健的气骨，这便是所谓“换骨法”。白居易诗：“临风杪秋树，对酒长

---

① 吕本中：《童蒙诗训》，载郭绍虞辑《宋诗话辑佚》，中华书局 1980 年版，第 587 页。

② 杨万里：《荆溪集序》。

③ 黄庭坚：《与胡少汲书》，载《豫章黄先生文集》卷十九。

年身。醉貌如霜叶，虽红不是春。”苏轼“窥入其意而形容之”，写出“儿童误喜朱颜在，一笑哪知是酒红”的诗句，这便是所谓“夺胎法”。[①] 这种对前人诗语的借鉴其始未必不佳，而形成一定的模式后，作为“不二法门”，到处套用，互为因袭，使诗人们只知按一定的法式改造利用前人诗语，而忽视创造那种独创的、原生的美，这也便是江西之弊。吕本中虽然心仪山谷，但更多的是弘扬山谷诗论中力主自成一家的一面，主张变化多方，反对拘泥于一定的模式、窠臼。他说：

> 楚辞、杜、黄，固法度所在，然不若遍考精取，悉为吾用，则姿态横生，不窘一律矣。如东坡、太白诗，虽规摹广大，学者难依，读之使人敢道，澡雪滞思，无穷苦艰难之状，亦一助矣。(《与曾吉甫论诗第一帖》)[②]

黄庭坚一直是以杜甫为旗帜，处处诲人以杜诗圭臬，正是因为杜甫“老来渐于诗律细”，在诗的语言锤炼上达到了炉火纯青、间不容发的境界。而杜甫夔州以后的律诗并不单纯是艺术技巧讲求的结果，而是由诗人那种博大的襟怀、沉郁悲壮的情感，和着高妙细密的诗歌技巧孕化而出的奇葩。山谷诲人学杜则偏重于“诗眼”、“句法”，并提取一些模式来，以之为方便法门。这固然给学诗者带来有门径可寻的喜悦，却又往往使诗人堕入某些窠臼轨范。吕本中

---

① 见惠洪《冷斋夜话》卷一，中华书局 1988 年版，第 15 页。

② 引自魏庆之编《诗人玉屑》卷之五，上海古籍出版社 1978 年版，第 115 页。

推崇山谷，但又主张变化，反对规摹旧作，因此，他更提倡从天马行空、随物赋形的太白、东坡诗中汲取"自由的元素"，而达到"姿态横生，不窘一律"的境地。从这个视点出发，吕本中十分欣赏张耒的诗："文潜诗，自然奇逸，非他人可及。如'秋明树外天'，'客灯青映壁，城角冷吟霜'，'浅山寒带水，早日白吹风'，'川坞半夜雨，卧冷五更秋'之类，迥出时流，虽是天姿，亦学可及。学者若能常玩味此等语，自然有变化处也。"[①] 以提出"活法"而在诗论史上著称的吕本中的这些议论，都说明了"活法"的基本内涵，就是有法而又超越于法，破除规矩、窠臼给诗歌创作带来的束缚，主张写诗要自然奇逸，变化多端。

破弃拘执，变化万方，是禅的一个基本特征。在禅宗的基本教义中，"不立文字，以心传心"，是至关重要的一点。"不立文字"，并非是说完全废弃语言文字的功能，而是说要突破语言文字的外壳对思维的束缚作用，打破名言概念所带来的有限性及思维僵局。禅宗经典《坛经》云："若大乘人，若最上乘人，闻说《金刚经》，心开悟解，故知本性自有般若之智，自用智慧，常观照故，不假文字。"就是说，禅体悟佛教"终极真理"，是用自身所有的般若智慧，返观自性，而不能通过名言概念的途径。神宗的重要文献、黄檗希运禅师所著的《传心法要》中也说："超过一切限量、名言踪迹对待，当体便是，动念即乖。"也就是要破除名言概念的拘执，因为一运用概念的知性分析，便与佛理背道而驰。禅宗以分案为启悟僧徒之具。公案问答之间，没有逻辑上的联系，不能以正常的理性思维进行推理

---

① 吕本中：《童蒙诗训》，载《宋诗话辑佚》，第593页。

判断，而是机锋百出、变化莫测，令人感到匪夷所思。略举一二例即可见出禅家公案的此种特点。“僧问大梅：‘如何是西来意？’大梅曰：‘西来无意。’师闻乃曰：‘一个棺材，两个死汉。’”“僧问：‘如何是佛？’师曰：‘猫儿上露珠。’”“如何是正法眼？师曰：挂杖孔。”“僧问：如何是祖师西来意？师曰：三尺杖子破瓦盆。”[①] 这便是禅家的师徒传授。问答之间，没有任何逻辑联系，只是随机应答。这种貌似胡言乱语的问答之中，闪烁着禅家破除束缚、反对拘执、变化无常的精神特质。所问非所答，就是要破弃头脑中的理性联系，而以风马牛不相及之语作为启悟佛性的符号。

禅宗的这种思维方式与宋诗的“活法”论之间不仅是有简单的可比性联系，实际上，吕本中、杨万里等人都深受禅悦之风濡染。而以禅论诗之风在北宋中期便很盛行。吴可、赵章泉、龚相等人以禅论诗，虽然没有像吕本中那样标举“活法”，而其旨归与吕氏无异，同声相应，正可视为“活法”说的先声。吴可公然说：“学诗浑似学参禅，头上安头不足传。跳出少陵窠臼外，丈夫志气本冲天。”(《学诗诗》)赵章泉《学诗诗》亦云：“学诗浑似学参禅，束缚宁论句与联，四海九州何历历，千秋万岁孰传传。”宋代士大夫染禅者甚众，无数操觚弄翰、弈棋分茶的士人，都浸染于禅风之中，亦禅亦诗方才潇洒，而禅与诗在直觉观照的思维方式的切近，使诗人们往往以参禅悟道来比拟诗学规律，这在宋代诗论中形成一条显而易见的线索。到南宋的严羽可谓集其大成。此处所举的吴可、赵章泉的《学诗诗》，都是以禅家精神比拟作诗要破除窠臼，富于变化。我

① 均见普济编：《五灯会元》，中华书局 1984 年版。

们说"活法"并不局限于这个范畴自身，而是代表了宋诗由必然走向自由的趋势。"活法"说正是吴可等人诗学观的必然发展和理论概括，其间诗与禅的关系是显而易见的。吕本中本人"活法"的提出，也是深受禅宗启悟的。张戒在《岁寒堂诗话》中透露出此中消息："往在桐庐见吕舍人居仁，余问：'鲁直得子美之髓乎？'居仁曰：'然。''其佳处焉在？'居仁曰：'禅家所谓死蛇弄得活。'"山谷标举杜诗以"诗眼""句法"，主要就是诗歌技巧方面的规矩法度。吕本中眼里的杜甫和黄庭坚，"佳处"则主要在于"活法"。"死蛇弄活"是禅家的著名比喻，也是"活法"说重要的思想来源。

三

与前述内容有密切的内在联系，"活法"说还包括着这样的内涵，即诗歌写作中审美创造的随机性与直接汲纳自然所获得的活泼天趣。在这方面，"活法"说与禅宗的思维方式有更深刻、更广泛的精神联系。

作为江西诗派经典诗论的"夺胎换骨"、"点铁成金"、"无一字无来处"，其实质是以前人的文学遗产作为诗材。尽管诗人的最终目的还是抒写自己此时此地的特定感受，但过多的成典故实，成为诗歌与现实生活的一层"挡板"，多了一个中间层次，而缺少了直接的血亲关系。这也正是江西诗论遭人诟病的一个原因。"活法"说则更多地要求诗歌创作在现实生活与大自然中"直寻"，而不满于"补假"，吕本中论诗主张立意清新，认为作诗"不可循习陈言，只规摹旧作”[①] 也是主张诗歌与现实生活的“骨血之亲”。“活法”作诗的杨万里，更多地是从大自然的朝晖夕阴、高山流水中取材，因而充溢着无限的活泼天趣。他自述其创作体会说：“每过午，吏散庭空，即携一便面，步后园，登古城，采撷杞菊，攀翻花竹，万象毕来献予诗材。盖麾之不去，前者未雠，而后者已迫，涣然未觉作诗之难也。”[②] 这种诗思的来源是在现实生活和大自然的变化中随机触发的，而不是先有了立意再去寻找诗材。这种随机触发诗思，是“活法”说的一个内涵。杨万里的诗作，大都是在自然界与社会生活中随所感触，捕捉诗思，因而显得极为活泼。如这样的小诗：“初疑夜雨忽朝晴，乃是山泉终夜鸣。流到前溪无半语，在山作得许多声！”(《宿灵鹫禅寺》)“绿杨接叶杏交花，嫩水新生尚露沙。过了春江偶回首，隔江一岸好人家。”(《二月一日晓渡太和江》)诗味清新，意象明丽，而诗的构思全是从自然景物中随机触发的。这也就是苏轼所说的“随物赋形”。江西诗论中“夺胎换骨”“点铁成金”的法式，往往使诗人规摹前人旧作，通过改造前人诗语来构思自己的诗作，因此刻意求奇者多，天然自得者少。而“活法”说则强调诗思在于随机触发，而不能搞“主题先行”。张戒概括得很准确：“诗人之工，特在一时情味，固不可预设法式也。”[③] “预设法式”是“活法”所忌讳的。叶梦得在这方面有深入而精辟的论述。他认为诗之妙，应是情景相遭，自然而得，而冥思苦索之句未必为佳。他以谢

---

① 吕本中：《童蒙诗训》，载《宋诗话辑佚》，第 596 页。

② 杨万里：《荆溪集序》。

③ 张戒：《岁寒堂诗话》，载丁福保辑《历代诗话续编》，中华书局 1983 年版，第 453 页。

灵运的名句"池塘生春草,园柳变鸣禽"为例来说明之:"世多不解此语为工,盖欲以奇求之耳。此语之工,正在无所用意,猝然与景相遇,借以成章,不假绳削,故非常情所能到。诗家妙处,当须以此为根本,而思苦言难者,往往不悟。"① 王安石晚年退居钟山,诗风一变,由早年的雄健峭拔、颇有理思变而为即景遣怀、清新隽永,叶石林对王荆公晚年之作尤为欣赏,便在于其"意与言会,言随意遣,浑然天成,殆不见牵率排比处。"(同上)

这种应物斯感、随机触发的诗思,比起"预设法式"来,更符合审美创造的规律。审美创造是一种直觉思维(当然这种直觉并不排除理性积淀),而不是以逻辑思维作为思维方式,"既不是以概念为其基础也不是以概念为其目的",而是一种无目的的合目的性。审美体验应该是审美主体对感性表象所生起的体验,恰如英国美学家鲍桑葵所说的"审美态度的对象只能是表象"②,中国古典美学讲"澄怀味象"(宗炳《画山水序》),都说明了这样一个基本事实:审美活动的对象只能是大千世界使审美主体生成的表象,而那种预设概念、从固定的主题出发来进行诗歌写作,往往缺少审美韵味。大自然所提供的审美契机是变幻万千的,在大自然中所随机感发的诗思显得格外清新。康德说:"想象力(作为生产的认识机能)是强有力地从真的自然所提供给它的素材里创造一个像似另一自然来。当经验对我呈现得太陈腐的时候,我们同自然界相交

---

① 叶梦得:《石林诗话》卷中,载何文焕辑《历代诗话》,中华书局 1981 年版,第 426 页。

② 鲍桑葵著、周煦良译:《美学三讲》,上海译文出版社 1983 年版,第 9 页。

谈。”[①] 在诗歌创作中,主张诗思触发的随机性,是对江西诗论中那种“规摹古人”理论的一个反拨。

这种诗思触发的随机性,给诗歌带来了鸢飞鱼跃的活泼天趣与内在的生命力。以古人论诗之语形容之,前者如“弹丸脱手”,后者如“初日芙渠”。活法为诗,活泼流转,没有蹇涩之感。北宋时期,虽然尚未提出“活法”的概念,但在理论与实践中,都已有许多东西与“活法”说的精神一致,源流相承。大诗人苏轼的许多诗作都显示出极为活泼流转的天趣。东坡之诗“放笔快意,一泻千里”,“随笔所至,自成创句,所谓‘风行水上,自然成文’”(赵翼《瓯北诗话》)随手略举一二例:“船上看山如走马,倏忽过去数百群。前山槎枒忽变态,后岭杂遝如惊奔。仰看微径斜缭绕,上有行人高缥缈。舟中举手欲与言,孤帆南去如飞鸟。”(《江上看山》)“横风吹雨入楼斜,壮观应须好句夸。雨过潮平江海碧,电光时掣紫金蛇。”(《望海楼晚景》)从这类诗作中不难感受到东坡诗中那种活泼流转、浑然天成的气魄。东坡谈自己的创作体会说:“冲口出常言,法度去前轨。人言非妙处,妙处在于是。”(《诗颂》)他十分欣赏谢朓“好诗圆美流转如弹丸”(见《南史·王筠传》)之说,他称赞王巩的诗:“新诗如弹丸,脱手不暂停。”(《次韵答王巩》)苏轼这种对于活泼流转之趣的赞赏以及苏诗的活泼天成,都给后来吕本中的“活法”提供了极大启示。曾季狸《艇斋诗话》绍述吕本中诗教之处甚多,从中可以看到吕本中最为心仪苏诗,也是“喜令人读东坡诗”,可以说苏诗是“活法”的典范之作。

---

① 康德著、宗白华译:《判断力批判》,商务印书馆 1964 年版,第 160 页。

南宋诗人杨万里，以“活法”为诗而著称。“诚斋体”的活泼流转，迅捷飞动更是有名的。方回评诚斋诗“飞动驰掷”。刘克庄也从活泼流转这个角度评诚斋：“后来诚斋出，真得所谓活法，所谓流转圆美如弹丸者，恨紫微公不及见耳。”（《江西诗派小序》）诚斋作诗，多在纷纭变化的大自然中直接撷取诗思，而摆去拘挛，变化曲折，十分活泼。尤其是一些七言绝句，更是生机盎然，圆美流转。如“却是春残景更佳，诗人须记许生涯，平田涨绿村村麦，嫩水浮红岸岸花。”（《三月三日雨作遣闷》）“嫩水春来别样光，草芽绿甚却成黄。东风似与行人便，吹尽寒云放夕阳。”（《丁亥正月新晴晚步》）这些诗都“活泼剌底人难及也。”（李纯甫评诚斋语，见《归潜志》）钱钟书先生论诚斋诗极为中肯：“诚斋则如摄影之快镜，兔起鹘落，鸢飞鱼跃，稍纵即逝及其未逝，转瞬即改而当其未改，眼明手捷，踪矢蹑风，此诚斋之所独也。”① 可以说把诚斋诗活泼流转的特质形容得淋漓尽致。

“活法”说包括的随机触发诗思的内涵以及活法作诗所表现出的活泼流转，充溢着内在的生命力，与禅宗的思维方式既有理论上的同构性，又有实际的亲缘关系。

禅宗悟道在思维方式有这样三个信条“无念为宗，无相为体，无住为本。”（《坛经》）所谓“无念”，就是破除名言概念的束缚；“无相”是“于相而离相”，虽然不排斥表象的接引作用，但强调通过表象作为悟道契机后超越表象，直接体悟佛性；而“无住为本”，就是强调思维的流动性，不能停留在一点上。“念念时中，于一切法上

---

① 钱钟书：《谈艺录》（补订本），中华书局1984年版，第118页。

无住,一念若住,念念即住,名系缚;于一切上,念念不住,即无缚也,此是以无住为本。”(同上)思维的不停流动,才能不受拘缚,随方悟道。禅家悟道常以“鸢飞鱼跃”为喻,正是说禅家思维过程的“无住”、“无缚”,不粘涩于任何外物,而不断流动。“活法”要求诗歌创作的活泼天趣,正是深受禅宗启示的。杨诚斋诗云:“学诗须透脱,信手自孤高。”(《和李天麟》)又说“参时且柏树,悟罢岂桃花?”(同上)借用禅典来说明作诗不能拘束执著。所谓“透脱”,即是指“识度、胸襟的通达超豁,不缚于世俗情见,心境活泼,机趣骏利,不执著,不粘涩”。[①] 可见“活法”之活,正与禅家相通。

“活法”强调诗思触发的随机性,与禅宗的观念也有密切关系。禅宗带有浓厚的泛神论色彩。它认为真如佛性遍在于万法之中。在禅宗前期,还只是认为佛性遍于一切有情,后来则推而广之,认为一切无情之物也都含有佛性。“青青翠竹,尽是法身;郁郁黄花,无非般若”,这样著名的禅家话头,正是体现了禅的泛神特质。这种思想可能受了道家哲学“道无所不在”的命题的影响,并且融合了华严宗“法界缘起”论的思想方法。既然一切事物都内蕴着真如佛性,那么,无论拈引什么事物都可以作为昭示佛理的工具。禅家传道充满了随机性,只要悟透了禅机,那就无往而非佛。“是以解道者,行住坐卧,无非是道。悟法者,纵横自在,无非是法。”(《五灯会元》)禅家师徒,以机锋棒喝相传授,多是即境示人,随机拈取某种事物作为接引之具。如问:“如何是祖师西来意?师曰:砖头瓦片。”“如何是佛法大意?师曰:洞庭湖里浪淘天。”(均见《五灯会

① 周汝昌释语,见《杨万里选集》。

元》)再就是拳打棒喝,无非是当机煞活,催人猛省顿悟,为学人解粘去缚。"活法"说论诗颇受此种禅悟方式影响。叶梦得就曾以禅宗三种境界喻诗,其一便是"随波逐浪句,谓随物应机,不主故常"。[①] 在"活法"论者看来,诗境正应如此。

四

与正统的江西诗论相比,"活法"说突出了创作者的主体意识、张扬了艺术个性。山谷论诗,讲"夺胎换骨","点铁成金","无一字无来处",强调以古人语为"材料因"。江西诗派以杜甫为偶像,顶礼膜拜,处处强调以杜诗的"句法"为圭臬,致使金代诗论家诋山谷为"特剽窃之黠耳"[②]。平心而论,山谷用古人语是能够"陶冶万物"的,因而自有其鲜明的艺术个性。而死守句法,只知在书本中讨生活的江西派末流,则处处依傍前贤,缺乏艺术个性。"活法"说则有意识地针对这点提出异议,突出诗人的主体意识。吴可在《学诗诗》中大声疾呼"跳出少陵窠臼外,丈夫志气本冲天",大有呵佛骂祖的气概。吕本中着重弘扬黄庭坚诗论中自成一家的主张,他说:"鲁直云'随人作计终后人';又云'文章切忌随人后',此自鲁直见处也。近世人学老杜多矣,左规右矩,不能稍出新意,终成屋下架屋,无所取长。……如陈无己(师道)力尽规摹,已少变化。"他又通过转述徐师川"作诗自立意,不可蹈袭前人"的论诗之语,表明自

---

① 叶梦得:《石林诗话》卷上,载《历代诗话》,第407页。

② 王若虚:《滹南诗话》。

己的观点。称赞秦观“过岭后诗，严重高古，自成一家”[1]，突出地强调“自成一家”，张扬艺术个性，这是主体意识进一步自省的表现。姜夔论诗也讲“活法”，说作诗“胜处要自悟”[2]（《白石道人诗话》），言下之意，是反对依傍他人。严沧浪以禅喻诗，以“妙悟”作为其诗论的核心范畴，指出“禅道在妙悟，诗道亦在妙悟”。[3]（《沧浪诗话·诗辨》）“悟”是禅宗的基本概念，指学佛者对佛教终极真理的体认，“顿悟成佛”，是禅的基本信条。悟者自悟，于自性中顿见佛性，非由外力所致。“悟”这个概念本身，便充满了主体性的色彩。“活法”诗论者往往借禅谈诗，而其中诗禅可以相通的关键则在于“悟”。龚相《学诗诗》云：“学诗浑似学参禅，悟了方知岁是年。点铁成金犹是妄，高山流水自依然。”韩驹《赠赵伯鱼诗》也说：“学诗当如初学禅，未悟且遍参诸方。一朝悟罢正法眼，信手拈出皆成章。”可以说，悟是创作主体由必然而进入自由的关键。未悟之时，遍参诸家、转益多师；经过主体之“悟”，熔百家于一炉，变成自己的独得，进入从心所欲不逾矩的自由境界。其间之“悟”，就是主体的陶钧熔冶过程。吴可也说得甚为明白：“凡作诗如作禅，须有悟门。”[4]（《藏海诗话》）吕本中倡导“活法”，明确地把“活法”建立在主体之“悟”的基础上，他说：“作文（包括诗）要悟入处，悟入必自工夫中来，非侥幸可得也。”（《童蒙诗训》）

在佛教诸宗派中，禅宗是以否定外在权威，突出心本体的地位

---

① 吕本中：《童蒙诗训》，载《宋诗话辑佚》。

② 姜夔：《白石道人诗说》，载《历代诗话》，第 682 页。

③ 严羽：《沧浪诗话·诗辨》，载《历代诗话》，第 686 页。

④ 吴可：《藏海诗话》，载《历代诗话续编》，中华书局 1983 年版，第 340 页。

为特征的。禅宗认为佛并不是外在于众人的崇拜偶像，佛就在众人的自性之中。禅宗公案中呵佛骂祖之事屡见不鲜。有僧问云门："如何是佛？"答曰："干屎橛。"义玄禅师竟至喊出"逢佛杀佛，逢祖杀祖"来。丹霞烧木佛像而取火。（均见《五灯会元》）否定权威，打破偶像，是禅家独有的精神！

与此相联系的另一面，便是对主体地位的高扬。禅宗"顿悟成佛"理论的基点就在于，佛性就在众生的自性之中，禅家之"悟"，就是运用般若智慧，近观自心，顿现自身具有的真如佛性。未悟之时，"犹如大云，盖覆于日，不得风吹，日无能现。"倘若向外觅佛，则路头差矣。"外修觅佛，未悟本性。"所以成佛与否，就在于能否省悟自心中佛性。"故知不悟，即是佛是众生；一念若悟，即众生是佛。故知一切万法，尽在自身中，何不从于自心顿现真如本性。"禅宗从其唯心主义宗教世界观出发，把心作为世界万物的本体，认为一切事物都可以包容于心中。"心生则种种法生，心灭则种种法灭"。"心量广大，犹如虚空……虚空能含日月星辰、大地山河、一切草木、恶人善人、恶法善法、天堂地狱、尽在空中。"（以上均见《坛经》）正因为把心作为派生万法的本体，才得出"顿悟成佛"的结论。从认识论讲，这是唯心主义之谬见，但它突出心本体的地位，实际上强调了主体意识，对诗歌创作是起了推动作用的。正是在这点上，禅宗给了宋诗由必然走向自由以有力的推动。宋代诗论中借禅喻诗，实际上主要在于主体之"悟"。诗之悟即在于由规摹他人、遍参诸方而转换为自得。"要到自得处方是诗。"[①]

---

① 魏庆之：《诗人玉屑》，上海古籍出版社 1978 年版，第 220 页。

五

正统的江西诗论强调"诗眼"、"句眼",认为好诗应是诗中有警句,句中下卓异生辉之字方是好诗!山谷推崇杜诗:"拾遗句中有眼。"(《赠高子勉》)又诲人云:"用一事如军中之令,置一字如关门之键。"① 强调警句奇字在诗中的关键作用。范温诗论即以"诗眼"名其书。多是绍述山谷的论诗主张。曾云:"句法以一字为工,自然颖异不凡,如灵丹一粒,点铁成金也。"(《潜溪诗眼》)强调警策固然不错,但却忽略了浑然天成之整体美,往往导致有句无篇。"活法"说则更为偏重于强调"圆活"、"圆成",重视诗的整体之美。吴可《学诗诗》中推崇"圆成"之作:"学诗浑似学参禅,自古圆成有几联。春草池塘一句子,惊天动地至今传。"谢灵运的名句:"池塘生春草,园柳变鸣禽",很难指出某字为"诗眼",但却生动地写出大自然的勃勃生机,意境浑然而"圆成"。杨万里的诗境也都是有一种浑然全整之美,而不以"诗眼"见长。严羽明确推崇气象浑成之作:"建安之作,全在气象,不可寻枝摘叶","《胡笳十八拍》混然天成,绝无痕迹","汉魏古诗,气象混沌,不可句摘",都重在诗的整体美感与内在的生命力。

这一点亦与禅家有"灵犀一点"相通。禅宗"顿悟成佛"说的根据还在于佛教终极真理是整一不可分的。禅宗的理论先驱、南朝

---

① 黄庭坚:《跋高子勉诗》,载《山谷题跋》,上海远东出版社校注本 1999 年版,第 53 页。

佛学大师竺道生首倡“顿悟成佛”说，其根据就在佛理的整一不可分性。慧达《肇论疏》述道生之论云：“夫称顿者，明理不可分、悟悟极照，以不二之悟，符不分之理”。禅悟本身必然是不可分析、不言阶渐的整体性感悟。禅宗明确反对对佛理作肢解性的分析认识。禅学大师玄觉在《永嘉证道歌》里说：“直截根源佛所印，摘叶寻枝我不能。”“摘叶寻枝”即指拘执于字句的分析性理解。雪峰义存禅师对其徒众教诲道：“吾若东道西道，汝则寻言逐句；吾若羚羊挂角，汝向什么处扪摸？”（《五灯会元》）“寻言逐句”的理解方式是禅家所不屑为的，整体的感悟是禅悟的必要条件。而“活法”说诗讲求诗“圆成”、“圆活”，即整体的、富有内在生命力的美感，与禅悟的整体性很有内在联系。

六

宋诗中的“活法”是对江西诗风、诗论的一个反拨，同时也是江西派内部新质的再生。“活法”并非一个流派的理论，而是一种思潮。“活法”本身就是在江西诗论里生长出来的，表现了江西诗论的转机。本文所谈及的“活法”不仅指吕本中一个人的诗论，而且包容了如吴可、赵章泉、严羽、杨万里等持论相近的诗人与诗论家。吕本中本人一方面正面揭示了“活法”，界定了它的内涵，为这类主张超越法度、反对拘执、提倡变化的诗论，作了一个明确的理论概括；另一方面，吕本中诗论中的江西派的味道又是十足的。讲究法度与提倡变化是统一于他的诗论中的。吕本中最推崇的诗人有两位，一是苏东坡，一是黄山谷，他说：“自古以来语文章之妙，广备众体，出奇无穷者，唯东坡一人；极风雅之变，尽比兴之体，包括众作，本以新意者，唯豫章一人，此二者当永以为法。”(《童蒙诗训》)苏东坡之“出奇无穷”与黄山谷“包括众作”，都为吕氏所推重，当然他更重前者。他对山谷诗作的评价，对山谷诗论的绍述，都重在其自成一家这点上。因此，“活法”说反映出宋诗变化的轨迹，代表着诗歌创作由必然走向自由的趋势。

“活法”说所代表的文学思潮的兴起，的确与禅宗的普泛化甚有关联。吴可、赵章泉、严羽等人以禅喻诗，旨在说明诗歌写作否定窠臼、自由驰骋而又深合诗歌艺术规律的境界。葛天民所说的“参禅学诗无两法，死蛇解弄活泼泼”(《无怀小集》)最能集中说明禅与“活法”说的关系。而从思维方式这一层面来观照二者的联系，可以使许多问题得到较为深入的解释。当然，“活法”说还主要是就诗歌语言形式的变化而论，缺少更为内在的探索，因此使一些诗歌流入轻滑而少厚重感。杨万里的诗就往往给人以此种印象。然而，无论怎样，“活法”标志着宋诗由必然走向自由的转折，这是没有疑问的。“活法”给宋诗带来的是生机，而不是萎缩。屡经曲折，宋诗终于走出了一条自己的道路！

论王夫之诗歌美学中的“神理”说

明末清初的大思想家、文学家王夫之(船山),在中国近古的思想史上有着突出的重要地位,被称为清初三大思想家之一。不惟如此,他的美学思想在中国美学史上也是颇为引人注目的。他改造了佛教因明学的基本范畴“现量”,作为自己的美学思想中的核心命题,深受治中国美学史的学者关注,有关论著对“现量”说有着较为系统、全面的研究。而船山美学中还有另一个相当重要的范畴“神理”,却未引起学术界的充分重视,迄今为止,尚未见及有关王夫之“神理”说的专论。而综观船山的论著(尤其是诗论著作),“神理”这个概念有较高的使用频率,大约达几十处之多,同时,有着颇为丰富深广的内涵,并与“现量”、“势”等范畴有十分密切的联系。有关“神理”说的发掘与研究,有助于深化对王夫之美学思想的认识,重新估计中国近古时期美学史的发展高度,有非常深刻的意义。

一

船山有关“神理”的言论,主要集中在他的诗话著作《姜斋诗话》和他的三部诗歌评选著作《古诗评选》、《唐诗评选》及《明诗评选》之中。在这些诗论著作里，船山是以“神理”为其评诗、选诗的重要价值尺度的。“神”和“理”，在船山诗论中常常是分开使用的，但又更多是合而为一的，形成一个新的审美范畴。“神”与“理”这两个概念在单独使用时都有着各自的含义，但相互又有深刻联系；而当神、理合为一个新的范畴出现时，就不只是包括了这两个概念各自的意义，而且有着更为复杂、深广的蕴涵。

“神”是中国古典美学中的一个传统范畴，早在魏晋南北朝时期业已得到充分的讨论。在哲学领域里，关于“神灭”、“神不灭”的争论为美学思想中关于“神”的范畴的提出与成熟提供了深厚的基础。顾恺之提出了有名的“以形写神”、“传神写照”，成为中国美学思想史上影响至为深远的美学命题。在顾氏的画论中，“神”主要是指人物画中所画人物的神态与精神气质。稍后一些的宗炳，在山水画论中，也提出了“应会感神”，又云“至于山水，质有而趣灵”①，将“神”的范畴用于山水画的创作与评论。这里的“神”，指的是审美主体在与山水这样的审美客体相对时，所感受到的客体的精神气韵，与后来清人刘熙载所说的“山之精神写不出，则烟霞写之”的“山之精神”差相近之②。杜甫所云“读书破万卷，下笔如有神”，其中的“神”，则是指创作过程中那种天机突现的灵感状态。苏轼在其艺术理论中力主“传神”论，鄙薄专尚形似的创作倾向。他在著名的《书鄢陵王主簿所画折枝》一诗中说：“论画以形似，见与儿童邻。赋诗必此诗，定非知诗人。诗画本一律，天工与清新。

---

① 宗炳：《画山水序》，载沈子丞编《历代画论名著汇编》，文物出版社 1982 年版，第 14 页。

② 刘熙载：《艺概·诗概》，上海古籍出版社 1978 年版，第 78 页。

边鸾雀写生，赵昌花传神。”在《题过所画枯木竹石》一诗中，他又谈到画之传神：“老可能为竹写真，小苏今与竹传神。”苏轼所云之“神”，指超越于艺术描写对象“形似”之外的内在精神气韵。

“理”是中国哲学中一个非常重要的基本范畴，在不断的自我否定或扬弃的过程中，汲取了各个时代的精华，使其内涵得到了丰富与具体化。在传统哲学中，理大体有这样几层含义，一是治理，引申为规律。《说文解字》云：“理，治玉也。”《说文系传校勘记》引徐锴曰：“物之脉理惟玉最密。”依玉的脉理而治，就是理。二是名理，即是逻辑性的思维规律。《黄老帛书·名理篇》提出了“审察名理”、“循名究理”，都是以理为概念、判断等逻辑思维形式。三是为天理。本土的儒学文化和道家文化、外来的佛教文化，经过整合而创造了宋明理学文化。理学注重道体的探讨。从周敦颐、张载到二程，他们面对外来佛教文化的挑战，创造了天理论的哲学逻辑结构，以理为宇宙自然最高本体的人伦道德的最高准则。

在中国古代诗学中，“理”也是一个很有普遍意义的范畴，它与哲学中的“理”有密切关系，但又有相当大的差异，主要是指诗中的哲理、义理，但在中国古代诗论中，“理”又常常处在被否定的位置。如宋代著名诗论家严羽所说的“诗有别趣，非关理也”，意思是说诗歌有其特殊的审美兴趣，不在于以诗来表述理念。又如宋代一些诗作，尤其是理学家的诗作，被诗论家们视为“堕于理窟”，也是从诗歌的审美特性出发，认为诗歌不宜表现抽象的理念，这在中国古代诗学理论中是有相当普遍性的。诗歌有其特殊的审美趣味，不宜枯燥地言理，这是对的；但是，绝对地反对在诗中蕴涵理念，把诗的审美直觉与理性对立起来，又是非常片面的。事实上，我们在古人的吟咏之中，不仅产生强烈的情感共鸣，而且，在更多的时候也得到灵智的省豁。许多传世名篇，都在使人们“摇荡性情”的同时，更以其十分警策的理性力量穿越时空的层积。那么，诗中之“理”的表现怎样才算是好的呢？中国古代诗论中有“理趣”之说。所谓“理趣”，即是以诗的审美意象来托出某种道理，如苏轼的《题西林壁》、《琴诗》，朱熹的《观书有感》、《春日》、《偶题三首》等。钱钟书先生对于“理趣”诗有很深刻的阐释：“徒言情可以成诗；‘去去莫复道，沉忧令人老’，是也。专写景亦可成诗；‘池塘生春草，园柳变鸣禽’，是也。惟一味说理，则于兴观群怨之旨，背道而驰，乃不泛说理，而状物态以明理；不空言道，而写器用之载道。拈形而下者，以明形而上；使寥廓无象者，托物以起兴；恍惚无朕者，著述而如见。譬之无极太极，结而为两仪四象；鸟语花香，而浩荡之春寓焉；眉梢眼角，而芳菲之情传焉。举万殊之一殊，以见一贯之无不贯，所谓理趣者，此也。”① 可以认为，钱钟书先生对理趣诗的论述是相当精辟的。然而，理趣诗的“理”，还是颇为显明的。诗的意象对其中的理来说，还只是起着寓托的作用。

二

王夫之作为一个思想家，对于诗中之“理”非但不避讳，而且将之作为诗的一个重要标准。仅有艺术直觉，而无睿智深刻的理性，在船山看来，并非诗之上乘，“理”恰恰是好诗应有的必要条件。船

① 钱钟书：《谈艺录》（补订本），中华书局1984年版，第228页。

山评诗,眼界甚高,每多非议,不轻许可,而独心折谢灵运,在他对中国古代诗人的评价中,可说是无出其右的。如说:“情景相入,涯际不分,振往古,尽来今,唯康乐能之。”① 他对谢灵运的推崇,在很大程度上是因为谢诗以“尽思理”见胜,他对谢灵运的评价透露出此中消息:

> 谢灵运一意回旋往复,以尽思理,吟之使人卞躁之意消。《小宛》抑不仅此,情相若,理尤居胜也。王敬美谓‘诗有妙悟,非关理也’,非理抑将何悟?②

船山在这里已不仅是对谢诗的评价,而且是对诗中之理的普遍性思考。但由此可见其对谢诗之所以如此偏爱,主要的价值尺度是能否“以尽思理”。更值得注意的是,船山将诗中之理与宋明以来影响广泛的“妙悟”说统一起来,使人们对于“理”及“妙悟”的认识都更为深化。所谓“诗有妙悟,非关理也”,本是源自于南宋严羽的诗论,严沧浪在《沧浪诗话》中有关的著名论述为船山所本。严羽在诗歌创作论中以禅喻诗,主“妙悟”之说:“大抵禅道惟在妙悟,诗道亦在妙悟。且孟襄阳下韩退之远甚,而其诗独出退之之上者,一味妙悟而已。惟悟乃为当行,乃为本色。”③ 他又说:“夫诗有别材,非关书也;诗有别趣,非关理也。然非多读者,多穷理,则

---

① 王夫之:《古诗评选》,载《船山全书》第十四册,岳麓书社 1996 年版,第 731 页。
② 同上,第 737 页。
③ 严羽:《沧浪诗话·诗辨》。

不能极其至。所谓不涉理路，不落言筌者，上也。"① 这两段话，可以说都是严羽诗论中最有影响的论断，对于沧浪诗论的是非褒贬，多是集矢于此。在人们的诠释和评论之中，沧浪的"诗之妙悟"是与"理"不搭界的，不惟如此，而且是互为妨碍的。王世贞在《艺苑卮言》卷一中曾引录此语，船山此处略其原出，又误记为其弟王世懋（敬美）语。船山并非一般地不同意"诗有别材，非关理也"之说，而是有意把"妙悟"和"理"这两个在严氏诗学中看似对立的概念联系在一起，而且把"理"作为"妙悟"的内涵，这不能不被人看作是船山诗论中的惊心醒目之处。在船山看来，诗中的"妙悟"，悟的不是别的东西，恰恰就是"理"！"理"是船山论诗的一个重要价值标准。诗倘若不能表达透彻深邃之"理"，很难称为上乘佳作。我们不妨看看船山的几则诗评。评陆云的《失题》诗云："晋初人说理，乃有如许极致，后来却被支许凋残。"② 这里对于陆云诗作中"说理"是备加推崇的，认为臻于"极致"。"说理"本身并不应该成为诗歌被诟病的理由，只是后来到了支遁、许徇、孙绰等人手里，抽象地、枯燥地言理，使诗中之"理"成了支离僵死之物，缺乏诗人的情感，缺少与宇宙天道相通为一的浑然之气，才是船山所不取的。他又评刘琨的《答卢谌》诗云："无限伤心刺目，顾以说理语衍之，乃使古今怀抱，同入英雄泪底。"③ 这都是对诗中的"说理"之语有很高评价的。他评初唐诗人王绩的《石竹咏》云："非但理至，风味亦适。得

① 严羽：《沧浪诗话·诗辨》。

② 王夫之：《古诗评选》，载《船山全书》第十四册，第594页。

③ 同上，第598页。

句即转,转处如环之无端,落笔常作收势,居然在陶、谢之先。"①更以"理至"为其首要理由。这些都可以充分说明船山的诗学观念中,"理"非但不是必欲排之除之而后快的负面价值,而且是诗歌艺术价值的重要内涵。

然而,我们千万不要以为船山是赞成或者支持诗人在诗中以抽象的思维方式、以名言概念的构织在诗中言理,那又恰恰是他所反对的。对于"支许"等玄言诗人对"理"的"凋残",船山是非常反感的。他在评西晋诗人司马彪的《杂诗》时说过这样颇为明确而重要的意思:

> 王敬美谓"诗有妙悟,非关理也",非谓无理有诗,正不得以名言之理相求耳。②

虽然十分简短,但却是"截断众流"、"寸铁杀人"之语。船山对于"无理有诗",即把诗与理绝对地对立起来的观点是明确否定的,认为诗中之理不仅是可以的,而且是必要的,关键在于如何理解"理"的内涵以及"言理"的方式。船山认为诗中之理不应是那种"名言之理",也就是以名言概念构成的伦理教条或抽象理念。在船山看来,诗中之理应是饱含着诗人情感、在对生活的随机感兴中所体悟到的带有独特性的理思。这种"理"不是抽象的、知性分解的,而是以活色生香般的生命感、诗人拥抱人生的深切情怀以及在迁流变

---

① 王夫之:《古诗评选》,载《船山全书》第十四册,岳麓书社 1996 年版,第 588 页。
② 同上,第 687 页。

化的社会与自然中捕捉到的神韵来启人心智的。因此，船山也时常以“神理”作为一个诗学范畴来论诗。它的内涵也就是上述的意思。在《姜斋诗话》及三个《评选》中，“神”与“理”时分时合，但作为一个完整的、崭新的诗学范畴，尤能见出船山诗学思想的独特贡献所在。

“神理”说的一个重要内涵就是“理”与情的融合。船山论诗中之理，非常注重理与情的相因相得，不满于剥落诗人情感之后的枯燥言理。船山在评陆机诗时说过这样一段话：

> 诗入理语，惟西晋人为剧。理亦非能为西晋人累，彼自累耳。诗源情，理源性，斯二者岂分辕反驾者哉？不因自得，则花鸟禽鱼累情尤甚，不徒理也。取之广远，会之清至，出之修洁，理顾不在花鸟禽鱼上耶？①

船山认为，在诗中言理，以西晋人为甚，但这并不能说明西晋人为理所累，而是那些枯燥言理的诗人“自累”。诗出于情，理出于性，但二者并非彼此排斥的，而是相融互济的。无论是情，抑或是理，都应源于“自得”，也就是诗人的亲身体验。倘若不是源于“自得”，那些似乎是以抒情为目的的花鸟禽鱼之类的意象，也同样难于表达诗人之情，并非仅是理成为诗中负累。船山在此处强调诗中的理与情均是不可缺少的要素，并且可以相融互济，并非“分辕反驾”。进而可以认为，船山是主张诗中之理应该饱含诗人之情的。

---

① 王夫之：《古诗评选》，载《船山全书》第十四册，岳麓书社1996年版，第588页。

船山在评李白的《苏武》诗时说:“咏史诗以史为咏,正当于唱叹写神理,听闻者之生其哀乐。”[①]“唱叹”自然是诗人的至情流露,“神理”应是出于诗人之至情;而“听闻者之生其哀乐”,则是指欣赏者在接受过程中在情感方面的强烈共鸣。在评张协诗时又云:“感物言理,亦寻常耳,乃唱叹沿洄,一往深远。储、王亦问道于此,而为力终薄,力薄则关情必浅。”[②]也同样是强调言理与深情之间的密切关系。在船山这里,诗中言理,应是生发于诗人的至情体验之上的。

船山之“神理”说的又一重要内涵,是云诗中之理的超以象外,广远精微,与天地宇宙相通,浑灏流动充满生命的动感,绝非道学先生口中笔下的伦理教条。他评价谢灵运之诗云:“亦理,亦情,亦趣,逶迤而下,多取象外,不失环中。”[③]又论谢诗说:“神理流于两间,天地供其一目,大无外而细无垠。”[④]既称“神理”,就不是那种以知性分解的方式所得的抽象之理,而无乃是“墨气四射”、“广大骀荡”的精神性实体。如船山所说:“自五言古诗来者,就一意中圆净成章,字外含远神,以使人思;自歌行来者,就一气中骀荡灵通,句中有余韵,以感人情。”[⑤]又论陶潜之《癸卯岁始春怀古田舍》诗云:“通首好诗,气和理匀,亦靖节之仅遘也。‘鸟弄欢新节,泠风送余善’,自然佳句,不因排撰矣。陶此题凡二作,其一有云‘平畴交

---

① 王夫之:《古诗评选》,载《船山全书》第十四册,岳麓书社1996年版,第953页。
② 同上,第705页。
③ 同上,第737页。
④ 同上,第736页。
⑤ 《姜斋诗话笺注》卷二《夕堂永日绪论内编》。

远风，良苗亦怀新’，为古今所共赏。‘平畴交远风’信佳句矣，‘良苗亦怀新’乃生人语。杜陵得此，遂以无私之德，横被花鸟，不竞之心，武断流水。不知两间景物关至极者，如其涯量亦何限！”① 船山还评陶之《读山海经》一诗云：“此篇之佳，在尺幅平远，故托体大。如托体小者，虽有佳致，亦山人诗尔。‘少无适俗韵’、‘结庐在人境’、‘万族欣有托’，不满余意者以此。‘微雨从东来’二句，不但兴会佳绝，安顿尤好。若系之‘吾亦爱吾庐’之下，正作两分两搭，局量狭小，虽佳亦不足存。”② 足见船山之推崇“神理”之托体广大，浑灏骀荡。船山之评张协《杂诗》语则更为典型：

风神思理，一空万古，求共伯仲，殆唯“携手上河梁”、“青青河畔草”足以当之。诗中透脱语自景阳开先，前无倚，后无待，不资思致，不入刻画，居然为天地间说出，而景中宾主，意中触合，无不尽者。③

这里指出诗中神理也即“透脱语”十分广大，非知性分解的思维方式所能把握，所谓“一空万古”、“为天地间说出”，足见船山所云之“神理”是以小见大、与道相通的。

船山言“神理”不仅在于其广远浑灏，超乎象外，而且还在于其能致精微、入毫芒，深入事物难于言喻之处，这两方面都是“神理”所应具备的，这是带有艺术辩证法的意味的。船山所云之“大无外

① 王夫之：《古诗评选》，载《船山全书》第十四册，岳麓书社1996年版，第719页。
② 同上，第723页。
③ 同上，第706页。

而细无垠”，是一个很好的概括。船山评谢灵运的名作《登池上楼》说：“‘池塘生春草’，且从上下左右看取，风日云物气序怀抱，无不显者，较‘蝴蝶飞南园’之仅为透脱语，尤广远而微至。”①“广远”与“微至”，是辩证地统一在“神理”之中的。

三

诗中之“神理”是如何获得的？是以知性分析的思维方式，在诗中先入为主地确定，还是以触物感兴的方式，在与自然、社会的随机感遇中升华而出？船山的答案是后者。船山是非常反感诗中腐儒式的枯燥言理的，：“一部《十三经》，元不听腐汉挦剥作头巾戴。侮圣人之言，必诛无赦，余固将建钟鼓以伐之。”② 在船山看来，倘以腐儒的态度来对待经典，即是对圣人之言的侮辱。“神理”当是“以追光蹑影之笔，写通天尽人之怀”的产物。在《姜斋诗话》中，船山有这样一段重要论述：③

> 以神理相取，在远近之间。才着手便煞，一放手又飘忽去，如“物在人亡无见期”，捉煞了也；如宋人咏河豚云：“春洲生荻芽，春岸飞杨花。”饶他有理，终是河豚没交涉。“青青河畔草”与“绵绵思远道”，何以相因依，相含吐？神理凑合时，自然恰得。

---

① 王夫之：《古诗评选》，载《船山全书》第十四册，岳麓书社 1996 年版，第 732 页。
② 同上，第 720 页。
③ 同上，第 760 页。

关于诗中“神理”的获得，这里说得相当清楚，即是在变动不居的自然与社会事物中捕捉得来的，非以逻辑解析方式而致，“才着手便煞，一放手又飘忽去”，正说明“神理”是鲜活地存在于生活之中的，必须在触物感兴中获致。“神理”并非既定的、不变的抽象之理，而是在生成之中的，诗人对它的获致，是偶然的感兴过程。船山评李白的《春日独酌》云：“以庾、鲍写陶，弥有神理。‘吾生独无依’，偶然入感，前后不刻画求与此句为因缘，是又神化冥合，非以象取。”① “偶然入感”，正是感兴的方式，也就是船山所说的“现量”。

船山论述诗歌创作的思维方式，力倡“现量”式的审美观照，成为他的诗学思想的一个基本命题。在印度佛学中，“现量”、“比量”是一对有关认识论的基本范畴。印度学者认为，思维是用一定的工具来求得知识的过程，这就称为“量”。量有多种，但最基本的是现量和比量。现量是现前的、直接的，一般指人们的感知觉，由感知觉而得到的知识也就是现量。以现量为起点，思维进一步展开活动，就到了比量。即以看到、听到的为基础，而推及未看到、未听到的，叫比量，比量也即推理、类推。现量的认识对象是“自相”，即事物的本来、独特的形相；而比量的认识对象则是“共相”，是事物经过抽象后的类的特性。英国哲学史家渥德尔对此说得较为准确、清楚：

> 现量是没有分别的知识。这里解释为无分别，未通过分类或假立名言等的转换，它是在五官感觉的各个方面直接缘

---

① 王夫之：《唐诗评选》，载《船山全书》第十四册，第955页。

> 境如色境等等，而显现的。比量是通过中词得来的知识，它认识一个主体是属于某一类别的，属于具有某种特殊性质（中间）事物的一类。主体也可以属于其他类别，如果选定了其他特性。但是比量只认识类别的特性（共相），而现量认识对象自身的特性（自相），是无类别的。①

船山并不信佛，但他借鉴佛教的认识论范畴，来建构自己的诗学思想体系。他曾著有《相宗络索》一书，对于唯识哲学有较为深入的研究。该书有“三量”一节，是理解“现量”说美学内涵的重要线索。他说：

> “现量”，现者，有“现在”义，有“现成”义，有“显现真实”义。“现在”不缘过去作影，“现成”一触即觉，不假思量计较；“显现真实”，乃彼之体性本自如此，显现无疑，不参虚妄。前五根于尘境与根合时，即时如实觉。知是现在本等色法，不待忖度，更无疑妄。

这是“现量”说从佛学到美学的转捩关键。它包含着佛学中“现量”范畴的深刻理解，同时也是其诗歌理论的直接渊源、哲学基础。这里所指出的“现量”的三层含义：其一是现在义，就是指它的当下性。现量是当下的直接感知而获得的知识，而非以往留下的后象。其二是现成义，是说“现量”是瞬间的直觉而获得的知识，而不需要

---

① 渥德尔著、王世安译：《印度佛教史》，商务印书馆1987年版，第420页。

比较推理等抽象思维方式的参与。其三是显现真实“义”，是说“现量”是显现客观对象的真实存在，而非虚妄或抽象的。船山诗学框架中的“现量”是审美主客体之间的随机遇合，感兴，“即景会心”，心目相触，而反对那种预设主题、窠臼拘挛、苦吟力索的创作方式。船山云：

> 只于心目相取处得景得句，乃为朝气，乃为神笔。景尽意止，意尽言息，必不强刮狂搜，舍有而寻无。在章成章，在句成句，文章之道，音乐之理，尽于斯矣。①

船山所倡“心目相取”，是诗人之心与目所见偶然的相遇，是一种随机的审美创造，没有固定的规矩法度可循，而是根据当下的情境创作的。船山论及诗中之理，与其“现量”说的诗歌创作论密不可分。在他看来，诗歌中的理，不应是根据经典教条预设的，而是诗人在与现实生活或大自然中触遇兴发的，充满着灵动感和生命感。他这样说：“理关至极，言之曲到。人亦或及此理，便死理中，自无生气。此乃须捉着，不尔飞去。”这种“理”充满了鲜活的生气。这也是神理说的重要内涵。

“神理”说尽管未能引起学者们的充分重视，在古代文论与美学史界都罕见有关的成果问世，但这都难以证明它在理论价值方面的匮乏，相反地，倒是见出对其进行深入研究的迫切性所在。王

---

① 《唐诗评选》，载《船山全书》第十四册，第999页。

夫之的"神理"说,对于诗中之理的合理性存在价值给予充分肯定,同时又深刻论述了它的审美化特征。很好地解决了关于理性和艺术直觉之间的血肉联系。在他之前,从未有人达到这样的高度。对于今天的美学理论研究,同样也有着不可低估的启示意义。对于"神理"说的探索过程,也昭示了我们古典美学与诗学研究仍然是有着广远而诱人的前景的。

王夫之诗歌美学中的“势”论

一

明清之际的大思想家王夫之(船山),不仅在中国思想史上有着十分突出的地位,同时,也在文学批评史和中国美学史上作为一位诗论家而有着广泛、深刻的影响。船山诗论集中在他的《姜斋诗话》、《古诗评选》、《唐诗评选》、《明诗评选》、《诗广传》等著作里。船山诗论采取“诗话”、“评选”等传统的诗歌批评形式,看上去是较为零散的形而下的状态,但其中有着相当系统的诗歌美学思想。试看一下他的三大“评选”,不仅选篇见出船山的独到眼光,而且,在评语中体现的审美标准和审美观念是颇为独到而具有丰富的美学理论内涵的。

船山诗论的独特之处和理论价值更在于诗歌美学范畴的建构。船山不是一般地评价作品,而是将其诗学观念熔铸进几个重要的范畴之中,如“现量”、“神理”、“势”等。这几个范畴在船山诗论乃至在中国诗歌美学史上都有着不可忽视的理论意义与研究价值,对于建立具有民族特色的美学思想体系,对于中国古代文论的当代转换,都是颇富借鉴作用的。值得说明的是,“现量”、“神理”、

“势”分别有着不同的学术渊源,原本都不曾有很多的美学内蕴,而在船山手里得到了大幅度的改造,结合其原有内涵充实进丰富系统的美学思想素养,从而建构出这几个有较高理论价值的范畴。关于“现量”、“神理”,笔者都撰有专文进行探索,本文则对船山诗论中的“势”作一点钩稽与剖析。

二

船山诗论中以“势”论诗之语有几十处之多,足见“势”作为诗学范畴在船山诗学思想体系中的重要位置。与“现量”、“神理”相比,“势”约略次之,但其在美学维度上的独特意蕴却非常值得玩味。船山在《姜斋诗话》中指出:

> 把定一题、一人、一物,于其上求形模,求比似,求词采,求故实,如钝斧子劈栎柞,皮屑纷霏,何尝动得一丝纹理?以意为主,势次之。势者,意中之神理也。唯谢康乐为能取势,宛转屈伸以求尽其意,意已尽则止,殆无剩语;夭矫连蜷,烟云缭绕,乃真龙,非画龙也。①
>
> 论画者曰:“咫尺有万里之势。”一“势”字宜着眼。若不论势,则缩万里于咫尺,直是《广舆记》前一天下图耳。五言绝句,以此为落想时第一义。唯盛唐人能得其妙,如“君家何处住,妾住在横塘。停船暂借问,或恐是同乡。”墨气四射,四表

① 王夫之:《姜斋诗话》卷二《夕堂永日绪论内编》。

> 无穷，无字处皆其意也。李献吉诗："浩浩长江水，黄州若个边？岸回山一转，船到堞楼前。"固自不失此风味。①

从这两段较为集中地论及诗中之"势"的论述看来，船山所云之"势"，其内涵主要有二：一是能够表现诗的"意中神理"的整体性美感；二是"墨气四射，四表无穷，无字处皆其意"的审美张力与势能。这两个方面，可以认为是船山论"势"的基本指向所在。由此我们也可看出，船山的"势"论是对以往关于"势"的概念的积极继承与能动改造，使之具有了独特的美学性质的内涵。

我们不妨大致从学术渊源上认识一下"势"的原来的理论含义。"势"开始出现，是在政治学的范畴之内。稷下学派的慎到首先提出重"势"的思想。《慎子·威德》篇中说：

> 故腾蛇游雾，飞龙乘云。云罢雾霁，与蚯蚓同，则失其所乘也。故贤而屈于不肖者，权轻也。不肖而服于贤者，位尊也。尧为匹夫，不能使其邻家，至南面而王，则令行禁止。由此观之，贤不足以服不肖，而势位足以屈贤矣。

慎子认为，龙蛇所以能腾空遨游，是由于凭借了云雾的扶托之势；尧治天下所以能令行禁止，是由于他有南面称王的权势。同样，一个国家的治与乱，全决定于君主有没有权势。"臣两位而国不乱者，君在也。恃君而不乱矣，失君必乱。"(《德立》)慎到把权势视为

① 王夫之：《姜斋诗话》卷二《夕堂永日绪论内编》。

维护君主统治的绝对条件。很明显,慎到所提倡的“势”,是指统治权位或权势。

先秦法家的代表人物韩非子系统地总结了法家的政治思想,提出了一套以法治为中心、“法”、“术”、“势”相结合的理论。“势”便是基于慎到的思想,提出“抱法处势”的命题。他高度重视“势”的作用,“势者,胜众之资也”,认为只要“抱法处势”,政权巩固,那就不待尧、舜也可以致治。这便是“势”最先提出时的由来。可以见出其全然是在政治学框架之内的命题。

刘勰的《文心雕龙》有《定势》一篇,将“势”的概念引入到文学创作的理论框架之中,第一次在文论中对于文势作了深入的探讨。不妨择其要者以见其义:

> 曲湍回,自然之趣也。圆者规体,其势也自转;方者矩形,其势也自安。文章体势,如斯而已。是以模经为式者,自入典雅之懿;效《骚》命篇者,必归艳逸之华;综意浅切者,类乏酝藉;断辞辨约者,率乖繁缛。譬激水不漪,槁木无阴,自然之势也。
>
> ……
>
> 桓谭称:“文家各有所慕,或好浮华而不知实核,或美众多而不见要约。”陈思亦云:“世之作者,或好烦文博采,深沉其旨者;或好离言辨句,分毫析厘者;所习不同,所务各异。”言势殊也。刘桢云:“文之体势,实有强弱,使其辞已尽而势有余,天下一人耳,不可得也。”公干所谈,颇亦兼气。然文之任势,势有刚柔,不必壮言慷慨,乃称势也。又陆自称:“往日论文,先

辞而后情，尚势而不取悦泽。及张公论文，则欲宗其言。”夫情固先辞，势实须泽，可谓先迷而后能从善矣。

……

赞曰：形生势成，始末相承。湍回似规，矢激如绳。因利骋节，情采自凝。枉辔学步，力正寿陵。

“势”在这里，指的是文章的态势，或云“风貌”差可近之。有些论者之解为“法度”、“标准”或“规格”、“格局”，都是不正确的。彦和认为，文章态势是由一定的体裁自然而形成的，“势”便是因其便利来创作。彦和言“定势”，恰是言文势无定，随体而成，由乎自然。黄侃先生于此阐述甚明：“吾尝取刘舍人之言审思而熟察之矣。彼标其篇曰《定势》，而篇中所言，则皆言势之无定也。其开宗也，曰：‘因情立体，即体成势。’明体以定势，离体立势，虽玄宰哲匠有所不能也。又曰：‘循体成势，因变立巧。’明文势力无定，不可执一也。……知凡势之不能离形，则文势亦不能离体也；知远近朝夕非槷所能自为，则阴阳刚柔亦非文势所能自为也；知趣向从违随乎物形而不可横杂以成见也。惟彦和深明势之随体，故一篇之中，数言自然，而设譬于织综之于本地，善言文势者，孰有过于彦和者乎？”① 季刚先生之言甚是。刘勰所言文势，并无一定，而是随体而成，因乎自然。其语盖指文章态势或风貌。

① 黄侃：《文心雕龙札记》，华东师范大学出版社 1996 年版，第 139 页。

三

回头再看船山诗论中之“势”。刘勰之言“势”,乃是于文章学之通则,而船山论“势”,则是以之为论诗的具体审美价值标准。船山集中论势之处也许并不多见,而多是在对具体诗的评价中展示出来的。这就使“势”这个诗学范畴有了非常丰富的美学意蕴,而不停留于形而上的抽象议论。从而也体现了中国古典美学有别于西方美学的民族化特征。用西方现象学美学的观念来说,就是有着突出的意向性。所谓“意向性”,是指意识的客体关联性,即是说,意识活动总是指向某种外在事物,以其为对象和目的。现象学的开山祖师胡塞尔认为意向性是意识的本质,构成主客体之间的桥梁和媒介。在他看来,既不存在意识之外的某个对象,也没有一种脱离对象的纯粹意识,意识和意识对象是不可分割的。现象学美学以现象学哲学为基础,从而展开对文学文本的“本质直观”。现象学美学的大师、波兰著名美学家茵伽登通过“现象学还原”,对文学作品的存在与本质作了仔细的分析。所谓“现象学还原”,是指在意识对象诸多性质中发现“共相”,即普遍的、共同的、必然的本质。在茵伽登看来,文学艺术品是一种独特的存在,既不是纯物质客体,也不是纯粹的观念客体。他认为,文学作品这一类实在的客体并不是“自满自足的客体”,它不像其他客体,能够完全不依赖于人的意识而存在。它虽然如其他实在客体一样,构成人的意识的意向性对象,但又必须依赖人的意识的意向性投射活动才能产生、存在并展现自身的独特性质。现象学的思想方法,在很大程度上改变了西方传统美学的仅是存在于主体内部的抽象思维性质，对于“自上而下”的西方美学传统构成了严峻的挑战。但是，现象学美学本身也只是停留于理论思考层面，而作为具体的批评方法进行操作，则还是较为欠缺的。而我们再看王夫之的美学批评实践，则是将美学范畴的建构展开于具体的诗歌批评之中，恰恰是在运演层面上实现了“本质直观”。王夫之诗歌美学的突出特色也正在于这里，即是把美学范畴的建构展开于具体的诗歌批评之中。王夫之的“势”论非常充分地体现了这一特色。“势”这个诗歌美学范畴的展开，都是在船山的别具慧眼的诗歌品评之中见出其丰富意蕴的。这里不妨依次论之。

我们看船山这样一些有关“势”的论述，正是在对一些诗作的品评之中展开的。如他对陶渊明《拟古》(“日暮天无云”)的评语：“端委纡夷，五十字耳，而有万言之势”。“日暮天无云，春风扇微和”，“摘出其作景语，自是佳胜，然此又非景语。雅人胸中胜概，天地山川，无不自我成其荣观，故知诗非行墨埋头人所为也。”[①] 评建安诗人刘桢《赠从弟》语云：“短章有万里之势。”[②] 评吴迈远《长相思》诗云：“才清切拈出，即用兴用比，托开结意。尺幅之中，春波万里。”[③] 评李白《古风》诗云：“用事总别，意言之间，藏万里于尺幅。”[④]

这里所论之“势”，见出其中的一个主要意蕴，那便是“咫尺万

---

① 王夫之：《古诗评选》，载《船山全书》第十四册，岳麓书社1996年版，第721页。
② 同上，第672页。
③ 同上，第538页。
④ 王夫之：《唐诗评选》，载《船山全书》第十四册，第949页。

里”的巨大审美张力。船山论诗,首重于此。他认为好的诗歌,正应在很短的篇幅之中张开恢宏万里的气势与张力。前面所引的“咫尺有万里之势”,正是代表了“势”的这方面意蕴。

再看这样一些评语,如评初唐诗人王绩《石竹咏》云:“非但理至,风味亦适。得句即转,转处如环之无端,落笔常作收势。居然在陶谢之先。”① 评初唐诗人宋之问《初至崖口》云:“密好成章,一结尤有留势。”② 又评宋之问《夜饮东亭》云:“仅四十字而波折甚大。回合甚曲,深心静力,亦不知世有陈子昂也。”③ 评宋之问《奉使嵩山途经缑岭》云:“炼局弘远,大所难者末二句,曲折入彀率,其神百倍。”④ 评卢象《京城使风》云:“笔端但有留势,非二谢操觚之才,无宁短章而意直。”⑤

从这些评语中可以看出船山诗学中的“势”论之另一意蕴,就是诗的内在结构中那种“盘马弯弓惜不发”的曲折回环的蕴蓄感。在船山看来,“势”在诗中的体现,不应是一览无余的奔迸冲荡,而应是峰回路转的曲折蕴蓄。他评谢朓的《暂使下都夜发新林至京邑赠西府同僚》说:“旧称朓诗工于发端。如此发端语,寥天孤出,正复宛诣,岂不琼绝千古,非但危唱雄声已也。以危唱雄声求者,一击之余,必得衰飒。千钧之力,且无以善后,而况其余哉!”⑥ 认为宛诣之势是高于“危唱雄声”的更高境界。船山还非常重视诗的

① 王夫之:《唐诗评选》,载《船山全书》第十四册,第927页。
② 同上,第930页。
③ 同上,第931页。
④ 同上。
⑤ 同上。
⑥ 王夫之:《古诗评选》,载《船山全书》第十四册,第767页。

结尾处留有回旋感,称为“收势”、“敛势”,船山在其诗评中多处以此赞许诗作,如评吴迈远诗云:“乃放诞中回有收势,则五言之极致,亦止此而已。”① 都是重视诗中之势的这种结局时的回旋有致。

船山所言诗中之势,绝非矫揉造作的“虚张声势”,而是一种如司空图所云之“俯拾即是,不取诸邻,与道俱往,著手成春。如逢花开,如瞻岁新。真与不夺,强得易贫”(《诗品·自然》)的自然之态势。他评谢灵运《登池上楼》所谓:“天与造之,神与道之。呜呼!不可知已。”② 正乃此意。他又非常赞赏如陶诗那样的在平淡中取势,说:“平淡之于诗,自为一体。平者取势不难,读者遣意不烦之谓也。”③ 又称大谢诗“更有忘神而天者在”。④ “天”者,谓在自然而然中臻于化境。势之于诗,正是于近中得远神,船山又云:“平固自远。”都是说在平淡中得势方为真势。在这点上,船山无疑是深得刘勰所谓之“如机发矢直,涧曲湍回,自然之趣也”的论势真脉的。

船山所论之“势”,还在于远远超越于笔墨字句之外的力度感、穿透力。这当然是与其“咫尺万里”的广远感密切联系着的,但也并非全然是一回事。船山所云之“墨气四射,四表无穷,无字处皆其意”的话头,最典型地体现了这方面的意思。他又曾评明代诗人

① 王夫之:《古诗评选》,载《船山全书》第十四册,第761页。
② 同上,第732页。
③ 同上,第716页。
④ 同上,第732页。

曹学铨诗云:“此石仓老笔,枯劲中自挟风雨之势。”[①] 亦是伸张此意。这种力度感、穿透力的发挥,可以突破时空界限,泯灭古今之别,“缘以往,缘未来”,“以追光蹑影之笔,写通天尽人之怀”[②] “情景相入,涯际不分。振往古,尽来今。”(同上)这是一种诗中至高之境。

王夫之诗学思想中的“势”论,在继承前人有关“势”的思想资料同时,加以相当大幅度的改造,使之注入了更多的美学意蕴。应该说,船山的势论与先秦时慎到和韩非子从政治学角度论势的联系是较为微弱的,对后来刘勰讲的文章之势,则有较为明显的继承关系,但是彦和论势,乃是泛论文章写作的态势,没有具体到诗学领域。王夫之则通过大量的具体诗歌评论,将这个诗歌美学范畴建构得十分丰满,有非常珍贵的理论价值。由此我们也得到一个深刻的启示,那就是传统文艺理论及美学思想的矿藏并未充分发掘,而是正在呼唤着我们的探寻目光。

① 王夫之:《明诗评选》,载《船山全书》十四册,第1534页。
② 王夫之:《古诗评选》,载《船山全书》第十四册,第681页。

后　记

我对美学的兴趣由来已久,但是真正专注地作美学方面的研究,还是近几年的事。这本《美学的延展》,其实是我近年来研习美学、探讨美学路径的一个"痕迹"。苏轼诗云:"人生到处知何似?应似飞鸿踏雪泥。"从学术的意义上说,这大概可算是"雪泥鸿爪"吧!

我从滨海名城大连调到中国传媒大学(原北京广播学院)工作已是整整五个春秋了,在这个过程中,我越来越深地融入到这个充满活力的环境之中,同时,也感到学校党政领导对我这个"一根筋"的书生的宽容与爱护。以这本书的出版为例,学校党委副书记田维义教授和科研处长车晴教授,就给予了我无条件的支持。我当然不是从私谊的角度来理解这件事情,而感悟了在中国传媒大学对于人文社会科学学术的高度重视,我想我的同事们会认同我的这种看法。

又是一年蝉鸣时。感喟于光阴飞逝,莫不如努力创造!如斯,方能不负造化赋予我们的生命。

张晶于中国传媒大学寓所

2005 年 7 月 17 日